COLECCIÓN ARCHIVOS

24

EN COLABORACIÓN CON EDICIONES UNESCO

COLECCION ARCHIVOS

ARGENTINA BRASIL COLOMBIA ESPAÑA FRANCE ITALIA MEXICO PORTUGAL

ORGANISMOS SIGNATARIOS DEL ACUERDO MULTILATERAL DE INVESTIGACIONES Y COEDICIÓN ARCHIVOS (BUENOS AIRES, 28-9-1984)

EUROPA:

- CONSEJO SUPERIOR DE INVESTIGACIONES CIENTÍFICAS DE ESPAÑA
- CENTRE NATIONAL DE LA RECHERCHE SCIENTIFIQUE DE FRANCE
- CONSIGLIO NAZIONALE DELLE RICERCHE D'ITALIA
- INSTITUTO CAMÕES DO PORTUGAL

AMÉRICA LATINA:

- MINISTERIO DE RELACIONES EXTERIORES Y CULTO DE ARGENTINA
- CONSELHO NACIONAL DE DESENVOLVIMENTO CIENTÍFICO E TECNOLÓGICO DE BRASIL
- PRESIDENCIA DE LA REPÚBLICA DE COLOMBIA
- CONSEJO NACIOANAL PARA LA CULTURA Y LAS ARTES DE MÉXICO

- ASOCIACIÓN ARCHIVOS DE LA LITERATURA LATINOAMERICANA, DEL CARIBE Y AFRICANA DEL SIGLO XX, AMIGOS DE M. A. ASTURIAS (O.N.G. DE LA UNESCO)

MIGUEL ÁNGEL ASTURIAS

EL ÁRBOL DE LA CRUZ

A Giuseppe Bellini,
precursor y maestro de estudios asturianos

Miguel Ángel Asturias

EL ÁRBOL DE LA CRUZ

Edición Facsimilar
Aline Janquart – Amos Segala
Coordinadores

ALLCA XX

COLECCIÓN ARCHIVOS

ESPAÑA

HISPANÍSTICA XX

PRIMERA EDICIÓN, 1993

COEDICIÓN CON
HISPANÍSTICA XX
UNIVERSIDAD DE DIJON (FRANCIA)

DISEÑO DE LA COLECCIÓN
MANUEL RUIZ ÁNGELES (MADRID)

ILUSTRACIÓN DE CUBIERTA
RUDY COTTÓN, PINTOR GUATEMALTECO

CUIDADO DE LA EDICIÓN
FERNANDO COLLA
SYLVIE JOSSERAND

FOTOCOMPOSICIÓN
TRANSFAIRE S.A.
« LA MUSARDIÈRE », F-04250 TURRIERS

FOTOMECÁNICA
IGLESIAS

IMPRESIÓN
EUROCOLOR

EDICIÓN SIMULTÁNEA
ARGENTINA (MINISTERIO DE RELACIONES EXTERIORES – F.C.E. ARGENTINA)
BRASIL (CNPq – EDUSP)
COLOMBIA (PRESIDENCIA DE LA REPÚBLICA)
MÉXICO (CNCA)
ESPAÑA (FONDO DE CULTURA ECONÓMICA)

I.S.B.N.: 84-88344-05-8
DEPÓSITO LEGAL: M-26077-1993

IMPRESO EN ESPAÑA

CEP de la Biblioteca Nacional (Madrid)
ASTURIAS, Miguel Ángel
El Árbol de la Cruz/Miguel Ángel Asturias
edición crítica, Aline Janquart, Amos Segala,
coordinadores. (1.ª ed.)
España: Archivos, CSIC, 1993.
(Colección Archivos, nº 24.)
ISBN: 84-88344-05-8
1. Asturias, Miguel Ángel. Crítica e interpretación.
I. Janquart, Aline; Segala, Amos, coords. II. Consejo
Superior de Investigaciones Científicas. III. Título

HAN COLABORADO EN ESTE VOLUMEN

Christian Boix (Francia)
Université de Bourgogne

Roger Caillois (Francia)
Escritor

Claude Imberty (Francia)
Université de Bourgogne

Aline Janquart (Francia)
Université de Bourgogne

Amos Segala (Italia)
C.N.R.S – Université de Paris X-Nanterre

Alain Sicard (Francia)
Université de Poitiers

Daniel Sicard (Francia)
Psiquiatra

ÍNDICE GENERAL

INTRODUCCIÓN

EL TEXTO

LECTURAS DEL TEXTO

INTRODUCCIÓN

NOTA LIMINAR
Amos Segala, Eliane Lavaud-Fage

MIGUEL ÁNGEL ASTURIAS, EL REALISMO ALUCINADO
Roger Caillois

NOTA FILOLÓGICA PRELIMINAR
Aline Janquart

NOTA LIMINAR

Con testamento ológrafo, fechado en Madrid en mayo de 1974, Miguel Angel Asturias legó todos sus manuscritos y archivos a la Biblioteca Nacional de París.

Esta decisión, insólita en los anales de la literatura latinoamericana, se debió a la preocupación del escritor por que sus textos fueran reunidos en un lugar donde las técnicas de conservación, tratamiento y comunicación de los manuscritos eran, y son, particularmente favorables para las investigaciones de la comunidad científica internacional.

Los ejemplos que él pudo conocer personalmente de los manuscritos de Valéry, de Proust y de Flaubert, le animaron a una decisión que le parecía favorecer una reflexión post mortem *sobre su obra, tan atacada en los últimos años de su vida. La crítica genética –máxima aprovechadora de los manuscritos pero cuya fecundidad hermenéutica estaba en aquel entonces todavía por demostrar– había inspirado ya una de sus obras más importantes, poco conocida por los mismos asturianistas,* Tres de cuatro Soles, *en la Colección «Les sentiers de la création» (Skira, 1968).*

Por su parte Francia contestó con igual generosidad y organizó, gracias al CNRS, una edición crítica de las Obras Completas, *de la cual han aparecido varios tomos y que ahora ha sido retomada en el contexto más amplio e internacional de la Colección Archivos, que le ha sucedido.*

La Biblioteca Nacional puso al servicio de este Fondo las horas y el talento de una joven especialista, Aline Janquart, recién egresada de l'École Normale Supérieure de Sèvres (Francia), *y cuyos intereses científicos se orientaron rápidamente hacia la obra del gran escritor guatemalteco.*

El Fondo Asturias de la Biblioteca Nacional comprende un número importante de manuscritos, de apuntes, de borradores, de cuadernos de

trabajo, de las obras ya publicadas. Contiene también algunos inéditos, pocos, ya que la gloria del Nobel y las presiones de sus editores habían vaciado prácticamente las reservas que todo buen escritor conserva, de proyectos y de textos todavía no maduros para su publicación.

Entre los pocos manuscritos inéditos se destaca el de El Árbol de la Cruz, *que es en realidad un pre-texto de una obra que nunca llegó a su redacción final.*

Aline Janquart ordenó y estudió El Árbol de la Cruz *que, por su fecha de composición, su tema y su realidad escrituraria, integralmente autógrafa, presenta un interés verdaderamente excepcional. El estudio de Aline Janquart se hizo en el marco de una Tesis de Doctorado, que suscitó entre los miembros del jurado un interés tan vivo que se pensó en darle inmediatamente una continuación de tipo más polifónico y pluridisciplinario.*

Fue así como en noviembre de 1991, se celebró en el Centro de Investigaciones «Hispanística XX» de la Universidad de Dijon, un simposium *sobre este inédito con la participación de los especialistas cuyas intervenciones aparecen en este tomo.*

El Centro de Investigaciones «Hispanística XX» de Dijon se dedica al estudio de la cultura hispánica en el siglo XX, *a través de coloquios, mesas redondas y publicaciones*[1] *con especial interés por los problemas de crítica lingüística y genética, como lo pone de manifiesto el presente volumen.*

Por las relaciones de Archivos con la Biblioteca Nacional de París y el Fondo Asturias, y la naturaleza del trabajo realizado por Aline Janquart en el marco de la Universidad de Dijon, era natural que las dos entidades se reunieran y coeditaran trabajos y textos de tan relevante importancia concreta y simbólica.

Esta publicación es al mismo tiempo un homenaje al gran escritor desaparecido y un testimonio de la calidad de las investigaciones efectuadas en Francia sobre el Fondo que él quiso constituir en el seno de la Biblioteca Nacional de París.

Amos SEGALA
Director de la Colección Archivos

Eliane LAVAUD-FAGE
Directora de «Hispanística XX»

---

[1] Entre las últimas publicaciones de «Hispanística XX» podemos citar: *Les Mythologies hispaniques dans la seconde moitié du* XXe *siècle*, 1985, 327 p.; *Leer a Valle-Inclán en 1986*, 1986, 269 p.; *Média et représentations dans le monde hispanique*; 1987, 358 p.; *Nos années 80. Culture hispanique*, 1989, 254 p.; *Camilo José Cela: nuevos enfoques críticos*, 1991, 240 p.; *Érotisme et corps au* XXe *Siècle, Culture hispanique*, 1992, 458 p.; *Memoria y memorias (Cultura hispánica – siglo XX)*, 1993, 458 p.

MIGUEL ÁNGEL ASTURIAS, EL REALISMO ALUCINADO[1]

Roger Caillois

Tuve una primera impresión de la obra antes de conocer al hombre. Los capítulos de *Leyendas de Guatemala* publicados por *Cahiers du Sud* donde yo colaboraba por entonces, me hicieron descubrir su singular fuerza verbal. Para esos relatos lujuriantes visitados por un tumulto de dioses bárbaros de horribles atributos, Paul Valéry había escrito un prefacio, mezcla de maravilla y espanto, que revelaba sobre todo el contraste entre dos sensibilidades.

Unos diez años más tarde, cuando conocí a Miguel Ángel Asturias, yo no había vuelto a leer ninguna otra cosa de él, ni siquiera *El señor Presidente* que acababa de publicarse. En esa obra cruel se basaba ya su fama en toda América. La narración de atrocidades, en este caso totalmente humanas, hacía estremecer. Fue en la misma ciudad de Guatemala. Yo llevaba dos cartas de Gabriela Mistral, una para él, la otra para el Presidente de la República, Juan José Arévalo. Asturias me recibió con la cortesía y la generosidad que lo caracterizaban. Me habló largamente de los indios indicándome lugares de fácil acceso, si no los más cercanos al menos aquellos donde mejor se conservaban sus costumbres ancestrales. Recuerdo bien hasta qué punto me sorprendió su manera de hablar lenta, suave y –¿cómo decirlo?– modesta, pero sobre todo su rostro, que parecía recién salido de los relieves de Palenque o las estelas de Copán. Ninguno como

---

[1] Este texto fue leído por el propio R. Caillois en un homenaje que la Asociación Amigos de Miguel Ángel Asturias organizó en la Biblioteca Nacional de París, a un mes de la muerte del escritor guatemalteco. Como lo señala Aline Janquart, Caillois había sido una lectura comprobada e importante de Asturias en el útimo año de su vida y *El Árbol de la Cruz* revela esta intimidad textual. Por tal razón, nos ha parecido oportuno que estos dos amigos de siempre siguieran dialogando en las páginas de este libro [EL EDITOR].

él podía aportar la prueba de la perennidad del perfil maya, quizá el más estilizado de todos y, como el perfil griego, identificable a primera vista.

Habría de volver a verlo a lo largo y lo ancho de todo el mundo: en Buenos Aires; en Moscú en un congreso de escritores; en París donde almorzamos en mi casa junto con Pablo Neruda (ni el uno ni el otro era aún Premio Nobel ni embajador: éramos simplemente tres amigos que volvían a encontrarse); en Cuba donde, invitados por Alejo Carpentier, ambos formábamos parte del jurado de los premios instituidos por la «Casa de las Américas» (una noche, en un hotel de Viñales, Fidel Castro vino a nuestro encuentro y conversamos casi hasta el alba); en Génova donde el Columbianum había reunido un número considerable de escritores y especialistas de Iberoamérica. Fue allí donde conocí en particular a Guimarães Rosa.

Entretanto, yo había publicado en la Colección «La Croix du Sud» que por esos años dirigía en la Editorial Gallimard, el texto completo de las *Leyendas de Guatemala*, así como la novela *Viento fuerte*, característica del aspecto comprometido, militante de la obra de Asturias.

Confieso, por otra parte, que fueron sus amistosas observaciones las que me llevaron a poner punto final a dicha colección. Ésta ya había cumplido su objetivo –hacer conocer en Europa la riqueza excepcional de la reciente literatura de la América hispana–; de allí en adelante, no haría más que confinarla a una suerte de segregación totalmente injustificada ya que el valor innegable de tal aporte había dejado de ser motivo de discusión. Hablé de ello con Claude Gallimard, quien aceptó sin reservas mis razones. A partir de ese momento, las obras sudamericanas se publicaron en la Colección «Du Monde Entier» a la que, poco a poco y a medida de sus reediciones, se fueron agregando aquellas que la cubierta amarilla y negra de «La Croix du Sud» había hecho descubrir al público francés y a la crítica europea.

Cuando fui elegido miembro de la Academia Francesa, naturalmente le pedí que pronunciara con Marcel Arland, este último en nombre de los escritores franceses y él en el de mis amigos extranjeros, las palabras de rigor durante la ceremonia de entrega de la espada. Traigo a colación este hecho en particular porque, si hoy formo parte de aquéllos llamados a rendirle homenaje, es sin duda en virtud de los fuertes lazos de amistad que nos unían.

Por una carta de Madrid habría de saber que difícilmente saldría vivo de la clínica en la que días antes había sido internado. Nuestro último encuentro habrá sido entonces en oportunidad de una ceremonia como ésta, organizada en la Sala Pleyel para cantar la gloria y honrar la memoria del gran poeta que acababa de desaparecer y era nuestro amigo común: Pablo Neruda.

Paradójicamente, resulta relativamente fácil definir en pocas palabras el alcance y la significación de una obra tan opulenta y compleja. Será porque se trata de una obra brillante y porque, a pesar de su magnitud, posee una poderosa y singular personalidad.

En primer lugar, digamos que surge en un momento privilegiado de la literatura iberoamericana, momento que personalmente no dudaría en calificar como su edad de oro. Antes de esa época feliz, por más eminentes que sean los méritos de las obras que el medio-continente propone a la admiración del mundo, éstas no dejan de ser en cierto sentido dependientes de la literatura europea, y sus autores, salvo honrosas excepciones, hombres europeos de corazón, de espíritu o sensibilidad. El cordón umbilical literario no se corta al mismo tiempo que el lazo colonial. Los poetas transponen a Lamartine o Verlaine, los más audaces a Toulet o Cocteau, para no citar sino autores franceses. Los novelistas retoman, siempre citando autores franceses, a Flaubert, Anatole France o Barrès. No existe por así decirlo el teatro. En cuanto a aquellos que no se resignan a seguir los modelos europeos, tienden a refugiarse en una corriente «indigenista» o «costumbrista» cuyo pintoresquismo disimula mal la indigencia y está muy lejos, en todo caso, de representar la rica y original contribución que podía esperarse del Continente del Tercer Día de la Creación. Sólo unos pocos guardan fidelidad al ineluctable mensaje.

Éste estalla de repente, con un brillo y una amplitud tales que dejan perplejo, del otro lado del océano, al mundo de las letras, cansado de todo ya en el momento de conocerlo. Puede que, al dejar aislado al continente americano obligando a poetas y novelistas a explotar sus propios recursos domésticos, la Segunda Guerra Mundial haya sido el desencadenante de ese repentino y magnífico auge del que la generación de Miguel Ángel Asturias puede sentirse legítimamente orgullosa. Y digo bien el desencadenante, porque la causa en sí, maduraba desde hacía tiempo.

Más tarde, los progresos de las comunicaciones entre pueblos y culturas, debidos a la imprenta, la radio y el cine, a todo lo que el sonido y la imagen transportan, dieron rápidamente como resultado una suerte de literatura verdaderamente mundial, en el sentido de que no existe ya innovación o moda propuesta en un lugar del planeta que no se vea inmediatamente reflejada en todo el universo que lee y escribe. Una circulación rápida agita en su torbellino a los jóvenes talentos de todos los meridianos y climas. Éstos se agrupan entonces alrededor de los contados centros del planeta donde actualmente se suceden sin interrupción y sin denominación de origen formas de arte de ambiciones audaces y anónimas.

La emigración de los escritores sudamericanos ha vuelto a comenzar. Que no frecuenten los salones sino las universidades y las mesas de café

no cambia nada el asunto. Tal como la hora rusa en la época de Dostoievski y demás, como la hora de los Estados Unidos del tiempo de Faulkner y otros, temo que la gran hora de la América hispana haya pasado ya a la esfera de la literatura universal en la que se inscriben hoy aventuras por primera vez difíciles de situar, menos dependientes del régimen de lluvias o del peso de la historia, es decir, de un cierto conjunto de recuerdos emotivos, recetas preciosas, aspiraciones tenaces que, aquí y no allá, coagularon para formar un todo indisoluble y específico.

Puede que cada civilización no disponga más que de una sola oportunidad de dar a conocer íntegramente y con todo su vigor el mensaje que sólo ella es capaz de revelar. Miguel Ángel Asturias forma parte del pequeño grupo de quienes en América Latina heredaron tal misión.

A él le correspondía en efecto contribuir a dotar a la América profunda de una voz auténtica e irrecusable, a esa América que comienza a cien kilómetros de las costas y que, incluso al borde del océano, reina intacta en el intervalo entre las grandes ciudades que se presentan al observador más bien como ricas sucursales o prolongaciones de Europa que como metrópolis espontáneamente surgidas de las culturas indígenas, en contra de las cuales han sido erigidas y han alcanzado su desarrollo.

Miguel Ángel Asturias expresó con una intensidad sin igual la percepción original del mundo circundante y los sortilegios vegetales que, en el corazón mismo de la selva (otros predominan en las altas mesetas de los Andes o en el inmenso vacío de la pradera), la pueblan sin cesar de espejismos y fantasmas. Llegó a ello por vías y medios que parecía inventar cuando en realidad los recibía de la misma realidad que éstos le ayudaban a restituir. Lejos de ser artificios estéticos, y menos aún procedimientos retóricos, sus recursos de escritor le son impuestos por el objeto mismo de su descripción con el que, a fuerza de sentirse parte viva, termina como es natural por confundirse.

De allí ese realismo que ha sido calificado de *mágico*, pero que yo prefiero denominar *alucinado*, y que es el único capaz de traducir sin deformación ni intermediario conceptual alguno el mundo visceral y múltiple, temible y oscuro, hecho de fecundidad y podredumbre, inextricable de fuerzas conocidas y desconocidas que es preferible propiciar, universo de una tan extraña flexibilidad, obstinación y violencia que se convertiría en algo demasiado delicado si no lo calificáramos con el enfático, en todo caso misterioso si no fabuloso, epíteto de telúrico.

Savias y sombras, árboles, raíces y dioses, torpezas y espantos, pesadillas y éxtasis forman así el tejido cotidiano de existencias espantadas que una explotación a menudo feroz mantiene al mismo tiempo sometidas a la miseria y a un terror ajeno al que mana de la floresta.

La lucha política existía sin duda tan implacable como en otros lugares, pero dentro de un espacio hechicero en el que el sueño despierto era rey, al menos en los días de crisis y embriaguez. Miguel Ángel Asturias, que se pretendía verídico, no podía sino asociar realismo y fantasmagoría; de ese modo su realismo alucinado, como lo he calificado más arriba, se opone en razón de las circunstancias, al realismo llamado socialista que, lejos de allí y en la misma época, se esforzaban por imponer a los escritores aquellos con quienes él compartía sin embargo ideales y combates.

Un día nos daremos cuenta hasta qué punto el realismo socialista, incluso en los países en que parecía obedecer a ciertas necesidades tácticas, sacrificaba voluntaria y despóticamente una parte esencial de la sensibilidad humana en beneficio de una visión del mundo estrictamente racionalista, utilitaria, tecnicista, al mismo tiempo que inevitablemente didáctica, edificante, excesivamente moralista y cívica. La literatura que continúa aflorando de semejantes consignas brinda una representación falsa, mezquina, por no decir mutilada, de la naturaleza humana. Pretextando realismo y exhortación piadosa, no hace más que despojarla de gran parte de sus recursos emocionales.

Miguel Ángel Asturias tuvo la suerte de tener que pintar un mundo aún indómito. Como lo respetaba, no hizo ninguna concesión en la descripción que dejó de él y que pone de relieve, junto con las riquezas secretas del alma, una manera innata de percibir formas y energías, de experimentarlas por así decirlo de frente, haciendo gala de un ardor y una complicidad a menudo cercanos al delirio y la visión.

La agitación de los sentidos confunde los troncos flexibles de los bananeros con cuerpos femeninos vestidos con jirones de seda verde. La imaginación fascinada recurre a imágenes extremas y justas que mezclan las servidumbres de la actividad diurna con el furor de estados segundos más fulgurantes pero no menos verdaderos. La marea alta de la rebelión, las atrocidades, las torturas, la mascarada grotesca de los lisiados, los éxtasis y las pesadillas, todo contribuye a una vitalidad exasperada, cósmica, donde cada ser o elemento, alcohol, trance o liana, anónimo o personificado, envuelve y paraliza, destruye y deslumbra.

Pienso que no había otra manera de alcanzar la exactitud. Un cierto lirismo convulsivo era por cierto indispensable. La gloria de Miguel Ángel Asturias reside en haber corrido el riesgo y aceptado el desafío. Hacía falta una tenacidad implacable, una generosidad divinatoria para convertirse en el portavoz de un universo hechizado donde, a cada instante, todo puede revelarse furor y magia.

(*Traducción de Clara Paz*)

NOTA FILOLÓGICA PRELIMINAR

Aline Janquart

Descripción del manuscrito y sus anexos

El manuscrito autógrafo de *El Árbol de la Cruz*, conservado en la Biblioteca Nacional de París con la signatura [AST.2, se compone de 4 ff. preliminares (numerados A, B y I, II) y de 106 ff. foliados de 1 a 106.

En los ff. A y B, se encuentra el título caligrafiado de la mano de Asturias, así como dos direcciones en México, de otra mano, que permiten fechar esos folios en algún momento del viaje a México efectuado por Asturias en 1973.

En los ff. I y II se encuentra de nuevo el título caligrafiado, como en A, y el epígrafe, «Philosophes, vous étes (*sic*) de votre Occident – Rimbaud».

Los ff. 1 a 4 están escritos al dorso de papeles con la mención «Consulado General de Guatemala, 73 Rue de Courcelles, París, Francia», así como sellos postales que nos indican las fechas del 26, 27, 29 y 30 de marzo de 1973.

Por fin los ff. 5 a 106 están escritos al dorso de unas galeradas de imprenta: se trata de una colección de artículos sobre España, titulada «España maravillosa». A veces los folletos están utilizados recto-verso, es decir que se encuentran a veces algunas palabras, o incluso algunas frases, en los márgenes o por encima del texto impreso de «España maravillosa». A continuación está la lista de estos «ejercicios»:

–f. 4^{v}: *Iconoclasta* –Cristoclastas[1]

[1] *Cf.* cap. I, p. 42.

–f. 20^{v}: más mago de Dios –«Tostielo»[2]

–f. 33^{v}: metalario: artífice trabaja metales – Chucharroyo (el delirante) – IbeRotas ([pueblo], idiotas)

–f. 37^{v}: Anti, Anti qué, Anti-nada, *perdido, encerrado* – y al se [ilg.] en aquel monstruo dulce *perdió* – como una letra perdida en *la* – *una* – la enciclopedia titánica – [ilg.] ella – era tan poca cosa, perdido en aquel monstruo dulce, apenas una letra perdida en la enciclopedia titánica.[3]

–f. 49^{v}: A mon cher ami, le sorciers du *bistury* – bistouri, – *et Maît[re]* – *Doctor* – Professeur Adolpho (*sic*) Steg, Miguel Ángel Asturias

–f. 51^{v}: sargazo: género de algas fucáceas – raya: pez, orden salacios (*sic*) – (vestiglo – psamófilo: amante de la arena [)] – zarralastreada (de repente) – zanquilargo[4]

–f. 53^{v}: Casco de Vikingos – sol a mi do – relamido[5] – Estrellas de rabo largo, más llamadas cometas – las gargan... – las gargantas [ilg.] das – la sed.

–f. 54^{v}: Isla-manta – Isla en mar caliente, sudor del mar[6]

–f. 70^{v}: ravenala: hoja de palmera africana, igual a la cruz en que está clavado el pulpo.[7]

–f. 78^{v}: brillo – craso – tiburones – *Kalevala* – peces espada – ballenas – narval – orque (*sic*) – peces primordiales – catervarios – *roñiglo* – cenizo – *plana*[8]

–f. 84^{v}: Leviatán, monstruo de monstruos – Desde *el fondo* – lo profundo – *clamaba* – clamó hacia ti.[9]

–f. 89^{v}: I – *El quería triunfar de la muerte porque en* – esta lucha lo mantiene – *mantiene al ser en el futuro* – en función de futuro – Luchar contra la muerte – Salió de allí viejo y cansado – perder grandeza era aceptar la muerte.[10] – gagas – mudel – yugal – pulingras – risis – lumaquosas – tralinas.[11]

Vemos que se trata ya de búsqueda de vocabulario (lo que el propio Asturias gustaba de llamar sus «escalas» o «gamas»), ya de trabajos muy puntuales sobre una palabra o una expresión, y que el dorso del folio en el cual escribía le servía sencillamente de borrador.

---

[2] *Cf.* cap. II, p. 74.
[3] *Cf.* cap. V, p. 192.
[4] Notas de vocabulario; sólo las palabras «sargazo» y «zanquilargo» se utilizarán en la novela.
[5] *Cf.* el solfeo del profeta Loco de Altar en el cap. III.
[6] *Cf.* cap. V, p. 198.
[7] *Cf.* cap. V, p. 196.
[8] Notas de vocabulario.
[9] *Cf.* cap. V, p. 204.
[10] *Cf.* cap. V.
[11] Ejercicios de creación de palabras (que no se reutilizarán).

Los ff. 77v, 91v, 92v, 93v, 94v y 98v se estudiarán aparte, en tanto que variantes del texto propiamente dicho, pues cada uno de ellos constituye la continuación lógica de su recto.

Amén del ms. [AST.2, hemos podido encontrar entre los «Varia» del Fondo Asturias de la Biblioteca Nacional algunos fragmentos que se pueden emparentar con el texto de *El Árbol*, se trate de notas tomadas por Asturias sobre libros relativos al mundo marino, o de ejercicios o de variantes, o de dibujos que ilustran el texto.

1) 1 f., utilizado recto – verso (papel para cartas del Grand Hôtel de Estocolmo).

En el recto: Todos los brazos arriba y dos brazos como pies, como los pies del crucificado clavado en la cruz. – El pulpo puede cambiar de talle, de forma y de color. – Se cubren de escrecencias (*sic*) y granulaciones.[12]

Al dorso: Anémona de mar «como una flor de jardín». – El pulpo al acercarse uno se empieza a inflar como para hacer volumen. – lento ondulante – «lucha sin esperanza» – escafandra autónoma.

2) 3 frgs. muy mutilados, probablemente recortados a causa de unos dibujos autógrafos de Asturias que se encontraban al dorso. Se lee, de la mano de Asturias, el número «–82–», que corresponde al f. 82 del ms., así como las pocas palabras siguientes :

[p]ugnaban inútil[me]nte por ar[rancarse] de [los] clavos, para [abrazarlo], [...] habría sino [una] jaula de t[entáculos] en mov[imien]to.[13]

3) Al dorso de un sobre, que lleva en el recto la dirección de Asturias (de la mano de Lauro Olmo), se puede leer:

Una ola de brazos espumosos lo [apartó], el pulpo tenía tentáculos de agua que se apropiaron de él, *como* para a[brazarlo] y – el miedo lo inmovilizó. Quiso gritar, despertar – estaba dormido, Animanta, suplicó, pero ya era tarde, un coro de voces cantaban.[14]

4) 1 frg., muy mutilado. En el recto, un dibujo titulado «Anti». Al dorso, el número 82 y las palabras siguientes:

de brazos lánguid[os] [...]an por [ilg.] a para [ilg.] [...]e sería una jaul[a] [ilg.] jaula de tentácul[os].[15]

5) 1 frg., muy mutilado: un dibujo, en el mismo soporte que los ff. 5 a 106 del ms.

6) Un dibujo, titulado «Animanta».

7) Frg. de un cuaderno:

Atmósfera de sueño iluminado *por [cantidad] de luces [ilg.] – luces de [ilg.]*[16]

---

[12] ¿Notas de lectura?
[13] *Cf.* cap. V, p. 216 ss.
[14] *Cf.* cap. V, p. 238 ss.
[15] *Cf.* cap. V, p. 238 ss.
[16] *Cf.* cap. V, p. 208.

(+ un dibujo).

8) Frg., mismo soporte que los ff. 5 a 106 del ms.

En el recto: – Dame tu *pelo* cabello a que lo *mastique* masque como si fuera carbón de cristos *[ilg.]* quemados. – Soy Anti mineral (fui anti ...) Anti vegetal Anti hombre Anti humano Anti divino *Anti* soy anti, simplemente Anti. – Hay cristos que se han vuelto serpientes y huyen. Son las serpientes *de fuego* quemantes serpientes de bronce. [17]

Al dorso: El feticidio *habría evitado* adelantándose al epitafio habría evitado *el deicidio – que Anti se contagiara* – el contagio del anticristicidio.[18] – No volvió el Gerigote que mandamos *a des[ilg.]* entre los últimos cadáveres que se llevó la manta. – Fodoli – entre m[o]lido *fui* – por qué me reveló la horrible verdad – por qué no dejó toda esta angustia al des[ilg.] de los dioses.

9) Un sobre con membrete del Istituto Italo-Latinoamericano de Roma, que lleva en el recto la dirección de Asturias de la mano de Federico B. Brook.

Al dorso: *Anti, Anti – hombre Jajaja, hombre* Anti, anti qué, anti hombre, *eso, eso era*, pequeña nada, *al atacar a la muerte – en intento de desterrar a la muerte* – intentabas deshacerte de la muerte, desterrarla de *sus* tus dominios ... *Anti hombre no [ilg.] – sólo los [ilg.]* – sólo estando *contra ti mismo y* contra el hombre *se puede atacar a la mue[rte]* – se puede *atacar a la muerte* estar contra la muerte. – 21 – jeroglíficos.[19]

10) Frg., papel biblia:

–5 a 6 metros de alto – Rojo ladrillo – 250 ventosas – psaturosa – la luz mineral, frágil de la luna – psanofilo (*sic*): amante de la arena, que crece en ella.[20]

11) Un sobre, con el nombre del remitente (Dukardo Hinestrosa, Hollywood):

–Y todo el sueño se hizo galleta, una galleta que le ponían en la boca, al despertarlo, para que no mordiera. – Aspas de ventilador girando – Otro cristo asido – no lo volvería a ver más – cristo de brazos en abanico, cristo de – Animanta, isla con el pelo suelto. – Cristo cargado de collares, ahogado en espumas.[21]

12) Papel con el sello del Ministerio de Relaciones Exteriores de Guatemala, 8–V–1973, doblado en dos y utilizado como 2 ff. r-v.

---

[17] *Cf.* cap. I, p. 50.

[18] *Cf.* cap. II, los epitafios.

[19] *Cf.* cap. V, p. 190 ss.

[20] *Cf.* Caillois, Roger, *la Pieuvre, essai sur la logique de l'imaginaire*, París, La Table Ronde, 1973, p. 67: «Cet animal mesurait de 5 à 6 mètres de longueur, sans compter les huit bras formidables, couverts de ventouses, qui couronnaient sa tête. Sa couleur était d'un rouge de brique.»

[21] *Cf.* el final del cap. V.

1ʳ: Cien continuos: servidores, guardias del Rey.[22] – «brazos viscosos» – «ventosas – bombea por sus mil bocas neumáticas» – «linfa moluscosa» – «ventosas, mil bocas infames» – «muerte por succión» – «poder paralizante» – «siniestros» – « brazos elásticos» – «pústulas vivientes» – «facinación (*sic*) de los ojos del pulpo» – «pulpos de "grandes brazos"» – «cagoule» – tantos tentáculos *como raíces* tiene un árbol – 54 tentá-culos – 85 (capturado 1956) (acuarium de Toba) – ¿teratogenecia?[23] – efugio: salida para sortear dificultad.[24]

1ᵛ: ojos de jesús en el cuerpo de un molusco – ojos solitarios como los de los búhos – ojos redondos «inmóviles» – mirada intensa – color glauco – lívido – *sobre* – «opalecencias"(*sic*) – ojos «détachables» – opalescencia: reflejos erisados (*sic*) – «hipnosis» – «ojos apar[i]e[n]cia humana» – intensidad de su mirada – (qué le reclamaba?)[25]

2ʳ: suplicio atroz (si el de Cristo fue espantoso, el del pulpo debe calcularse en relación con todos sus brazos clavados ...) – demoníaco? – monstruo parali[z]ador – cefalópodo – *cryptique* – criptografía: escribir clave secreta, enigmático – criptograma: documento cifrado – pupilas «*luminosas*» y «ferocidad» – mirada tranquila y «rusé» – *párpados como* – crisoprasa: ágata color verde manzana – «crueldad fría» – cachalote: cetáceo de 15 a 20 metros de largo, cabeza muy gruesa y larga, 20 dientes cónicos. – mirada humana – expresión impresionante – ojos patéticos – ferocidad – tristeza.[26]

2ᵛ: «violento olor a "musc" en la atmósfera (Julio Verne)»[27] – nudo con ojos y brazos – cardo bendito – cardo estrellado – [centaurina]: substancia amarga.

(+ un dibujo: una cara)

Por fin, dos cuadernos de trabajo, conservados en la Biblioteca Nacional con las signaturas [AST. – Carnets – 49 y [AST. – Carnets – 54 contienen igualmente notas y trabajos preparatorios relativos a *El árbol*.

A) El cuaderno nº 49

–f. 35ᵛ: cru X ifición

–f. 36ᵛ: cruxifición – porque si es en una cruz que se cruxifica, por qué le va a faltar la equis X[28]

---

22 *Cf.* el final del cap. V.

23 *Cf.* Caillois, *op. cit.*, *passim* (Notas de lectura).

24 *Cf.* cap. V, p. 214.

25 *Cf.* Caillois, *op. cit.*, pp. 185-191.

26 Notas de lectura sobre Caillois, *op. cit.*, y búsqueda de vocabulario.

27 *Cf.* Caillois, *op. cit.*, p. 69: «... il vomit aussitôt une grande quantité d'écume et de sang mêlé à des matières gluantes qui répandirent une forte odeur de musc.»

28 *Cf.* cap. I, p. 52.

–f. 46^{r}: Todo ser en el fondo es Anti, no creo en pueblos o gentes sometidas por un[a] dictadura, ciento por ciento, porque sé que en el fondo hay en todos ellos la antidictadura, la antiesclavitud.

–f. 46^{v}: Y en el mestizo es peor. Hay el antieuropeo de parte del indio y el antiindio de parte del europeo, convivientes en él.[29]

B) El cuaderno nº 54

–f. 10^{v}: Isla niquelada de sol, inquilina de la luz de la luna.

–f. 11^{v}: *Los grandes dioses niquelados de sol o inquilinos de la luz de la luna.* – isla niquelada, inquilina[30]

–f. 18^{r}: El sueño no termina, es como el mar.[31]

–f. 33^{r}: 1 – El dolor por el dolor mismo. – milagro del amor hacernos encontrar placer en el sufrimiento – tramas del olvido – el olvido líquido – moría el guerrero y seguía él, o él acababa, moría, al acabar, al morir el guerrero? – lesbianas – pederasta[s].[32]

–f. 34^{r}: 2 – la isla (la manta) occilaba (*sic*) como un navío – *combinación* intensa de angustia y *horror por las soledade[s]* temor – ¿Traes tu ganzúa, tu llave que abre todas las puertas? – Sí, mi llave – Edipo. – agua convertida en membrana sonora en diapasón impasible – todo su olfato convertido en adoración (afectiva).[33]

–f. 35^{r}: 3 – sensualidad quemante – fiestas voluptuosas – la velocidad de sus movimientos – en el silencio infinito – cuerpos celestes – abismos inconmensurables – [ilg.] – magnificencia – presagio – génesis – Una isla que flotaba luminosa, inteligente – *la inteligencia tiene ese olor, ese*[34]

–f. 36^{r}: isla palpitaba como una hoja[35]

(+ un dibujo de la isla)

En el margen: «mujol (pez)»

–f. 36^{v}: Era una inmensa araña clavada, era un árbol con las raíces de fuera fijadas con clavos en el abanico de los brazos de la cruz.[36]

–f. 37^{r}: *lanza* el pulpo lanza su tinta defensiva, [casi] la crea, a su imagen, crea casi su imagen, para que el enemigo ataque el fantasma, su doble. – parecía el pulpo cristo abarcar todo el espacio «marino».[37]

–f. 38^{r}: sus ventosas blancas – cefalópodos – más se tira de los tentáculos y más la «prise» se cierra – arrancarle la máscara por los tentáculos que se agitan como serpientes.

---

[29] *Cf.* cap. I, p. 38.
[30] *Cf.* cap. V, p. 230.
[31] *Cf.* el final del cap. V.
[32] *Cf.* cap. V, p. 188.
[33] *Cf.* cap. V, p. 232.
[34] *Cf.* cap. V, p. 232.
[35] *Cf.* cap. V, p. 232.
[36] *Cf.* cap. V, p. 248.
[37] *Cf.* cap. V, p. 250.

–f. 53r: color de algas (invisibles) – peophytes (*sic*) – las aguas profundas – muy frágil (el pulpo) – blanca – rojo ladrillo – visqueuses et gluants (*sic*) – repugna[n]cia corporal – escarba (agresiva) antes de lanzar su tinta – octópodos – paralizarlo! – paralizado![38]

–f. 54r: mérous, murènes, octopus – los ojos fijos sobre la presa – hijatos: retoños – ojo, párpado, iris, cristalino, retina – mirada lúcida – rectanculo (*sic*) negro que barre el centro del ojo – céplalot[o]xine (*sic*): veneno de los ceplalópodos (*sic*) (paralizante) – algas calcáreas, gorgonas, corales rojos – comen crabes (*sic*) y crustáceos.[39]

–ff.75 – 77r: Todo lo que de él quedó dentro de él, sólo tenía interior, no tenía «afuera». Pero cómo podía ser eso? Todo lo de fuera era todo, le pertenecía y no le pertenecía, qué era de él, lo que miraba, nada, qué, lo que oía,

de él no era nada, ni lo que olía, ni lo que respiraba, y lo que sentía – extraño – lo sentía porque de fuera le incitaba lo que estaba cerca de su cuerpo. Esa falta total, completa, de su yo «fuera», de lo fuera de él, de lo que estaba fuera de su cuerpo, le desasosegaba.[40]

Un escritor y su trabajo

Tenemos la suerte inestimable de poseer no sólo el manuscrito autógrafo de *El Árbol*, sino también un manuscrito ordenado por el propio Asturias, quien se cuidó de numerar sus folios, de tal modo que, en los casos en que una misma página ha sido reescrita varias veces (cap.III y cap.V) no tenemos que plantearnos siquiera la cuestión del orden cronológico de las variantes. Asimismo, para lo que se refiere a las variantes puntuales al filo del texto, basta con dejarse guiar por Asturias: añadidos, supresiones o modificaciones se presentan como evidencias, se tiene la impresión, sumamente conmovedora, de estar leyendo por encima del hombro del escritor.

De entrada surge una pregunta, frente a la cantidad de variantes que hemos reseñado: ¿hay que considerar como significativas todas las variantes del texto, hasta las más mínimas tachaduras que afectan a una sílaba o una letra, hasta los «lapsus calami» atribuibles al cansancio del escritor, quien tenía la costumbre de trabajar de noche durante sus horas de insomnio? Esto podría en efecto ser el objeto de un estudio de tipo psicoanalítico, que trataría de dar cuenta de los fantasmas del escritor que

---

38 *Cf.* Caillois, *op. cit., passim.* (Notas de lectura).
39 *Cf.* Caillois, *op. cit., passim.* (Notas de lectura).
40 *Cf.* cap. V, p. 198.

afloran así merced a esos errores inconscientes, pero éste no es en ningún caso nuestro propósito. Cuando se presente semejante caso, nos conformaremos pues con señalar «corrección de un lapsus».

Por motivos similares, no nos pareció necesario demorarnos con las faltas de ortografía, bastante frecuentes y características del español de América – o del español popular: confusión entre «b» y «v» («absorver» por «absorber», «inmóbil» por «inmóvil», etc.), confusión también entre «s», «c» y «z» («terrasa» por «terraza», «occilar» por «oscilar», «zargazos» por «sargazos», etc.) u omisión de la «h» («úsares» por «húsares»). Nos contentamos con restituir la ortografía usual entre corchetes: «[s]argazos», por ejemplo. Al fin y al cabo, es bastante alentador comprobar que el hecho de cometer faltas de ortografía no es incompatible con el Premio Nobel de Literatura...

Pero volvamos a nuestro propósito: se trata aquí de hacer una encuesta sobre un trabajo de creación literaria, sobre la génesis de un texto. Nos ocuparemos pues esencialmente de dos tipos de variantes que consideraremos como significativas: por una parte las variantes puntuales, que afectan la elección de determinantes, la adjetivación, el vocabulario en general y la sintaxis; por otra parte, las variantes más voluminosas –más escasas también– que afectan a páginas enteras, reescritas o suprimidas, ideas emitidas y luego rechazadas. En ambos casos, trataremos de ver el sentido de las modificaciones, el efecto producido por la elección de tal expresión a expensas de tal otra.

«Cent fois sur le métier remettez votre ouvrage»: tal hubiera podido ser la divisa de Asturias, a juzgar por el aspecto del manuscrito autógrafo de *El Árbol*: en efecto, pocas son las páginas –las líneas, incluso– que no han sido el objeto de tachaduras, de añadidos, de supresiones, de modificaciones. Estamos muy lejos del mito del escritor inspirado, cuyo discurso fluye «como agua de manantial», para citar a José Hernández: aquí, lo que predomina es el trabajo. A veces la acumulación de tachaduras y sobrecargas hace que una palabra, o incluso una línea, sea ilegible: cada vez que el contexto lo permitía, hemos tratado, en las variantes, de restituir (siempre entre corchetes) las palabras o grupos de palabras que faltaban, reservando la mención [ilg.] a los casos desesperados. Lo que no impide de ninguna manera que los investigadores curiosos prueben la suerte consultando el manuscrito en la Biblioteca Nacional: ¿quién sabe si el desciframiento de ciertas palabras consideradas actualmente como ilegibles no echaría una luz nueva sobre la novela?

Felicitémonos de que Asturias no haya trabajado a la manera de un García Márquez, quien destruye todos sus borradores y no soporta conservar más que páginas dactilografiadas impecables y definitivas. La dificultad principal, sin embargo, en el caso del manuscrito de *El Árbol*,

reside en su carácter probablemente inacabado: ¿quién podría demostrar, con absoluta certeza y de manera científicamente incontestable, que una variante descartada no lo fue provisionalmente, que un giro sintáctico sorprendente (pensemos por ejemplo en la construcción transitiva del verbo «traquetear» en el cap. V) es el resultado de una voluntad deliberada del escritor y no habría sido el objeto de una reescritura antes de que el manuscrito se diera a la imprenta?

Tenemos pues que admitir que el análisis de las variantes de este texto no puede ser plenamente satisfactorio, como sería el caso para un manuscrito que hubiese sido debidamente corregido por el propio autor antes de entregarlo a la imprenta; trataremos sin embargo de destacar unas grandes líneas, unas características generales de la manera de trabajar de Asturias.

Edición crítica, instrucciones de uso

El texto que consideraremos como «definitivo» lleva, igual que los fragmentos recopilados al principio de este capítulo, un gran número de modificaciones, añadidos, supresiones, de la mano de Asturias. Para hacerlos visibles a primera vista, hemos utilizado los signos siguientes:

Subrayado: los añadidos. Ej.: cap. I, l. 1: Anti, el guerrero, Anti-Dios...

En **negrilla**: las modificaciones. Ej.: cap. I, l. 20: ... en este **antinómico** lugar de la tierra ...

#: indica una supresión. Ej.: cap. I, l. 2: ... Anti-pueblo #, ejercía...

En cambio, en las variantes, si aparecen unos subrayados, serán los del autor, que habremos respetado, del mismo modo que respetaremos la ortografía a veces fantasiosa de Asturias, sólo que acompañándola con un (*sic*). Por fin indicaremos en *bastardilla* las palabras o miembros de frase tachados, descartados por el autor, tal y como lo hemos hecho ya en el caso de los fragmentos dispersos y de los cuadernos.

Las variantes han sido numeradas para facilitar la lectura y los comentarios que se refieren a ellas; sólo los añadidos no llevan número de nota. Cuando son el objeto de un comentario, se les designa con respecto a la variante inmediatamente anterior con la mención «bis» o «ter» según los casos. (Ejemplo: el añadido del epíteto homérico «el guerrero» interviene en el cap. I después de la var. 6, lo llamaremos pues «Var. 6 bis»).

En cuanto a las notas (vocabulario, comparación con otras obras de Asturias, etc...), se indica la llamada mediante un asterisco * (o dos si es necesario).

EL TEXTO

EL ÁRBOL DE LA CRUZ
Miguel Ángel Asturias

Texto establecido por
Aline Janquart

EL ÁRBOL DE LA CRUZ

Philosophes, vous êtes de votre Occident
RIMBAUD

– I –

Anti, el guerrero, Anti-Dios, Contra-Cristo, Anti-humano, Anti-pueblo, ejercía el más anti de los poderes, en aquel anti-país, anti-nación, en períodos presidenciales anti-tiempo, porque su gobierno contra todo y contra todos no tenía fin, era antifin.

Anti, el guerrero, se dolía, con sus anti-amigos (jamás a nadie llamó amigo), con su anti-familia (a nadie nunca consideró pariente), con sus partidarios-anti no muy diferentes de sus antipartidarios (que partidarios no tuvo pues a los que le eran afectos, les ponía el "anti" después), ante todos sus anti, Anti se dolía de ese personaje anti todo lo que era y representaba él, anti-riquezas, anti-honores, anti-injusticias, anti-tergiversaciones de la ley de los profetas, y a quien llamaba Dios por anti-hombre, por ser divino y hombre por anti-dios, por ser humano de carne y hueso.

Anti se mordía los labios color de jarabe viejo, echando chispas poı los ojos, las uñas de sus dedos enterradas en las palmas de sus manos, sin dejar de repetir que de aquel hombre y Dios, tan anti, no iban a quedar ni las cenizas.

¿Quién es, preguntábase Anti, ese hombre, anti-él, porque éste sí que no cabía duda, que era anti-Anti, anti-él?

Si, como Dios, este anti-él, está en todas partes, él, que es anti-tirano, porque es más que tirano, goza de la ubicuidad de la tiranía, y está también en todas partes. Inconcebible, él o yo, porque si no yo dejaría de ser único. ¿Y él? ¿por qué él? Jamás. Anti-él, como soy, lo haré desaparecer.

¿De dónde salió este hombre-dios? pregunta Anti, el guerrero, a su más anti-íntimo amigo, porque amigos íntimos, siendo como era Anti-todo, no tuvo nunca, todos, para él, eran sus antiamigos. Convivía conmigo, en este país de antílopes dorados, cuando yo sólo era el antípoda de lo que soy, y por eso no supe de su existencia, pero ahora lo tengo enfrente y es mi Anti, es el Anti de Anti, y eso no puede ser, no hay Anti de Anti que valga.

–Antiparra –llamó al secretario, el del antibrazo, no antebrazo, postizo con todo y la mano muerta– escribe lo que debo hacer saber a mis antis...

–Un edicto...

–En todo caso, Antiparras, sería un antiedicto o sea un edicto anti-constantiniano; lo que daré será un anticipo anticristiano, anticatólico, antievangélico, antieclesiástico; Antiparras, escribe ...

Anticipo

Habida cuenta de la anticuenta del tiempo en este antinómico lugar de la tierra, Yo, Anti, el guerrero, anti vosotros, efigies parlantes, ordeno y mando que sean destruidas todas las imágenes del solo, del único Anti-Anti que existe, Dios y Hombre, antítesis inadmisible, mimetismo de mestizo, de divino mestizo en el que hay el anti-Dios, si se dice hombre, y el anti-Hombre si se dice Dios.

Ordeno y mando, por este mi ANTICIPO, que se les corte la cabeza a los niños dioses esculpidos en las plazas públicas, en memoria de la bienhechora degollación de los inocentes del sin par Hérodes. Cuando las imágenes sean de un Jesús joven, ordeno y mando que se decapiten como a Juan el Bautista, Antitodo, como soy, Antitodopoderoso, declaro el fin de la Era Cristiana, y el inicio de la ERA Anti-Era, sin más anuncio que la quema de millones de Cristos, cruces y crucificados, Ecce-Homos y Cristos yacentes.

–Numen inest! –profirió Antiparras, el Secretario, moviendo más los bigotones que los labios.

–¿Qué dices? cosmética infladura de mostacho –gritó Anti, el guerrero, Anti el Supremo.

–Dije que este lugar habitado por la divinidad...

–Sí, y qué. La divinidad lo habitó y ahora lo habito yo que no me harto de ser divino...

Pandillas de [cristoclastas], ambisueltos de las manos, los dedos en dedales de guantes cascarudos, se regaron a la luz de la más alta luna.

No hay nada más indefenso que una imagen, y una imagen de Cristo cuantimás pues cómo podría defenderse, con las manos clavadas en la cruz, o atado a la columna de las flagelaciones o desamparado, entre el cri-cri, cri-cri de los grillos, como Rey destronado.

Ni una voz, ni un ay, apenas el crujir de las maderas golpeadas, antes de lanzarlas al fuego, hacía que se sintiera la noche altamente alunada, vacía, extraña sensación de silencio, si se compara a las oscuras noches de las persecuciones de Anti, contra sus enemigos, carne y hueso, para imponer su dictadurísima antidemocracia.

Maridado con Animanta, mezcla de animal y manta, siempre parpadeante y afligida, era tan espantoso copular con aquel ser venático, antitodo y guerrero.

Vestida de ciertos e inciertos, situación de la concubina, se apoyó en el brazo de Anti, a respirar el perfume de la noche, en la terraza oeste del palacio antipalacio por habitarlo Anti, el infinitamente antimisericordioso, y le extrañó percibir en lo más aéreo del aire, aromas de naranjo, benjuí, cedro, caoba, aceites e incienso. El olor de las imágenes que destrozaba el furor iconománico de las pandillas encargadas de cumplir el «Anticipo» o ucase de aquel vena de lobo, como él mismo decía de una vena azul que le saltaba en la frente.

–Daimon –así le llamaba Animanta– nada se pierde, se acaban los cristos pero huele la noche a maderas. Déjame respirar, Daimon, déjame respirar bálsamos y sándalos. Mi collar de dientes de muerto me muerde los pechos. Daimon, quisiera un collar de astillas de cristos...

–Eso jamás, Animanta, ni astillas quedarán de esos crucifijos. Debo proceder, y alcanzar a ser Antimuerto para anular todas esas macabras representaciones. Por eso acabé con los cementerios y se arrojaron y se seguirán arrojando como basuras los cadáveres al mar.

Y cambiando de tono, sobreañadió Anti, amorosamente:

–Dame tu cabello a que lo masque, como si fuera carbón de cristos quemados.

–Daimon, no veas lo que yo veo, no oigas lo que yo oigo... Arzobispos de fuego verde agarrados a los Cristos, Arzobispos de fuego verde arrastrados por el suelo de las catedrales, con todo y los Cristos. Es suntuoso, Daimon, ríos de piedras preciosas, capas de lluvias de luz defendiendo árboles secos cubiertos de heridas... El grito rompe sus raíces en las gargantas de tus anticristos, energúmenos blanqueados por el polvo de osamentas o reliquias de santos que arrebatan con todo y los cristos...

Una fila de erectos, hieráticos y silenciosos pajes presentaron en tablas de plata cubiertas por manteles bordados, bebidas y manjares, golosinas y frutas.

–¡No puede ser! –gritó Animanta– hay un gentío inalcanzable con los ojos. Caras bañadas en heridas. Pestilencia. Sangre. Tus huestes han entrado a los hospitales a arrebatar los cristos de las paredes, y los enfermos, aún los moribundos, se oponen. Caen, se levantan, arrojan contra tus soldados orines, algodones empapados en el pus de sus pústulas, muletas, sillas, bancos, tazas de lavativas, y han inmovilizado a uno bajo una nube de mosquiteros.

–Estos volovancitos –dijo Anti, tomando un pequeño volován de una torre de volovanes calientes y llevándolo a los dientes de Animanta.

Esta temblaba, las escenas en el hospital que sólo ella miraba desde aquella terraza, eran cada vez más violentas. Enfermeros, enfermeras, médicos se batían con los anticristos que despedazaban las imágenes de los cruxificados colgados de los muros.

Estalló un grito:

–Daimon, las saetas se clavan en las carnes de los enfermos moribundos.

–Estos volovancitos, Animanta..., y este elixir de los Anti más antiguos, en esta copa de cristal de lágrimas antiguas.

–Oyes, oyes, Daimon, de la tierra salen los prisioneros de las cárceles subterráneas, aun encadenados de los pies, andando a saltos para arrebatar a tus soldados los cristos de su pertenencia, imágenes que aquéllos arrancan, arrebatan de sus manos encadenadas. Gritan y parece, Daimon, parece que no fueran ellos los que gritan, sino el collar metálico que llevan al cuello y de donde salen más cadenas.

–No quedará en mis dominios un solo cristo...

–Ni una sola golondrina, Daimon, y eso me pone triste. Las golondrinas son las esposas enlutadas de Jesús crucificado.

Anti sospechó una mínima desviación iconolátrica en las palabras de Animanta, y le dio la espalda. Un frenético capitán del cuerpo de iconómacos, venía a darle parte: más de 36.000 cristos destrozados, quemados, cristos grandes de fragantes maderas, y más de un millón de cristos pequeños, de metal unos, otros de celuloide y hasta los hechos con [troj].

–¡Bravo! –gritó Anti, juntando las manos para aplaudir–. ¡Bravo, mis valientes! En mis dominios –alzó la voz de suyo fuerte a un tono más fuerte, para que oyera su maridada Animanta– ni cementerios ni cristos, en mis dominios no se pondrá la vida.

–Sílaba a sílaba, se le podrirá la lengua –se dijo Animanta, la faz empapada en el sentido oscuro de las aguas lloradas.

–Quedan los cristos de las cautivas –terminó su informe el Capitán Galipote– pero las desnudaremos, una de esas monjas tiene un crucifijo tatuado en el pecho, y también debemos echar abajo las campanas que ostentan [Gólgotas] en su caparazón de bronce, y quebrar los vitrales en que se muestren Cristos en la cruz.

Anti, el guerrero, apartóse con el Capitán Galipote para ofrecerle una copa y... La más leve sospecha de que alguien desaprobaba sus órdenes bastaba y bastó. Su ira helada como su esperma. Sólo vio partir la flecha del arco del robusto capitán abroquelado en su armadura. Animanta cayó sin vida, los brazos abiertos formando una cruz.

Anti, ligeramente lívido, fue hacia ella, paso a paso, los sirvientes que mantenían en alto los azafates del festín, temblaban, apenas si se oía el retintín de las copas de cristal sonoro.

Suavemente le cerró los brazos, juntándole las manos sobre el pecho, pero ella acaso con un resto de vida los volvió a abrir y la rigidez evitó que de nuevo él deshiciera aquella cruz, formada por un cuerpo de mujer, y tuvo la visión de una serpiente que subía por el cuerpo desnudo de Animanta, hija de la luz. Con los brazos rígidos abiertos, nadando Santo-Cristo, se perdió en el mar.

– II –

La noche, las hogueras, el silencio cristalizado, quebradizo, y los empadronadores de estrellas yendo y viniendo con in-folios y pergaminos.

–Oh, mis quisquillosos –asomó a la gran biblioteca Anti, el Guerrero– han encontrado sus mercedes, en el imperio azul, manera de desterrar la muerte. Lo hecho, hecho, y a suprimir cementerios y acabar con cuanto cristo existía agonizante o muerto. Ni cristos ni cruces.

–Hay, sin embargo, una manta, Excelentísimo Señor Anti –habló uno de los más viejos empadronadores de estrellas–, una manta temeraria que navega cerca de nuestras costas. Se la contempla ir y venir sobre las aguas, como una sábana blanca, y recoger los cadáveres que nosotros arrojamos, envolverlos como un sudario y desaparecer con ellos.

–¿Una manta anti?

–Totalmente anti...

–¿Y qué se espera para cazarla...?

–Más bien se la ha seguido en pequeños cayucos para saber adónde lleva los cadáveres.

–Y por otro lado –adujo el más joven de los empadronadores de estrellas– no hemos podido ni acabar ni ocultar la Cruz del Sur, y por eso sugerimos que se prohíba contemplarla, so pena de encadenamiento perpetuo, como se ha procedido, en buena hora, con los que escondían cristos en sus casas.

–¿Adónde llevará los muertos Animanta? –se preguntó a sí mismo Anti, el guerrero, y luego lo gritó–. ¿Adónde se llevará los muertos Animanta? –y congojoso– Estúpido de mí, si una letra le faltaba para ser lo que era, una Anti, Anti-Anti, su verdadero nombre era Antimanta.

Y después de un momento mandó al capitán de su guardia que ordenara que un hombre vivo fuera arrojado entre los cadáveres, y que se dejara envolver por la manta, para saber adónde los llevaba.

–Un nadador intrépido –ordenó Anti– sin familia, dispuesto a jugarse la vida, a cambio de mis favores. Hay que embadurnarlo

de grasa, y proveerlo de armas cortantes: afilados puñales, estiletes, cuchillos.

Llovían denuncias anónimas de familias o personas que escondían crucifijos, campesinos que los ocultaban en sus milpas, en sus huertos y jardines, leñeros que los ocultaban en sus bosques, fabricantes de cal en sus hornos de quemar piedras, herreros en sus forjas, carpinteros bajo serrines y virutas.

Anti reclutó perros herejes que seguían al husmo el olor de las maderas santas y amplió su escuadrón de Húsares de la muerte a un cuerpo de ejército especializado, bajo la designación de húsares de la muerte de Cristo, con la consigna de no dar cuartel a los poseedores de cruces o crucificados, locura que les llevó para ejemplo y escarmiento, a la crucifixión del más desterrado de los españoles y el más español de los desterrados, que soltó las siete más malas palabras del idioma, antes de expirar, asido a su Cristo.

Anti, el Guerrero, sentíase cada vez más Anti-Todo y Anti-Todos.

Había dejado de ser humano para convertirse en Dios. Son los momentos más felices de un tirano, los momentos en que se siente Dios, es decir fuera del alcance de sus enemigos.

Llamó a Tostielo, su arcángel y mascota con quien pasaba el tiempo jugando a cadenas de eslabones silábicos, y a Corvino, zambigó y letrista funerario para que le compusiera su epitafio:

«Aquí anti-epitafio yace
fue Dios y requien catinpace»

Pero fue más celebrado este otro:

«El feticidio
adelantándose al epitafio
evitado habría el contagio
del anticristicidio...»

Galipote, el capitán de los húsares de la muerte, en el [quepí] la calavera sobre un signo de multiplicación de muertos hecho con dos huesos cruzados, entró a dar un segundo parte: la monstruosa manta se llevó, no solamente los cadáveres, sino al húsar vivo que echamos al mar, el cual no ha regresado.

Anti entrecerró los ojos:

–No sabemos, entonces, adónde se lleva los muertos esa que más que manta es un sudario, un sudario de muerte que flota sobre el mar.

–Sobre las aguas flota –atrevió Tostielo, arcángel y mascota–, la he visto, la he visto, para mí es una manta lunar, una manta reflejo de la luna.

–Capitán –cortó Anti, el tirano-Dios–, que se prepare una lancha rápida con doce remeros, dispuestos a jugarse la vida, sin el riesgo, desde luego, que la manta los envuelva y desaparezca. Deben estar muy alertas, para que al tiempo de recoger ella nuestra carga de cadáveres cotidiana, de los muertos de cada día, se le apareen y remen, siguiéndola, hasta descubrir qué hace con ese sustento trágico de seres humanos inánimes, cubiertos de moscas verdes.

Y mientras salía el capitán Galipote, capitán de los Húsares de la muerte, entraron los propietarios de negocios de pompas fúnebres.

–Les mandé a llamar –entró en materia Anti, sin contestar los saludos adulones de los enfunebrecidos que forman aquel ejército tumbal–, les mandé a llamar, para ordenarles que deben cambiar de nombre sus negocios y convertirse en Agencias de Viaje...

No parecían haber entendido y más de uno repitió: «Agencias de Viajes»...

–De viaje o de viajes, lo mismo da. Lo indispensable es iniciar el turismo del más allá. ¡No más negocios fúnebres! Los cadáveres ya no los echaremos al mar, porque se los lleva una manta. Al penoso quehacer de los cuervos que llevaban su dolorosa carga hasta la playa, sustituye el quehacer de una más definitiva forma de turismo. Turismo al otro mundo...

Uno de aquellos, aliviándose la tiranía del cuello duro con los dedos para poder hablar, dijo:

–Qué genial idea, digna del Supremo Anti, nuestro señor; anunciaré en mi casa, antes de sepelios, ahora de turismo, viajes al inframundo (le pondremos mejor, infraestructura) pasando por Constantinopla, por Brindisi, por el Cabo de Hornos, y allá irán barcos de fiesta, embanderados e iluminados, con música y fuegos de artificio, de pólvoras casi siderales, con los clientes congelados, –turistas de un más allá paseado por Hong-Kong, Acapulco, Vladivostoc, el sol de medianoche... ¡Qué programa! ¡Qué programa! –se aplaudía a sí mismo.

Y otro:

–Desde hoy, divino Anti, Anticipo de todo lo más grande, lo más bueno, lo más sabio, anunciaré en los periódicos, a página entera, el cambio de mi negocio funerario, que, la verdad, cada vez me disgustaba más hacerlo, en negocio de viajes al más allá, en turismo al otro mundo, pasando por otras partes... ¡bravo! ¡bravo!...

–Ya hicimos desaparecer los Cristos –dijo Anti–, no queda uno solo en mis dominios. Se puso fin a esa religión del sufrimiento, el suplicio y la muerte. Sobre todo de la conformidad. Conformidad en el país de Anti, donde todos deben ser como yo «Antis», anti-esto, anti-aquello, siempre anti... No se puede vivir sin estar contra algo, sin ser anti-anti, y yo permito, en esta revolución emprendida por mí, a todos los «antis» seguir «antis», pero nunca «antirrevolucionarios», y menos tener el más leve pensamiento anti contra mí.

Los remeros, los doce remeros, trajeron la sensacional noticia en la punta de la lengua que les salía de la boca como un remo más. Remeros de lenguas-remos.

La manta deposita los cadáveres en una isla lejana, en tumbas de ruinas antiguas, cubiertas ahora de cruces y cristos.

Anti dio un salto con todo y el sillón en que depositaba sus abultadas nalgas, y de pie, los ojos en ninguna parte, las manos crispadas, tras escupir, echóse a medir la sala en que estaba, la sala de audiencias, a pasos largos que fue acortando a medida que fijaba su pensamiento en lo que se debía hacer, hacer... hacer... hacer y deshacer... por la razón de un pecho con luceros... por el presentimiento palpitante como un doble corazón... lo posible en él, lo imposible fuera... o al revés... lo imposible en él, lo posible fuera... los muertos en una isla... cruces... cristos... los remeros de lenguas negras como remos... en los mares fosforescentes no hay oscuridad... la isla... las sombras... los cristos iluminados noche y día... luz y sonido... sonido de otras voces... luces de astros espejeantes anti antes...

Pero tenía al capitán de húsares y a los remeros en su presencia, y a Tostielo, su arcángel y mascota, y al epitafista, Corvino, y a los oficiantes de pompas fúnebres, convertidos en agentes de viajes y turismo al más allá.

Hacer, hacer y deshacer –seguía pensando– es decir sustituir por actos el pensamiento... pero en rigor...

Tronó su voz:

–Pueden retirarse...

El húsar taconeó, golpeó un talón contra otro antes de dar media vuelta y salir a paso marcial, Tostielo y Corvino se escabulleron y los de las pompas fúnebres, vestían todos de negro, corbata negra, sombrero con crespón de luto, guantes negros, salieron en busca de vestimentas coloridas, camisas rojas o verdes, corbatas amarillas, pantalones azules o violetas, zapatos colorados, convertidos en agentes de viajes al más allá, una nueva forma de turismo.

– III –

Los faros, los nuevos faros, los faros instalados para que no se [perdiera] ni de noche la distancia palpitante, barrían la tiniebla a escobazos luminosos, instantáneos, cegantes.

La manta iba y venía por el piélago, solemne, blanca, con su cargamento de muertos, los de cada día...

¡Qué desafío a su poder tiránico, a su Anti, frente a él, Anti, ninguno, ni humano ni divino! Sólo esta Animanta convertida en Anti-manta.

Rechinó los dientes, risa teológica de titán que se ahoga con un grano de polen, tan acostumbrado está a no tener ante él nigún anti. Y esa isla... esa isla de muertos y cristos... Anti-manta... la mujer de los cabellos con ojos. En cada cabello un rosario de pupilas. Se bañaba en visiones.

Un ejército de gigantes rodilludos, negras barbas de abisinios, blancos dientes de lagartos, armados de tridentes, [asaetearían] la isla roquirrojiza.

Se armó la sanfrancia por los tridentes y con los tridentes. Los rodilludos no son gigantes fáciles.

Un grito de Anti los calmó. Mejor guardar los ímpetus para combatir en la isla que seguir el espionaje de los profetas, grandes espías de Dios, tendrían que vérselas con gavilanes, en el aire, sierpes en la tierra, y tiburones en el agua. Todos defensores, hasta la muerte, de aquella isla rocallosa, con forma de cola de sirena, que la claridad del día doraba y de noche tenía temblor de constelación desnuda.

Cucucún, el gigante en jefe de la columna punitiva, se retiró de los labios el cigarro para fijar, sin humo, sus pequeños ojos cortantes en el mapa de operaciones.

El plan implicaba, militarmente, sacrificar hombres. La eterna suerte del soldado, ser carne de cañón, sólo que aquí serían carne de tiburón.

De los gavilanes se tenía noticia su preferencia por los ojos del enemigo, y por llevar navajas en lugar de plumas.

Y de las serpientes, color de cañas fósiles, se sabía que enroscábanse en las cruces de los sepulcros, dispuestas a defender embravecidas cada tumba, cruz y crucifijo, entre lluvias de venenos letales.

Cucucucún, el gigante, se vistió de llamas de fuego, al hojear un catálogo de armas y salvavidas. No se salvaría nadie. Los belígeros rodilludos se cubrían el pecho de cascabeles sordos, babas de [sirenios] y amuletos, y entonaban cantos de adiós y nenias que son las nanas de los muertos, acompañados por cabalgadores de cábalas encargados de pronosticar el momento favorable para la invasión de la isla que a veces se movía como si ella toda fuera una monstruosa manta.

Anti exigía la definitiva expulsión de sus tierras y mares, de cristos, cruces y cadáveres en aquella que sería la última batalla contra la muerte, y exigía con más ahinco que le trajeran viva, en cuerpo de mujer o de manta, a Animanta, hurgamandera de senos de pezones muy negros y cabellos con ojos.

Los gigantes rodilludos iban a la peluquería no a que les cortaran el pelo sino el pensamiento. No tenían miedo, pero...

Anti, el tirano, y Cucucucún, el gigante en jefe, esperaban informes confidenciales de un comando de hombres ranas que recorrían los fondos submarinos de la isla, silenciosos, entre movimientos de tijeras de sus piernas, sus brazos adelante y un como burbujear de música modulada.

¿Qué parte traerían?

El primer submarinero emergió, largo, calisténico, brioso, relumbrante, ágil, materialización de la imagen de un pez.

Traído, sin pérdida de tiempo, a presencia de Anti y Cucucucún, no hablaba. El parte. El parte. No hablaba. No podía hablar. Las palabras. Qué palabras emplear. Con qué palabras decir lo que había visto.

Del comando de hombres-ranas sólo él regresó.

¿Qué pasó? ¿Dónde se quedaron los otros? ¿Por qué no volvían?

– ... Un crucificado... –fue lo primero que dijo...

Anti jugó dados con sus pupilas cuadradas, dados negros en la palidez de su cara, antes de preguntar:

–¿Un crucificado?

–Sí, un Cristo en la cruz...

–¿Y eso te asustó, bellaco?

–No un cristo como los nuestros. Un pulpo. Un pulpo gigantesco de ocho tentáculos de 70 metros cada uno, clavados en una cruz alta como catedral, de seis y seis brazos en abanico a cada lado.

A Anti y al gigante Cucucucún se les fue el habla.

El hombre-rana siguió:

–Cada uno de sus doce tentáculos tiene más de veinte metros y truena el mar en todas sus profundidades vacías, no hay peces, y truena la isla, sacudida por terremotos sucesivos, no es isla cada vez que este Cristo-pulpo trata de desclavar de la cruz uno de sus doce brazos.

–¿Seré un nuevo Zeus –se preguntó con el pensamiento A[nti]– y ese pulpo será un Prometeo disfrazado?

–Al vernos –siguió el hombre-rana– fueron más desesperados sus esfuerzos por desclavarse, por arrancarse de los clavos.

–Y si no es isla, qué es... –alzó la voz Cucucucún, el gigante.

–Es la inmensa manta que se lleva a los muertos.

–No es la primera vez que tengo que dar batalla en tierras de geografía flotante, tierras que están y no están, que están hoy aquí, mañana allá, o que desaparecen un tiempo para resurgir después.

–Sí, la manta se convierte en isla al volver de sus navegaciones, queda inmóvil sobre el pulpo-cristo de encendido color rojizo cuando lucha por desclavarse, y agoniosamente pálido, al darse cuenta de su destino, morir clavado en la cruz.

–¡No puede ser! ¡No puede ser! –levantó la voz y las manos Anti. Sus dedos tableteaban en la mesa de su despacho– que mi lucha por borrar de mis dominios todo lo que huele a muerte, encuentre una maldita manta que apaña cadáveres, y un pulpo gigantesco con sus doce brazos clavados en una cruz.

Y después de una pausa, prosiguió el gran tirano:

–¿Y los otros hombres-ranas?

–Los otros...

–Sí, los otros. A falta de tentáculos para atraparlos, el famoso cristo-pulpo les aplicó sus ventosas, sus preciosas llagas. Las llagas de Cristo, de los cristos llagados aplicadas a las carnes de los místicos, se los van tragando, les absorben la sangre, los sesos, la conciencia y el alma entera en el postrer aliento. Yo sé lo que no sé... –apagó la voz con estas palabras Anti.

–¿O los paralizó con los ojos? –intervino Cucucucún, el gigante, aguijoneando al sobreviviente del comando, que destilaba aguasal, igual que llanto– y si no los paralizó con la mirada, los envolvió en la nube de polvo que los pulpos arrojan para cegar a sus víctimas.

El sobreviviente estornudó, estornudó agua, antes de contestar.

–Los ojos, sus ojos esféricos, colgados fuera de sus órbitas. Pedro de la Arena, el más arrojado del comando, intentó clavarle en las pupilas los dientes de un tridente, pero el pulpo crucificado jugó las telas esféricas que envolvían su mirada de vidrio molido, de vidrio muerto, y una de esas capas [cóncavas] era una cáscara de un metal que sólo hay en el sol. Las puntas del tridente se fundieron y Pedro de la Arena, fulminado, se fue de cabeza al fondo del mar. Y la misma suerte corrió Elidilio Eledón, sólo que a éste, lo arrebató un tiburón solitario que colaceaba cerca del Cristo-pulpo de los brazos clavados, en la más larga agonía.

–La agonía de la materia viscosa, pegajosa –dijo el gigante– de un Cristo de jalea de mar.

Anti echó a rodar los dados de sus pupilas negras, cuadradas, antes de exclamar:

–La fascinación de la agonía. ¿Por qué no le golpearon entre los dos ojos, lo más vulnerable del pulpo?

–Nos sumergimos –aclaró el sobreviviente– preparados a luchar con tiburones, que no los había, uno, solitario, que devoró a Eledón, y nos encontramos con un pulpo, un coloso, crucificado, clavado en una cruz, y una isla viva que ya se extendía, ya se recogía, que no era tal isla, sino una manta.

A Cucucucún le quedó la palabrada enhebrada en la lengua. Dijo:

–Qué problema, absolutísimamente nuevo, sin precedentes militares: desembarcar en una isla que se encoge y se alarga.

A[nti] añadió, pensativo:

–¡Qué problema militar, problema religioso: un pulpo en la cruz! Sólo faltaba una Magdalena sirena, un San Juan pescado gato, y un San Pedro pez-espada.

Tiempo de mutilaciones. Se cortaban los brazos, los pies, las piernas, se sacaban los ojos con tal de no ir a la conquista de aquel crucificado de más de once metros de largo, color rojo ladrillo, con doscientas cincuenta ventosas o llagas en los tentáculos clavados en el abanico de brazos de la cruz.

Quedaba qué del plan de una expedición punitiva contra la isla macabra que no era isla, sino una manta monstruosa, colosal, color de pergamino vivo, más piel que pergamino.

Quedaba el mar dorado, la canción de las olas que no tienen cerca ni lejos, tan pronto están cerca, tan pronto están lejos, las gaviotas, el viento, las botellas flotantes con mensajes de naúfragos o ausentes.

– El do-re-mi-fa-sol-la-si-do / cumento, re-mi-fa-sol-la-si-do-re / cordado –habla Loco de Altar, consejero hidraúlico de A[nti], fijos los ojos en las pupilas parpadeantes que en lugar de botones llevaba en su uniforme Cucucucún, militarísmo y gigante– ese do / cumento, la-si-do-re-mi-fa-sol-la / vado por mí-fa-sol-la-si-do-re-mi-fa / vorecerá... si-do-re-mi-fa-sol-la-si / tuación fa-sol-la-si-do-re-mi-[fá] / lica del sol-la-si-do-re-mi-fa-Sol...

Loco de Altar, el único profeta de cuerpo putrescible en el gobierno de Anti, todos los otros eran profetas incorporados en pensamiento y profecía; Loco de Altar decía en la jerigonza del feo sol o sol-feo, decía:

«El documento recordado, ese documento lavado por mí, favorecerá la situación fálica del Sol...»

«Do, re, mi, Antiguerrero, na... ¡Do, re, mi, fa, sol, la, si, do, mi, Antiguerrero, na, hórrida perpetuam, salácida manta, antes que el Sol la si do re mi fa Sol riegue su fa sol la si do re mi fá lico licor fosforescente sobre ella...

Decía Loco de Altar:

«Domina, domina, Anti a la perpetuamente horrible, salácida manta, antes que el Sol riegue su fálico licor fosforescente sobre ella».

Y no dijo más Loco de Altar, el profeta. Cayó al suelo dormido, el cuerpo petrificado y el alma en los sargazos felices.

– IV –

Cucucucún, el gigante en jefe, se quitó el casco. Las naves y pontones de desembarco agitados al compás de las olas. Zanquilargo, blanco como sauce, despertó a los proeles dormidos, los ojos en la noche de luces minerales, frágiles, plateadas, los dedos en su bigote de cometa.

Su ejército de invasión dormía. Los funambolarios de grandes testículos, rivales de sus hondas. Los de cascos con cuernitos de cabra y flechas envenenadas y antenas de algavaros. Los castrados, disimulo que empleaban para que por sus voces creyera el enemigo que eran mujeres las que se acercaban.

Pero de qué, de qué servían aquellos aprestos bélicos frente a una isla que no era isla, flotaba, pestilente, insoportable, embetunada de grasa de cadáveres.

Y bajo la manta flotante, el templo inverso en que se movía, siempre agonizante, el pulpo crucificado, un cristo gigantesco, oceánico, con brazos que le salían de la cabeza, tentáculos clavados en el abanico de brazos de la cruz de las manoplas.

La burla, el desaire, el desafío, a Anti, el guerrero cuyos convoyes no pasaban de circular en redor de la monstruosa manta convertida en isla, no tenía parangón.

En un solo pulpo, en un solo cristo cien cristos, mil cristos, con sus ramificaciones, sus tentáculos, sus chorros de brazos clavados en el abanico de la cruz de las manoplas.

En un solo pulpo, en un solo cristo cien cristos, mil cristos (la befa no podía ser mayor, se repetía Anti, el guerrero, sí, sí, la befa, el escarnio, la afrenta...) con sólo dos ojos de cristal desnudo, dos ojos esféricos, redondos, fosforescentes, más bellos que los ojos de todos los humanos.

Desembarcar en lo que no era isla, desembarcar en aquella monstruosa manta, desembarcar en Animanta, como su amante y caudillo, la venática vena le saltaba en la frente, y llamarla así: Animanta, olvidado lo de Antimanta...

Ordenó a Antiparra, su secretario, llamado así porque fue de la rama de los que en el paraíso no se pusieron la hoja de parra, que

le trajera su uniforme morado de contralmirante, como Anti que era, tenía que ser contra-almirante, y mejor si fuera uniforme de contra-admirante, por definir así mejor su postura «contra toda admiración», él debía ser el admirado y él no admirar nada.

Cucucucún, el gigante, no entendía. La tropa de invasión debía dejar sus armas, al menos ocultarlas, si creían, con la nueva estrategia adoptada, que les iba en peligro la vida, y sin armas ostensibles, sin cascos ni escafandras, y avanzar a nado, cubiertos de flores azules de [camalotes]. Formarían una isla flotante digna de acercarse en plan amoroso a la blanca manta que fluctuaba semi sumergida.

El tratado de amistad, entre esta isla colosal, entre este monstruoso pez y la pequeña isla de camalotes de flores azules aliladas, sería escrito y firmado y sellado con las siete tintas del Arco-iris.

Animanta revolvería en el tintero los siete colores para encontrar su tinta blanca y firmar, y Anti, el guerrero, firmaría con los siete colores que ofrecían las siete garantías:

Paz entre las islas, palabra que se empleaba a sabiendas que no eran islas: una, un pez gigantesco, plano, sin hondura, todo superficial, y la otra, una isla acolchada, honda, un agregado de camalotes flotantes.

A cambio de permitir el culto en la isla de cruces y cristos sobre las tumbas y del gran pulpo, ese Jesucristo de las aguas profundas, Cristo de ramazones y ramazones que formaban sus brazos clavados, brazos o tentáculos llagados por incontables ventosas, absorbedoras de todo lo que de alma hay en el cuerpo de un mortal; a cambio de seguir en la isla-manta este culto al crucificado, y respetar el cuidado de los cadáveres por este selacio; en los dominios de tierra firme de Anti, el guerrero, seguiría la prohibición del culto al crucificado y la prohibición de enterrar a los muertos. Ni cruces, ni crucificados, ni muertos. Anti, el guerrero, era Anti-Todo, pero ante todo, Anti-Muerte.

Cucucucucún... Cucucucucún... Se oía la tempestad del Gigante y su grito anunciando que ni él ni sus rodilludas huestes, pasarían de guerreros a florecitas. La isla, isla o manta, debía ser tomada, así como el templo de la adoración del pulpo crucificado, del pulpo-cristo, el de los cien, el de los mil brazos clavados, a los brazos de la cruz de las manoplas en abanico. Desclavarlo, desclavar

sus tentáculos todos, uno por uno, arrancarlos de la cruz, de los clavos, de la muerte. ¿En qué bula, en qué mandamiento, en qué baraja de solitarios estaba oculto el destino a jugarse en el asalto de aquella isla flotante?

El monstruo de las escrituras. Sudario de ceniza, arena y tierra de muerto forma el techo, la bóveda movible del templo del crucificado que llagó la cantárida de estigmas absorbedores de vida, ventosas que vacían el existir no existir del marabuto, que llenan el estómago del ayunante, la bolsa del goliardo y la fantasía del [geómetra] que en sus tentáculos clavados, palpitantes, halla resueltas sus hipérbolas conjugadas.

Cucucucún, el gigante, sus ojeras se regaban en su cara, como en la tierra la sombra de las abadías, en sus orejas brillaban rosetones de vitrales cuando el sol descomponía sus colores en los pabellones de sus cartílagos, la boca con risa de catedral que se ríe con las flautas del órgano, todos estos cambios al compás del pensamiento que le golpeaba: robarse al pulpo crucificado, tanto brazo que desclavar, y en qué orden los desclavaría, [¿los] desclavaría o los arrancaría de la cruz?

La soldadesca se contentaba con corear:

–¡Florcita, no! ¡Florcita, no! ¡Florcita, no!

Cucucucún fue muerto a mansalva por un tren. Una locomotora a toda velocidad le golpeó por la espalda. Tambaleóse el gigante, sin caer, apenas empujado hacia adelante, cabeceó, tambaleó, parpadeó, balbuceó, pateó, moqueó, lagrimeó, se meó, manoteó, pataleó, pateó. La locomotora iba a tal velocidad que igual que un [cuerno] con filo de navaja lo atravesó de parte a parte, le entró por la espalda y le salió por el pecho, dejando un túnel en su cuerpo, un túnel con cabeza, con brazos, con piernas, que intentó dar algunos pasos. Imposible, quedóse inmóvil y por él siguieron pasando trenes. Cada túnel es un gigante perforado.

Anti, el guerrero, tuvo noticia del percance y se felicitó íntimamente por haberse sacudido aquel coloso y por no tener que hacerle funerales nacionales ni privados, ya que su cuerpo incorruptible, al enfriarse se volvió de piedra, quedó como un túnel, el túnel de Cucucucún.

– V –

–¿Qué te puedo devolver, Animanta? ¿Tu vida? Yo te la quité...
–¿Qué me puedes devolver, Animanta? ¿Tu muerte? Yo te la dí...
–¿Qué te puedo devolver, Animanta? ¿La palabra? Yo te la quité...
–¿Qué me puedes devolver, Animanta? ¿El silencio? Yo te lo dí...
–¿Qué te puedo devolver, Animanta? ¿La luz? Yo te la quité...
–¿Qué me puedes devolver, Animanta? ¿La tiniebla? Yo te la dí...

–El sueño, oyéme bien, Anti, el guerrero, el sueño, que es lo único que con mi muerte no te pude restituir, el sueño de mis noches contigo, oh, Daimon... Daimon... En la contabilidad inmortal, dormidos para siempre pagamos el sueño vivo que nos dio la vida, tan distinto... Oh, sí, Daimon, sí, tan distinto del sueño de la muerte...

La inmensa manta ocupaba todo su sueño, poco a poco Anti, el guerrero, llegaba al filo de su cama, entre las sábanas, desasosegado.

–Y tú, Daimon, ¿qué me puedes devolver –siguió Animanta– [¿la] vida? [¿la] palabra? [¿la] luz? ¡Ah, pero sin ti no, ni por un momento! Y yo, ¿qué te puedo devolver? ¿El corazón partido por uno de tus sayones?

–Animanta –se plegó entre las sábanas el guerrero, sintiendo que la manta inmensa lo envolvía, para caber mejor en ella– Animanta...

–No, Daimon... no hables...

Una mancha de luna navegaba a favor del movimiento de las olas con un guerrero dormido. La ondulación del oleaje repetíase en el olear del gigantesco pez-sudario que recogía de las aguas embravecidas o tranquilas los cadáveres de los muertos de cada día arrojados al mar y que ahora lo llevaba a él... ¿dormido? ¿despierto?

–Daimon (soñaba la voz de ella)

–Pregunto...

–No, no preguntes...

–Te dejé vestida de novia, vestida de blanco...

–Una novia loca, con el traje de bodas hecho de manta...

–Y de quién, sino de ti, Animanta, nacen las mitologías.

–No sólo de mí, Daimon, las mitologías nacen de la mujer, y pude ser Sirena-pájaro, Sirena-pez, Tritona, pero me quedé con el traje

de loca, de novia vestida de manta, partido el corazón, a la orilla del mar y a la orilla de Cristo, porque en él y sólo en él, Señor de la vida, la muerte toca fondo.

En los pliegues y repliegues jabonosos de música y sueño, confundidos con los repliegues y pliegues de la manta que lo envolvía, cuán pequeñito sentíase Anti, el guerrero, qué no ser nada.

–¿Anti qué? ¿Anti qué? –oía en sueños la voz de Animanta que lo llevaba, muerto no, dormido– y en verdad que no era nada en las entrañas abismales de aquel monstruo dulce, nada... apenas una letra perdida en quién sabe qué página de la Enciclopedia Titánica.

La Enciclopedia de los Titanes: tiburones o vampiros del mar, insaciables bebedores de sangre; los peces con espuelas como arcángeles de fuego congelado; las leviatánicas ballenas; los narvales; las rayas sembradas de aguijones; y las mantas monstruosas, primordiales.

–Daimon... –la voz de Animanta.

Tanteó con las manos dormidas, hormigueantes, de dónde venía aquella habla que lo inoculaba de un anterior y posterior estar en la vida.

¿De dónde? ¿De dónde le hablaba Animanta?

De todo el interior de su envolvente atmósfera surgía aquella voz que después resonaba como en una cripta.

–Daimon, despierta...

–No, no quiero despertar. Estoy tan a gusto dentro de ti. ¿Adónde me llevas? –se le encogió la lengua como si lo hubiera picado un alacrán. ¿Para qué saber adónde lo llevaba?

A que presenciara, a que viera, a que se arrodillara ante el pulpo crucificado en una cruz con muchos brazos, a cada brazo un tentáculo del pulpo clavado, cruz a la que se llamaba la Cruz de Ravenala, por su parecido con esas palmeras de África.

Un viaje bíblico, jonasiano, que ya duraba más de tres días, días que duraban un siglo.

Pero al mismo tiempo de ir dentro de ella, iba fuera, y la miraba como una isla.

–Animanta –atrevía Anti, el guerrero, con la voz estrangulada de emoción– ¿eres isla, eres manta, qué eres, quién eres, Animanta, Isla-manta?

Los líquidos inmóviles en su cuerpo de nadador foráneo –iba fuera de ella– no cesaban de circular, no cesaban de circular en [lo] que

de él iba encerrado, envuelto en la blanquísima luz interior de la manta. Instintos desconocidos, zodiacales, le exigían moverse como serpiente, agitar los brazos en calistenias de ángulos y ducharse con arena, al sólo empezar a sentir que despertaba la realidad.

–Cómplice... cómplice... –se decía a sí mismo– no quieres despertar... para no encontrarte frente a ti, caverna y dientes, y retomar tu destino de perseguidor endiablado de muertos y cristos. Mejor dormido, fuera y dentro de Animanta, isla y manta, mejor deshecho en un sueño que te permite existir, si existir es ese tu chocar con lo inalcanzable, disgregar tu ser en un transmundo coloidal, sin disolverte. Doble, doble estar, adentro y afuera de Animanta.

–¡Desde lo profundo clamo hacia ti! –oyó la voz, las voces que le anunciaban que él solo, por su propio peso, el que duerme pesa más, se sumergía en un mar de almendradas claridades hacia el adoratorio del pulpo crucificado.

Catervarios, inmóviles como estatuas de bronce, cubiertos de redes de naufragios, guardaban la entrada de aquel templo circular.

El clamor santo en medio de las olas:

¡Guarda mis huesos sin mi carne!

¡Guarda los cuencos de mis ojos sin mis ojos!

¡Guarda mis dientes sin labios ni palabras, en la risa del que muerde con hambre!

¡Guarda mis dedos sin argollas ni sortijas!

¡Guarda el cónclave de los huesos de mi cadera sin mi sexo!

¡Guarda los huesos de mi cráneo sacrosantosagrado por haber estado junto a mi pensamiento y la jaula de mi tórax sin mi corazón!

Peces luminosos alumbraban la profundidad marina. Llamas de cirios. Luces votivas. Templo de rocas tapizado de plantas acuáticas temblorosas. Entraban y salían feligreses monstruosos, narvales de boca abierta para tragárselo todo sin mascarlo. Un solo colmillo, casi un cuerno de marfil. Orcos patinados de sangre azul, la sangre de las ballenas azules que devoraron en los banquetes de los mares helados. Neptunistas, sacerdotes de misteriosa forma de peces que predicaban: todo fue formado por el agua, en el agua y con el agua.

El pulpo-Cristo con los ojos de fuera sostenía la mirada de las gorgonas de pupilas perforantes, removiendo sin poder desclavarlos del abanico de brazos de su cruz, sus tentáculos regados de ventosas que vivían de chuparse el ánima a los enamorados y enamoradas

que se entregaban a él. Abrazados al pulpo ensangrentado en raptos de entrega total, susurrando sin parar: «¡En tus llagas escóndeme! ¡En tus llagas escóndeme!» aquél les aplicaba sus benditas llagas-ventosas para sorberles el pensamiento y el alma.

Anti, el guerrero, con aletas de sombra en las manos y los pies, escafandra y oxígeno, regueros de burbujas señalaban su camino entre los peñascos desnudos y los que cubrían algas, corales y plantas acuáticas trémulas, sonámbulas, vibrátiles, entrecerró los párpados detrás de su escafandra para no mirar lo que veía: en lugar de una cruz mil brazos de cruces, en lugar de un cristo, cien cristos viscosos, cubiertos de pústulas, en el más atroz de los suplicios. Sus ojos, ojos de Cristo vidriados ya por la muerte, paralizaron al guerrero perseguidor de los cristos, las cruces y los muertos, ejerciendo sobre él una atracción sin efugio posible, directa, fascinante, hipnótica, los ojos de Jesús en el cuerpo de un molusco, mientras sus brazos elásticos pugnaban por arrancarse del suplicio atroz de los clavos para atraparlo en un abrazo, jaula de tentáculos en movimiento que si lograban hacer presa de aquel nadador extraño, lo asfixiaría, no, lo estrangularía, tampoco, le aplicaría el vacío de sus terribles bocas chupadoras, sus cien y cien ventosas que en succión continua lo absorberían hasta confundirse por los siglos de los siglos el perseguidor y el perseguido, el mártir y el verdugo, la víctima y el victimario, el pulpo crucificado, invencible y vivo y el guerrero que lo miraba todo *sub specie mortis.*

«Ojo al Cristo», nadaba el guerrero, «ojo al Cristo que es un pulpo».

No estaba solo. En el mar nunca se está solo. Si asomaba al ventanal de la superficie lo acompañaban el grito de los cormoranes, el vuelo lento de los pájaros diablos y gaviotas y golondrinas que rápidamente iban y venían de la blanquísima manta que flotaba, niquelada de sol, inquilina de la luz de la luna. Y si por el contrario se sumergía, millares de peces le acompañaban con sus ojos redondos, espejeantes, sus bocas hendidas, sus dientecitos, sus bigotes rosados, la plata luminosa de sus escamas, y en zona más profunda, lo enloquecía el agitarse de las aguas entre salvas de tiburones atirabuzonándose y desatirabuzonándose, en un girar, girar y girar sobre ellos mismos. La isla oscilaba como un navío blanco, seguida de una procesión de delfines que desalojaban a los tiburones feroces adarvados por sus griticos silabeantes, entre los

estornudos de los esturiones, el pase y maneje de los espadones (Anti recordaba al encuentro de los peces espadas su condición de guerrero). El palabreo de los delfines histéricos al acercarse a la isla (¿sabrían por el olor que era Animanta?) (él se acercaba también, todo su olfato convertido en adoración), el silbido de los delfines lúbricos alrededor de la indefensa manta, le obliga a intervenir con la única arma de que disponía: la palabra. Y habló:

–¡Oraculares! ¡Homéricos! ¡Apolíneos!... –los Delfines al [oír] voz humana se detuvieron– esta que manta véis, miradla esposa del que por mano de un subalterno le dio muerte, su verdadero nombre, Animanta. Pero, Delfines, os pertenece –el mar apagaba su voz– es más vuestra que mía, arcángeles del más allá, que lloráis con lágrimas con ojos, para veros llorar, es más vuestra que mía, entregada a los muertos, en catedrales de hielo, a los cristos agónicos, esculpidos en maderas amargas, toda la vida del hombre helándose en un Dios sin voluntad. No es una isla, es una manta que acarrea cadáveres, los que mi buen gobierno arroja al mar, cristos y polvos de la Cruz del Sur.

Su voz, hablaba con la cabeza fuera del agua, defendiendo la boca de las olas, perseguida a saltos por los delfines que volaban tras ella, no subía ni bajaba el diapasón, cortada por silencios que hacían esperar lo inesperado, la revelación, que no hizo, del pulpo crucificado bajo la isla.

–¡Daimon! –se oyó la voz de Animanta que lo llamaba desde la fiesta voluptuosa de los delfines que saltaban fuera del agua, húmedos, candentes, celestes– ¡Daimon! ¡Daimon!

Ya no la oyó.

–¡Daimon! –la voz, su voz, ya no lo alcanzó.

–¡Daimon! –gritaba Animanta– ¡Daimon!

Una masa de brazos espumosos y olas con movimientos de manos se apoderó de él no obstante la velocidad a que se deslizaba y lo arrastró hacia el pulpo crucificado a todo lo que daban las olas, manos que le golpeaban más y más fuerte, sin anonadarlo, porque el pavor del monstruo lo mantenía trágicamente lúcido en aquellos que eran sus últimos momentos, detrás del cristal irrompible de la escafandra. El pulpo se debatía, a su vez agónico, descarnado, espectral, lívido, balanceándose de un lado a otro, para tirar con la fuerza de su peso y su voluntad de los clavos que mantenían sus tentáculos asidos a las cruces en que estaba tantas veces crucificado

como brazos tenía. Un Cristo sin faz. Sólo ojos. Ojos esféricos. Un pedazo de nariz. Y el horrible pico de pájaro con movimientos de cabeza de tortuga, que se lanzaba contra el cristal de la escafandra, para dejarlo ciego y ya ciego aplicarle sus dobles, sus triples filas de ventosas y poderle beber toda la sombra que encierra el cuerpo de un hombre sin ojos, sombra que el pulpo crucificado convertiría en tinta de tiniebla.

En el mar no hay instantes, todo es eterno o al revés, no hay nada eterno, todo es instante, desgranarse de instantes, de párpados de agua, millones y millones de ojos que parpadean.

Las llagas del gigantesco Cristo que semejaba una araña crucificada, se movían como respiraderos de los que manaba sangre de colores. Cristo de llagas de sangre azul-verdosa, llagas verdes, llagas bermejas, cárdenas, o bien anaranjadas, violetas. Cristo bañado en sangre de arco-iris.

Cada uno de sus brazos hubiera querido soltarse, arrebatarle de las olas y traerlo, rígido como estaba paralizado por el espanto, hasta su boca de pico de ave, o para darle el beso del veneno inmortal. Se quedaría convertido en un pescado-hombre en el mar.

Pero qué necesidad tenía de sus clavados tentáculos color rojo ladrillo, por momentos, escarlata, bermejos y color fuego por instantes, si el mar, con sus millones de brazos implacables, lo llevaba, convertido en un muñeco de algas, a entregarlo al hambre, a la sed, a la voracidad de sus llagas.

–«¡En tus llagas escóndeme!...» –oyó Anti, el guerrero, una de sus oraciones de niño– escóndeme, Jesús mío, en la llaga de tu costado, en las llagas de tus pies, en las llagas de tus manos...

La agitación de sus tentáculos traqueteaba la cruz alta con sus múltiples brazos, como el mástil de un barco en la tempestad, todo por arrancarse de los clavos, mientras fijaba redondos ojos humanos en la presa que le entregaba el mar, entre estrellas marinas y pescados redondos, como lunas acuáticas, corales, gorgonas, sargazos.

Una diadema luminosa le daba más apariencia de Cristo, una verdadera diadema de piedras preciosas que repartían un halo [luminiscente] en el agua que ya en lo profundo se agitaba. ¡Ah, piel azul! ¡Mar de piel de cielo!

–¡Escóndeme! ¡En tus llagas escóndeme!

No, no se dejaría envolver, la calma era profunda, el pulpo cristo se inflaba y desinflaba, grotescamente, no se dejaría atrapar por las cabelleras ondulantes de las algas que lo rodeaban con movimientos de humo que respiraba. Pero era una lucha sin esperanza y en su total derrota, aceptó que debía entregarse, él, Anti el guerrero, a su enemigo, a Cristo en la odiosa imagen de un Cristo pulpo, todos los brazos de todos los cristos clavados y otros tentáculos haciendo de piernas y pies, clavados abajo. Araña monstruosa. Arbol crucificado por las raíces. Gelatinoso, llagado de corales. No cerró los ojos. Sentíase lanzado, impelido hacia los brazos del pulpo que se retorcían en un supremo y último esfuerzo por liberarse de las clavaduras. Pero no, no chocó con cuerpo alguno. El pulpo había desaparecido y en lugar de golpearse contra él, penetró a una sombra de polvo de tiniebla diluída en el agua, tan exacta al Cristo-pulpo que parecía el pulpo mismo. Navegaba, navegaban él y el pulpo en una sola tiniebla, negándose entre ellos mutuamente el tacto, el tic-tac del tacto, único contacto que les quedaba en la negrísima tinta de eternidad que se extendía sin playas ni horizontes. Polvo, tinta, sombra, qué era, quién era... un rostro, un cuerpo... el agua de qué sangre movida, con qué impulso de carbón ya líquido, llorado por los ojos redondos, ojos de búho del Cristo tumefacto, pulpo negro de los brazos en cruces. [¡Pulpo,] pulpo de sed, sed en los clavos y en las raíces clavadas! Cristo de pizarra y sombra, manchado de metales y trementina. Navegaba. Navegaban. Una isla con el pelo suelto les seguía. Ahogarse en collares de espuma, en collares de arco-iris. Péndulos auditivos. En sus oídos. En sus orejas. Salía de nuevo al tiempo, a la luna sin hermana, sacudido por el continuo, el más próximo a su lecho de los doscientos continuos que formaban su guardia personal, también llamados «tácitos» tanto no existían o esforzábanse por no existir junto a su jefe. Bañado por el sueño que no se le despegaba, que sentía le arrancaba su piel, dejándole el cuerpo como llaga viva, no encontraba sus engranajes oculares. Oh corales... Oh serpientes de cuernos de oro entre corales de sangre submarina. El veneno es más dulce que la vida. Volver desde tan hondo. Volver desde tan lejos. Clavado entre ceja y ceja el Cristo-pulpo. No, no podía apartarlo de sus ojos calientes. Le quemaban como brasas. Y todo su sueño, su pesadilla hecha galleta, una galleta salobre que le ponían en la boca al despertar, para que la mordiera. Despertó, la voz corrió por el palacio, despertó,

despertó. Sus lebreles. Mandó que los echaran fuera. Todo lo que se movía, así fuera una mosca, deshacía el hechizo. La prolongación de sus visiones. Rígido, los ojos pestañudos de pupilas heladas, rechazaba la realidad que lo rodeaba, tratando de deshacerse de ella, entre los doscientos únicos que ni parpadeaban y el secretario, Antiparras, inmóvil como estatua. Juntó los párpados, apretadamente, clavó la cabeza entre los almohadones en busca del sueño, seguir soñando, pero inútil, el sueño es como la fortuna, se niega al que lo [ansía,] y va al que no le llama. Se echó los almohadones encima,

EL TEXTO

EL ÁRBOL DE LA CRUZ
(Reproducción facsimilar)

Transcripción diplomática y notas
Aline Janquart

EL ÁRBOL DE LA CRUZ

A

EL ÁRBOL DE LA CRUZ

«Philosophes, vous êtes de votre Occident»
Rimbaud*

* Cita sacada del poema en prosa «L'impossible», de *Une saison en enfer*. Esta cita en epígrafe introduce en filigrana una doble dicotomía: «filósofos/poetas» y «Occidente/no-Occidente». Asturias pertenece obviamente al segundo grupo: es un poeta, y no se reconoce como «occidental». Al ocaso (sentido segundo de la palabra «occidente») de la filosofía, a su incapacidad de dar cuenta del mundo, se opone la potencia de la poesía, creadora de mundos nuevos.

II

"Philosophes,
vous êtes de votre Occident"

Rimbaud

– I –

Anti, el guerrero, Anti-Dios, Contra-Cristo, **Anti-humano**[1]#[2], Anti-pueblo #[3], ejercía el **más anti de los poderes**[4], en aquel anti-país, anti-nación, **en períodos presidenciales**[5] anti-tiempo, porque su gobierno #[6] contra todo y contra todos no tenía fin, era antifin.

Anti, el guerrero, se dolía, **con** sus anti-amigos (jamás a nadie llamó amigo), **con** su anti-familia (a nadie nunca consideró pariente), **con**[7] sus partidarios-anti #[8] no muy diferentes de sus antipartidarios (que #[9] partidarios no tuvo pues a los que le eran afectos #[10], les ponía el «anti» después), ante todos sus anti, Anti se dolía de ese personaje anti todo lo que era y representaba él #[11], anti-riquezas, anti-honores #[12], anti-injusticias, anti-tergiversaciones de la ley de los profetas, **y a quien llamaba Dios por anti-hombre, por ser divino y hombre por anti-dios, por ser humano de carne y hueso.**[13]

Anti se[14] mordía los labios color de jarabe viejo, echando chispas por los ojos, las uñas de #[15] sus dedos enterradas en las palmas de sus manos, **sin dejar de repetir que de aquel hombre y Dios, tan anti, no iban a quedar ni las cenizas.**[16]

---

1 Anti-Pueblo

2 Pueblo / El añadido «Anti-humano» es simétrico de «Anti-Dios», enmarcando la expresión «Contra-Cristo»: Anti se opone a Cristo en cada uno de los dos aspectos de su naturaleza, lo humano y lo divino.

3 contra todo y contra todos / La expresión se recuperará unas líneas más abajo, para calificar ya no al propio Anti, sino a su modo de gobierno, lo que se justifica más.

4 *poder*–antipoder / La expresión finalmente elegida, «el más anti de los poderes», es interesante bajo dos aspectos: por una parte, introduce un superlativo adaptado a la desmesura de Anti, por otra parte, utiliza por primera vez en la novela el prefijo «anti» como adjetivo.

5 [ilg.]

6 sabía / Lo que le interesa a Asturias en esta presentación de Anti es lo que le pone en paralelo con Dios –aquí, la inmortalidad. / Var. 6 bis: sobre el añadido del epíteto homérico «el guerrero», véase el artículo «Un inédito de M. A. Asturias» en este mismo volumen, p. 4.

7 ante / El paso de «ante» a «con» evita un juego de palabras fácil sobre «anti» y «ante», que no obstante se recuperará en otras ocasiones (*cf.* el «antibrazo, no antebrazo» del secretario Antiparras).

8 (nunca los llamó partidarios) / La supresión, en este lugar, del paréntesis explicativo quiebra aparentemente el ritmo de la frase («anti-amigos»/ paréntesis explicativo, «anti-familia»/ paréntesis explicativo, «partidarios-anti»/ paréntesis explicativo); ahora bien, de hecho, el ritmo ya estaba quebrado por la posposición de «anti» a «partidarios». En tal caso, tanto valía sacar partido de esta ruptura para desarrollar el matiz de sentido entre «partidarios-anti» y «anti-partidarios»; éste es uno de los pocos casos en que, entre dos soluciones, Asturias opta por la que privilegia el sentido en detrimento del ritmo.

9 no

10 por aquello de [ilg.] / (Supresión de un giro estilísticamente «pesado»).

11 Dios y hombre, cuyo signo / Se trata de definir a Cristo; vemos cómo Asturias pasa de una expresión neutral, «Dios y hombre...», a una expresión que insiste sobre la naturaleza divina de Cristo, «...ese hombre que llamaban Dios, así, sólo así, Dios», para desembocar en un desarrollo en tres líneas que establece un equilibrio riguroso, tanto semántico como rítmico, entre las dos naturalezas, humana y divina.

12 anti-verdad.

13 anti bestial, ese hombre que llamaban Dios, así, sólo así, Dios. (Véase nota 11 arriba).

14 *Le [ilg.]aba* –Se

15 sus dos

16 mientras mentalmente repetía: Dios... Dios... Dios... / La triple mención del nombre de Dios (tres, como la Trinidad), cuya interpretación podía ser múltiple, deja lugar a una amenaza concreta de destrucción de Cristo, considerado como un enemigo.

1

el guerrero

— I —

Anti-humano

Anti! Anti-Dios, Contra-Cristo, [redacted]

[redacted] Anti-pueblo, ~~[illegible]~~

más anti de los poderes

ejercía el [redacted] ~~[illegible]~~ poder, en aquel anti-país,

en períodos presidenciales

anti-nación, [redacted] anti-tiempo porque

su gobierno [redacted] contra todo y contra todos, [redacted].

[redacted] no tenía fin, era [redacted] antifin.

el guerrero · jamás

Anti, se dolía, ~~anti~~ con sus anti-amigos (a nadie

nunca

llamó amigo) con su anti-familia (a nadie consi

deró pariente) ~~ante~~ con sus partidarios-anti ~~[illegible]~~

~~[illegible]~~ no muy diferentes de

sus antipartidarios (que ~~no~~ partidarios no

tuvo ~~pues~~ a los que le eran afectos, ~~[illegible]~~

[redacted] les ponía el "anti" después) ante

todos sus anti, Anti se dolía de ese personaje

anti-todo lo que era y representaba él, ~~[illegible]~~

~~[illegible]~~ anti-riquezas,

anti-honores, ~~[illegible]~~ anti-injusticias,

anti-tergiversaciones de la ley de los

y a quien llamaba Dios por anti-hombre

profetas, ~~[illegible]~~ ~~[illegible]~~ por

hombre por antídoto de ser humano de carne y hueso.

~~[illegible]~~ Dios.

por

Anti se [redacted]

→ se mordía los labios color de jarabe viejo,

echando chispas por los ojos, las uñas

de ~~sus dedos~~ sus dedos enterradas en las palmas

de sus manos, ~~mientras ... repetía~~:

sin dejar de repetir que de aquel

~~[illegible]~~ hombre y Dios, tan anti,

no iba a quedar ni las cenizas

¿Quién **es**[17], preguntábase Anti, ese hombre, anti-él, porque éste sí que no cabía duda, que era anti-Anti #[18], anti-él?

Si, como Dios, este anti-él, está en todas partes, **él, que es anti-tirano, porque es más que tirano**[19] goza de **la ubicuidad**[20] de la tiranía #[21], y está también en todas partes. #[22] Inconcebible, él o yo, porque si no yo dejaría de ser #[23] único. ¿Y él? ¿Por qué él? Jamás. Anti-él, como soy, lo haré desaparec[e]r.

¿De dónde salió este hombre-dios? pregunta Anti, el **guerrero**[24], **a su**[25] más anti-íntimo amigo, porque amigos íntimos, siendo como era Anti-todo, no tuvo nunca, todos, para él, eran sus antiamigos. Convivía conmigo, en este país de antílopes dorados, cuando yo **sólo era el antípoda de lo que soy** [26]#[27], y por eso supe de su existencia #[28], pero ahora #[29] lo tengo enfrente y es mi Anti, es el Anti de Anti, y eso no puede ser, no hay Anti de Anti que valga.

---

17 era / El imperfecto no podría convenir para Cristo, ya que le situaría en un pasado acabado: pero es el enemigo actual de Anti, de ahí el paso al presente.

18 contra él, supremo anti todo que encontraba un Anti-él. / (Supresión de una «pesadez» estilística).

19 *como tirano también está* –que este anti-tirano / Otro ejemplo de desarrollo de una expresión (*cf.* var. 4): Anti está presentado primero como «tirano» (expresión neutra), luego como «anti-tirano», de acuerdo con su naturaleza «anti-todo», pero con el riesgo de una confusión, ya que un «anti-tirano» es precisamente todo lo contrario de Anti; de ahí el desarrollo explicativo, «que es anti-tirano, porque es más que tirano».

20 *don de ubicuidad* –la misma divina ubicuidad / Al contrario, aquí, la expresión se aprieta: de la formulación tradicional «don de ubicuidad» se había pasado a una formulación explicativa, «la misma divina ubicuidad», abandonada luego en provecho de una elipsis, «la ubicuidad» siendo suficiente para caracterizar el atributo divino compartido por Anti.

21 y de aquí que no pueda subsistir esta doble presencia, de él que es Anti, y el Anti-él que está contra él; subsisten en todas partes, él que es único y aquél que también se dice único. Y no, no y no, no pueden subsistir juntos. / Abandono de un desarrollo sobre la incompatibilidad entre Anti y Cristo, que se recuperará más adelante (var. 29 bis), pero de manera mucho menos insistente.

22 Es que es / (Supresión de una «pesadez» sintáctica, que evita al mismo tiempo una cacofonía.)

23 un

24 supremo / (Véase nuestro artículo ya citado, p. 5).

25 uno de sus / Paso de lo múltiple a lo único: Anti no puede tener muchos amigos, por muy «anti-íntimos» que sean...

26 *no era Anti* –como soy ahora, sino *el* un antípoda / La expresión de la restricción pasa de la forma negativa («no era Anti como soy ahora») a la forma afirmativa («sólo era el antípoda de lo que soy»); la primera formulación podía dar a entender que en un momento dado del pasado Anti aún no era Anti, lo que no cuadraba con la lógica interna del personaje.

27 ahora / (La supresión evita simplemente una repetición)

28 Bien que vivía solísimo *se* le llamaban el Anti-solitario. / Asturias evacúa una precisión de la cual no sabemos si se aplicaba a Cristo o a Anti, para evitar la confusión.

29 su

2

¿Quién era el hombre, anti-él, porque este sí que no cabía duda, que era Anti-Anti, anti-él?

Si, como Dios, este anti-él está en todas partes, él, que está anti tirano, porque es más que tirano, goza de la ubicuidad de la tiranía, y está también en todas partes. Inconcebible, él o yo, porque si no yo dejaría de ser único. ¿Y él? ¿por qué él? Jamás. Anti-él, como soy, lo haré desaparecer.

¿De dónde salió este hombre-Dios? pregunta Anti, el Guerrero, a su más anti-íntimo amigo, porque amigos íntimos, siendo como era Anti-Todo, no tuvo nunca, todos, para él, eran sus antiamigos. Convivía conmigo en este país de antílopes dorados, cuando yo supe de su existencia, pero ahora lo tengo enfrente y es mi Anti, es el Anti de Anti, y eso no puede ser, no hay Anti de Anti que valga.

–**Antiparra**[30] –llamó al secretario, el del antibrazo, no antebrazo, postizo con todo y la mano muerta– escribe lo que debo hacer saber **a mis antis**[31]...

–Un edicto...

–En todo caso, Antiparras, sería un antiedicto o sea un edicto anti-constantiniano*; lo que daré será un *anticipo,* anticristiano, anticatólico, antievangélico, **antieclesiástico**[32]; Antiparras, escribe...

Anticipo

Habida **cuenta de la anticuenta**[33] del tiempo en este **antinómico**[34] lugar de la tierra, Yo, Anti, **el guerrero**[35], anti vosotros #[36], efigies parlantes, ordeno y mando que sean destruídas todas las #[37]imágenes del solo, del **único**[38] Anti-Anti que existe, #[39] Dios y #[40] Hombre, **antítesis**[41] inadmisible, **mimetismo de mestizo**[42], de divino mestizo en el que hay #[43] el anti-Dios, si se **dice** hombre, y el anti-Hombre si se **dice**[44] Dios.

---

30 Antiparras / Véase nuestro trabajo «M. A. Asturias, *El Árbol de la Cruz*, edición crítica», Tesis Doctoral, Universidad de Borgoña, 1991.

31 a los anti. / El paso del artículo definido («los anti») al adjetivo posesivo («mis antis») muestra que el pueblo «pertenece» al tirano.

* Alusión al Edicto de Constantino –o Edicto de Milano– (313), que proclamaba la libertad de ser cristiano y ordenaba la restitución de los bienes eclesiásticos confiscados. Antes de su conversión al cristianismo, Constantino practicaba una religión solar de tendencia monoteísta; lo que le importa aquí a Asturias, de hecho, es que Constantino, en su calidad de defensor del cristianismo, aparece como un perfecto «anti-Anti».

32 antieclesiástico [tachado]

33 anticuenta de la cuenta / El desplazamiento del prefijo «anti» se justifica, si consideramos que es la cuenta del tiempo en el país de Anti la que es «anti»; la locución «Habida cuenta» no necesita pues ser modificada.

34 Antiparaíso / «Antiparaíso» podía servir para designar el infierno; ahora bien, el país de Anti no se sitúa en otro mundo, sino en la tierra, lo que justifica la adopción de la expresión «antinómico lugar de la tierra».

35 Antipapa / Véase nuestro trabajo en la tesis ya citada.

36 y contra / (Supresión de una redundancia).

37 ant[i] / Supresión de una incoherencia: las imágenes de Cristo no son «anti-imágenes».

38 *Gran* –Solo / Investigación sobre la adjetivación; «el Gran Anti-Anti» no excluía la existencia de otros «anti-Anti», «el Solo Anti-Anti» podía aludir tanto a su carácter único como a su soledad, mientras que «el único Anti-Anti» suprime esta ambigüedad.

39 de Jesús de Nazaret, como

40 como / (Las supresiones 39 y 40 corresponden simplemente a un deseo de aligeramiento de la frase.)

41 antinomia / (Evita una repetición.)

42 mestizaje de mimetismo del / El orden de las palabras tiene una importancia capital para la fonética y el ritmo de la frase; en la expresión elegida, «mimetismo de mestizo», la rima interna en i-o viene a reforzar la aliteración en m-t-s y el sintagma se convierte en un octosílabo.

43 los anti

44 siente / Deseo de precisión del vocabulario; lo que importa no es lo que «siente» el «divino mestizo» sino lo que da a conocer a los hombres a propósito de su doble naturaleza («se dice»).

3 3

—Antiparras —llamó al secretario, el del antibrazo, no antebrazo postizo con todo y la mano muerta—, escribe lo que debo hacer saber a mis antis...

—Un edicto...

—En todo caso, antiparras, será un antiedicto o sea un edicto anticonstantiniano; lo que debe será un anticipo, anticristiano, anticatólico, antievangélico, antieclesiástico; Antiparras, escribe...

Anticipo

Habida cuenta de la anticuenta de tiempo en este antinómico lugar de la tierra, Yo, Anti, el herrero, anti[illegible], efigies parlantes, ordeno y mando que sean destruidas todas las imágenes del solo del único Anti-Ante que existe, Dios y Hombre, antítesis inadmisible, mimetismo de realidad, de divino mestizo en el que hay el anti-Dios, si se dice Hombre, y el anti-Hombre si se dice Dios,

Ordeno y mando, por este mi ANTICIPO, **que se les corte la cabeza a los niños dioses esculpidos**[45] en las plazas públicas, en memoria de la bienhechora degollación de los inocentes del sin par Hérodes. Cuando las imágenes sean de un Jesús joven, ordeno y mando que se decapiten como a Juan el Bautista, Antitodo, como soy, Antitodopoderoso, declaro **el fin de**[46] la Era Cristiana, y el inicio de la ERA Anti-Era, **sin más anuncio que la**[47] quema de millones de Cristos, cruces y crucificados, #[48] Ecce-Homos y Cristos yacentes.

–Numen inest! –profirió **Antiparras, el Secretario**[49], moviendo más los bigotones que los labios.

–¿Qué dices? #[50] cosmética infladura de mostacho –gritó Anti, el guerrero, Anti el Supremo.

---

45 los niños dioses en imágenes sean decapitados / Evita una doble repetición, la de «imágenes» y la del verbo «decapitar».

46 terminada / La modificación de «terminada» en «el fin de» permite un paralelismo riguroso entre las dos Eras sucesivas («el fin de»/«el inicio de»), equilibrando así la economía general de la frase.

47 con una / A la connotación positiva de la preposición «con» se sustituye la connotación negativa de la preposición «sin», más en armonía con el tema del trozo (la destrucción de las imágenes de Cristo).

Var. 47 bis: el añadido «millones de» contribuye a la impresión de desmesura de la empresa de Anti.

48 que pasarán a la historia y a la ceniza. / Supresión de una subordinada relativa que entorpecía la frase y quebraba el ritmo.

49 el secretario, Antiparras / Aquí el orden de las palabras permite un paralelismo entre la designación habitual de Anti («Anti, el guerrero») y la de su secretario.

50 Latines, con la / Supresión de una precisión inútil (el lector se supone que es suficientemente culto como para saber que «Numen inest» es una expresión latina), que permite al mismo tiempo hacer del sintagma «cosmética infladura de mostacho» una aposición a Antiparras, un insulto.

4 4

escaupidos,

"Ordeno y mando, por este mi ANTICIPO, que a los niños-dioses, se les corte la cabeza en las plazas públicas, en memoria de la bienhechora degollación de los inocentes del sin par Herodes. Cuando las imágenes sean de un Jesus joven, ordeno y mando que se decapiten como a Juan el Bautista. Antitodo, como soy, Antitodopoderoso, declaro el fin de la Era Cristiana, y el inicio de la ERA Anti-Era, sin mas anuncios que la guerra de millones de Cristos, cruces y crucificados, [illegible] Ecce-Homos y cristos yacentes

—Numen inest! —profirió el Serratarco Antiparras, moviendo mas los bigotones que los labios.

—¿Qué dices? [illegible] cosmética inflación del rostachro

—gritó Anti (Guerrero Anti, el Supremo)

–Dije que este lugar habitado por la divinidad...

–Sí, y qué. La divinidad lo habitó y ahora lo habito yo que # [51] no me harto de ser divino #[52]...

Pandillas de cristolatras, #[53] ambisueltos de las manos, los dedos en dedales de guantes **cascarudos**[54]*, se regaron #[55] a la luz de la más alta luna #[56].

---

[51] también soy divino, como todos los tiranos. ¿[Ilg.] Dios qué no si se han divinizado animales, piedras *se puede* se negará alguién a divinizarme? / Supresión de un desarrollo, que justificaba la divinización de Anti: ahora bien, Anti es divino por naturaleza, no necesita ser divinizado, ni aún menos justificarlo.

[52] Aimanta –sintió los pasos de la bruja piruja, ja– qué hace –sólo los pasos– Ejércitos de cristoclastas esperaron la más alta luna, para cumplir el «Anticipo». ¿Qué *hace* acechas por aquí / La supresión de estas líneas retrasa la entrada en el escenario de Animanta, presentada –curiosamente– en esta primera aparición como bruja y cortesana, espiando los actos y gestos de Anti.

[53] iconómacos consumados / (Supresión de una precisión superflua).

[54] de cáscaras de insectos / El deseo de economía, la preferencia por el adjetivo («cascarudos») en detrimento del grupo nominal («de cáscaras de insectos») es una de las características del estilo de Asturias.

* La imagen de los «dedales de guantes cascarudos» evoca uno de los frescos mayas de Bonampak, donde une procesión de bailarines parece en efecto llevar guantes de cáscaras de insectos o de cangrejos. (Véase Annequin, Guy, *La Civilisation des Mayas*, Ginebra, Farnot, 1977, p. 276). La proximidad de la expresión «ambisueltos de las manos» que recuerda al «Ambimano Tatuador de Mundos» de *Clarivigilia* contribuye a anclar este trozo en el imaginario maya.

[55] a cumplir

[56] el «Anticipo» del tirano Antitodos. / Lo que desaparece aquí es la expresión de la finalidad («a cumplir el anticipo...»), en provecho del movimiento («se regaron»). Dicho movimiento aparece tanto más inquietante cuanto que su finalidad no está expresada.

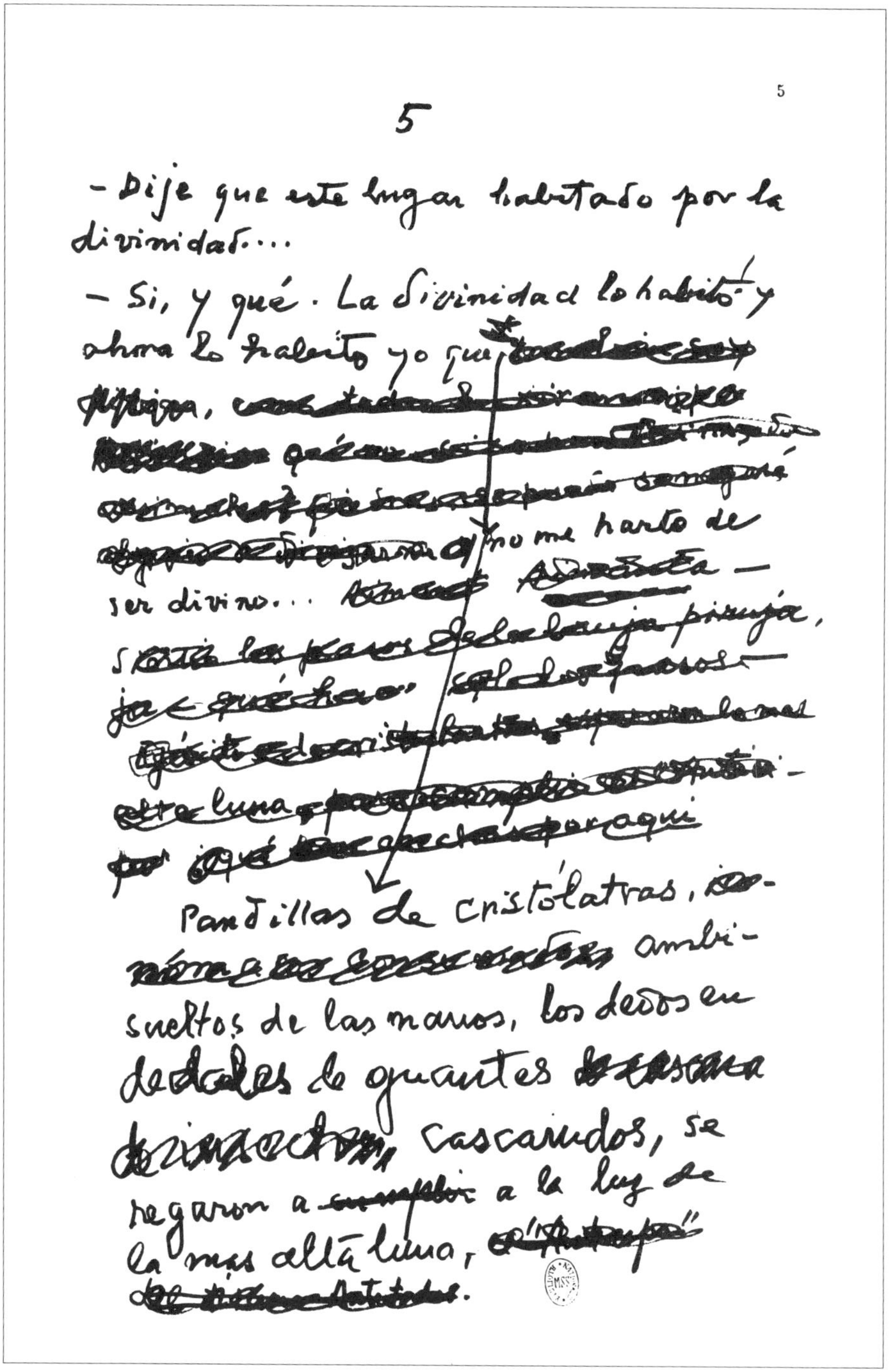

5

5

—Dije que este lugar habitado por la divinidad...

—Sí, y qué. La divinidad lo habitó y ahora lo habito yo que [illegible] no me harto de ser divino... [illegible] —

[illegible]

Pandillas de cristólatras, [illegible] ambi- [illegible] sueltos de las manos, los dedos en dedales de guantes [illegible] cascarudos, se negaron a [illegible] a la luz de la más alta luna, [illegible]

No hay nada más indefenso que una imagen, y una imagen de Cristo cua[n]timás **pues cómo**[57] podría defenderse, **con las manos clavadas en**[58] la cruz, o atado a la columna de las flagelaciones o desamparado, entre el cri-cri, cri-cri de los grillos, como Rey **destronado**.[59] # [60]

Ni una voz, ni un ay, apenas el crujir de las maderas golpeadas, antes de lanzarlas al fuego, hacía que se sintiera la noche altamente alunada, #[61] vacía, #[62] extraña sensación de silencio, si se compara a las oscuras noches de las persecuciones de Anti, contra

---

57 ya que con qué / (La modificación obedece a un deseo de eufonía).

58 *si está clavado a* –si sus manos están clavadas a / La supresión de la subordinada en provecho de una aposición aligera la frase, y permite poner de relieve las manos, como instrumento posible de defensa.

Var. 58 bis: añadido un juego de palabras, aparentemente gratuito otra vez, sugerido por la polisemia de la palabra «grillos»: 1) lo que sujeta los pies de los presos, 2) los insectos nocturnos y cantarines.

59 de los judíos. / Sustitución de una expresión hecha, sacada de los relatos del Evangelio («Rey de los judíos») por otra expresión que pone de relieve la derrota de Cristo.

60 Uno de los iconómacos, iconomaniático por naturaleza, al empezar a / Asturias descarta el esbozo de un episodio en el cual intervenía uno de los soldados iconoclastas en particular; ahora bien, forman un cuerpo indisociable, sin cara, de donde sólo se destaca el capitán, Galipote, que aparecerá en el escenario un poco más tarde.

Var. 60 bis: véase nuestro trabajo, en la tesis ya citada.

61 com[pletamente] / (La supresión del adverbio de manera aligera la frase).

62 no así en las p[ersecuciones]

6

6

No hay nada mas indefenso que una imagen, y una imagen de Cristo, cuantimás penas, cómo podría defenderse, con las manos clavadas en la cruz, ó atado a la columna de las flagelaciones, ó desamparado, entre los el cri-cri de grillos, como Rey destronado.

Ni una voz, ni un ay, apenas el crujir de las maderas golpeadas, antes de lanzarlas al fuego, hacía que se sintiera la noche altamente alunada, vacía, extraña sensación de silencio si se compara a las oscuras noches de las persecuciones de Anti, contra

sus[63] enemigos, #[64] carne y hueso, para imponer su **dictadurísima antidemocracia.**[65]

Maridado #[66] con #[67] Animanta, mezcla de animal y manta, siempre parpadeante y afligida, #[68] era tan espantoso copular con aquel ser venático*, **antitodo y guerrero.**[69]

Vestida de ciertos e inciertos, situación de la concubina, se apoyó en el brazo de Anti, a respirar #[70] el perfume de la noche, en la terraza oeste del palacio antipalacio por habitarlo Anti, el infinitamente antimisericordioso, y le extrañó percibir en lo más aéreo del aire, aromas de naranjo, benjuí, cedro, caoba, aceites e incienso. El olor de las imágenes que

---

63 los / (*cf.* var. 31 de este mismo capítulo).

64 sus «antis» de / El paso de una formulación «llana» («sus "antis" de carne y hueso») a una utilización original de «carne y hueso» como aposición a «sus enemigos» aligera la frase.

65 *dictadura* –tiranía / Sobre el mecanismo de creación de la expresión «dictadurísima antidemocracia», véase nuestro artículo ya citado, p. 8.

66 última[me]nte / (Supresión de un adverbio en -mente para aligerar la expresión).

67 María / Véase nuestro artículo ya citado, p. 8.

68 venático, acude con esperma helado, glacial.

* Venático: «que tiene vena de loco, i.e. genio inconstante o voltario». Lo que permite el juego semántico con «vena de lobo»: Anti está loco, y además es peligroso como un lobo.

69 *de esperma helado, glacial –de beso helado, glacial* –aquel Anti, antitodo y guerrero. / Supresión provisional de una característica de Anti («su esperma helado») que se recuperará más tarde, al final del capítulo, asociada entonces con la muerte de Animanta.

70 en

7

7

Sus enemigos, ~~[illegible]~~ carne
y hueso, para imponer su ~~[illegible]~~
~~[illegible]~~ ~~[illegible]~~ dictaduri-
sima anti-democracia.

Maridado ~~[illegible]~~ con
~~[illegible]~~ Animanta, mezcla de
animal y manta, siempre pa-
padeciente y afligida, ~~[illegible]~~ático,
~~[illegible]~~ ~~[illegible]~~ helado; ~~[illegible]~~
era tan
glacial
espantoso copulas con aquel
ser venatico ~~[illegible]~~;

antitodo y generoso

~~[illegible]~~

Vestida de ciertos e ~~[illegible]~~
inciertos, situacion de la concubina,
se apoyó en el brazo de Anti, a
respirar ~~[illegible]~~ el perfume de la noche,
en la terraso oeste del palacio antipa
lacio por habitado Anti, el infina-
tamente antimisericordioso, y le
extrañó percibir en lo mas aereo del
aire, aromas de naranjo, benjui,
cedro, caoba, aceites e incienso.
El olor de las imagenes que

destrozaba el furor iconománico* de las pandillas encargadas de cumplir el «Anticipo» o **ucase**[71] de aquel vena de lobo, como él mismo decía de una vena azul que le saltaba en la frente.

–Daimon –así le llamaba Animanta– **nada se pierde, se acaban los cristos**[72] pero huele la noche a maderas #[73]. Déjame respirar, Daimon, **déjame**[74] respirar bálsamos y sándalos. **Mi**[75] collar de dientes de muerto me muerde los pechos. Daimon, quisiera un collar de astillas de cristos...

–**Eso jamás, Animanta,**[76] ni astillas quedarán de esos **crucifijos**.[77] Debo proceder, #[78]

---

* ¿*sic*, por «iconomáquico»?

71 uk[ase]

72 nada, se pierden los cristos

73 y a sándalo, a bálsamo, a sándalo. / Se aprecia un trabajo sobre los esdrújulos, provisionalmente descartados y luego recuperados (*cf. Amores sin cabeza*). En los borradores de *Amores sin cabeza* conservados en el Departamento de Manuscritos de la Biblioteca Nacional con la signatura [AST 1, se encuentra , en el f. 115, la lista siguiente: «altísona –ilírica –sándalo –ébano –bálsamo».

74 dejaba

75 Me

76 –Jamás, eso jamás, Mari [ilg.] / (*Cf.* var. 67 de este mismo capítulo).

77 antiestétigos (*sic*) crucificados, que no harían sino recordar, si d[...]

78 como proceda a supri[mir] –a antimuerto

8

8

destrozaba el fuero iconomático de
las pandillas encargadas de cumplir
el "principio" o ~~[illegible]~~ ucase de
aquel vena de lobo, como el mismo
decía de una vena azul que le salta
ba en la frente.

— Daimon —así le llamaba Animanta—
nada se pierde, ~~[illegible]~~
~~[illegible]~~ se acaban
los Cristos pero huele la noche a
maderas, ~~[illegible]~~
~~[illegible]~~ Déjame respirar, Daimon.
~~[illegible]~~ déjame respirar bálsamos y
sándalos. ~~[illegible]~~ Mi collar de dientes
de muerto me muerde los pechos.
Daimon, quisiera un collar de astillas
de Cristos...

~~[illegible]~~

—Eso, jamás, ~~[illegible]~~ Animanta.
Ni astillas quedaron de esos ~~[illegible]~~
~~[illegible]~~
~~[illegible]~~ crucifijos, ~~[illegible]~~ proceder, ~~[illegible]~~

y alcanzar a ser **Antimuerto para**[79] anular todas esas macabras representaciones. Por eso acabé con los cementerios y **se arrojaron**[80] y se seguirán arrojando como basuras los cadáveres al mar.

Y cambiando de tono, sobreañadió Anti, amorosamente :

–Dame tu cabello a que lo masque, como si fuera carbón de cristos quemados...

–Daimon, no veas lo que yo veo, no oigas lo que yo oigo... Arzobispos de fuego verde agarrados a los Cristos #[81], Arzobispos de fuego verde arrastrados por el suelo de las catedrales, **con todo y**[82] los Cristos. Es suntuoso, Daimon, ríos de piedras preciosas, capas de

---

79 hasta Antimuerto

80 *arrojé al* –se arrojan los cadáveres al mar. / Cuando Anti habla de la costumbre de echar los cadáveres al mar, dice primero «arrojé», luego «se arrojan», y por fin «se arrojaron y se seguirán arrojando». En la primera versión, se trataba de una acción pasada, cumplida por una sola persona, el propio dictador; en la segunda versión, la acción pasa a ser el hecho de un sujeto colectivo, indeterminado, las órdenes del tirano son cumplidas por terceros, y todo aquello se sitúa en el presente; en la versión que debemos, en el estado actual de las cosas, considerar como definitiva, Asturias ha conservado el sujeto colectivo y situado la acción en una continuidad que abarca el pasado («se arrojaron») y el futuro (se seguirán arrojando»).

81 que se los *arrebuj...* arrebatan a golpes. / La supresión de la subordinada relativa aligera la frase.

82 sin soltar / Un giro de connotación negativa («sin soltar») está reemplazado por una expresión de connotación positiva («con todo y») para reforzar la impresión de acumulación esbozada con la repetición de «Arzobispos de fuego verde».

Otro texto de Asturias puede ayudarnos a entender este tema del «fuego verde». Se trata de *El espejo de Lida Sal*, México, Siglo XXI 1967, p. 5. Los indios de Guatemala están descritos allí como los «dueños desposeídos que esperan el regreso del fuego verde». Más allá: «Lo perdieron. Se lo arrebataron. Les robaron el fuego verde y todo fue angustia sobre la tierra. Ni humedad ni atar de distancias. Cada quién murió donde estaba. La jungla, polvo. Todo polvo entre los dedos. Y el arenal sonriente. Piedras. Ahogo. Dedos espinosos. Largos dedos espinosos. Telescopios hechos de troncos de palmeras vacíos por dentro, para taladrar el cielo, apuntar a lo alto, preguntar a los astros por el retorno del fuego verde. Suyo será entonces lo que ahora detentan otras manos. A los mayas de Guatemala les fue robado el fuego verde, la vegetación que les pertenecía, y por eso sus libros hablan del estallido de la insaciable sed.»

9

9 y 10 ~~Antes muerto para~~
y alcanzar a ser ~~[illegible]~~
~~[illegible]~~ todas esas macabras repre
sentaciones. Por eso ~~[illegible]~~ acabé antes
con los cementerios y ~~[illegible]~~ se arrojaron
y se siguieron, arrojando, como ~~[illegible]~~
~~[illegible]~~ los cadáveres ~~[illegible]~~ (basuras).
al mar.
(sobrecañado fuerte,)
Y cambiando de tono, ~~amorosamente~~.
—Dame tu cabello a que lo
masque, como si fuera carbón de
Cristos quemados...
—Daimon, no veas lo que yo
veo, no oigas lo que yo oigo...
~~[illegible]~~ Arzobispos de fuego verde
agarrados a los Cristos, ~~[illegible]~~
~~[illegible]~~ ~~[illegible] a golpes~~
~~[illegible]~~ Arzobispos ~~[illegible]~~ de fuego
verde arrastrados por el suelo
de las catedrales, ~~[illegible]~~
con todo y los cristos. Es
suntuoso, Daimon, ríos de
piedras preciosas, capas de

lluvias de luz #[83] defendiendo árboles secos cubiertos de heridas... El grito rompe sus raíces en las gargantas de tus anticristos, energúmenos **blanqueados por el**[84] polvo de osamentas o reliquias de santos que arrebatan con todo y los **cristos...**[85]

Una fila de erectos, hiératicos y silenciosos pajes presentaron #[86] en tablas de plata cubiertas por manteles bordados, bebidas y manjares, golosinas y frutas.

---

83 [ilg.]

84 *empolvados de* –blanquiscos (*sic*) por el / La primera versión («empolvados de polvo de osamentas») implicaba una repetición; en la segunda, sólo el color blanquecino se tomaba en cuenta («blanquiscos», *sic*); en la tercera interviene el proceso de adquisición de este color («blanqueados»). La expresión definitiva puede, además, ponerse en paralelo con los «sepulcros blanqueados» del Evangelio.

85 *[ilg.] –cristos* –cru ✖ ificados. / Duda entre «cristos» y el neologismo «cruxificados». *Cf.* Cuaderno 48, ff. 35-36v. En el f. 35v aparece la palabra «cruxifición» con la x rodeada de un círculo. En el f. 36v, esta explicación: «cruxifición porque si es en una cruz que se cruxifica, por qué le va a faltar la equis x». Es de notar que en el resto del ms. Asturias renuncia a esta ortografía.

Var. 85 bis: el añadido de un adjetivo confiere a la enumeración un ritmo ternario, predilecto de Asturias.

86 a los maridados antimatrim[oniales]

11 10

Hileras de luz defendiendo
árboles secos cubiertos de
heridas... El grito rompe sus
raíces en las gargantas de
tus anticristos, energúme
nos blanquecinos por el polvo
de osamentas o reliquias
de santos que arre
batan
con todo y los
cristos... erectos,

Una fila de hieráticos y
silenciosos pajes presentaron
en tablas de plata cubiertas
por manteles bordados.
bebidas y manjares,
golosinas y frutas.

–¡No puede ser! –gritó Animanta– hay un gentío inalcanzable con los ojos. Caras bañadas en heridas.#[87] Pestilencia. Sangre. Tus huestes han entrado a los hospitales a arrebatar los cristos de las paredes, y los enfermos, aún los moribundos, se oponen. Caen, se levantan, #[88] arrojan contra tus soldados orines, algodones **empapados en el pus de sus pústulas**[89], muletas, sillas, bancos, tazas de lavativas, y han inmovilizado a uno bajo una nube de mosquiteros.

---

87 manos de s...

88 [ilg.] con las armas que tienen a la mano. / Desarrollo de una expresión simple («con las armas que tienen a la mano») en enumeración, según un procedimiento familiar en Asturias.

89 mojados en [ilg.] de pus, pus y sangre. / La expresión «mojados en [...] de pus, pus y sangre» se abandona en provecho de «empapados en el pus de sus pústulas». La diferencia de sentido entre «mojados» y «empapados» es menor: el segundo indica simplemente un grado superior de intensidad; pero la aliteración en «p» del segundo apela naturalmente al añadido «pústulas», que refuerza aún más el horror de la visión.

Var. 89 bis: el añadido «enfermos» evita una confusión con posibles moribundos entre los soldados de Anti.

12 11

—¡No puede ser! —gritó Animanita—, hay
un gentío inalcanzable con los
ojos. [illegible] Caras bañadas en heridas. [illegible] Pestilencia.
Sangre. Tus huestes [illegible] han
entrado a los hospitales a
arrebatar los cristos de
las paredes, y los enfermos,
aún los moribundos, se
oponen. Caen, se levantan,
[illegible]
[illegible] arrojan contra
tus soldados orines, algo
mocos empapados en el pus [illegible]
[illegible]
de sus pústulas, mulatas,
sillas, bancos, tazas de
lavativas, y han inmo
vilizado a uno bajo
una nube de mosquiteros.

–Estos volovancitos –dijo Anti, tomando un pequeño volován de una torre de volovanes calientes y llevándolo a los dientes de Animanta.

Esta temblaba, las escenas en el hospital que sólo ella miraba desde aquella terra[z]a, eran cada vez más violentas. Enfermeros, enfermeras, médicos se batían con los anticristos que despedazaban las imágenes de los cruxificados colgados de los muros.

Estalló un grito:

–Daimon, las saetas se clavan en las carnes de los enfermos moribundos.

–Estos volovancitos, **Animanta**[90]..., y este elíxir de los Anti más antiguos, en esta

---

90 Anti / (Corrección pura y simple de un lapsus).

13 12

— Estos volovancitos — dijo Anti,
tomando un pequeño
volován de un torre de volovanes
calientes y llevándolo a
los dientes de Animante.

Esta tambaleaba, las escenas en el
hospital que sólo ella miraba
desde aquella terraza, eran
cada vez más violentas. Enfermeros, enfermeras, médicos, se
batían con los anticristos
que despedazaban las imágenes de los crucificados
colgados de los muros.

Estalló un un grito:

— Vámonos. Las saetas se
clavan en las carnes de
los enfermos

— Estos volovancitos, Animanta, y
este elixir de los Anti más antiguos, en esta

copa de cristal de lágrimas antiguas.

–Oyes, oyes, Daimon, de la tierra salen los prisioneros de las cárceles subterráneas, aun encadenados de los pies, andando a saltos #[91] para arrebatar a tus soldados los cristos de su pertenencia, imágenes que **aquéllos**[92] arrancan, arrebatan de sus manos encadenadas. Gritan y parece, Daimon, parece que no fueran ellos los que gritan, sino el **collar metálico**[93] que **llevan**[94] al cuello y de donde **salen**[95] más cadenas.

–No quedará en mis dominios un solo cristo...

–Ni una sola golondrina, Daimon, y eso me pone triste. Las golondrinas son las **esposas enlutadas de Jesús crucificado.**[96]

Anti sospechó una mínima **desviación iconolátrica**[97] en las palabras de Animanta, y le dio la espalda #[98]. Un frenético capitán del cuerpo de iconómacos, **venía a darle parte**[99]:

---

[91] como salt... / Supresión de un esbozo de comparación: «andando a saltos como salt[amontes?]».

[92] éstos / Se trata de una corrección de tipo gramatical; en efecto, «éstos» designaría en toda lógica el elemento más cercano, es decir «los cristos»; «aquéllos» es el demostrativo apropiado para designar a «tus soldados».

Var. 92 bis: el añadido de una repetición del verbo «parece» confiere a la frase un ritmo jadeante en armonía con la indignación de Animanta.

[93] [ilg.] collar

[94] tienen. / Sustitución del verbo «tener» por un verbo más preciso, «llevar». Véase también a este propósito la var. 104 de este mismo capítulo.

[95] *manan –salen* –manan. / Duda entre los verbos «manar» y «salir», a propósito de las cadenas de los cautivos: «manar», que evoca un brotar de tipo natural, fue rechazado finalmente en provecho de «salir», más neutro.

[96] esposas enlutadas de Jesús en la cruz. / Se trata aquí de evitar una confusión; «en la cruz» podía referirse tanto a «esposas» como a «Jesús», mientras que «crucificado» elimina esta ambigüedad.

[97] *desviación –desaprobación* –[ilg.] / Duda entre «desviación» (connotación política) y «desaprobación» (connotación ética). Es la supuesta oposición política de Animanta la que predomina, precisada aún más con el añadido del adjetivo «iconolátrica».

[98] tatuada con una calavera. / Supresión de una incoherencia: Anti se define a sí mismo como «Anti-Muerte» y por lo tanto no puede llevar, tatuado en la piel, el emblema de la muerte.

[99] traía la noticia. / La elección de la expresión «venía a darle parte» en detrimento de «traía la noticia» confiere un carácter oficial, estrictamente militar, a la actuación del capitán.

Var. 99 ter: el añadido de la enumeración de los «cristos pequeños», simétrica a la de los «cristos grandes», equilibra la frase, insistiendo al mismo tiempo sobre la celeridad de los soldados en cumplir las órdenes del tirano.

14 13

copa de cristal de lágrimas antiguas.

—Oyes, oyes, Daimon, de la tierra salen los prisioneros de las cárceles subterráneas, aún encadenados de los pies, rodando a saltos para arrebatar a tus soldados, los cristos de su pertenencia, imágenes que arrancan, arrebatan de sus manos encadenadas. Gritan y parece, Daimon, parece que no fueran ellos sino el collar metálico que llevan al cuello y de donde salen sus cadenas.

—No quedará en mis dominios un solo Cristo...

—Ni una sola golondrina, Daimon, y no me pone triste. Las golondrinas son las esposas enlutadas de Jesús crucificado.

desvición iconolatrica

Antisasfaché una mínima, ... palabras de Anmantx.

en y le dio la espalda. Un frenético capitán del cuerpo de iconomacos, venía a darle parte:

más de 36.000 cristos destrozados, quemados, cristos grandes de fragantes maderas, y más de un millón de cristos pequeños, de metal unos, otros de celuloide y hasta los hechos con [troj][100].

–¡Bravo! –gritó Anti, juntando las manos para aplaudir.– ¡Bravo, mis valientes! En mis dominios #[101] –alzó la voz de suyo fuerte a un tono más fuerte, para que oyera su maridada Animanta– ni cementerios ni cristos, en mis dominios no se pondrá la vida.*

–Sílaba a sílaba, se le podrirá la lengua –se dijo Animanta, la faz empapada en el sentido oscuro de las aguas lloradas #[102].

–Quedan los cristos de las cautivas –terminó su informe el Capitán Galipote– pero las desnudaremos, una de esas monjas tiene un crucifijo tatuado en el pecho, y **también debemos**[103] echar abajo las campanas que **ostentan Golgotas**[104] en su caparazón de bronce #[105], y quebrar los vitrales en que se **muestren Cristos en la cruz**.[106]

---

100 La palabra, tachada, es prácticamente ilegible. Se puede leer «hoj» (por: hojas) o «troj», que cabría entonces entender no en el sentido habitual de «granero» sino, de manera más extraña, como designando en este caso no el continente sino el contenido, la paja o las hojas de maíz.

101 se pondrá

* Alusión a la frase tradicionalmente atribuida a Carlos V: «En mi imperio no se pone el sol». Se desconoce el origen exacto de esta frase; ha sido utilizada por Walter Scott en la «Vida de Napoleón» y puesta en boca de Felipe II por Schiller en «Don Carlos», acto 1º, esc. 6.

102 [ilg.] / Var. 102 bis: véase nuestro trabajo, en la tesis ya citada.

103 será fuerza / Paso de una obligación personal de tipo moral («debemos») a una obligación impersonal, que se refiere a la necesidad («será fuerza»).

104 tienen

105 imágenes de *cru...* cristos en la cruz

106 muestre lo sucedido en el Golgotá –muestren Cristos crucifi[cados]. / Amén de la sustitución de «tener» por «ostentar» (*cf.* var. 94 de este mismo capítulo), se nota el paso de «Golgotá», complemento circunstancial de lugar, a «Golgotas», sustantivado y utilizado como sinónimo de «calvarios».

14

15

mas de 36.000 Cristos destrozados, quemados, cristos grandes de fragantes maderas

y mas de un millon de Cristos pequeños de metal uno, otros de celuloide y hasta los hechos

—¡Bravo! —gritó Ante, juntando las manos para aplaudir. ¡Bravo, mis valientes. En mis dominios —alzó la voz de suyo fuerte a un tono mas fuerte, para que oyera su marcdada Animanta— ni cementerios ni cristos, en mis dominios no se pondrá la vida...

—Sílaba a sílaba, se le podría la lengua —se dijo Animanta, la faz empapada en el sentido oscuro de las aguas lloradas.

—Quedan los Cristos de las cautivas —terminó su informe el capitan Galipote— pero las desnudaremos, una de esas monjas tiene un crucifijo tatuado en el pecho, y también debemos echar abajo las campanas que ostentan golgotas en su caparazón de bronce, y quebrar los vitrales en que se muestren Golgota, Cristos en la cruz

Anti, el **guerrero,**[107] apartóse con el Capitán Galipote para ofrecerle una copa y... La más leve sospecha de que alguién desaprobaba sus órdenes bastaba **y bastó.**[108] Su ira helada como su esperma. Sólo vio partir la flecha del arco del robusto capitán abroquelado en su armadura. **Animanta**[109] cayó sin vida, los brazos abiertos formando una cruz.

Anti, ligeramente lívido, fue hacia ella, paso a paso, los sirvientes que mantenían en alto **los azafates**[110] del festín, temblaban, apenas si se oía el **retintín**[111] de las copas de cristal sonoro #[112].

Suavemente le cerró los brazos, juntándole las manos **sobre**[113] el pecho,

---

107 supremo / Véase la nota 24 de este mismo capítulo.

108 [contra] Animanta

109 Animada / (¿Corrección de un lapsus?)

110 *los pla...* –los azafates

111 *retemblar* –retintín / La palabra «retintín» es casi una onomatopeya, permite introducir una armonía imitativa, a la cual se superpone el sentido figurado, «ironía».

112 como / (Supresión verosímil de un esbozo de comparación: «cristal sonoro» designa en español el cristal precioso, de Bohemia, en oposición con «cristal», el vidrio, la materia común. La comparación habría devuelto al sintagma su valor original, al disociar la materia, «cristal» y sus propiedades, «sonoro».)

113 en / (Se nota el deseo de precisión en la elección de la preposición).

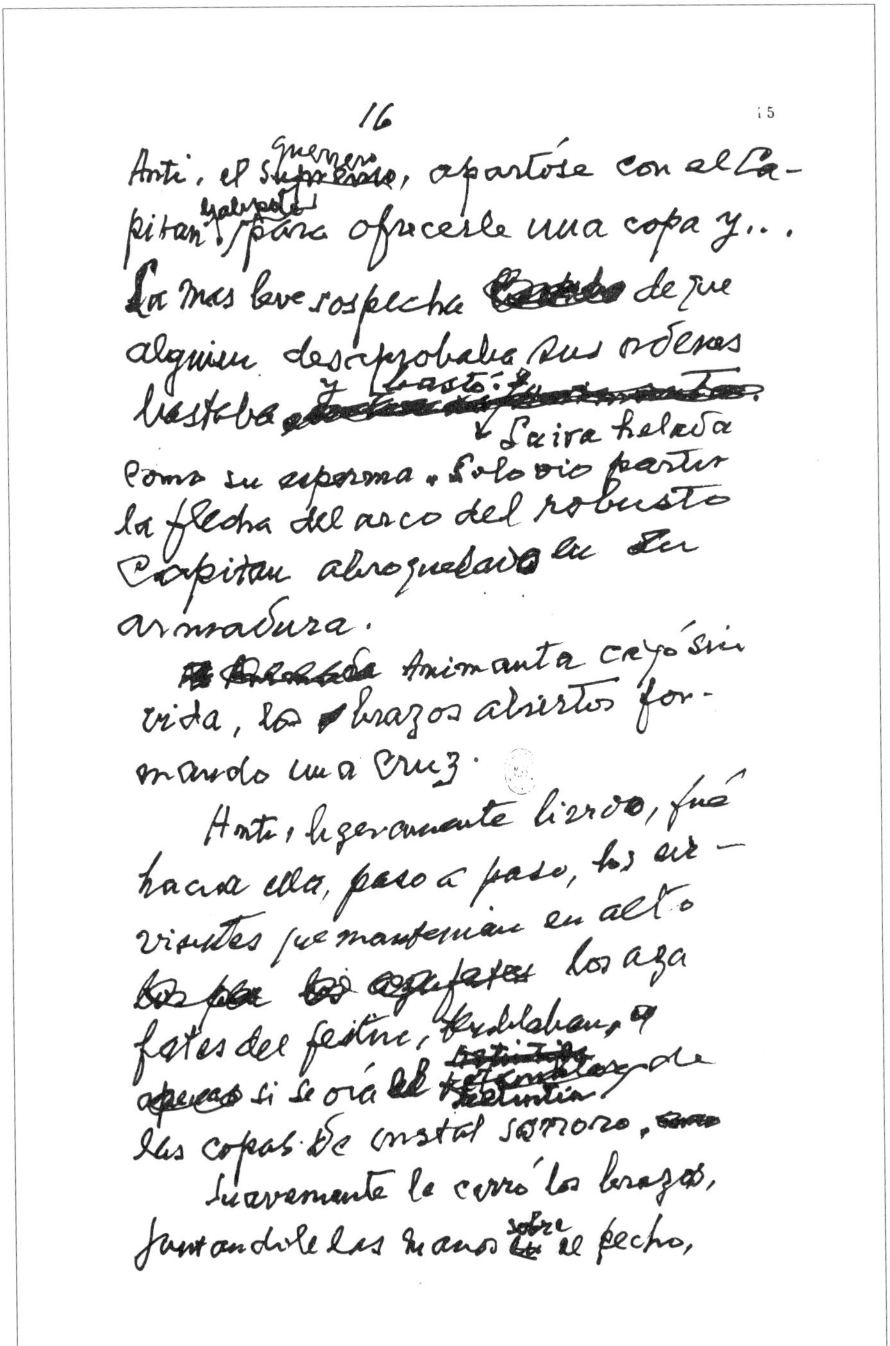
16 15

Anti, el guerrero, apartóse con el Capitán galopante para ofrecerle una copa y...

La más leve sospecha de que alguien desaprobaba sus órdenes bastaba y bastó: saiva helada como su esperanza. Sólo vio partir la flecha del arco del robusto capitán abroquelado en su armadura.

Animanta cayó sin vida, los brazos abiertos formando una cruz.

Anti, ligeramente lívido, fue hacia ella, paso a paso, los acicates visibles que mantenían en alto los azafates del festín, apenas si se oía el de las copas de cristal sonoro.

Suavemente le cerró los brazos, juntándole las manos sobre el pecho,

pero ella acaso con un resto de vida los volvió a abrir y la rigidez evitó que de nuevo **él deshiciera**[114] aquella cruz, formada por un cuerpo de mujer, y tuvo la visión de una serpiente #[115] que subía por el cuerpo desnudo de Animanta, #[116] hija de la luz. **Con los brazos rígidos abiertos, nadando Santo-Cristo, se perdió en el mar.**[117]

---

114 él se los

115 lanuda / Supresión de un detalle grotesco, que hacía de la serpiente bíblica un monstruo peludo.

116 bella como una fruta dorada, le abría en el cuello la carótida para chuparle la sangre, mientras un sapo le *comía* devoraba el sexo y dos *alacranes* escorpiones corrían por sus senos dándose batalla. / Interesante supresión de un desarrollo sobre la muerte de Animanta; el cuerpo de ésta, y sobre todo sus atributos eróticos («sexo», «senos»), se convertían en pasto de bichos inmundos («sapo», «escorpiones»), lo que parece incompatible con la equivalencia «Animanta muerta = Santo Cristo» que aparece al final del capítulo.

117 que si como nadara Santo Cristo, con los brazos abiertos se perdió en el mar. / La transformación de la relativa en proposición independiente y de la comparación en aposición aligera el conjunto de la frase, confiriéndole un ritmo ternario más conforme con la práctica asturiana de la prosa poética.

17 16

para ella acaso tal vez con un resto de vida los volvió a abrir y la rigidez que
de nuevo él deshiciera
aquella cruz formada por un cuerpo de mujer
de una serpiente
que subía por el cuerpo desnudo de Animante

hija de la luz.
Santo-cristo. Con los brazos
rígidos
abiertos, navegando Santo-cristo,
se perdió en el mar.

– II –

La noche, las hogueras, el silencio cristalizado, quebradizo, y los empadronadores de estrellas* yendo y viniendo con in-folios y pergaminos.

–Oh, mis quisquillosos –asomó a la gran bib[l]iote[c]a Anti, **el Guerrero**[1]– han encontrado sus mercedes, en el imperio azul, manera de desterrar la muerte. Lo hecho, hecho, y a suprimir cementerios y acabar con **cuanto cristo existía**[2] agonizante o muerto. Ni cristos ni cruces.#[3]

–Hay, sin embargo, una manta, Excelentísimo Señor Anti –habló uno de los más viejos empadronadores de estrellas– una manta temeraria que navega cerca de nuestras costas. Se la contempla ir y venir sobre las aguas, como una sábana blanca, y recoger los

---

* *Cf.* Génesis, XV, 5 (Jehová está hablando con Abraham): «Le condujo afuera y dijo: "Alza los ojos al cielo y empadrona las estrellas si es que puedes empadronarlas" y le dijo: "Tal será tu descendencia".» Los «empadronadores de estrellas» afrontan el desafío bíblico, subrayando así el orgullo desmesurado de Anti, quien trata de esta manera de anexar el cosmos.

1 el Supremo / Véase nuestro trabajo, en la tesis ya citada.

2 *todos los Cr[istos] – las imágenes de –* cuanto Cristo hubiera / Dudas sucesivas antes de llegar a una formulación satisfactoria de la destrucción de la totalidad de las representaciones de Cristo; el singular colectivo («cuanto cristo») termina por triunfar sobre el plural («todos los cristos»), y el imperfecto («existía»), que demuestra el éxito de la empresa de Anti, sobre el subjuntivo imperfecto, tiempo de la duda («hubiera»).

3 Y luego los llamó por sus nombres: –Tocil, Corvino, [ilg.] / Supresión de los nombres de los empadronadores de estrellas, que se reutilizarán para otros personajes; Corvino se convertirá en el letrista funerario, y Tocil (que no deja de recordar a *Tohil*) se metamorfoseará en Tostielo, el arcángel-mascota (véase la tesis ya mencionada, pp. 55-56).

17

-II-

La noche, las hogueras, el silencio cristalizado, quebradizo, y los empadronadores
de estrellas yendo y viniendo con in-
folios y pergaminos.

—Oh, mis quisquillosos —asomó a la
gran biblioteca Anti, el — han
encontrado sus mercedes, en el imperio
azul, manera de desterrar la muerte.
Lo hecho, hecho ya. Y suprimir cementerios y acabar con cuanto
Cristo existía agonizante
o muerto. Ni Cristos ni cruces.

—Hay, sin embargo una manta, Excelentísimo Señor Anti —habló uno de los más
viejos empadronadores de estrellas— una manta
temeraria que navega cerca de nuestras costas.
Se le contempla ir y venir sobre las aguas,
como una sábana blanca, y recoger los

cadáveres que nosotros arrojamos, envolverlos como un sudario y desaparecer con ellos.

–¿Una manta anti?

–Totalmente **anti**...[4]

–¿Y qué se espera para cazarla...?

–Más bien se la ha seguido en pequeños cayucos para saber adónde **lleva los cadáveres**. [5]

–Y por otro lado –adujo el más joven de los empadronadores de estrellas– no hemos podido ni acabar ni ocultar la Cruz del Sur, y por eso sugerimos que se prohiba contemplarla, so pena de encadenamiento perpetuo, como se ha procedido, en buena hora, con los que escondían cristos en sus casas.

–¿Adónde llevará los muertos Animanta[?] –se preguntó a sí mismo Anti, el guerrero, y luego lo gritó– ¿Adónde se llevará los muertos Animanta? –y congojoso– Estúpido de mí, si una letra le faltaba para ser lo que era, una Anti, Anti-Anti, su verdadero nombre era Antimanta.

---

[4] Anti anti. / (Supresión de una redundancia).

[5] se lleva a los m[uertos]. / «los muertos», precedido de la preposición «a», está reemplazado por «los cadáveres», sin preposición: los muertos ya no son personas, sino objetos.

Var. 5 bis: véase la nota 1 de este mismo capítulo.

19 18

cadáveres que nosotros arrojamos, envolverlos como un sudario y desaparecer con ellos.

—Una manta Anti?

—Totalmente anti...

—Y qué se espera para cazarla...

—Mas bien se la ha seguido en pequeños cayucos para saber a dónde lleva los cadáveres.

—Y por otro lado —adujo el mas joven de los empadronadores de estrellas— no hemos podido ni acabar ni ocultar la Cruz del Sur, y por eso sugerimos que se prohiba contemplarla, so pena de encarcelamiento perpetuo, como se ha procedido, en buena hora, con los que escondían cristos en sus casas.

—¿A dónde llevará los muertos Animanta —se preguntó a sí mismo Anti, el guerrero, y luego lo gritó— ¿A donde se llevan los muertos Animanta? y congojoso — Estupido de mi, si uno le ya le faltaba para ser lo que era una Anti, Anti-Anti. Su verdadero nombre era Antimanta.

Y después de un momento mandó[6] al capitán de su guardia que ordenara que un hombre vivo #[7] fuera arrojado #[8] entre los cadáveres, y que se dejara envolver por la manta, para saber adónde los llevaba.

–Un nadador intrépi[d]o –ordenó Anti– sin familia, dispuesto a jugarse la vida, a cambio de mis favores. Hay que embadurnarlo de grasa #[9], **y proveerlo de armas cortantes:**[10] afilados puñales, estiletes, cuchillos.

Llovían denuncias anónimas de familias o personas que escondían crucifijos #[11], campesinos que los ocultaban en sus **milpas,** [12]

---

6 ordenó / (La modificación evita una repetición.)

7 con todos los de

8 con la próxima [carga] de

9 pelado a rape, sin un cabello, con un cuchillo [ilg.] de los [ilg.], las ropas en uno de sus bolsillos / (La descripción del nadador de élite se depura, se reduce a lo esencial.)

10 y debe *la* llevar un cuchillo. / (La modificación suprime un anacoluto.)

11 niños dioses / Esta supresión presenta un interés teológico: una representación del Niño Jesús sería una celebración de la Encarnación, un himno a la vida; lo que Anti reprocha al cristianismo es su gusto mórbido por la celebración de la muerte, representada aquí por los crucifijos, instrumentos de tortura.

12 *sembrados* - maiza[les] / Sobre la elección de la palabra amerindia «milpas» en vez de «sembrados» o «maizales», véase nuestro trabajo, en la tesis ya citada.

Var. 12 bis: el añadido de «huertos» confiere un ritmo ternario a la oración.

20 19

Y después de un momento, mandó al Capitán de su guardia, que ordenara que un hombre vivo, fuera arrojado entre los cadáveres, y que se dejara envolver por la manta, para saber a dónde los llevaba.

—Un nadador intrépido —ordenó Aiti—. Sin familia, dispuesto a jugarse la vida, a cambio de mis favores. Hay que embadurnarlo de grasa, y proveerlo de armas cortantes: afilados puñales, estiletes, cuchillos.

Llovían denuncias anónimas de familias o personas que escondían crucifijos. Campesinos que los ocultaban en sus milpas,

en sus huertos y jardines, leñeros que los ocultaban en sus bosques, fabricantes de cal en sus hornos de quemar piedras, herreros en sus forjas, carpinteros **bajo**[13] serrines y [v]irutas.

Anti reclutó perros herejes que seguían al husmo el olor de las maderas santas y **amplió su**[14] escuadrón de [H]úsares de la muerte a un cuerpo de ejército especializado, bajo la designación de [h]úsares de la muerte de Cristo, **con la consigna de no dar**[15] cuartel a los poseedores de cruces o crucificados, locura que les lle[v]ó para ejemplo y escarmiento, a la crucifi[x]ión del **más desterrado**[16] de los españoles y el más español de los desterrados, que soltó las siete más malas pa

---

[13] en

[14] [ilg.] / Var. 14 bis: desarrollo del verbo «amplió»: Cristo es un enemigo digno de un suplemento de esfuerzos y de un despliegue de fuerzas, tanto en el país de Anti como en el discurso de Asturias.

[15] que no daba / El añadido de «con la consigna» insiste en el carácter militar de la empresa; por otra parte, «que no daba cuartel», en imperfecto, podía dar a entender que este cuerpo de ejército "tenía la costumbre" en otros tiempos de no dar cuartel, lo que es imposible, ya que se acaba de anunciar su creación.

[16] reo de lesa Anti / La modificación no deja de extrañarnos; si bien la expresión «reo de lesa Anti» era claramente inteligible, la aparición de este personaje sin nombre, «mestizo» de español y de desterrado, pone perplejo al lector. La alusión permanece oscura, pero se puede, tal vez, pensar en el escultor Lorenzo Ladrada en *Maladrón* y en su apego ambiguo, complejo, a este otro Anticristo que es el Mal Ladrón.

21 20

en sus huertos y jardines, y leñeros que los ocultaban en los bosques y fabricantes de cal en sus hornos de quemar piedras, herreros en sus forjas, carpinteros bajo serrines y birutas.

Anti rechetó perros herejes que seguían al husmo el olor de las maderas santas y amplió sus escuadrones de los Usares de la muerte de la consigna de no dar cuartel a los poseedores de cruces o crucificados, locura que para ejemplo y escarmiento llegó, a la crucifixión del más desterrado de los españoles y el más español de los desterrados, que soltó las más malas pa

a un cuerpo de ejército especializado, bajo la denominación de Usares de la muerte de Cristo.

labras del idioma, antes de expirar, asido a su Cristo.

Anti, el Guerrero, **sentíase**[17] cada vez más Anti-Todo y Anti-Todos.

Había dejado de ser **humano**[18] para convertirse en Dios. **Son los momentos más felices de un tirano, los momentos en que se siente Dios, es decir fuera del alcance de sus enemigos.**[19]

Llamó a Tostielo, su arcángel y mascota con quien pasaba el tiempo jugando a cadenas de eslabones silábicos, y a Corvino, zambigó #[20] **y**[21] letrista funerario para que **le compusiera su epitafio**:[22]

«Aquí anti-epitafio yace
fue[23] Dios y requien catinpace»* #[24]

Pero fue más celebrado este otro:

«El feticidio
adelantándose al epitafio
evitado habría el contagio
del anticristicidio...»[25]

---

[17] se sentía / Esta modificación nos recuerda el gusto afirmado de Asturias por la énclisis en el imperfecto (¿arcaísmo? ¿recuerdo de su pasado de jurista?).

[18] tirano / La elección de «humano» en vez de «tirano» permite un juego sobre la doble naturaleza de Anti, paralela con la de Cristo.

[19] *¿Y en qué conocía que era Dios? Cómo, en qué... En que le persiguiera* – Son los momentos más felices de un tirano, los momentos en que se siente Dios, es decir fuera del alcance de sus perseguidores. / La transformación de la interrogación en afirmación nos dice sin duda que un tirano no suele plantearse muchas preguntas...

Var. 19 bis: sobre el añadido de esta precisión –la pertenencia étnica de Corvino– véase nuestro trabajo, en la tesis ya citada.

[20] de los pies [dorados] con piernas [ilg.] trabazones / La supresión de los atributos de Corvino es difícil de interpretar a causa de un fragmento ilegible; sin embargo la palabra «trabazones» asociada a «piernas» deja pensar que en esta primera versión Corvino era un esclavo.

[21] el

[22] le sacara de dudas. / Anti no duda, no necesita que un subalterno «le sa[que] de dudas»; la modificación equivale a la supresión de una incoherencia psicológica.

[23] es / Sobre la importancia capital de esta modificación, véase nuestro trabajo, en la tesis ya citada.

* Sobre el conocimiento muy aproximado del latín que tenía Asturias –latín oral esencialmente, latín de Iglesia– véase esta cita de la *Rusticatio mexicana* de Rafael Landivar, escrita probablemente bajo el dictado de alguien, en el Cuaderno nº 37 de la Biblioteca Nacional: «Heu, quam difficili (*sic*) est voces reprire (*sic*) modos que (*sic*) addere cun (*sic*) novitas integra rebous (*sic*) inest.»

[24] A fuerza de luchar con la muerte, borraba de sus dominios todo lo que era inm... / Si la última palabra, incompleta, es «inm[ortal]», se trata una vez más de la supresión de una incoherencia.

[25] El feticidio *habría evitado* – adelantándose al epitafio habría evitado *el deicidio – que Anti se contagiara* – el contagio del anticristicidio. / Varias dudas sobre la redacción del epitafio; «anticristicidio» se prefiere finalmente a «deicidio», que podía referirse tanto a Anti como a Cristo; la subordinada «que se contagiara» transformada en «el contagio» aligera la sintaxis, y la inversión «evitado habría» inscribe el epitafio entre los fragmentos de poesía que jalonan la novela.

22 21

labras del idioma, antes de expirar, asido a su Cristo.

Anti el guerrero se sentía cada vez más Anti-Todo y Anti-Todos.

Había dejado de ser humano para convertirse en Dios. Son los momentos más felices de un tirano, los momentos en que se siente Dios, es decir fuera del alcance de sus enemigos.

Llamó a Tostielo, su arcángel y mascota con quien pasaba el tiempo jugando a cadenas de eslabones silábicos y a Corcrino, el latrista funerario para que le compusiera su epitafio:

"Aquí Anti-epitafio yace,
fue Dios y requiescat in pace"

entonces habrá el contagio

Pero fue más co... ..."

"E...

Galipote, el capitán de los húsares de la muerte, en el quepi la calavera sobre **un signo de multiplicación de muertos**[26] hecho con dos huesos cruzados, entró a dar un segundo parte: la monstruosa manta se llevó, no solamente los cadáveres, sino al húsar vivo que echamos al mar, el cual no ha regresado.

Anti entrecerró los ojos:

–No sabemos, entonces, adónde #[27] se lleva los muertos esa que más que manta es un sudario, **un sudario de muerte que flota sobre el mar**.[28]

–Sobre las aguas flota –atrevió Tostielo, arcángel y mascota– la he visto, la he visto #[29], para mí es una manta-lunar, una manta reflejo de la luna #. [30]

---

26 do...
del «signo...
en la cual ...*uxados* – un signo de multiplicación de la muerte / La imagen poética
muertos», se ...ación» triunfa sobre la expresión sencilla («dos huesos cruxados»),
27 esa blanc... ...alidad residía en el empleo de la «x»; un plural concreto, «de
provecho de un ... ...ngular abstracto («de la muerte»).
nuestro trabajo, en ...
28 *que flota, que* ce... ...esión de la expresión sencilla «esa blanca manta» en
29 es la luna / En a... ...ho más rico sobre «manta»/«sudario». (Véase también
una «potencia» extraña: ...
rebaja al estatuto de emisa... ...uerte en camizón (*sic*) blanco que [ilg.]
manta reflejo de la luna». ... primera versión identificaba la manta con
30 [ilg.] ...na». La segunda versión en cambio la
...ñas: «un sudario de muerte», «una

23 22

Galpote, el capitán de los húsares de la muerte, en el quepí la calavera sobre un signo de muerto de multiplicación hecho con dos huesos cruzados, entró a dar un segundo parte: la monstruosa manta se llevó, no solamente los cadáveres, sino al húsar vivo que echamos al mar, el cual no ha regresado.

Anti entrecerró los ojos:

—No sabemos, entonces, adónde se lleva a los muertos esa, pues más que una manta es un sudario, [illegible] que flota sobre el mar.

—Sobre las aguas flota —atrevió Fiostelo, arcángel y [illegible]— la he visto, la he visto, para mí es una manta —luna, una manta [illegible] de la luna, [illegible]

–Capitán –cortó Anti, el tirano-Dios– que se prepare una lancha rápida con doce remeros, dispuestos a jugarse la vida, sin el riesgo, desde luego, que la manta los envuelva y desaparezca. Deben estar muy alertas, para que al tiempo de recoger ella nuestra carga de cadáveres cotidiana, de los muertos de cada día, se le apareen y remen, siguiéndola, hasta descubrir qué hace con ese **sustento**[31] trágico de seres humanos inánimes, cubiertos de moscas verdes.

Y mientras salía el capitán Galipote, capitán de los [H]úsares de la muerte,

[31] sustanto (*sic*)

23

24

—Capitán —cortó Anti, el traga-
Dios— que se prepare una lancha rápida con doce remeros,
dispuestos a pegarse la vida,
sin el riesgo, desde luego,
que la marea los envuelva
y desaparezca. Deben estar
muy alertas, para que al
tiempo de recoger el la
nuestra carga de cadáve-
res cotidiana, de los muertos
de cada día, se le aparecen
y remen, siguiéndola, hasta
descubrir qué hace con ese ~~[illegible]~~ sustento
trágico de seres humanos iná-
nimes, cubiertos de moscas
verdes.

Y, mientras hablaba el capitán Galpóte,
Capitán de los Osarios de la muerte

entraron los propietarios de negocios de pompas fúnebres.

–Les mandé a llamar –entró en materia Anti, sin contestar los saludos adulones de los enfunebrecidos que forman aquel ejército tumbal– les mandé a llamar, para ordenarles que deben cambiar de nombre sus negocios y convertirse en Agencias de Viaje...

No parecían haber entendido y más de un[o] repitió #[32]: «Agencias de Viajes»...

–De viaje o de viajes, lo mismo da. Lo indispensable es iniciar el turismo del más allá. ¡No más negocios fúnebres!

32 baboso

25 24

entraron los propietarios de negocios de pompas fúnebres.

—Les mandé a llamar —entró en materia Anti, sin contestar los saludos adulones de los enfunebrecidos que formaban aquel ejército tumbal—, les mandé a llamar, para ordenarles que deben cambiar de nombre sus negocios y convertirse en Agencias de Viaje...

No parecían haber entendido y más de uno repitió: "Agencias de Viajes"...

—De viaje o de viajes, lo mismo da. Lo indispensable es iniciar el turismo del más allá. ¡NO más negocios fúnebres!

Los cadáveres ya no los echaremos al mar, porque se los lleva una manta. Al penoso quehacer de los cuervos que llevaban su dolorosa carga hasta la playa, sustituye el quehacer de una más definitiva forma de turismo. Turismo al otro mundo...*

Uno de aquellos, aliviándose la tiranía del cuello duro** con los dedos para poder hablar, dijo:

–Qué genial idea, digna del Supremo Anti, nuestro señor; anunciaré en mi casa, antes de sepelios, ahora de turismo, viajes al inframundo (le pondre-

* Durante su viaje al Tíbet (finales de 1957–principios de 1958), Asturias había escrito para el diario *El Nacional* de Caracas un artículo titulado «Baedeker del más allá». Este artículo, publicado de nuevo por el mismo diario en 1970, y luego incorporado en la antología *América, fábula de fábulas*, en 1972, trataba del *Bardo Tödol* o libro de los muertos tibetano. Los viajeros interrogaban al guía a propósito de este libro, informándose sobre el más-allá «como si se tratara de prepararnos en verdad para un viaje, no digamos a la Luna, sino al Amazonas». Aquí en cambio la idea del viaje organizado al más-allá se inscribe en un contexto muy distinto; permite demostrar cómo el tirano, mediante la operación que Caillois llama «corriger les dénominations», se hace dueño de la muerte y logra hacerla desaparecer.

** *Cf. Tres de Cuatro Soles*, París-México 1977, p. 30. «... los cuellos duros de punta de pajarito se erigían en verdugos. Lo que habían sido toda la vida. Parientes cercanos de la soga de ahorcar, del hacha de cercenar cabezas, de la navaja de la guillotina, de la argolla del garrote vil.» Vemos cómo el diplomático Asturias, quien sufría cuando se veía obligado a llevar el «traje de etiqueta», arregla cuentas con esta costumbre de los pueblos llamados «civilizados»...

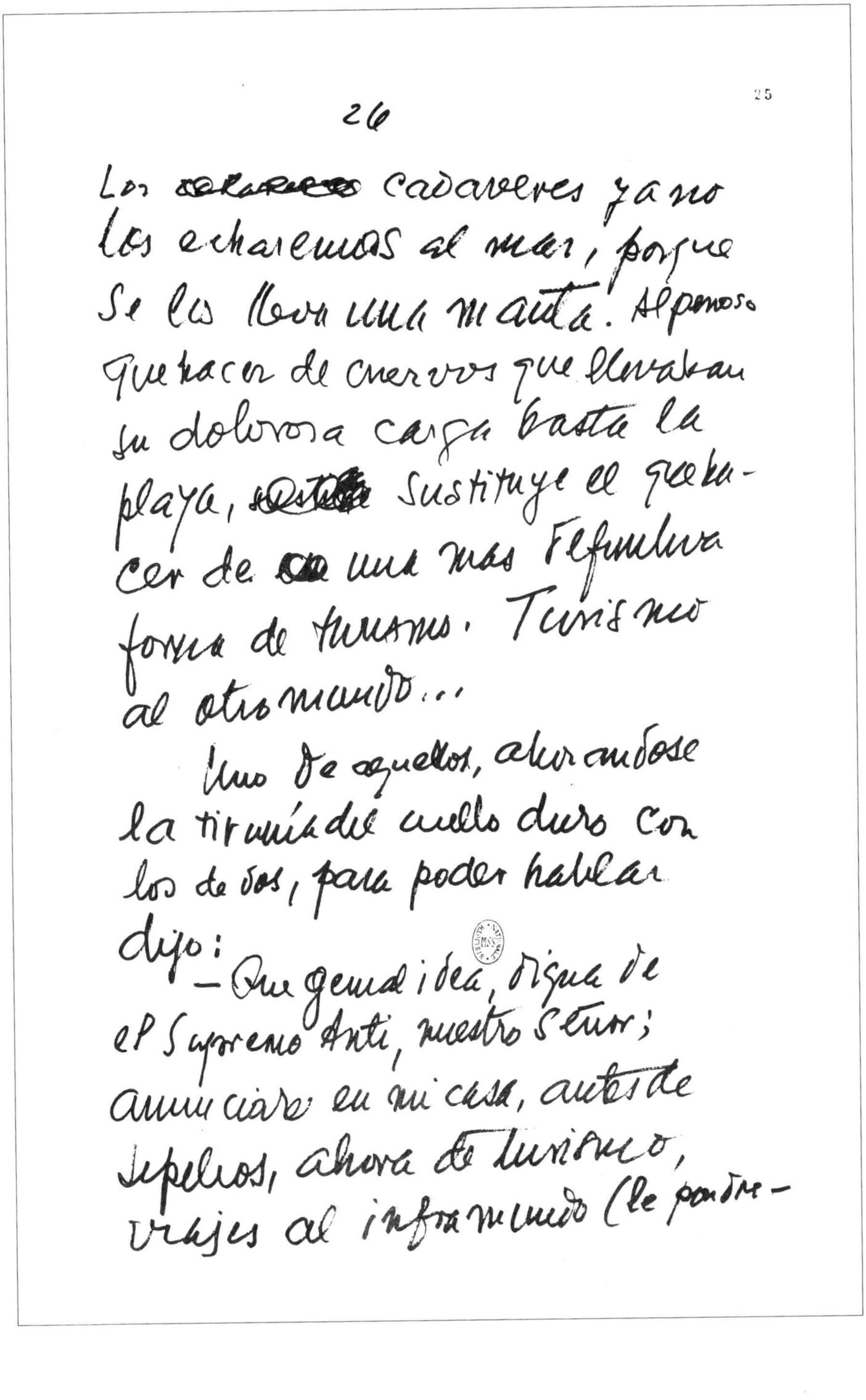

26

25

Los ~~[illegible]~~ cadaveres ya no
los echaremos al mar, porque
se los lleva una marea. Al pomposo
quehacer de cuervos que llevaban
su dolorosa carga hasta la
playa, ~~[illegible]~~ sustituye el quehacer de ~~[illegible]~~ una mas refinada
forma de turismo. Turismo
al otro mundo...

Uno de aquellos, aflojándose
la tiranía del cuello duro con
los dedos, para poder hablar
dijo:

– Que genial idea, digna de
el Supremo Anti, nuestro Señor;
anunciaré en mi casa, antes de
sepelios, ahora de turismo,
viajes al inframundo (le pondre-

mos mejor, infraestructura) pasando por Constantinopla, por Brindisi, por el Cabo de Hornos, y **allá**[33] irán barcos de fiesta, **embanderados**[34] e iluminados, con música y fuegos **de artificio,**[35] de pólvoras casi siderales, con los clientes congelados, –turistas de un más allá paseado por Hong-Kon[g], Acapulco, [V]ladi[v]ostoc, el sol de medianoche... ¡Qué programa! ¡Qué programa! –se aplaudía a sí mismo.

[33] a soplo / Evacuación de una expresión popular que no cuadraba con el lenguaje «comercial» del personaje.

[34] con banderi[tas] / Preferencia asturiana característica por el adjetivo en vez del grupo nominal (*cf.* cap. I, var. 54).

[35] artificiales / Eliminación de una posible confusión, ya que «artificiales» podía entenderse como el contrario de «naturales».

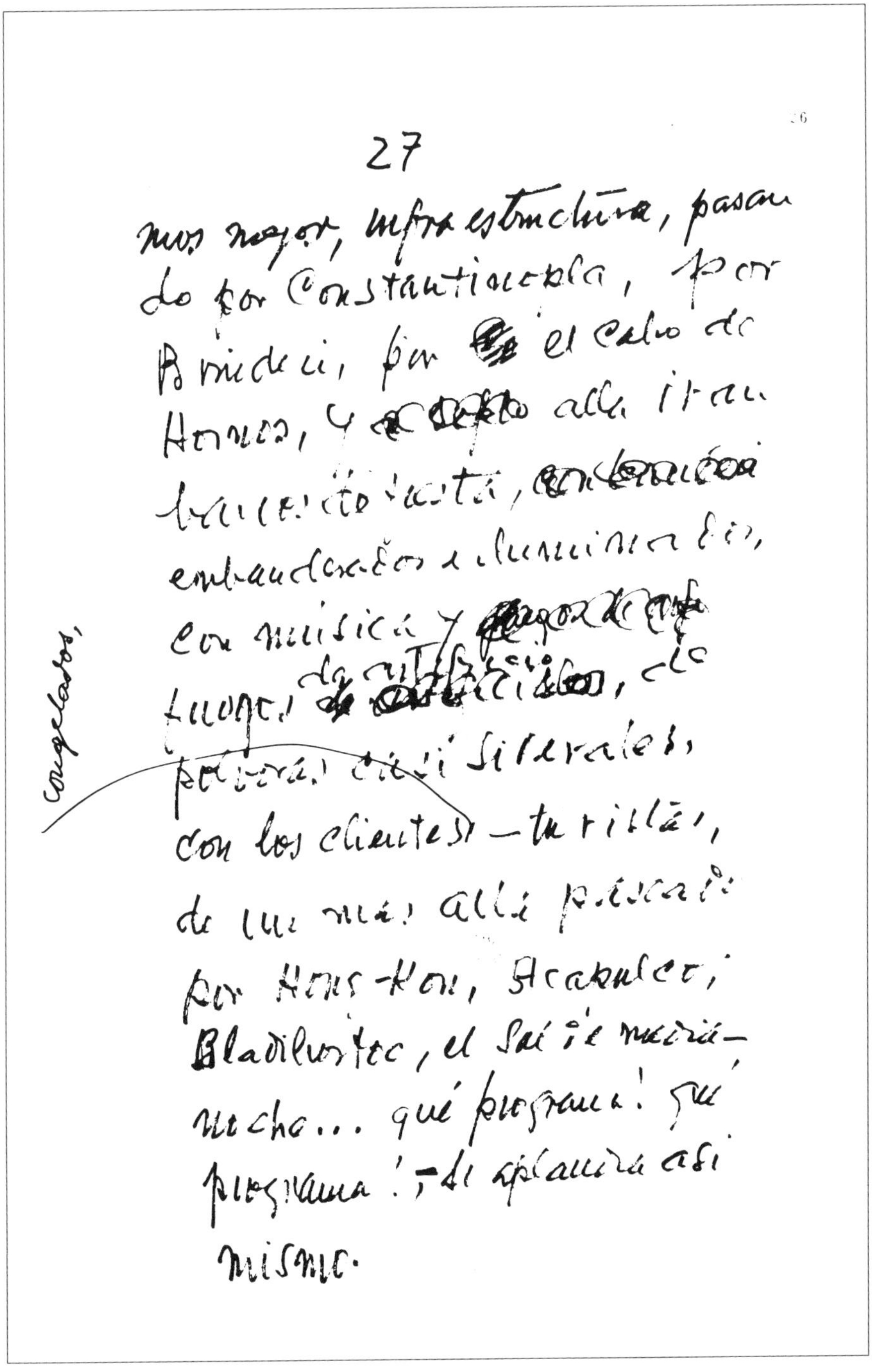
26

27

nos mayor, infraestructura, pasan
do por Constantinopla, por
Brindisi, por el Cabo de
Hornos, y allí irán
bucentauros, embanderados e iluminados,
con música y fuegos de artificio, de
pólvoras siderales,
congelados,
con los clientes-turistas,
de un más allá pascal
por Hong-Kong, Acapulco,
Bladivostoc, el Sai ie macia-
macho... qué programa! qué
programa! - se aplaudía así
mismo.

Y otro:

–Desde hoy, divino Anti, Anticipo de todo lo más grande, lo más bueno, lo más sabio, **anunciaré**[36] en los periódicos, a página entera, el cambio de mi negocio funerario, que, la verdad, cada vez me disgustaba más hacerlo, en negocio de viajes al más allá, en turismo al otro mundo, pasando por otras partes... ¡bravo! ¡bravo!...

–Ya hicimos desaparecer los Cristos –dijo Anti– no queda uno

[36] anunciaremos / La simple transformación del plural «anunciaremos» en singular, «anunciaré», modifica el estatuto del locutor, uno de los agentes de las funerarias: de portavoz de su corporación, pasa a ser un individuo que trata de poner en evidencia ante el tirano su entusiasmo para cumplir las órdenes.

27

28

Y otro:
—Desde hoy, Jirrno
Anti, Anticipo de todo lo mas
grande, lo mas bueno, lo
mas sabio, anunciaré en
los periódicos, a página
entera, el cambio de
mi negocio funerario que,
la verdad, cada vez me des-
gustaba mas hacerlo, en negocio de trajes de más
allá, en turismo al otro
mundo, pasando
por otras partes... ¡bravo!
¡bravo!...

—Ya hicimos desaparecer los
cristes —dijo Anti— no quedamos

solo en mis dominios. Se puso fin a esa religión del **sufrimiento**,[37] el suplicio y la muerte. **Sobre**[38] todo de la conformidad. Conformidad en el país de Anti, **donde todos**[39] deben ser como yo «Antis», **anti-esto, anti-aquello**,[40] siempre anti... No se puede vivir sin estar contra algo, sin ser anti-anti #[41], y yo permito, en esta revolución emprendida por mí, a todos los «antis» seguir «antis», pero nunca «antir[r]evolucionarios», y menos tener el más leve pensamiento anti contra **mí**.[42]

[37] sufrir / La elección del sustantivo y no del infinitivo sustantivado permite conservar una armonía en la enumeración ternaria («el sufrimiento», «el suplicio», «la muerte»).

[38] Ante / Supresión de un juego de palabras fácil entre «Ante» y «Anti».

[39] todo todo

[40] anti – esto, anti – aquello [tachado]

[41] menos contra Anti, anti todo, pero / (Este es uno de los pocos casos en que una expresión sintética se ve sustituida por un desarrollo explicativo.)

[42] Anti / Corrección de una incoherencia: Anti no habla de sí mismo en tercera persona...

28

29

solo en mis dominios. Se puso fin a esa religión del sufrimiento, el suplicio y la muerte. Sobre todo de la conformidad. Conformidad en el país de Anti, donde todos deben ser como yo "Antis" anti-esto, anti-aquello, siempre anti... No se puede vivir sin estar contra algo, sin ser anti-anti, anti-todo, y yo permito en esta revolución empezada por mí, a todos los "antis" seguir "antis", pero nunca "antirrevolucionarios" y menos tener ni un mal pensamiento de anti, contra mí.

Los remeros, los doce remeros, trajeron la sensacional noticia en la punta de la lengua que le[s] salía de la boca como un remo más. Remeros de lenguas-remos.

La manta deposita los cadáveres en un[a] isla lejana #[43], en tumbas de ruinas antiguas, cubiertas ahora de cruces y cristos.

Anti dio un salto con todo y el sillón en que depositaba sus abultadas nalgas, y de pie, los ojos en ninguna parte, las manos crispadas, tras escupir, echóse a medir la sala en que

---

[43] sobre todo / Supresión de una restricción, para dar a la revelación de los remeros un carácter de verdad general.

29

30

Los remeros, los doce remeros,
trajeron la sensacional noticia
en la punta de la lengua que
le salía de la boca como un
remo más. Remeros de
lenguas-remos.

La marea depositó los
cadáveres en un [redacted] isla lejana, [redacted] en-
tumbas de ruinas an-
tiguas, cubiertas ahora de
cruces y cristos.

Anti dio un salto con
todo y el sillón en que depositaba sus abuetadas nal-
gas, y de pie, los ojos en ninguna parte, las manos crispadas, tras escupir, echose
a medir la sala en que

estaba, la sala de audiencias, a pasos largos que fue acortando a medida que fijaba su pensamiento en lo que se debía hacer #[44], hacer... hacer... hacer y deshacer... por la razón de un pecho con luceros... por el presentimiento palpitante como un doble corazón... lo posible en él, lo imposible fuera... o al revés... lo imposible en **él**,[45] lo posible fuera... los muertos en una isla... cruces... cristos... los remeros de lenguas negras como remos... en los mares

[44] –¡Bestia cataléptica! *dijo* pronunció por decir algo que en realidad / Supresión de una exclamación injuriosa dirigida por Anti a la manta, y que habría roto su monólogo interior.

[45] nosotros / (Probable corrección de un lapsus).

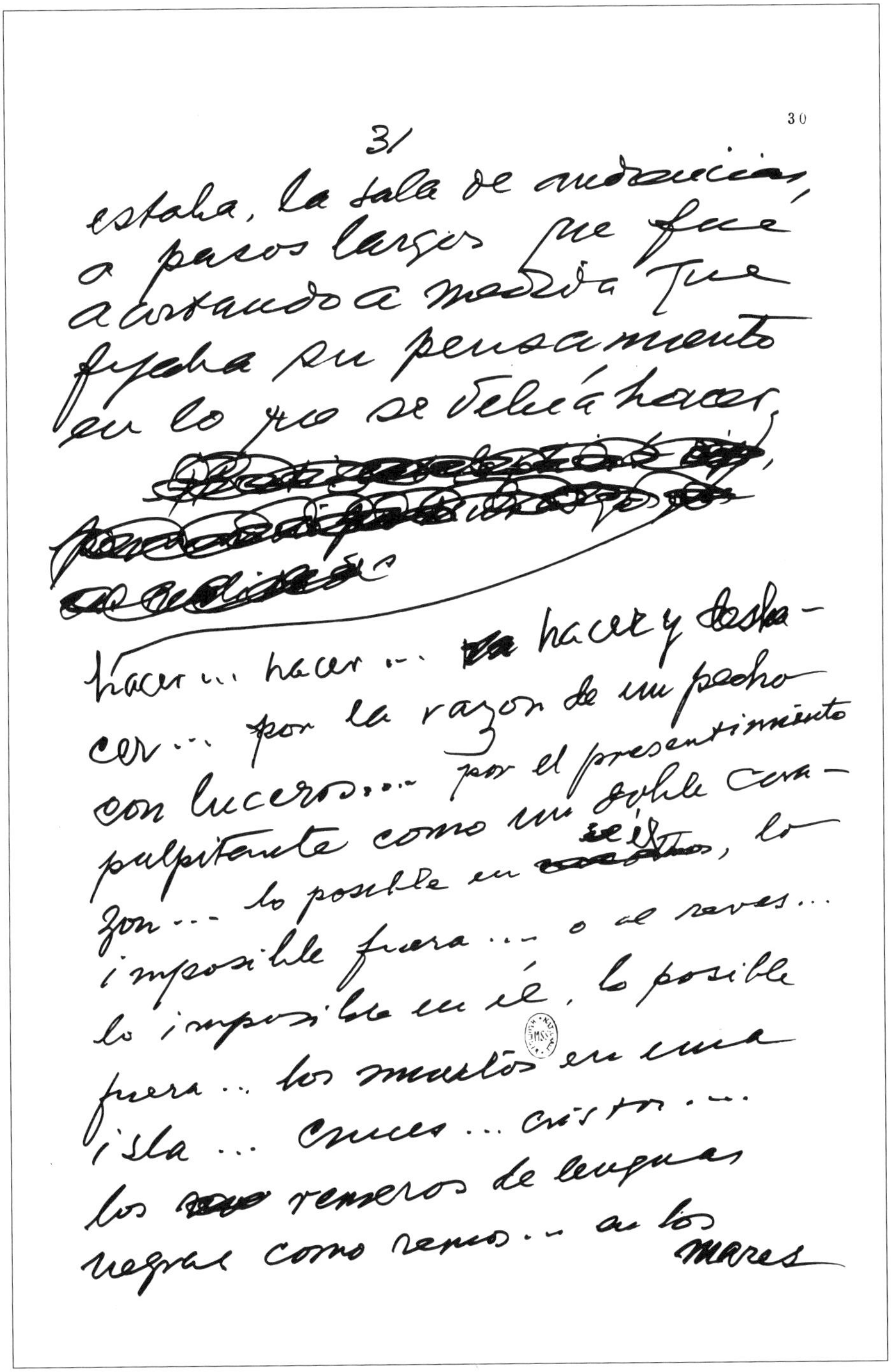
30

31

estaba, la sala de audiencias,
a pasos largos que fue
acortando a medida que
fijaba su pensamiento
en lo que se debería hacer,
~~[illegible]~~
~~[illegible]~~
~~[illegible]~~
~~[illegible]~~
hacer... hacer... ~~[illegible]~~ hacer y deshacer... por la razón de un pecho
con luceros... por el presentimiento
palpitante como un doble cora-
zón... lo posible en ~~[illegible]~~ él, lo
imposible fuera... o al revés...
lo imposible en él, lo posible
fuera... los muertos en una
isla... cruces... cristos...
los ~~[illegible]~~ remeros de lenguas
negras como remos... a los mares

fosforescentes no hay oscuridad... la isla... las sombras... los cristos iluminados noche y día... luz y sonido... sonido **de otras voces... luces de astros espejeantes... anti antes...**[46]

[46] de voces otras que las que se oyen en la conversación – luz de espejos antes de ser ya espejos... antes de ser espejos... de Anti-espejos... los espejos fueron siempre Anti... espejos de astros... anti-antis. Antes de ser espejo fuiste luz – eras luz – se decía – luz creadora... – *ahora luz reflejada* – no luz reflejada... espejo que *refleja* copia realidades... / Interesante variación sobre el tema del espejo, poco a poco despojada de su carácter explicativo para desembocar en una formulación poética hermética. Es uno de los casos en que las variantes permiten comprender el texto final.

31

32

fosforescentes no hay oscuridad ....
la isla ... los ... los cuerpos iluminados noche y
día ... luz y sonido ... sonido
de otras voces ...
... luces de
astros espejeantes ... ante-antes
era luz
se seca luz creadora ...
no ... espe-
jo que copia realida-
des ...

ante antes

Pero tenía al capitán de húsares y a los remeros en su presencia, y a Tostielo, su arcángel y mascota, y al epitafista, Corvino, y a los oficiantes de pompas fúnebres, **convertidos en agentes de viajes y turismo**[47] #[48] al más allá.

Hacer, hacer y deshacer –seguía pensando– es decir sustituir por actos el pensamiento... pero en rigor...

Tronó su voz:

–Pueden retirarse...

---

[47] convertidas en oficinas de turismo. / (La modificación evita una ruptura de construcción.)

[48] con cara de no estar muy contentos. / Supresión de una incoherencia: los empleados de pompas fúnebres no pueden mostrarse irritados en presencia de Anti, cuando acaban de proclamar su entusiasmo.

33

32

Pero tenía el capitán de húsares
a los remeros en su presencia,
y a Tostielo, su carcelero y mascota, y al epitafista, Carmio,
y a los oficiantes de pompas
fúnebres, ~~con [illegible]~~ convertidos en ~~[illegible]~~
~~[illegible]~~ en agen-
tes de viajes y turismo ~~[illegible]~~
de mas alta ~~[illegible]~~

Hacer, hacer y deshacer —seguía pensando, es decir sustituir por
actos el pensamiento... pero
en rigor...

Tronó su voz:

—Pueden retirarse...

El húsar taconeó, golpeó un talón contra otro antes de dar media vuelta y salir a paso marcial, Tostielo y Corvino se escabulleron y los #[49] de las pompas fúnebres, vestían todos de negro, corbata negra, sombrero con crespón de luto, guantes negros, salieron **en busca de vestimentas coloridas, camisas rojas o verdes, corbatas amarillas, pantalones azules o violetas, zapatos colorados, convertidos en agentes de viajes al más allá,**[50] #[51] una nueva forma de turismo.

[49] agentes / La supresión del sustantivo, haciendo del artículo «los» un pronombre, aligera la frase.

[50] convertidos en agentes de turismo. / El añadido de esta enumeración colorida equilibra la frase, al crear una oposición prácticamente término a término con la enumeración precedente en la que se imponía el color negro.

[51] *El* – Anochecía... / Supresión de una indicación temporal («Anochecía»), transferida implícitamente al principio del cap. III gracias a la evocación de los faros que barren las tinieblas.

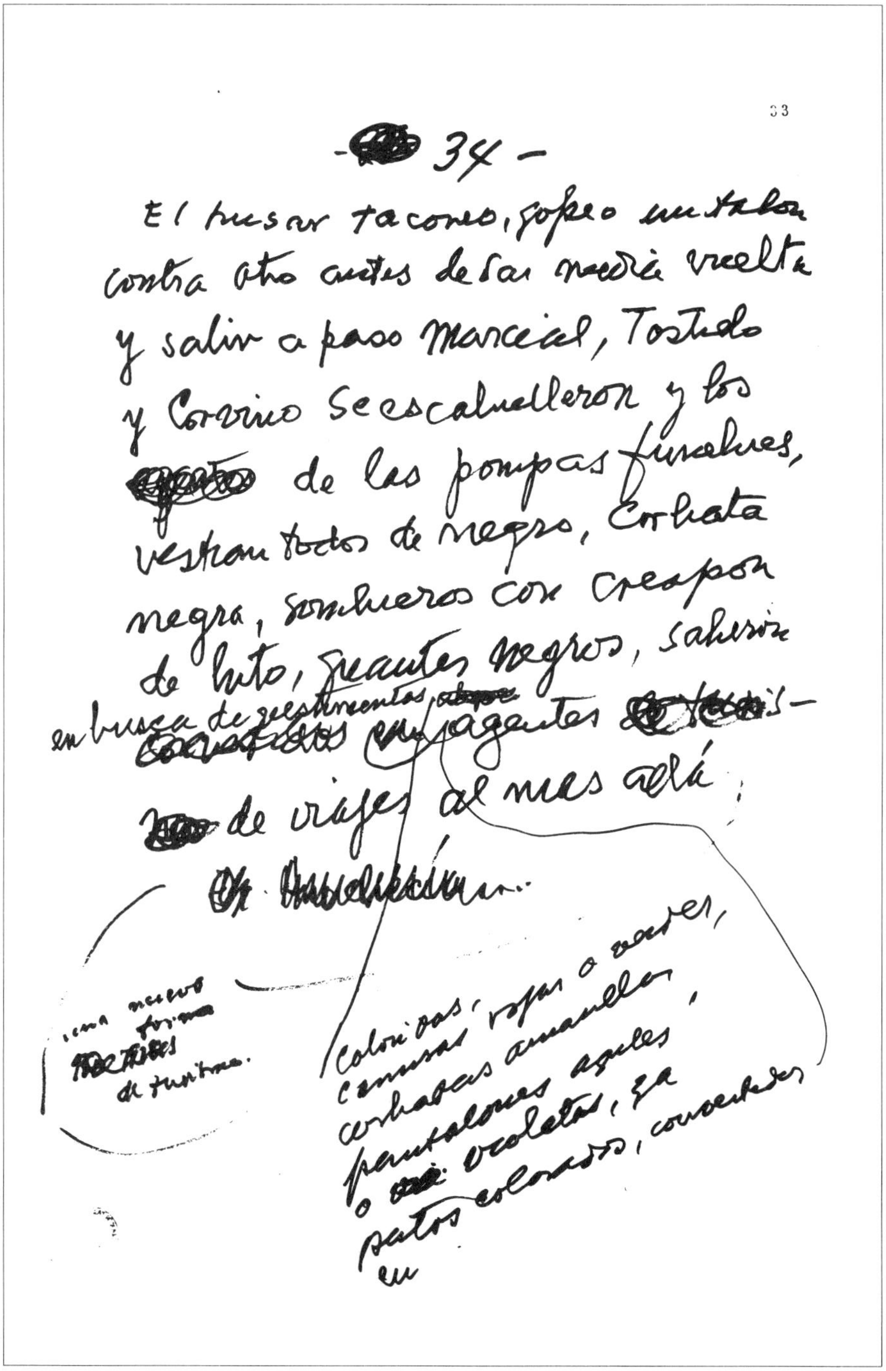

33

-34-

El husar taconeo, golpeo un talon contra otro antes de dar media vuelta y salir a paso marcial, Tostado y Corrino se escabulleron y los [illegible] de las pompas funebres, vestian todos de negro, corbata negra, sombreros con crespon de luto, guantes negros, salieron en busca de vestimentas [illegible] en agentes [illegible] de viajes al mas allá;

[illegible]

una nueva forma [illegible] de turismo.

Colorinas, ropas o verdes, camisas amarillas, corbatas azules, pantalones violetas, ya o [illegible] zapatos colorados, [illegible] en

– III –

Los faros, los nuevos faros, los faros instalados para que no se [perdiera] ni de noche la distancia palpitante, barrían la **tiniebla**[1] a escobazos luminosos, instantáneos, cegantes.

La manta iba y venía por el piélago, solemne, blanca, con su cargamento de muertos, los de cada día...

¡Qué desafío a su poder tiránico, a su Anti, frente a él, Anti, ninguno, ni humano ni divino! Sólo esta Animanta convertida en Anti-manta.

Rechinó los dientes, risa teológica de **titán que se ahoga con un grano de polén, tan acostumbrado está a no tener ante él nigún anti.**[2]#[3] Y esa isla... esa isla de muertos y cristos... Anti-manta... la **mujer de los cabellos con ojos. En cada cabello un rosario de pupilas. Se bañaba en**[4]

---

1 noche / (La modificación evita simplemente una repetición).

2 titán traga polén, al decir del coro de los aduladores que [voc]eaban como cerdos. / Cambio de punto de vista; pasamos de la visión halagadora de los «aduladores» de Anti al punto de vista del propio Anti.

3 [Cristo] relumbrante [ilg.]

4 de cabellos con ojos. Tenía en sus guedejas repartidos tantos ojos... *Sus ojos amorosos se bañaban entonces* – Más ojos que / Supresión de la connotación animal de «guedejas» (cabello + melena); en efecto, si la comparación implícita se hace con la cabellera de las furias o de la Gorgona Medusa, es preferible evacuar la imagen de la melena. Se nota también la supresión del adjetivo «amorosos»: Animanta se ha convertido en una enemiga, éste no es el momento de acordarse de la época en que era una amante. / Para la alusión a la cabellera de las furias, véase Jules Verne, *Vingt mille lieues sous les mers*, citado por Caillois en *La pieuvre...*, p. 95-96: «Ses huit bras, ou plutôt ses huit pieds, implantés sur sa tête (...) avaient un développement double de son corps et se tordaient comme la chevelure des Furies.» Se ve claramente aquí –como será el caso en otras ocasiones más– que algunos atributos míticos del pulpo los presta Asturias a la manta.

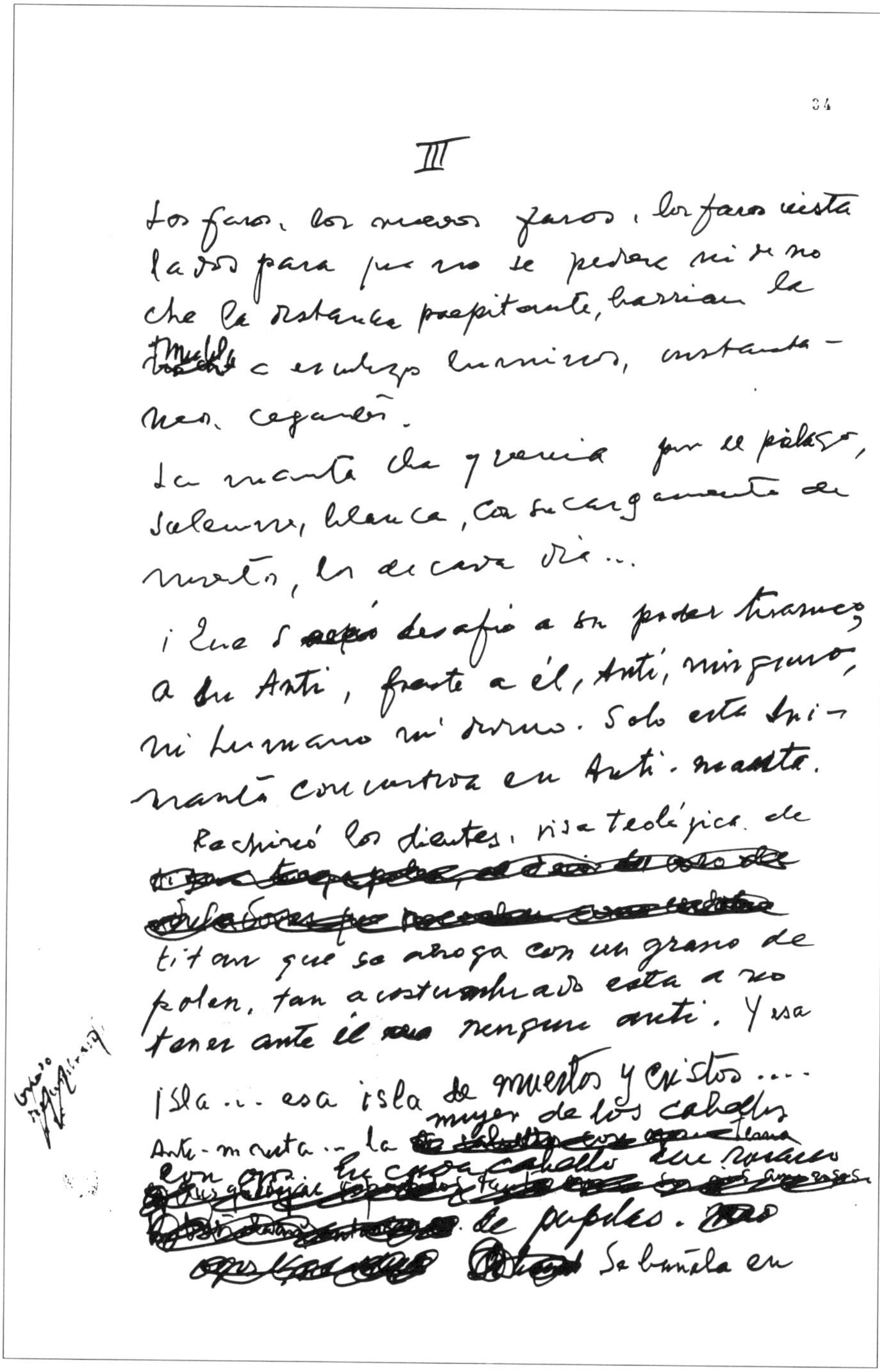

34

III

Los faros, los nuevos faros, los faros vista lados para que no se pierden ni se noche la distancia precipitante, barrían la [illegible] a esculcos luminosos, instantáneos, cegantes.

La muerte ya venía por el piélago, solemne, blanca, con su cargamento de muertos, los de cada día...

¡Qué desafío a su poder tiránico, a su Anti, frente a él, Anti, ninguno, ni hermano ni otro. Sólo esta animación concentrada en Anti-muerta.

Rechinó los dientes, risa teológica de titán que se ahoga con un grano de polen, tan acostumbrado está a no tener ante él ninguna anti. Y esa isla... esa isla de muertos y Cristos.... Anti-muerta... la mujer de los caballos [illegible] con su caballo que [illegible] de párpados. Se bañaba en

visiones.

Un ejército de gigantes rodilludos, **negras barbas de abi[s]inios, blancos dientes de lagartos, armados de tridentes, asaetarían la isla roqui[r]rojiza.**[5]

#[6]Se armó la sanfrancia* por los tridentes y con los tridentes. #[7] Los rodilludos no son gigantes fáciles.

Un grito de Anti los calmó. #[8] Mejor guardar los ímpetus para combatir en la isla que seguir el espionaje de los profetas, grandes espías de Dios*, tendrían que vérselas con gavilanes, en el aire, sierpes

---

[5] más barbas que dientes, asaetarían la isla, lo único mortuorio en sus dominios del país de Anti. / El desarrollo de «barbas» en «negras barbas de abisinios» y de «dientes» en «blancos dientes de lagartos» subraya el carácter terrible de los gigantes; el añadido de los «tridentes» evoca naturalmente a Neptuno.

[6] En

* Sanfrancia: pendencia, trifulca. No puede uno dejar de pensar, en el contexto en que se sitúa esta palabra, en otra expresión española de mismo sentido, «Se armó la de Dios es Cristo»...

[7] dientudos / (Supresión de una redundancia).

[8] Los

Var. 8 bis: este añadido es inútil para el relato propiamente dicho; en cambio aporta al trozo una calidad poética incontestable.

* *Cf. Maladrón*, Buenos Aires, Losada, 1974, p. 176: «Negaba valor a las Escrituras interpretadas por los Doctores de la Letra Muerta, y sonreía cuando le llamaban Anti-Profeta, contento de serlo, pues los Profetas valen ahora menos que un cuartillo de estiércol de paloma.»

36 35

visiones.

Un ejército de gigantes rodillavos, [illegible] negras barbas de alicinavos, blancos dientes de lagartos, [illegible] ~~la isla~~ armados de tridentes, asaetavian la ~~isla~~ isla, [illegible] Roquiropiza.

se arrimó la Sanfrancia por los tridentes y con los tridentes. Los rodillados no son gigantes fáciles.

Un grito de Ruti los calmó. Mejor guardar los ímpetus para combatir en la isla que seguir el espionaje de los profetas, grandes espías de Dios, tendrían que vérselas con gavilanes, en el aire, eclipses

en la tierra, y tiburones en el agua. Todos defensores, hasta la muerte, de aquella isla rocallosa, con forma de cola de sirena, que la claridad del día doraba y de noche tenía temblor de constelación desnuda.

Cucucún, el gigante en jefe de la columna punitiva, se retiró de los labios **el cigarro**[9] para fijar, sin humo, sus pequeños ojos **cortantes**[10] en el mapa de operaciones.

El plan implicaba, militarmente, sacrificar **hombres.**[11] La eterna suerte del soldado, ser carne de cañón, sólo que **aquí**[12] serían carne de tiburón.

De los gavilanes se tenía noticia **su preferencia por los ojos del enemigo,**[13] y por llevar navajas en lugar de plumas.

Y de las serpientes, color de cañas fósiles, se sabía que enroscábanse en las cruces de los sepulcros, **dispuestas a defender**[14] embravecidas cada tumba, **cruz y crucifijo,**[15] **entre**[16] lluvias de venenos letales.

---

9 el puro encendido

10 de elefante / Supresión de la comparación implícita un poco fácil del gigante con un elefante. En cambio, el adjetivo «cortantes» para calificar los ojos del tal gigante es más interesante, en la medida en que se opone a las «pupilas cuadradas» de Anti.

11 *unos cuantos hombres* – muchos hombres / El paso de lo particular («unos cuantos hombres», «muchos hombres») a lo general («hombres») refuerza la intensidad dramática.

12 ahora / Asturias opta por una situación en el espacio («aquí») y no en el tiempo («ahora»); en efecto el adjetivo «eterna» se oponía a una situación temporal.

13 *que tenían navajas en lugar de plumas* – que cegaban al enemigo a picotazos en los ojos. / La elección de un sustantivo, «su preferencia», en vez de una subordinada aligera la frase.

14 y defendían cuanto Cristo / La aposición sustituye una oración coordinada para aligerar el conjunto.

15 cada cruz y crucifijo, cada / La supresión permite conservar un ritmo ternario.

16 con sus

36

37

en la tierra, y tiburones en el agua. Todos defensores, hasta la muerte, de aquella isla rocallosa con forma de cola de sirena, que la claridad del agua doraba y de noche tenía temblores de constelación ahogada.

Lacacurri, el gigante en jefe de la columna punitiva, se retiró de los labios el cigarro para fijar, sin humo, sus pequeños ojos cortantes en el mapa de operaciones.

El plan implicaba, militarmente, sacrificar hombres. La eterna muerte del soldado ser carne de cañón, sólo que aquí serían carne de tiburón.

De los gavilanes se tenía noticia su preferencia por los ojos del enemigo, y por llevar navajas en lugar de plumas.

Y de las serpientes, color de cañas fósiles, se sabía que se cobijaban en las cruces de los sepulcros, dispuestas a defenderlos, embravecidas cada tumba, cada cruz y crucifijo, entre lluvias de venenos letales.

[Ningún abismo *se quedó fuera en la profundidad* quedó en el fondo. Todos salieron. Los grandes abismos. Los pequeños abismos. Todos salieron a *cavar* abrir inmensas cavidades, *huecos inmens[os], profundos vacíos* en la superficie de las aguas. Las barcazas de los invasores a las órdenes de Cucucucún, el gigante, cayeron desde cientos de metros de altura, llevadas por las *altas* olas *a las profundidades abiertas por los abismos – que se empinaban, se empinaban hasta romperse –* y luego *para desde allí caer* a las profundidades abiertas por los abismos, que se las tragaban y las escupían. Selacio. Selacio.][17]

---

[17] Se trata de la supresión de un trozo fantástico, cuya escritura no deja de recordar la vena de *Tres de Cuatro Soles*, y en el cual los abismos marinos cobraban vida para defender al Cristo-pulpo y su isla. Era la coalición de estos abismos la que derrotaba a los gigantes de Cucucucún, en un combate violento y desigual. La unión (¡que hace la fuerza!) de los abismos estaba subrayada, machacada a la manera asturiana por el procedimiento de la acumulación. Al punto de vista negativo («Ningún abismo quedó en el fondo») sucedía una visión globalizante de la misma realidad («Todos salieron»), inmediatamente fraccionada («Los grandes abismos. Los pequeños abismos.») y luego reunida de nuevo («Todos salieron a abrir inmensas cavidades...»). Reconocemos aquí dos técnicas típicamente asturianas: por una parte lo que podríamos llamar el tratamiento «cubista» de la imagen (una misma imagen está aprehendida bajo varios ángulos a la vez) y por otra parte la progresión «en espiral» de la frase (el segundo «Todos salieron» no es una simple repetición del primero, puesto que se le agrega la finalidad, «a abrir...»).

El motivo de la supresión no parece ser, pues, *a priori*, una insatisfacción estilística, ya que el trozo estaba técnicamente muy «logrado». El vocabulario también había sido el objeto de un trabajo riguroso: a «en la profundidad», término abstracto de marcada connotación religiosa (*«De profundis»*) se había preferido «en el fondo», más concreto y no connotado; a «huecos inmensos» y «profundos vacíos», términos masculinos que designan una carencia, se había sustituido las «inmensas cavidades», espresión femenina que designa ya no un vacío sino un cuenco, cavidad o caverna asimilable a las entrañas maternas. ¿Sería entonces el tema el que fue finalmente descartado? El movimiento desenfrenado de los fondos submarinos, donde las olas del fondo vienen a asomarse a la superficie para engullir los barcos cual monstruos hambrientos reaparecerá tímidamente en el cap. V (var. 81) bajo el vocablo «maremoto», que también se verá descartado. Tal vez Asturias temiera que la crítica le acusara de haber tratado ya ampliamente el tema del terremoto en *Tres de Cuatro Soles* y de auto-plagiarse en cierta medida. Lo cual sin embargo no impidió que calcara el solfeo del profeta Loco de Altar, al final de este mismo cap. III, sobre el solfeo de los muebles de *T.C.S.* (véase la cita exacta, cap. III, nota 100*). La explicación es quizás mucho más sencilla: una victoria demasiado rápida de los abismos marinos sobre los soldados de Anti habría desequilibrado la economía general del relato, era demasiado pronto para hacer desaparecer al gigante-jefe que acababa de salir al escenario.

En cuanto a las dos últimas palabras de esta variante («Selacio. Selacio»), bien se ve que hay que considerarlas aparte; se trata en efecto de una duda sobre la ortografía de esta palabra que designa la familia de peces a la cual pertenece la raya manta. Asturias debía de haber escuchado la palabra antes de verla escrita, puesto que en otros sitios la escribe «celáseo», lo que corresponde para un latinoamericano a una ortografía fonética posible. Se sabe que la ortografía de Asturias era a veces fantasiosa, y que tenía cierta tendencia a la dislexia.

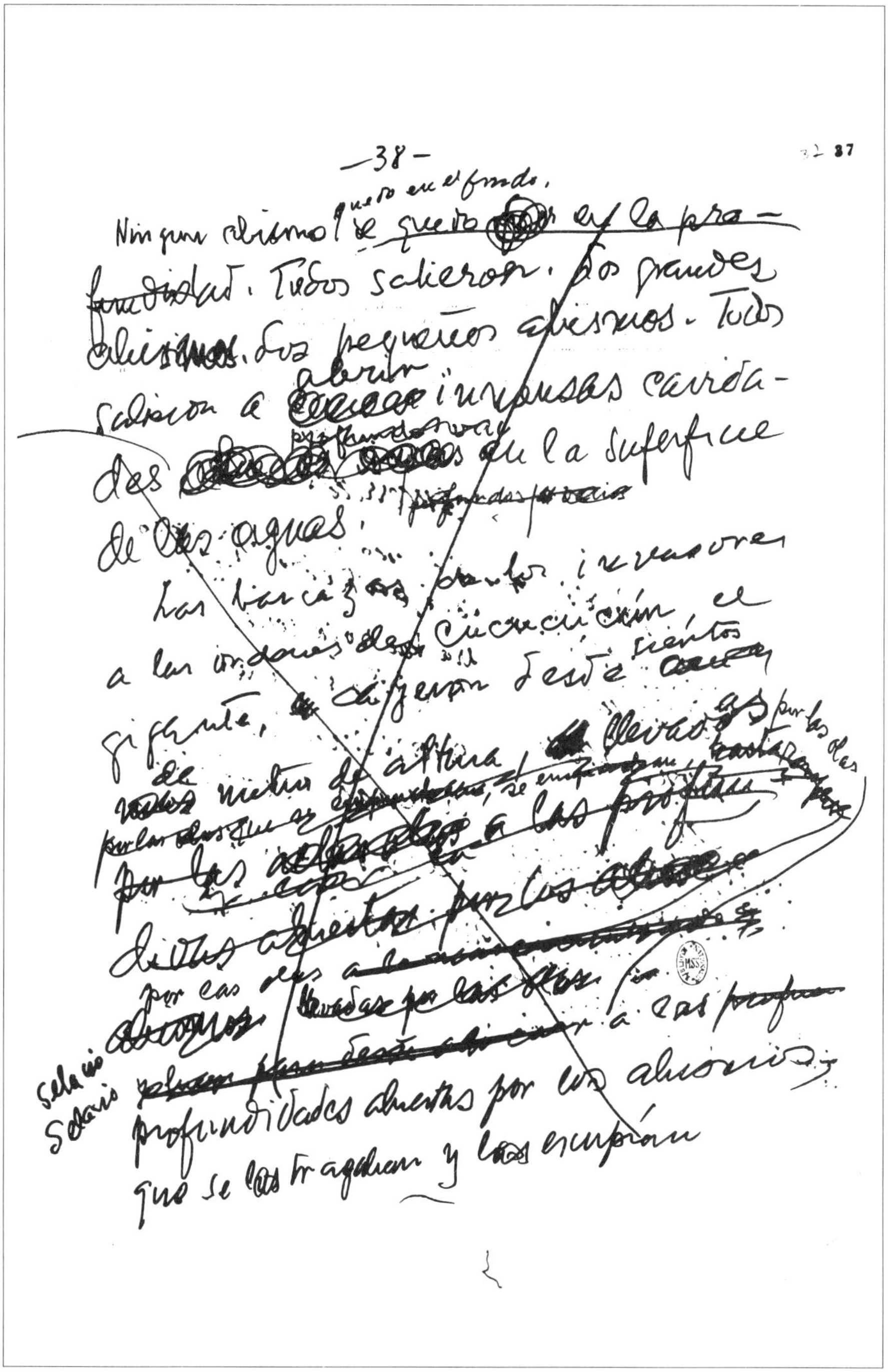
—38—
Ningún abismo se quedó en el fondo en la profundidad. Todos salieron. Los grandes abismos. Los pequeños abismos. Todos salieron a abrir inmensas cavidades profundas en la superficie de las aguas.
Las barcazas invasoras a las órdenes de el dejaron de ser cientos gigantes, llevadas metros de altura a las profun
por las alas
dedos abiertos por los
por las alas a
llevadas por las alas
a las profun
selacios
profundidades abiertas por los abismos que se los tragaban y los escupían
37

Cucucucún, el gigante, se vistió de llamas de fuego, al hojear un catálogo de armas y salvavidas. No se salvaría nadie. Los belígeros rodilludos se cubrían el pecho de **cascabeles sordos,**[18] babas de s[i]renios #[19] y #[20] amuletos, y entonaban cantos de **adiós**[21] y nenias que son las nanas de los muertos, acompañados por **cabalgadores de cábalas**[22] encargados de pronosticar el momento favorable para la invasión de la isla que a veces se movía como si ella toda fuera una monstruosa manta.*

Anti exigía la defi[ni]tiva expulsión de **sus tierras y mares,**[23] de cristos, #[24] cruces y #[25] cadáveres en aquella que sería la última batalla contra la muerte, **y exigía con más ahinco que**[26] le trajeran viva, en cuerpo de mujer o de manta, a Animanta, hurgamandera** **de senos de pezones muy negros y cabellos con ojos.**[27]

---

18 amuletos / Aquí, en cambio, es un añadido el que da a la oración su ritmo ternario.

19 como / ¿Supresión de un esbozo de comparación o de un complemento de manera?

20 números de / La supresión evita quebrar el ritmo.

21 amor / Corrección de una inverosimilitud (las circunstancias no se prestan, en efecto, a los «cantos de amor» pero sí a los «cantos de adiós»).

22 cabalga-cábalas / Raro ejemplo de desarrollo explicativo de una expresión que constituía sin embargo un verdadero hallazgo poético en cuanto a las sonoridades.

* Para la asimilación entre la manta y una isla, véase Jules Verne, *Vingt mille lieues sous les mers*, siempre citado por Caillois (*op. cit.*): «un céphalopode long d'un mille, qui ressemblait plutôt à une île qu'à un animal». Aquí también, es una característica del pulpo gigante la que se atribuye a la manta.

23 la Manta y los

24 las

25 los / (Las supresiones 23, 24 y 25 permiten obtener un ritmo ternario.)

26 sus símbolos, y [exigía] que ya

** Hurgamandera: (Germanía) ramera.

27 la hurgamandera ataviada con collares de hueso (cuernos), de senos *levantados* en alta.

38

38

Cucucucún, el gigante, se
vistió de llamas de fuego, al hojear
un catálogo de armas y salvavidas.
No se salvaría nadie. Los beli-
geros rodillazos se cubrían el
pecho de [illegible] cascabeles sordos, babas de serenos, [illegible] y
[illegible] amuletos, y entonaban
cantos de [illegible] adios y nenias que son las
[illegible] nanas de los muertos, acompañados por
cabalgadores de cábalas encargados de pronosticar
el momento favorable para la inversión de la Is-
la que a veces se movía como si ella toda fuera una monstruosa manta,
sus
Ant. exigía la definitiva expulsión de
tierras y mares, de
[illegible] Cristos, [illegible] cruces y cadáveres [illegible]
que sería la última
en aquella batalla contra la muerte,
y exigía con más ahínco que
[illegible], [illegible] lo trajeran
vivo en cuerpo de mujer o de manta, a
Animanta, [illegible]
de
[illegible] [illegible] y cabellos con
ojos. Thurgamandera

de pezones muy largos

#[28]Los gigantes rodilludos iban a la peluquería no a que les cortaran el pelo sino **el pensamiento.**[29] No tenían miedo, pero...

Anti, el tirano, y Cucucucún, el gigante en jefe, esperaban informes confidenciales de un comando de **hombres ranas que recorrían los fondos submarinos de la isla, silenciosos,**[30]#[31] entre movimientos de tijeras de sus piernas, sus brazos adelante y **un como burbujear de música modulada.**[32]

¿Qué parte traerían?

El primer su[b]marinero emergió, **largo,**[33] calisténico*, #[34] brioso, relumbrante, ágil,#[35] materialización **de la imagen de un pez.**[36]

Traído, sin pérdida de tiempo, a presencia de Anti y Cucucucún, no hablaba. El parte. El parte. No hablaba. No podía hablar. Las palabras. Qué palabras emplear. Con qué palabras **decir**[37] lo que había visto.

Del comando de hombres-ranas sólo él regresó.

---

28 [Arrancaste] del cuello los collares de cuernos / Supresión de un atributo circunstancial («collares de hueso») en provecho de un atributo esencial de Animanta, «cabellos con ojos».

29 los pensamien[tos] / (El paso del plural concreto al singular abstracto quizás obedezca simplemente a un deseo de paralelismo riguroso entre «el pelo» y «el pensamiento»).

30 hombres-ranas, una serie de enanos que convertidos en hombres-rana / Supresión de una característica de los hombres-rana, «enanos», que les hubiera opuesto término a término con los gigantes de Cucucucún.

31 burbujeantes

32 el burbujear de mús[ica]. / Dudas sobre el estatuto que atribuir al verbo «burbujear»: ¿adjetivo verbal?, ¿infinitivo sustantivado?, ¿calificando o acompañando simplemente los movimientos de los zambullidores? Lo más importante parece ser la palabra misma, con sus sonoridades que hacen de ella una especie de armonía imitativa.

33 largo [tachado]

* Asturias tenía una verdadera predilección por la palabra «calistenia» (*Cf.* en el cap. V, «en calistenias de ángulos»). Se encuentran ejemplos en numerosos textos. Así, *El espejo de Lida Sal*: «calistenias de alas de orquideas»; *El hombre que tenía todo, todo, todo*: «¿Nace de ahí la nueva calistenia, del vaivén de la torre de metales de olvido, comunicado a la cabeza de Nickelita, convertida en profesora de gimnasia o calistenia?»; *Clarivigilia primaveral*: «Amuletos, cerbatanas, /vasos de orgías /con dibujos de calistenias íntimas /o escenas de banquetes auríferos.» En estos varios ejemplos, notamos que Asturias no utiliza únicamente la palabra «calistenia» en el sentido literal («gimnasia que conduce al desarrollo de la fuerza y la gracia en los movimientos»), sino también para designar el resultado de este proceso, es decir la gracia en los movimientos.

34 como

35 una

36 del reflejo de lo que sólo era *la* una imagen superficie adentro / La transformación de las comparaciones en aposiciones aligera la frase; el añadido de los adjetivos completa la descripción del submarinero y le confiere ante los ojos del lector una mayor importancia.

37 dar / Se trata probablemente de evitar una repetición, si la primera versión era «dar [parte]».

39

-39-

~~[illegible]~~

Los gigantes rodilludos iban a la peluquería no a que les cortaran el pelo, sino ~~[illegible]~~ el pensamiento. No temían miedo, pero...

Ante, el tirano, y Cucucacún, el gigante, su jefe, esperaban informes confidenciales de un comando de hombres ranas que recorrían ~~[illegible]~~ los fondos submarinos de la isla, silenciosos, ~~[illegible]~~ entre movimientos de tijeras de sus piernas, sus brazos adelante y un ~~[illegible]~~ como burbujear de música modulante.

¿Qué parte traerían?

El primer submarinero emergió, largo, calisténico, ~~[illegible]~~ materialización de la imagen de limpieza, superficie atenta.

Brioso, redondeante, ágil

Traído sin pérdida de tiempo a presencia de Ante y Cucucacún, no hablaba. El parte. El parte. No hablaba. No podía hablar. Las palabras. Qué palabras emplear. Eran pocas palabras decir lo que había visto.

Del comando de hombres-ranas sólo él regresó.

¿Qué pasó? ¿Dónde se quedaron los otros? ¿Por qué no volvían?

–... Un crucificado... –fue lo primero que dijo...

Anti jugó dados #[38] con sus pupilas cuadradas, dados negros en la palidez de su cara, antes de preguntar:

–¿Un crucificado?

–Sí, un Cristo en la cruz...

–¿Y eso te asustó, bellaco?

–No un cristo como los nuestros. Un pulpo. Un **pulpo**[39] gigantesco **de ocho tentáculos**[40] de 70 metros cada uno, clavados en una **cruz** alta como catedral, **de seis y seis brazos en abanico a cada lado.**[41]

A Anti y al gigante Cucucucún se les fue el habla.

El hombre-rana siguió:

–Cada uno de sus doce **tentáculos**[42] tiene más de veinte metros y truena el mar en todas

---

38 negros, dados / Sobre el añadido de la expresión «pupilas cuadradas», véase nuestro trabajo, en la tesis ya citada.

39 cristo / Esta es la primera de una larga serie de dudas entre «pulpo» y «cristo» para designar al famoso monstruo; ¿cuál de las dos naturalezas conviene privilegiar? La solución varía según los casos.

40 de doce *tentác[ulos]* brazos / Primera duda entre el número real de tentáculos que posee el pulpo («ocho») y el número simbólico que le atribuye Asturias («doce»). Estadísticamente, en el manuscrito, es el número simbólico el que triunfa. Es verosímil que si Asturias hubiera tenido que releer el manuscrito con vistas a una edición, habría corregido estas incoherencias.

41 en doce brazos de *la* una cruz con forma de panoplia. Un Cristo inmenso. Un / La solución escogida añade la noción de un reparto simétrico de los brazos de la cruz («seis y seis»). Pero en la variante descartada, se puede tal vez encontrar una justificación a las extrañas «manoplas» de las que está provista en distintas ocasiones en el texto dicha cruz: en efecto, ¿no podría tratarse, ya de una deformación involuntaria, ya de una metamorfosis voluntaria por asociación de sonoridades con la «panoplia» que describía aquí el aspecto de este instrumento de tortura?

42 brazos / Primera ocurrencia de la duda entre «tentáculos» y «brazos», que se puede emparentar con la duda entre «pulpo» y «cristo» (*Cf.* var. 39 de este mismo capítulo).

40

40

¿Qué pasó? ¿Donde se quedaron los otros? ¿Por qué no volvieron?

—...Un crucificado...— fue lo primero que dijo...

Anti jugó dados con sus pupilas cuadradas, dados negros en la palidez de su cara, antes de preguntar:

—¿Un crucificado?

—Sí, un cristo en la cruz...

—¿Y eso te asustó, bellaco?

—No un cristo como los nuestros. Un pulpo. Un pulpo gigantesco de ocho tentáculos clavados en una cruz, de seis y seis brazos en abanico a cada lado, alto como catedral, de 70 metros cada uno.

A Anti y al gigante Cacaenaca se les fue el habla.

El hombre-rana siguió:

—Cada uno de sus ocho tentáculos tiene más de veinte metros y truena el mar en todas

sus profundidades #[43] vacías, no hay peces, y truena la isla, sacudida por terremotos sucesivos, no es isla cada vez que este Cristo-pulpo trata de desclavar de la cruz uno de sus doce brazos.

–¿Seré un nuevo Zeus –se preguntó con el pensamiento A[nti]– y ese pulpo será un Prometeo disfrazado?

–Al vernos –siguió el hombre-rana #[44]– fueron más desesperados sus esfuerzos por desclavarse, por arrancarse de los clavos.#[45]

–Y si no es isla, qué es... #[46] –alzó la voz Cucucucún, el gigante.

–Es **la**[47] inmensa manta **que se lleva a los muertos**.[48]

–No es la primera vez que tengo que dar batalla en tierras de geografía flotante, tierras que están y no están, que están hoy aquí, mañana allá, o que desaparecen un tiempo para resurgir después.

---

[43] [ilg.] / Var. 43 bis: añadido de una característica importante de la isla-manta: puede, a veces, perder su estatuto de isla.

Var 43 quater: añadido de una alusión mitológica a Zeus y Prometeo. ¿Habrá que atribuirla a una necesidad de anclarse en una mitología anterior al cristianismo, de afirmar un conocimiento de la cultura clásica europea? Asturias pasó algún tiempo en las Islas Baleares durante la redacción de *El Árbol*; tal vez este ambiente mediterráneo le haya sugerido referencias a la mitología grecorromana.

[44] [ilg.] los globos de sus ojos *fu* caían

[45] que le tienen pegado a *su* la cruz.

[46] [ilg.]

[47] esa / Abandono de un demostrativo peyorativo en provecho de un artículo no connotado.

[48] *que vemos – que se ve pasar entre dos* – que se ve pasar muertos. / Paso del punto de vista subjetivo del testigo («vemos») a un punto de vista también subjetivo pero más claramente colectivo («se ve»), y luego a la enunciación de una verdad general («se lleva»).

41

41

sus profundidades vacías, no hay peces, y truena la isla, sacudida por terremotos sucesivos, en espiral ¡Cada vez que este Cristo-pulpo trata de desclavar de la cruz uno de sus doce brazos.

—Será un nuevo Zeus —se preguntó con el pensamiento— a ti, y ese pulpo será un Prometeo disfrazado?

—Al vernos —siguió el hombre— vana fueron más desesperados sus esfuerzos por desclavarse, por arrancarse de los clavos

—Y si no es isla, qué es... —alzó la voz Cucurucún, el gigante.

—Es la inmensa manta que se lleva a los muertos.

—No es la primera vez que tengo que dar batalla en tierras de geografía flotante, tierras que están y no están, que están hoy aquí, mañana allá, o que desaparecen un tiempo para resurgir después.

–Sí, la manta **se convierte en isla al volver de sus navegaciones,**[49] queda inmóvil sobre el pulpo-cristo **de encendido color rojizo**[50] cuando lucha por desclavarse, y agoniosamente pálido, al darse cuenta de su destino, morir clavado en la cruz.

–¡No puede ser! ¡No puede ser! –levantó la voz y las manos Anti. **Sus**[51] dedos tableteaban en la mesa de su despacho #[52]– que mi lucha por borrar de mis dominios todo lo que huele a muerte, encuentre una maldita manta que apaña cadáveres, y un **pulpo**[53] gigantesco con sus doce brazos clavados en una cruz.

[49] se torna [ilg.] en la isla que vemos al tornar de sus navegaciones, y debajo, el pulpo cristo / La modificación tiende a evitar la repetición del verbo «tornar».

[50] rojo encendido

Var. 50 bis: El añadido parece tener como único objeto el placer de introducir un anacoluto.

[51] cuyos / (La transformación de la relativa en independiente aligera la frase y le da un ritmo más rápido).

[52] Se alzó Anti

[53] cristo / (Véase var. 39 de este mismo capítulo).

42 42

—Si la manta se convierte en isla al volver de sus navegaciones, queda inmóvil sobre el pulpo-cristo de encendido color rojizo cuando lucha por desclavarse, y agonizantemente pálido, al darse cuenta de su destino, morir clavado en la cruz.

(la voz) —¡No puede ser! ¡No puede ser! —levanta las manos antes de dejarlas tabletear en la mesa de su despacho, —que mi lucha por borrar de mis dominios todo lo que huele a muerte, encuentre una maldita manta que apaña cadáveres, y un pulpo gigantesco con sus ocho brazos clavados en una cruz.

Y después de una pausa, prosiguió el gran tirano:
–¿Y los otros hombres-ranas?
–**Los otros...**[54]
–Sí, los otros. **A falta de tentáculos para atraparlos, el famoso cristo-pulpo les aplicó sus ventosas,**[55] sus preciosas llagas. Las llagas de Cristo, de los cristos llagados **aplicadas a las carnes de los místicos, se los van tragando,**[56] les absor[b]en la sangre, los sesos, la conciencia y el alma entera en el postrer

---

[54] ¿ Los otros?...

[55] ¿El pulpo, a falta de tentáculos, les aplicó sus ventosas? / Transformación de una interrogación en afirmación: por su naturaleza «divina», Anti lo sabe todo sin haber visto nada... (Un poco más adelante: «Yo sé lo que no sé»).

[56] se tragan a los místicos. / El añadido de «aplicadas» permite establecer un paralelismo entre las llagas de Cristo y las ventosas del pulpo; por otra parte, la introducción de la forma progresiva («se los van tragando») subraya la lentitud de este proceso de absorción.

43

43

Y después de una pausa, prosiguió el gran titano:

—¿Y los otros hombres ramas?

—¡Los otros?...

—Sí, los otros. ¿ a falta de tentáculos, para atraparlos, el famoso Cristo-pulpo, les aplica sus ventosas, sus preciosas llagas. Las llagas de Cristo, de los cristos llagados, aplicadas a las carnes de los místicos, se los van tragando, les absorben la sangre, los sesos, la conciencia y el alma entera en el postrer

aliento. Yo sé lo que no sé... –apagó la voz con estas palabras #[57] Anti.

–¿O los paralizó con los ojos? –intervino Cucucucún, el gigante, **aguijoneando**[58] al sobreviviente del comando, **que destilaba aguasal**,[59] igual que llanto– y si no los paralizó con la mirada, los envolvió en la nube de #[60] polvo que los pulpos arrojan para cegar a sus víctimas.

El sobreviviente estornudó, estornudó agua, antes de contestar.

–Los ojos, sus ojos esféricos, colgados fuera **de sus [ó]rbitas**.[61] Pedro de la Arena, el más arrojado del comando, intentó **clavarle en las pupilas**[62] los dientes de un tridente, pero el pulpo crucificado

---

57 el

58 *acuciando* – sobreañadió – / Ejemplo de búsqueda de sinónimos; «aguijonear» evoca un suplicio, lo que no hacía «acuciar».

59 extenuado, y destilaba [ilg.] / (Corrección de una ruptura de construcción inútil).

60 [ilg.]

61 de su [ilg.]

62 *herirle – cegarle – extraerle* – herirle en los ojos. / Búsqueda de sinónimos; «clavar» permite un paralelismo con la situación del pulpo clavado en la cruz.

44

44

aliento. Yo sé lo que me sé...—apagó la voz con estas palabras Antí...

—¿O los paralizó con los ojos?— intervino Cucucucún, el gigante, aguijoneando al sobreviviente del comando, que destilaba agua sal, igual que llanto—. Y si no los paralizó con la mirada, los envolvió en la nube de polvo que los pulpos arrojan para cegar a sus víctimas.

El sobreviviente estornudó, estornudó agua, antes de contestar:

—Sus ojos, sus ojos esféricos, colgados fuera de sus órbitas. Pedro de la Arena el más arrojado del comando, intentó clavarle en las pupilas, los dientes de su tridente, pero el cuerpo crucificado

jugó las telas esféricas que envolvían su mirada de vidrio molido, de vidrio muerto, y una de esas capas **concavas era una cáscara de un metal que sólo hay en el sol.**[63] Las puntas del tridente se fundieron y Pedro de la Arena, fulminado, se fue **de cabeza al fondo del mar.**[64] Y la misma suerte **corrió Elidilio Eledón,**[65] sólo que a éste, lo arrebató un tiburón solitario que colaceaba cerca del Cristo-pulpo de los #[66] brazos clavados, **en la más larga agonía.**[67]

–La agonía de la materia visco[s]a, #[68] pegajosa –dijo el gigante– de un Cristo de jalea de mar.

---

[63] *de* concavas de material de

[64] *a pi[que]* – a lo hondo y no a las profundidades.

[65] corrió *Eledón Mostinchosolo – Eledonio Mostacho* – Melaguiso Tal. / Véase nuestro trabajo, en la tesis ya citada.

Var. 65 bis: el añadido insiste en la doble naturaleza de ese Cristo de los mares.

[66] ocho / (Supresión del número real de tentáculos, en contradicción con el número simbólico elegido).

[67] *en [ilg.]* y todo él era agonía. / La modificación tiene por objeto evitar una confusión ya que la proposición coordinada inicial podía tener por sujeto tanto «un tiburón» como «el Cristo».

[68] la muerte de la jalea

45

45

jugó las telas esféricas que envolvían en mirada de vidrio molido, de vidrio muerto, y una de esas capas cóncavas era una cáscara de un metal que solo hay en el sol. Las puntas del tridente se fundieron y Pedro de la Arena, fulminado, se fue [illegible] de cabeza [illegible] al fondo del mar. Y la misma suerte corrió Polidoro, solo que a éste, lo arrebató un tiburón solitario que colaceaba cerca del Cristo pulpo, de los brazos clavados, en la más larga agonía.

—La agonía de la materia viscoza, pegajosa —dijo el gigante—, de un Cristo de jalea de mar.

Anti echó a rodar los dados de sus pupilas negras, cuadradas, antes de exclamar:

–La fa[s]cinación de la agonía #.[69] ¿Por qué no le golpearon entre los dos ojos, #[70] lo más vulnerable del pulpo?

–**Nos sumergimos**[71] #[72] –aclaró el sobreviviente– preparados a luchar con tiburones, que no los había, uno, solitario, que devoró a **Eledón**,[73] y nos encontramos con un pulpo, **un coloso**,[74] crucificado, clavado en una cruz, y **una isla viva**[75] que ya se extendía, ya se recogía, que no era tal isla, sino una manta.

A Cucucucún le quedó la palabrada enhebrada en la lengua. Dijo:

–**Qué problema, absolutísimamente nuevo**,[76] sin precedentes militares: desembarcar

---

69 de un Dios acuático, de un Dios y pulpo. / (Paso del caso particular al enunciado de una verdad general.)

70 que es / (La supresión de la relativa aligera el discurso).

71 *Ibamos* Porque íbamos

72 oh Supremo Anti / Var. 71, 72 y 72 bis: en la primera versión, el superviviente respondía directamente a la pregunta de Anti; aquí, parece hablar para sí mismo, chocado aún por su visión de pesadilla.

73 Elidilio *Megal* Melaguiso / *Cf.* Var. 65 de este mismo capítulo.

74 colosal

75 la manta / Var. 74, 74 bis y 75: la introducción de un ritmo entrecortado corresponde mejor al relato jadeante del superviviente.

76 - Una nueva estrat[egia] / La transformación de una simple afirmación en exclamación subraya el carácter extraño de la situación.

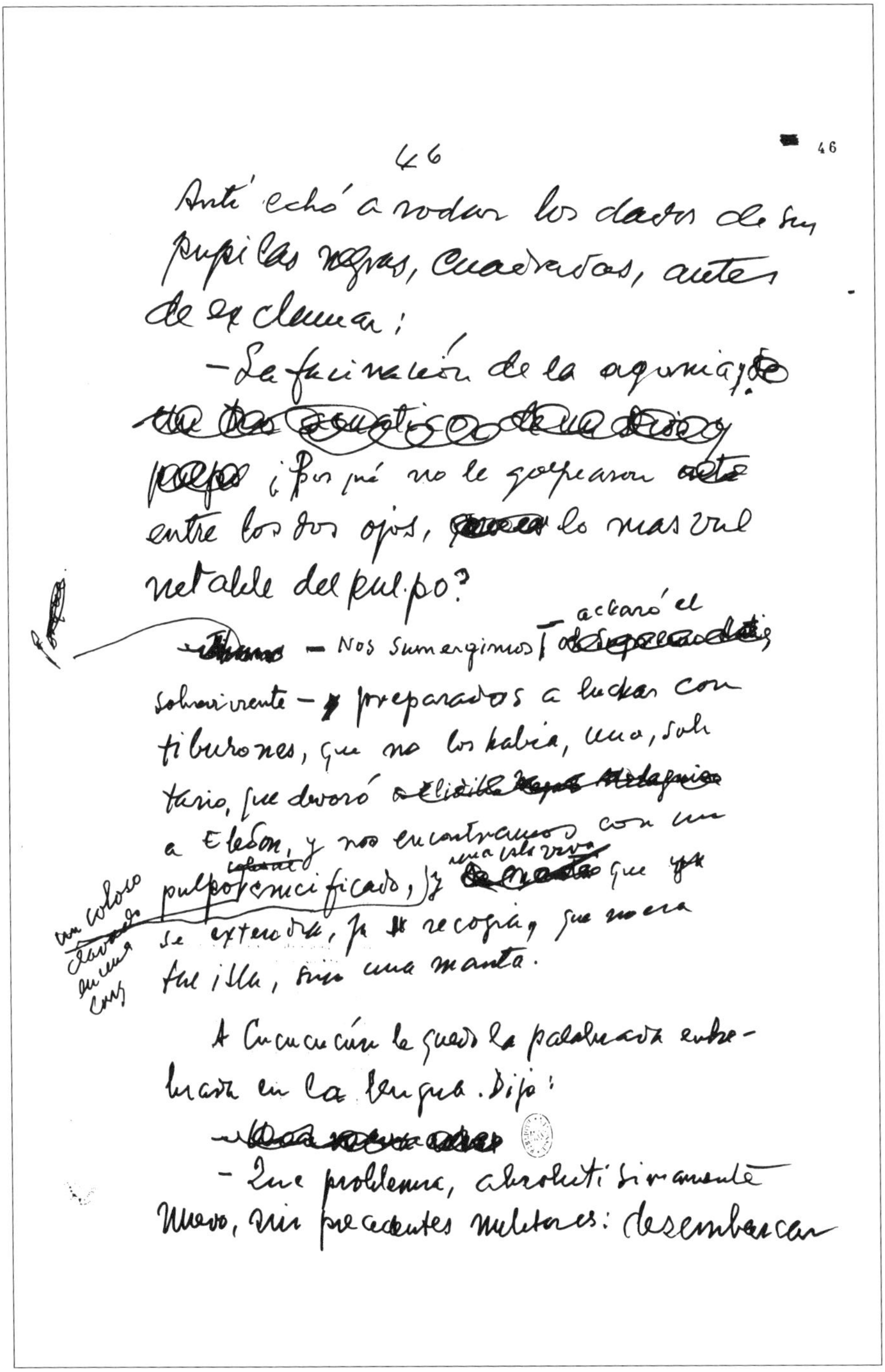

46

Anti echó a rodar los dados de sus pupilas negras, cuadradas, antes de exclamar:

—La fascinación de la agonía ¿de ... pulpo ¿Por qué no le golpearon entre los dos ojos, lo más vulnerable del pulpo?

—Nos sumergimos —aclaró el sobreviviente— preparados a luchar con tiburones, que no los había, uno, solitario, que devoró a Elesón, y nos encontramos con un pulpo crucificado, y una vela viva que ya se extendía, ya se recogía, que no era tal vela, sino una manta.

[un coloso clavado en una cruz]

A Cucucucún le quedó la palabrada entrelazada en la lengua. Dijo:

—Que problema, absolutísimamente nuevo, sin precedentes militares: desembarcar

en una isla que se encoge y se alarga.

A[nti][77] **añadió, pensativo:**[78]

–¡Qué problema militar, problema religioso: un #[79] pulpo **en la cruz!**[80] Sólo faltaba una Magdalena sirena, un San Juan pescado gato, y un San Pedro pez-espada.

Tiempo de mutilaciones. Se cortaban los brazos, los pies, las piernas, se sacaban los ojos con tal de no ir a la conquista **de aquel crucificado**[81] de más de once metros de largo, color rojo ladrillo, con doscientas cincuenta ventosas o llagas #[82] en los tentáculos clavados en **el abanico de brazos**[83] de la cruz.#[84]

---

77 Hemos restituido el nombre, ya que en el ms. se leía: Atit. Sobre esta confusión (¿voluntaria?), véase nuestro trabajo, en la tesis ya citada.

78 se [dijo] sin hablar:

79 gigantesco

80 *con* crucificado / Var. 80 bis: el añadido corresponde más a una fantasía poética que a una necesidad del relato...

81 del cochino cruxi[ficado] / Supresión de una expresión injuriosa inútil para la economía del relato.

82 [ilg.]

83 los brazos en abanico / (La modificación evita una repetición de «en»).

84 según – según – según... sólo así se oía decir. Según san Juan... según san Lucas... según san Mateo... / (Esta referencia a los Evangelios se abandona en provecho de la profecía de Loco de Altar, profeta del sol y no profeta cristiano.)

47

47

en una isla que se encoge y se alarga.

añadió, pensativo:

¡Qué problema militar, problema religioso: un pulpo en la cruz! Solo

Tiempo de mutilaciones. Se cortaban los brazos, los pies, las piernas, se sacaban los ojos, con tal de no ir a la conquista de aquel crucificado de más de once metros de largo, color rojo ladrillo, con ochenta ventosas o llagas en los tentáculos clavados el abanico de brazos de la cruz.

hasta una sirena, una magdalena, un San Julián, y un San Pedro pez-espada, pescado gato,

[¿Qué *quedaba* hacer del plan de una expedición punitiva contra la isla macabra, *ahora que sabido era* que no era de tierra, sino *el cuerpo de Animanta, una monstruosa manta?* una manta colosal? El mar dorado. *La*, la canción de las olas que no tienen cerca ni lejos, las gaviotas, el viento, *los mensajes* las botellas flotantes con mensajes de naúfragos o ausentes.

¿Qué quedaba del plan piloto de Anti, para acabar con la isla de cristos y sepulcros, y de la militarísima figura del gigante Cucucucucún (*sic*)? La voz perdida de algún Profeta, *en los dominios de Anti, tenía prohibido hablar* hablaba *a pesar de ser prohibido en los dominios de Anti*, profetizaba con misteriosas palabras, a pesar de ser prohibido hablar, profetizar en los dominios de Anti:

«El Más Allá –clamaba un Profeta– se comió la primera tempestad. La segunda tempestad se comió *al* el Más acá. El Más allá y el Más Acá se comían las tempestades.

48

48

¿Qué hercía del plan de una expedición punitiva contra la isla macabra, que no era de tierra, sino una manta colosal?

El mar dorado, la canción de las olas que no tienen cerca ni lejos, las gaviotas, el viento, las botellas flotantes con mensajes de naufragos o ausentes.

para acabar con la isla de cristos y sepulcros

¿Qué quedaba del plan piloto de Ant., y de la militarísima figura del gigante Cucucucuchín?

hablaba profetizar en los dominios de Ant.

La voz perdida de algún Profeta, y [illegible]

hablaba, profetizaba con misteriosas palabras a pesar de sus prohibiciones

a pesar de sus [illegible]: "El Más Allá"

Llamaba un Profeta- se comió la primera tempestad. La segunda tempestad se comió el Más acá. El Más allá y el Más Acá se comían las tempestades.

De tierra está hecha la tierra. De tierra es. Trae el tiempo en el pelo. Trae el tiempo en la cara. Trae el tiempo en el cuerpo. No se le ve todo el cuerpo. Parece embarazada. De tierra es. De tierra está hecha y de tierra es su embarazo. Se sienta. Se acuesta. Se sienta. Se acuesta. Irá a parir. Sí, pero dónde. Donde le agarre la fuerza de expulsar lo que trae en el vientre. Es de tierra. Toda ella es de tierra... *Colmenas en el pecho*] [85]

---

[85] Esta variante puede subdividirse en tres partes: la supresión de la alusión a los Evangelios, el trabajo preparatorio para el párrafo definitivo y la variante –interesantísima– de la profecía de Loco de Altar.

1) La supresión de la alusión a los Evangelios: ningún evangelista, en efecto, da cuenta del monstruoso avatar de Cristo que constituye el pulpo gigantesco. La búsqueda en las Escrituras de una explicación a este fenómeno resulta inútil, lo que podría justificar la supresión.

2) El trabajo preparatorio a los § definitivos.

La primera formulación de la pregunta («Qué quedaba») era, a todas luces, cacofónica; la segunda («Qué hacer») era demasiado vaga; la solución escogida («Quedaba qué») resuelve este doble problema.

La supresión de «ahora que sabido era que» evita una torpeza sintáctica.

La expresión «el cuerpo de Animanta» era ambigua: ¿«cuerpo» o «cadáver»? ¿Animanta-mujer o Animanta-pez? La segunda expresión («una manta monstruosa, colosal») zanja la cuestión: se trata del avatar marino de Animanta, reencarnada y viva, dotada además del atributo de la desmesura («monstruosa, colosal»).

Se añade «tan pronto están cerca, tan pronto están lejos» para crear una especie de armonía imitativa no ya en las sonoridades sino en la propia sintaxis de la frase, que se amolda así al movimiento de flujo y reflujo de las olas.

Por fin la segunda pregunta («¿Qué quedaba del plan piloto...») se suprime en provecho de una respuesta simétrica a la pregunta («¿Quedaba qué...» / «Quedaba el mar...»).

3) La profecía.

En la primera versión, la profecía estaba introducida: «La voz perdida de algún Profeta...». Además, ese profeta indeterminado («algún») transgredía una prohibición al tomar la palabra («a pesar de ser prohibido hablar, profetizar en los dominios de Anti»). En la versión definitiva, no sólo el profeta lleva un nombre, Loco de Altar, sino que también tiene un estatuto oficial ante los ojos del dictador, puesto que es su «consejero hidráulico»; su palabra pues está reconocida, incluso esperada por Anti, quien necesita consejos sobre la conducta que ha de adoptar frente a esa nueva clase de enemigos.

Por otra parte, la primera versión de la profecía no se refería directamente al caso particular del combate entre Anti y la manta; tenía un alcance más universal, haciendo intervenir el Más-allá y el Más-acá, las Tempestades originales, el Tiempo y la Tierra toda, sacudida por los dolores del parto, en un estilo muy parecido al de las cosmogonias mayas y de *Tres de Cuatro Soles*. Es curioso constatar que en este sentido la versión definitiva parece reductora, anecdótica, todo lo que queda del aliento poético de *T.C.S.* es la absurda jerigonza del solfeo inspirada del famoso solfeo de los muebles. De una profecía contestataria se ha pasado a una profecía oficial, cuyo mensaje halaga las ambiciones del dictador puesto que le indica la táctica a emplear para vencer a la manta.

[redacted] 49

49

De tierra está hecha, la tierra. De tierra es.
Trae el tiempo en el pelo. Trae el tiempo
en la cara. Trae el tiempo en el cuerpo. No
se le ve todo el cuerpo. Parece embarazada.
De tierra es. De tierra está hecha y de
tierra es su embarazo. Se sienta. Se
acuesta. Se sienta. Se acuesta. Irá a
parir. Sí, pero dónde. Donde le agarre
la fuerza de expulsar lo que trae en el
vientre. Es de tierra. Toda ella es de
tierra...

Quedaba qué del plan de una expedición punitiva contra la isla macabra que no era isla, sino una manta monstruosa, colosal, color de pergamino vivo, más piel que pergamino.

Quedaba el mar dorado, la canción de la olas que no tienen cerca ni lejos, tan pronto están cerca, tan pronto están lejos, las gaviotas, el viento, las botellas flotantes con mensajes de naúfragos o ausentes.

–**El**[86] do-re-mi-fa-sol-la-si-do/cumento, re-mi-fa-

86 Ese / (La modificación corresponde a una doble preocupación: primero la del ritmo –a «ese» le sobra una sílaba para estar en su sitio en esta «gama»–, luego la de evacuar una posible connotación peyorativa contenida en el demostrativo).

50

48

Quedaba qué del plan de una expedición punitiva contra la isla macabra que no era isla, sino una montaña monstruosa, colosal, color de pergamino viejo, más piel que pergamino.

Quedaba el mar dorado, la canción de las olas que no tienen cerca ni lejos, tan pronto están cerca, tan pronto están lejos, las gaviotas, el viento, las botellas flotantes con mensajes de náufragos o ausentes.

– Ella do-re-mi-fa-sol-la-si-do/cumento, re-mi-fa-

sol-la-si-do-re/cordado... –habla Loco de Altar, consejero hidraúlico de A[nti], fijos los ojos en las pupilas parpadeantes que en lugar de botones llevaba en su uniforme Cucucucún, militarísmo y gigante– ese do/cumento, la-si-do-re-mi-fa-sol-la/vado por mí-fa-sol-la-si-do-re #[87]-mi-fa/**vorecerá**[88] si-do-re-mi-fa-sol-la-si/tuación fa-

87 –presión
88 cilitará

51

49

sol-la-si-do-re/cordado... – hablaba loco de Actar, consejero hidráulico de At.T, fijos los ojos en las pupilas parpadeantes [redacted] que en lugar de botones llevaba en su uniforme Cucucuccín, militarísimo y gigante – ese do-re-mi-fa-sol-la-si-do/cumento, la-si-do-re-mi-fa-sol-la/vado por mi-fa sol-la/si/do/re [redacted] mi, fa-[redacted]-[redacted] sol-la-si-do-re-mi-fa/ vapacera [redacted] si-do-re-mi-fa-sol-la si/tuación fa-

sol-la-si-do-re-mi-fa/lica del sol #[89] -la-si-do-re-mi-fa-Sol...

Loco de Altar, el único profeta de cuerpo putre[s]cible **en el gobierno de Anti**,[90] todos los otros eran profetas incorporados #[91] en pensamiento y profe[c]ía; Loco de Altar **decía en la**[92] jerigonza del **feo sol**[93] o sol-feo, #[94]

89 re-mi-fa/lo-si-do-re-mi-fa-sol del sol.

90 incorporado en el gobierno de Anti.

91 [ilg.]

92 empleaba la

93 solfeo.

94 -Sí, do-re-mi-fa-sol, la si-tuación ésta / Corrección de una incoherencia (lo que se espera en efecto en este lugar, es la traducción en claro del mensaje cifrado del profeta).

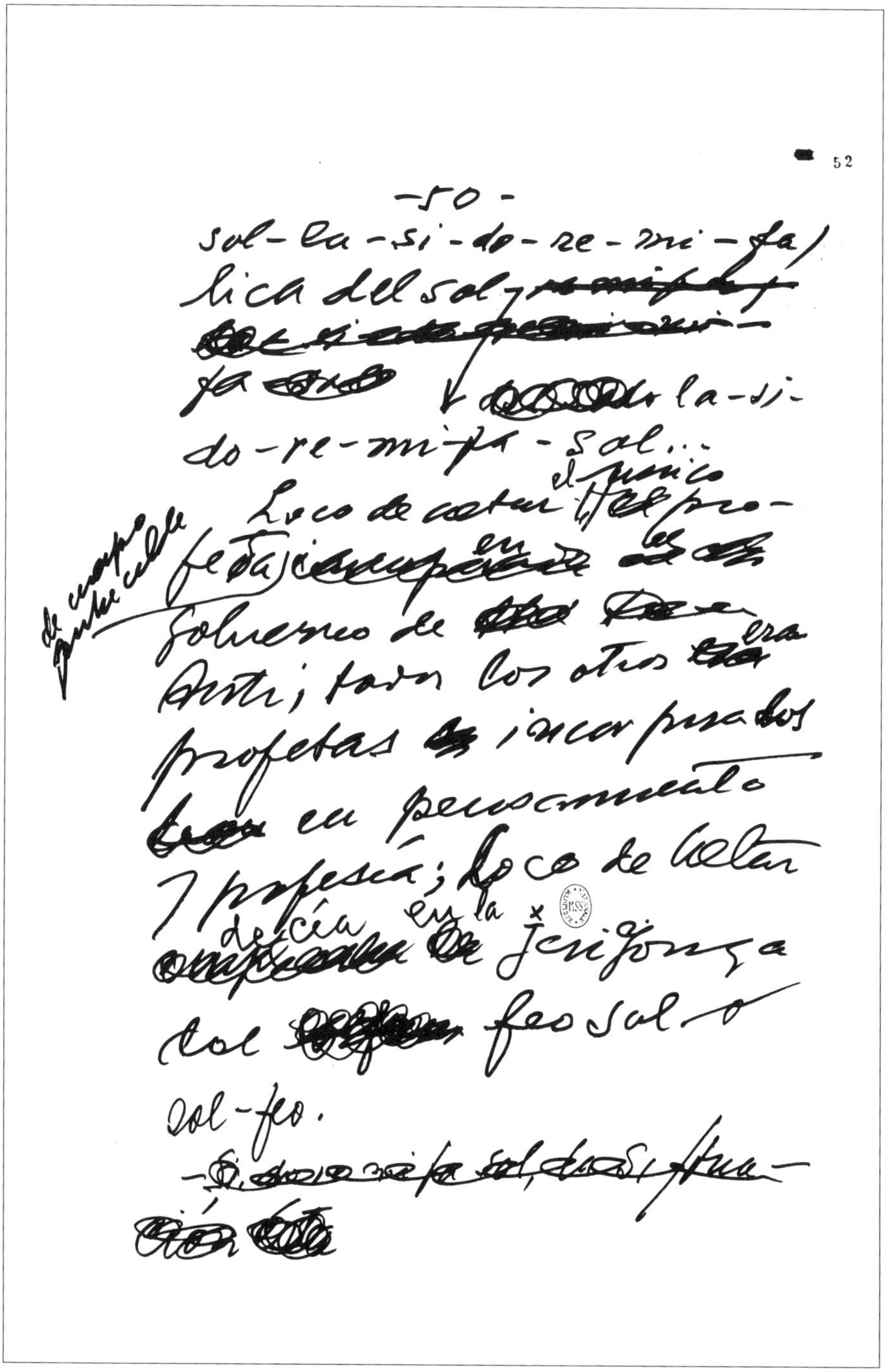
52
-50-
sol-la-si-do-re-mi-fa/
lica del sol
fa
la-si-
do-re-mi-fa-sol...
Loco de estar el único profeta en
gobierno de
Anti; todos los otros eran
profetas incorporados
en pensamiento
y profesía; loco de estar
en la
Jerigonza
del feo sol-o
sol-feo.

decía:

«**El**[95] documento recordado, ese documento lavado par mí, favorecerá la situación fálica del Sol...»

«Do, re, mi, **Antiguerrero**[96], na... ¡Do,#[97] re, mi, fa, sol, la, si, do, mi,#[98] **Antiguerrero,**[99] na hórrida perpetuam, **salácida manta**[100], antes que el Sol la si do re mi fa Sol riegue su fa sol la si do re mi fá-lico licor fosforescente sobre ella... *

Decía Loco de Altar:

«Domi**na**[101], domina, Anti #[102] a la perpetua-

95 Ese

96 Señor / Var. 95 y 98: véase nuestro trabajo, en la tesis ya mencionada.

97 mi

98 na, Señor, la si do re mi fa sol la salacísima si do re mi fa sol la si(tuación), fa, si, [ilg.], mi, [ilg.], la

99 [Señor]

100 manta de sal ácida / El tema de la salacidad, que según Caillois (*op. cit.*) se asocia con la figura mítica del pulpo, se aplica aquí a la manta.

* Para el uso muy particular del solfeo, *cf. Tres de Cuatro Soles*, Tercer Sol, cap. IX: «Todo fijo y moviéndose en la sala de las visitas, sobre el oleaje de las alfombras enloquecidas por el bailotear de la tierra oscilante, al compás de la melopea silábica del piano de cola, apenas audible... fa-fa-fa-fa-fa... fa-fa-fa-fa-fa... al paso de un sofá que se iba... fafafafa... no porque se lo llevaran... fafafafa... se iba... se iba... se marchaba solo él con la libertad de movimiento que le daba el suelo inestable, agitado, ondulante... fa-fa-fa-fa-fa convertido en la séptima voz de la escala... si-si-si-si-si... si-si-si-si-si... al romper filas los si-si-sillones y las si-si-si-sillas que escapaban a saltos en busca de la puerta que ya no existía, seguidos de cerca por los retratos sin piernas, sólo los bustos, sólo las caras, los divanes, los biombos, las la... la-la-la-la-la... (el piano)... lámparas, los mi... mi-mi-mi-mi-mi... (el piano)... mirasoles de espejos y un escaparate que tranqueaba... tranqueaba... escapa... escapa... escaparate... escaparate... escaparate... escapa, escaparate... Fa... si... la... mi... (el piano) ¿Fácil a quién... idiota... suena porque tiene lenguas!»

101 , Anti, na

102 horrible

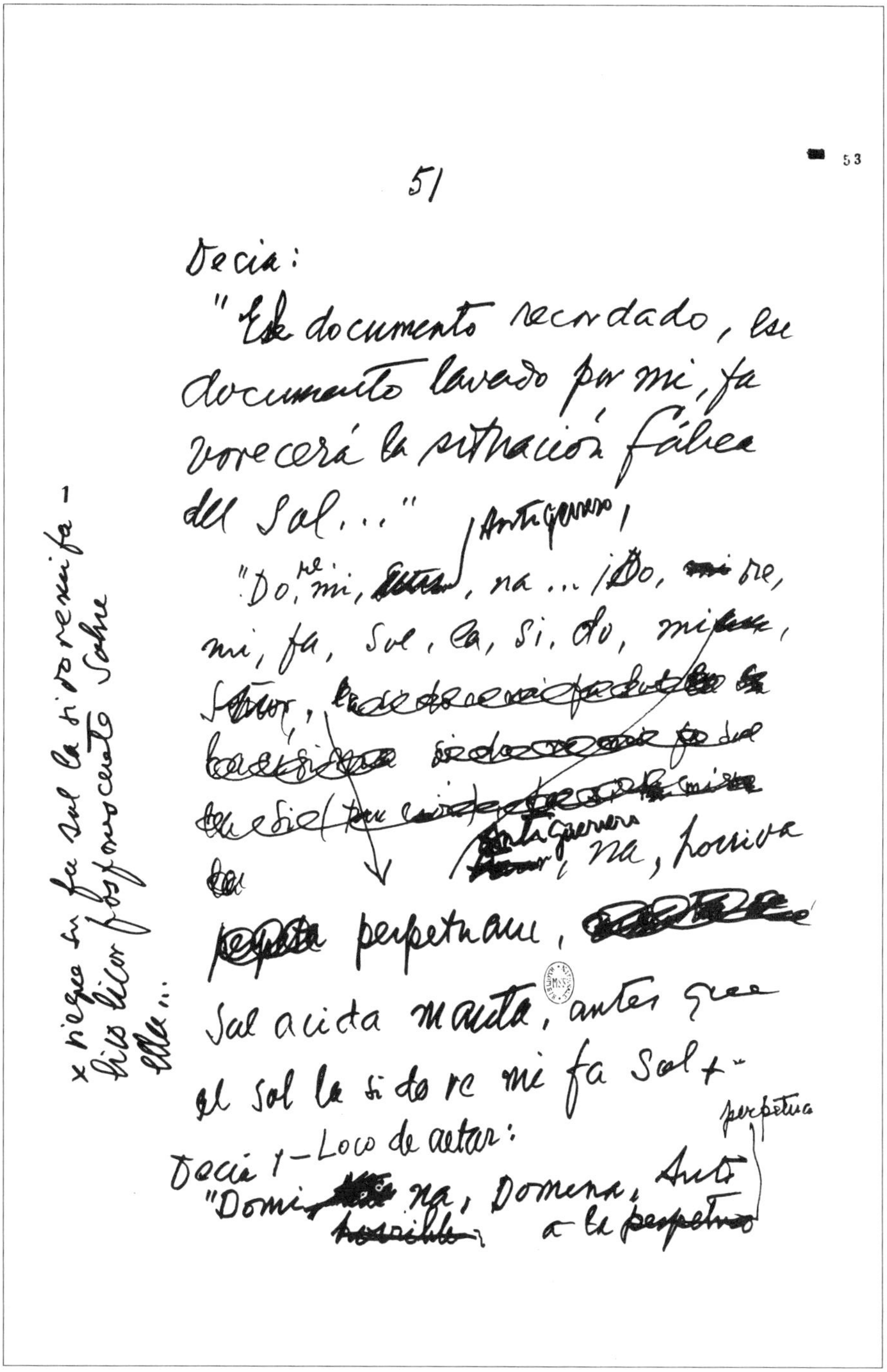
53

51

Decía:

"Ese documento recordado, ese documento lavado por mí, favorecerá la situación fálica del Sol..."

"Do, re, mi, Antiguerrero, na... ¡Do, re, mi, fa, sol, la, si, do, mi, Señor, Antiguerrera, na, horrible perpetuamente, Sol acida muerta, antes que el sol la si do re mi fa Sol + -

Decía + — Loco de altar:

"Domina, Domena, Anti a la perpetua

x riego en fa sol la si do re mi fa - dilo dilor posponsecento sobre ellos...

mente[103] horrible, salácida manta, antes que el Sol riegue su fálico licor* fosforescente sobre ella».#[104]

Y no dijo más Loco de Altar, el profeta. Cayó al suelo dormido, **el cuerpo petrificado y el alma en los [s]argazos felices**.[105]

---

[103] manta

* *Cf. Clarivigilia primaveral* «Los cazadores celestes»: «Aguila de Fuego... su flecha de licor de sol apuntada hacia el Oriente.»

[104] Manta, isla re-mi-fa-sol-la-si-do-re. Manta, isla si-do-re-mi-fa-sol. Sol la mi do, re mi do si mi do, re mi do si mi do la mi do.

[105] petrificado el cuerpo, el al[ma] en la

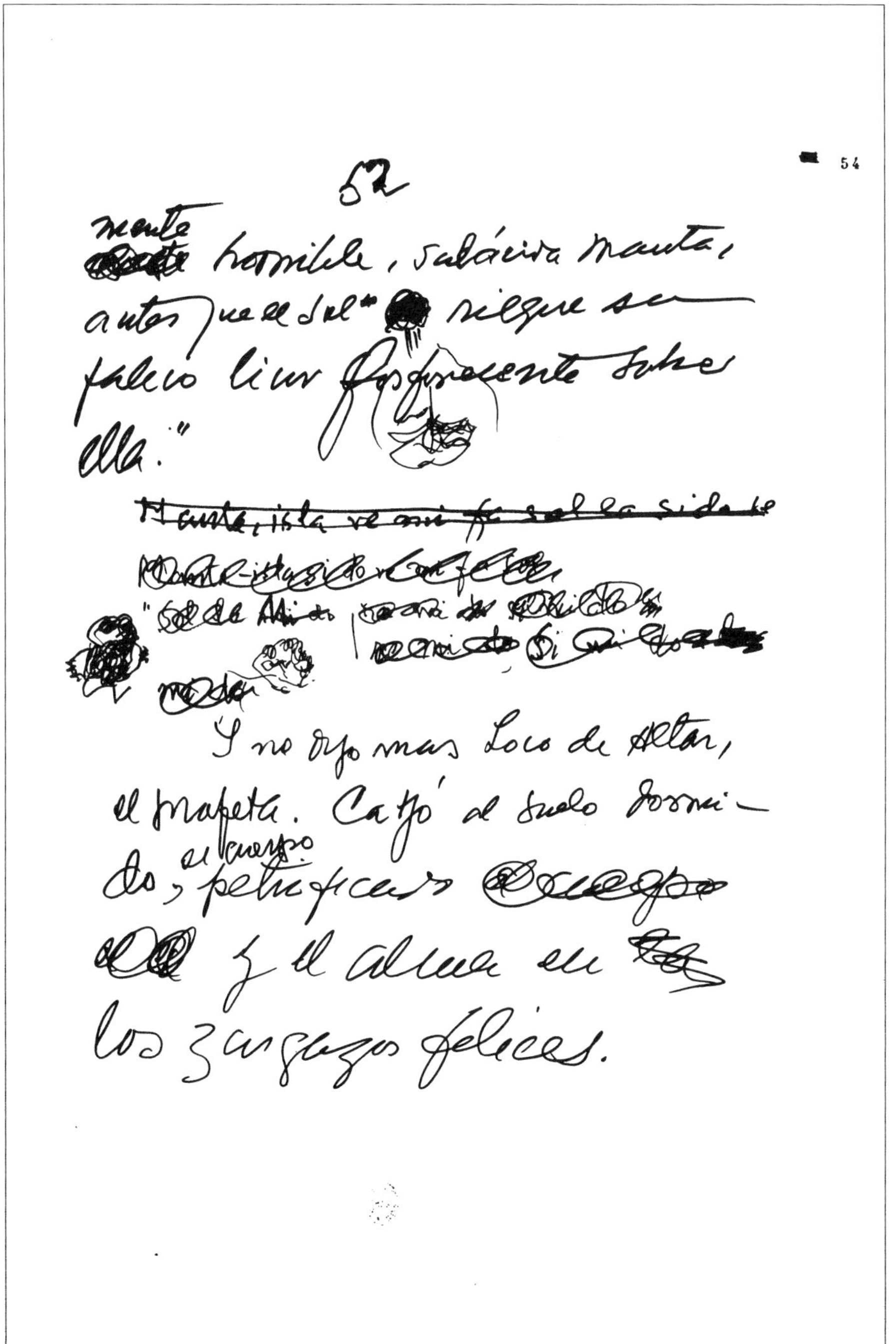

54

52

mente horrible, salácica manta,
antes que el sol [illegible] siegue su
falcio [illegible] fosforescente sobre
ella."

Y no oyó más Loco de Altar,
el profeta. Cayó al suelo dormido, petrificado el cuerpo
y el alma en
los zangazos felices.

– IV –

Cucucucún, el gigante en jefe #[1], se quitó el casco. Las naves y pontones de **desembarco**[2] agitados al compás de las olas. Zanquilargo, blanco como sáuce, despertó a los proeles dormidos, los ojos en la noche de luces minerales, frágiles, plateadas, **los dedos en su bigote de cometa.**[3]

Su ejército de invasión dormía. Los funambolarios de grandes testículos, rivales de sus hondas. Los

[1] del desembarco. / El desplazamiento de «desembarco» obedece a unas razones lógicas; es normal que esta palabra se refiera a los pontones antes que al jefe de la expedición.

[2] salta... / La supresión del verbo («salta[ban]») hace de este trozo una frase nominal como le gustaban a Asturias.

[3] *y se atuzó (sic) los bigotes de cometa – y atuzóse los bigotes de cometa* – y en / El añadido poético de la evocación de la noche y la supresión del verbo «se atusó» crea un balanceo comparable al balanceo de los navíos y pontones.

55

IV

Cucucucucún, el gigante en jefe, se quitó el casco. Las naves y pontones de desembarco agitados al compás de las olas. Zanquilargo, blanco como Sauce, despertó a los próceres dormidos y, los ojos en la noche de luces minerales, frágiles, por las teadas, los dedos en su bigote de cometa.

Su ejército de su ilusión dormía. Los funambularios de grandes testículos, rivales de sus hondas. Los

de cascos con cuernitos de cabra y flechas envenenadas y antenas de algavaros. Los castrados, disimulo que empleaban para que por sus voces **creyera el enemigo**[4] que eran mujeres las que se acercaban.

Pero de qué, de qué servían aquellos ap[r]estos bélicos frente a una isla que no era isla, #[5] flotaba, #[6] pestilente, **insoportable, embetunada de grasa de cadáveres.**[7]

---

4 creyeran / (La modificación evita una ambigüedad en cuanto al sujeto del verbo «creer»).

5 sino una blanca manta que

6 como un manteado *a flor de* maloliente, los monstruos [ilg.] su principal defensa, hedor a grasa de *muertos* cadáveres; como *una nube ardiente* un manteado embebido en *grasa de* una atmósfera pestífera

7 atmósfera de grasa. / Trabajo sobre la expresión del hedor que se desprende de la isla; se nota que la expresión elegida es la más alusiva, se descartaron términos tales como «hedor» o «pestífera».

54 y antenas de algaravías. 56

de cascos con cuernecitos de cabra y flechas envenenadas. Los castrados, disimulo que empleaban para que por sus voces creyeran el enemigo que eran mujeres las que se acercaban.

Pero de qué, de qué servían aquellos aprestos bélicos frente a una isla que no era isla, flotaba, ... pestilente, ... insoportable ... grasa de cadáveres.

Y bajo **la manta flotante,**[8] el templo inverso en que se **movía,**[9] siempre agonizante, el pulpo crucificado, un cristo gigantesco, oceánico, **con brazos que le salían de la cabeza,**[10] tentáculos clavados en **el abanico de brazos de la cruz de las manoplas.**[11]

La burla, el desaire, el desafío, a Anti, el guerrero cuyos convoyes no pasaban de circular en redor de la #[12] mo[n]struosa

---

[8] el manteado

[9] moría / La elección de «se movía» en vez de «se moría» quizás fuera sugerida en un primer momento por la semejanza fonética entre los dos verbos; en todo caso, en este momento del relato es en efecto el movimiento del pulpo lo que nos interesa más que el anuncio de su muerte venidera.

[10] *los brazos le salían de la cabeza* con tentáculos que le salían de la cabeza. / (*cf.* cap. III, var. 42.)

[11] la cruz de las manoplas en abanicos de brazos. / Evita la repetición de la preposición «en».

Var. 11 bis: el añadido de «el desaire» permite un ritmo ternario.

[12] isla de la

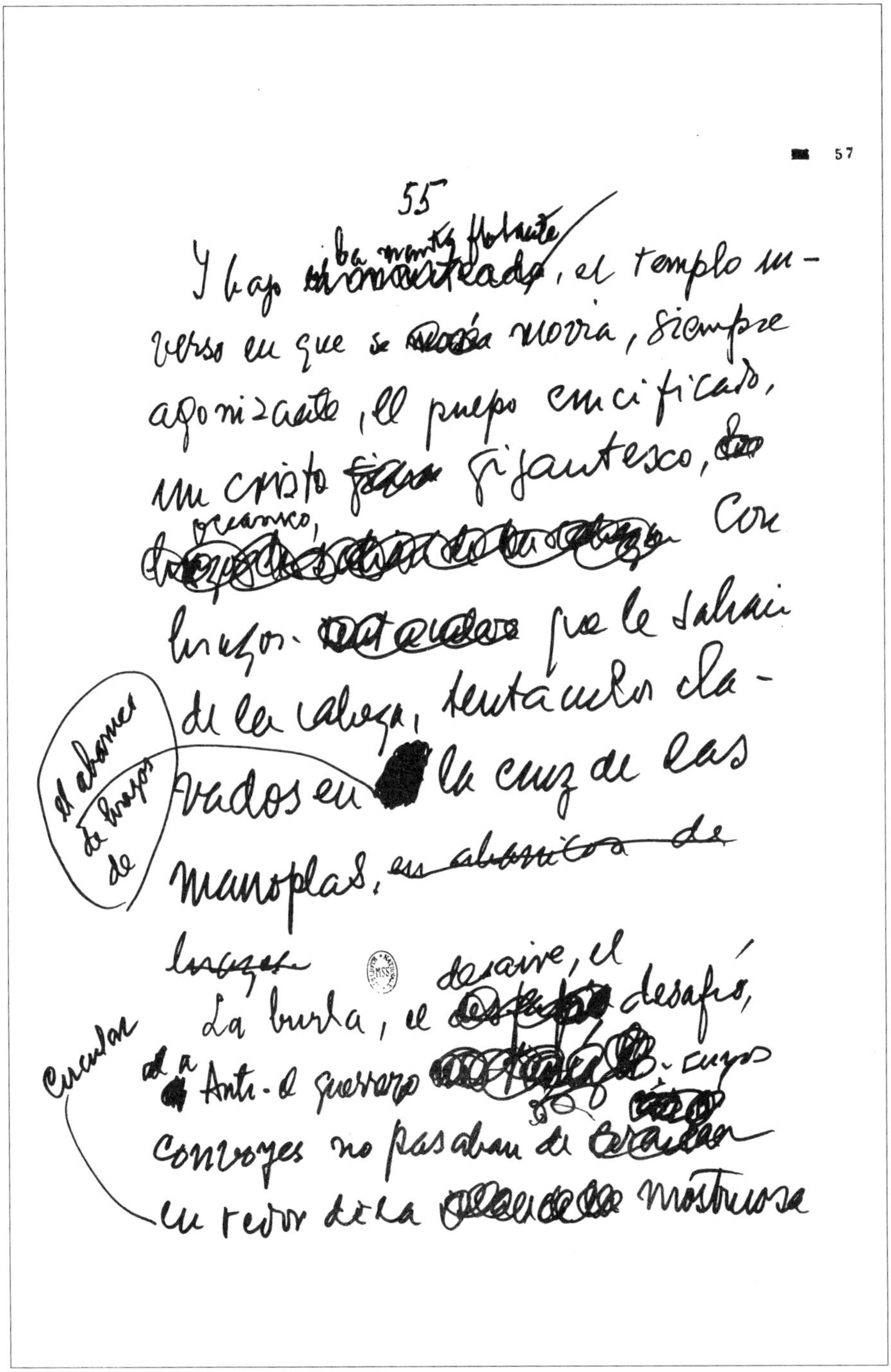
57

55

Y bajo ~~el ornamentado~~ la manta flotante, el templo universo en que se moría, siempre agonizante, el cuerpo crucificado, un cristo gigantesco, oceánico, con brazos que le salían de la cabeza, tentáculos clavados en la cruz de las manoplas. ~~en abanicos de brazos~~

el abanico de brazos de

La burla, el desaire, el desafío, al Anti-el guerrero cuyos convoyes no pasaban de en redor de la mostruosa

circular

manta convertida en isla, no tenía parangón.

En un solo pulpo, **en un solo cristo cien cristos, mil cristos,**[13] con sus ramificaciones, sus tentáculos, sus chorros de brazos clavados en el abanico #[14] de la cruz de las manoplas.

En un solo pulpo, en un solo cristo #[15] cien cristos, mil cristos (la befa no podía ser mayor, se repetía Anti, el guerrero, sí, sí, la befa, el escarnio, la afrenta...) con sólo dos ojos de cristal desnudo, dos ojos esféricos, redondos, fosforescentes,

[13] oceánico, cien cristos, mil cristos

[14] de brazos

[15] oceánico / Dudas a propósito del empleo del adjetivo «oceánico», finalmente añadido en 9 bis de una vez por todas, descartándose la repetición, en un trozo en el cual abundan sin embargo las repeticiones cuasi obsesivas.

58

56

muerta convertida en isla, no tenía parangón.

En un solo pulpo, en un solo cristo con cristos, mil cristos, con sus ramificaciones, sus tentáculos, sus chorros de brazos clavados en el abanico de la cruz de las manoplas.

En un solo pulpo, en un solo Cristo, cien cristos, mil cristos (la befa no podía ser mayor, se repetía Así, el guerrero, sí, sí, la befa, el escarnio, la afrenta...) con solo dos ojos de cristal desnudo, dos ojos esféricos, redondos, fosforescentes,

más bellos que los ojos de todos los humanos.

Desembarcar en lo que no era isla, desembarcar en aquella monstruosa manta, desembarcar en Animanta, como su amante y caudillo, la venática vena le saltaba en la frente, y llamarla así: Animanta, **olvidado**[16] lo de Antimanta...

Ordenó a Antiparra, su secretario, llamado así porque fue de la rama de los que en el paraíso no **se pusieron**[17]

---

16 ocultándose / Con el participio pasado «olvidado», el deseo de olvido, de perdón de Anti a Animanta se hace real, lo que no era el caso con el gerundio «ocultándose».

17 prof...

57 59

mas bellos que los ojos de todos
los humanos.

Desembarcar en lo que no era
isla, desembarcar en
aquella monstruosa manta,
desembarcar en Animanta,
como su amante y caudillo,
la venático nunca le
sultaba en la
frente, y llamarla así:
Animanta, o alvitado
lo de Antimanta...

Ordenó a Antiparra, su le
Cretanio, llamado así porque fue
de la rama de los que en el
paraíso no se pusieron

la hoja de parra, **que le trajeran**[18] su **uniforme**[19] morado de **contralmirante,**[20] como Anti que era, tenía que ser contra-almirante, y mejor si fuera uniforme de contra-admirante, **por**[21] definir así mejor su postura #[22] «contra toda admiración», él debía ser el admirado y él no admirar nada.

---

18 entre las que sól[o]

19 vesti[dura] / Deseo de precisión en la elección de los términos: «uniforme» conviene más, por cierto, a un contra-almirante que «vestidura»...

20 contra-ad[mirante] / Desarrollo explicativo del juego sobre «contralmirante»/«contra-admirante», que corresponde a la preocupación «pedagógica» de Asturias (véase a este propósito nuestro artículo ya citado).

21 para / De la importancia de la elección de las preposiciones... Es en efecto la causa («sería mejor si fuera un uniforme de contra-admirante porque esto definiría mejor su postura») y no la meta lo que Asturias deseaba expresar aquí.

22 de

58 60

lo hoja de parra [illegible], que le trajeran su [illegible] uniforme no-
tado de [illegible] contralmirante, como antes para,
tenía que ser contra-al-
mirante, y mejor si fuera
uniforme de contra-admi-
rante, ~~pues~~ por definir
así mejor su postura
~~de~~ "contra toda admiración" él debía ser el
admirado y él no admi-
rar nada.

Cucucucún, el gigante, no entendía. **La tropa**[23] de invasión debía dejar sus armas, al menos ocultarlas, si creían, con la nueva estrategia adoptada, que les iba en peligro la vida, y sin armas osten[s]ibles, **sin cascos ni escafandras**,[24] avanzar a nado, cubiertos de flores azules de chacalotes[25]. **Formarían**[26] una isla **flotante**[27] digna de acercarse en plan

---

[23] todos def...

[24] sin cascos de de...

[25] *Sic* por «camalotes». / «Camalotes: Río de la Plata: las isletas flotantes de camalotes (plantas acuáticas de las pontederiáceas) arrastrados por las aguas. Observación: la etimología es incierta. Quizá sea una derivación de "camelote" en vista de la textura formada por la imbricación de las hojas y tallos y por las "mantas" que de ellos se forman; y es de notar que en Bolivia se llama "colcha" a las masas de camalotes flotantes.» (Marcos A. Morínigo, *Diccionario manual de americanismos*, Buenos Aires, Muchnik, 1966.)

[26] En

[27] de azulosa

61

58

Cuaucuicun, el gigante, no
entendía. La
tropa de invasión debía dejar
sus armas, al menos ocultarlas
si creían, con la nueva
estrategia adoptada por los
iba en peligro la
vida, y sin armas osten
sibles, sin
cascos ni escafandras,
y avanzar a nado, cubierto
de flores azules de sacerdotes.
Formando una isla
flotante
digna de acercarse en plan

amoroso a **la blanca manta**[28] que #[29] fluctuaba semi-sumergida.

El tratado de amistad, entre esta isla colosal, entre este monstruoso pez y la pequeña isla de camalotes **de flores azules aliladas**,[30] sería **escrito y firmado y sellado**[31] con las siete tintas del Arco-iris.

Animanta revolvería en el tintero los siete colores para encontrar su tinta blanca

---

[28] Animanta / (Animanta está presente aquí bajo su forma marina y no humana, de ahí la corrección.)

[29] también

[30] azulosa, lila

[31] *simple* redactado y escrito / (La modificación crea un ritmo ternario.)

62

59

amoroso a ~~[illegible]~~ la blanca
manta que ~~[illegible]~~ fluctuaba semi-sumergida.

El tratado de amistad, entre
esa isla colosal, entre este
monstruoso pez y la pequeña
isla de camalotes, ~~[illegible]~~,
~~[illegible]~~ de flores azules ondulados,
sería ~~[illegible]~~ ~~[illegible]~~
~~[illegible]~~ escrito y firmado y
sellado con las siete tintas
del Arco-iris.

Arimanta revolverá en el
desierto los siete colores para
encontrar su tinta blanca

y firmar, y Anti, el guerrero, firmaría con los siete colores que ofrecían las siete garantías:

Paz entre las #[32] islas, palabra que se empleaba a sabiendas que no eran islas: **una,**[33] un pez gigantesco, plano, sin hondura, todo superficial, y la otra, una isla acolchada, honda, un agregado de camalotes #[34] flotantes. #[35]

[32] [ilg.]
[33] [ilg.]
[34] suspendidos
[35] hondos en sí, acolchados.

Var. 33 bis, 34 y 35: la modificación permite establecer un paralelismo riguroso entre las dos islas.

63

60

y formas, y Anti, el guerrero,
firmaría con los siete colores que ofrecían las siete
garantías:

Paz entre las [illegible] islas,
palabra que se empleaba
a sabiendas que no [illegible]
[illegible] eran islas: una, [illegible]
[illegible] un pez gigantesco,
plano, sin hondura, ~~todo~~
superficial, y la otra, un
una isla acolchada, honda
agregado de canales y [illegible]s
[illegible] flotantes.
[illegible]

A cambio **de permitir el**[36] culto **en la isla de cruces y cristos**[37] sobre las tumbas y del gran pulpo, ese Jesucristo de las aguas profundas, Cristo de ramazones y ramazones que formaban sus brazos clavados, brazos o tentáculos llagados por incontables ventosas, absor[b]edoras de todo lo que de alma hay en el cuerpo de un **mortal**[38]; a cambio de seguir en la isla-manta este culto al crucificado, y respetar el cuidado de los cadáveres **por este [s]el[aci]o***;

36 del

37 al crucificado, los cristos

38 cris[tiano] / Supresión de un juego de palabras probablemente involuntario, «cristiano» designando en efecto en español coloquial a cualquier mortal...

* Selacio: familia de peces, también llamados plagiostomas, que forman las especies de la subclase de los elasmobranquios.

64

61

de permitir el sobre las aras, tumbadas, en la isla

A cambio ~~su~~ culto ~~al~~ ~~crucifi-~~
~~ficado~~ de ~~las~~ cruces y cristos y del gran
fuego, ese gran Jesucristo ~~de~~ cristo
las aguas profundas, ~~[illegible]~~
de ramazones y ramazones que
formaban sus brazos clavados,
brazos ~~[illegible]~~ o tentáculos llagados por incontables ventosas,
absorvedoras de todo lo
que de alma hay en el
Cuerpo de un ~~[illegible]~~ mortal;
en la ~~[illegible]~~ isla-~~[illegible]~~,
a cambio de seguir este culto
al crucificado, y respetar el cuidado
de los Cuadernes por ese ~~[illegible]~~ ~~la~~
~~[illegible]~~ ~~[illegible]~~ adagio;
~~[illegible]~~

en los dominios de tierra firme de Anti, el guerrero,[39] seguiría la prohibición del culto **al crucificado**[40] y la prohibición de enterrar a los muertos. Ni cruces, ni crucificados, # [41] ni muertos. Anti, el guerrero, era Anti-Todo, pero **ante**[42] todo, **Anti-Muerte**.[43]

Cucucucucún... Cucucucucún... Se oía la tempestad del Gigante y su

---

[39] *por este celáseo (sic)* que la manta envolvía; *ésta se* en tierra firme, en los dominios del Anti-guerr[ero]

[40] al Dios

[41] ni pesebres navideños, ni hostias, ni cálices, ni clavos, ni gallo, nada. / La supresión atañe a una enumeración de símbolos varios del cristianismo, no pertinentes en este lugar.

[42] sob[re] / Añadido del famoso juego de palabras sobre «ante»/«anti», que había sido descartado en varias ocasiones.

[43] Anti-Muerto, Anti-Cruz. / Paso de lo particular a lo general, para subrayar la desmesura de Anti.

65

62

en los dominios de fuerza firme

de Anti, el

Guerrero, seguiría

la prohibición del

culto al Cruci-

la prohibición

ficado y enterrar a los

muertos. Ni cruces, ni cruci-

ficados, ~~ni~~ ~~morte-~~

~~nos,~~ ~~ni hostias, ni cáli-~~

~~ces,~~ ~~ni clavos,~~ ~~ni gallo~~

ni muertos. Anti, el

guerrero, era anti-Todo, pero

ante todo,

Anti-muerte.

Cucucucucucuuu... Cucucucucuuu... se

oía la tempestad del Gigante y su

grito **anunciando**[44] que ni él ni sus rodilludas huestes, pasarían de guerreros a florecitas. La isla, isla o manta, debía ser tomada, así como el templo de la adoración del pulpo crucificado, del pulpo-cristo, el de los cien, el de los mil brazos clavados, a los brazos de la cruz de las manoplas en abanico. Desclavarlo, desclavar **sus tentáculos todos,**[45] uno por uno, arrancarlos de la cruz, de los clavos, de la muerte; ¿En qué bula, en qué mandamiento, en qué baraja de solitarios estaba oculto el destino **a jugarse**[46] en el asalto de **aquella**[47] isla flotante?

---

44 *¡Los Gigantes ni* anunció / Por el paso del discurso directo al discurso indirecto, el gigante se ve relegado al segundo plano.

45 todos sus tentáculos, / La modificación del orden de las palabras sirve para poner de relieve «todos», inmediatamente glosado por «uno por uno».

46 *que los llevó hasta las vísperas de aquel gigante* que iban / (La supresión de la relativa aligera la expresión).

47 la / El añadido de un demonstrativo enfático contribuye a dramatizar este trozo.

66

63

grito anunciando que ni él ni sus
rodilludas huestes,
pasarían de guerreros
a florecitas. La isla, isla o manta, debía ser tomada, así como el
templo de la adoración del pulpo crucificado. Del pulpo-cristo, el de los cien.
el de los mil brazos clavados, a los brazos de la cruz de las manoplas
en abanico. Desclavarlo, desclavar
sus tentáculos todos, uno por
uno, arrancarlos de la cruz, de los
clavos, de la muerte. ¿En qué bula, en
qué manuscrito, en qué baraja de solitarios
[illegible] a jugarse
estaba oculto el destino
en el asalto de aquella isla flotante?

El monstruo de las escrituras*. Sudario de ceniza, arena y tierra de muerto forma el techo, la bóveda movible del templo del crucificado que llagó la cantárida** de estigmas absor[b]edores de vida, ventosas que vacían el existir no existir del **marabuto,**[48] que llenan el estómago del ayunante, la bolsa del goliardo y la fantasía del geometra que en sus tentáculos clavados, palpitantes, halla resueltas sus hipérbolas conjugadas.

Cucucucún, el gigante, **sus**[49] ojeras se regaban en su cara, como en la tierra la sombra de las abadías, en sus orejas **brillaban**[50] rosetones de vitrales cuando

---

* Sería más apropiado decir «los monstruos de las escrituras», por lo numerosas que son en la Biblia las alusiones a los monstruos marinos: Leviatán (a veces asimilado a una serpiente, otras a un cocodrilo), Behemot, la «ballena» o pez monstruoso de Jonás. Se encuentra entre otras en el Libro de Job, XLI, 23-26, esta evocación de Leviatán: «Hace del abismo una caldera hirviente, convierte al mar en pebetero. / Deja detrás de sí una estela luminosa, el abismo parece cubierto de un vellón blanco. / En la tierra no hay nadie como él, ha sido hecho intrépido. / Mira de frente a los más altivos, es rey de todos los hijos del orgullo.»

Sin embargo, el Leviatán de la Biblia no es invencible. Veamos lo que dice Isaías, XXVII, 1-1bis: «Ese día, Yahvé castigará con su espada dura, grande y fuerte, Leviatán, la serpiente huidiza, Leviatán, la serpiente tortuosa: matará al dragón del mar.»

** Amén del insecto, la palabra «cantárida» designa en español «las ampollas o llagas que producen las cantáridas sobre la piel». Se puede ver en ello un paralelismo evidente con las ampollas y llagas que, según la creencia popular evocada por Caillois (*op. cit.*), el pulpo supuestamente produce en la piel de sus víctimas con sus ventosas.

48 estilita / ¿Por qué este paso del mundo griego («estilita») al mundo musulmán («marabuto»)? ¿Para evitar hacer alarde de vocabulario «culto»? Es poco probable, en todo caso poco coherente con la habitual humildad de Asturias en este campo. ¿Porque la imagen del marabuto presenta la ventaja de ser accesible a un público más amplio, introduciendo a la vez un juego polisémico («marabuto» = religioso + pájaro)?

49 su

50 llevar parecía

64 67

El monstruo de las escrituras. Su
dario de ceniza arena y tierra de
muerto forma el techo, la boveda
movible del templo del crucificado
que llagó la caravana de estigmas
absorvedores de vida, ventosas
que vacian el existir no existir
del marabuto, que llenan el estomago
del ayunante, la bolsa del goliardo
y la fantasia del geometra que
en sus tentaculos clavados,
palpitantes, halla resueltas
sus hiperbolas conjugadas.

Circuncisión, el gigante,
sus ojeras se regaban en
su cara, como en la tierra
la sombra de las glorias,
en sus orejas brillaban
rosetones de vitrales cuando

el sol descomponía sus colores **en los pabellones de sus cartílagos,**[51]#[52] la **boca**[53] con risa de catedral que se ríe con las flautas del órgano, todos estos cambios **al compás del pensamiento que le golpeaba**[54]: robarse al **pulpo crucificado,**[55] tanto brazo que desclavar, #[56] y en qué orden los descla-

---

[51] *a través de sus calientes cartílagos – en sus car[tílagos] – en las [ilg.]* – en sus colgantes cartílagos

Var. 49 bis, 50 y 51: estas modificaciones contribuyen a imponer una visión desmedida del gigante, que anuncia y justifica su metamorfosis.

[52] y todo él, catedralicio / Desarrollo explicativo de una expresión elíptica.

[53] dentadura

[54] *en su físico, a golpe[s]* – a golpes, a los / Introduce en la metamorfosis del gigante una noción de ritmo («compás»).

[55] santo cristo / En la primera versión («santo cristo»), el gigante parece creer en la naturaleza divina del pulpo, lo que desaparece en la expresión finalmente elegida.

[56] tanto

65 68

el sol descomponía sus colores
en los pabello-
nes de sus cartílagos,
, la
boca con risa de cate-
dral que se ríe con
las flautas del órgano. Todos
estos cambios
al compás del
pensamiento que le golpea:
Hallarse al
pulpo crucificado, tanto
brazo que desclavar,
y en qué orden los descla-

varía, los desclavaría o los arrancaría de la cruz?

La soldade[s]ca[57] se **contentaba**[58] con corear:

–¡Florcita, no! ¡Florcita, no! ¡Florcita, no!

Cucucucún fue **muerto**[59] a mansalva por un tren. Una locomotora a toda velocidad le golpeó por la espalda. Tambaleóse el gigante, sin caer, apenas empujado hacia adelante, cabeceó, tambaleó, parpadeó, balbuceó, **pateó,**[60] **moqueó, lagrimeó, se meó,**[61] **manoteó, pataleó, pateó. La locomotora iba a tal velocidad que igual que un [cuerno] con filo de navaja lo atravesó**[62] de parte a parte, le entró

---

[57] Los soldados / La elección del singular colectivo femenino, «soldadesca», contribuye a ridiculizar a los gigantes, quienes precisamente en este momento están gritando «¡Florcita, no!».

[58] [ilg.]

[59] ma[tado] / («matado por» parecería implicar un agente humano, lo que no es necesariamente el caso con «muerto por».)

[60] balanceó

[61] jadeó, *gotas de orines* se orinó

Var. 59 bis, 60, 61: modificaciones de la lista de verbos en -eó que ritman la muerte del gigante: ¿para mantener al fin y al cabo un número impar, en armonía precisamente con el ritmo tambaleante del trozo?

[62] a tal velocidad iba que le atravesó *el tor[ax]* el cuerpo. / La expresión se desarrolla mediante la introducción de la comparación «igual que un cuerno...»; ¿es esta imagen taurina o más bien diabólica?

66 69

varia, los desclavaría o los arran
caría de la cruz?

La soldadesca se ~~con~~ tentaba con corear:

—¡Florcita, no! ¡Florcita, no!
¡Florcita no!

Cucucucucú fue ~~~~ muerto
a mansalva por un tren. Una
locomotora a toda velocidad
le golpeó por la espalda. Tambaleóse el Gigante, sin caer,
apenas empujado hacia adelante. Tambaleó, parpadeó,
balbuceó, pateó, babeó, moqueó, lagrimeó, se meó, ma-
roteó, ~~pataleó~~ pataleó,
puteó. La locomotora, tal velocidad
¡que iba a toda marcha!
lo atravesó de parte a parte, le entró

por la espalda y le salió por el pecho, dejando un túnel #[63] en su cuerpo, un túnel con cabeza, con brazos, con piernas, que intentó dar algunos pasos. Imposible, quedóse inmóvil y por él siguieron pasando trenes. Cada túnel es un gigante perforado.*

Anti, el guerrero, tuvo noticia del percance y se felicitó íntimamente por haberse sacudido aquel coloso y por no tener que hacerle funerales nacionales ni privados, ya que su cuerpo incorruptible, al enfriarse se volvió de **piedra**,[64] quedó como un túnel, el túnel de Cucucucún.

---

[63] de muerte / La supresión se justifica; el gigante aún no está muerto, puesto que nos da el espectáculo de su agonía.

**Cf. Sonetos de Mallorca*, «Ceñida en mar seguro»:

> «poblado por monstruosas vecindades
> de gigantes, el peor de los castigos,
> petrificar aquí eternidades.»

[64] roca / Parecería a primera vista que se tratase sencillamente de una búsqueda de sinónimos. Sin embargo, «se volvió de piedra» hace pensar en la expresión idiomática «se quedó de piedra», que indica la estupefacción; además, esta «piedra» es como un eco de la petrificación del profeta Loco de Altar al final del capítulo precedente, estableciendo así una simetría entre los dos personajes, el religioso y el militar.

70

67

por la espalda y le salió por el pecho,
dejando un túnel en
su cuerpo, un túnel con cabeza,
con brazos, con piernas, que intentó dar algunos pasos. Imposible, quedóse inmóvil y por él siguieron pasando trenes. Cada
túnel es un gigante
perforado.

Anti, el guerrero, tuvo noticia
~~del percance~~ percance y se felicitó
íntimamente por haberse sacudido aquel coloso y por no
tener que hacerle funerales nacionales ni privados, ya que
su cuerpo incorruptible, al enfriarse se volvió de piedra,
quedó como un túnel, el túnel
de la encarnación.

– V –

–¿Qué te puedo devolver, Animanta? ¿Tu vida? Yo te la quité...
–¿Qué me puedes devolver, Animanta? ¿Tu muerte? Yo te la dí...
–¿Qué te puedo devolver, Animanta? ¿La palabra? Yo te la quité...
–¿Qué me puedes devolver, Animanta? ¿El silencio? Yo te lo dí...
–¿Qué **te puedo**[1] devolver, Animanta? ¿La luz? Yo te la quité...
–¿Qué me puedes devolver, Animanta? ¿La tiniebla? Yo te la dí... #[2]
–El sueño, **oyéme bien, Anti, el guerrero,**[3] el sueño, que es lo único que con **mi**[4] muerte no te pude

---

1 me puedes / Se trata, evidentemente, de la corrección de un lapsus.

2 El sueño no suplica / Supresión del esbozo de una digresión del narrador sobre el sueño, abandonada en provecho de un discurso directo de Animanta sobre el mismo tema.

3 *Anti, el guerrero, oyéme bien* – oyéme bien, Daimon, / «Daimon» es el nombre reservado a la relación personal, íntima, de Animanta con el tirano; aquí, no es «Daimon» sino «Anti, el guerrero», es decir el dictador en su función oficial quien es responsable de la muerte de Animanta.

Var. 3 bis: añadido de una repetición con fines rítmicos.

4 la / La elección del posesivo en vez del artículo muestra que ahora Animanta es dueña de esta muerte que le dio Anti.

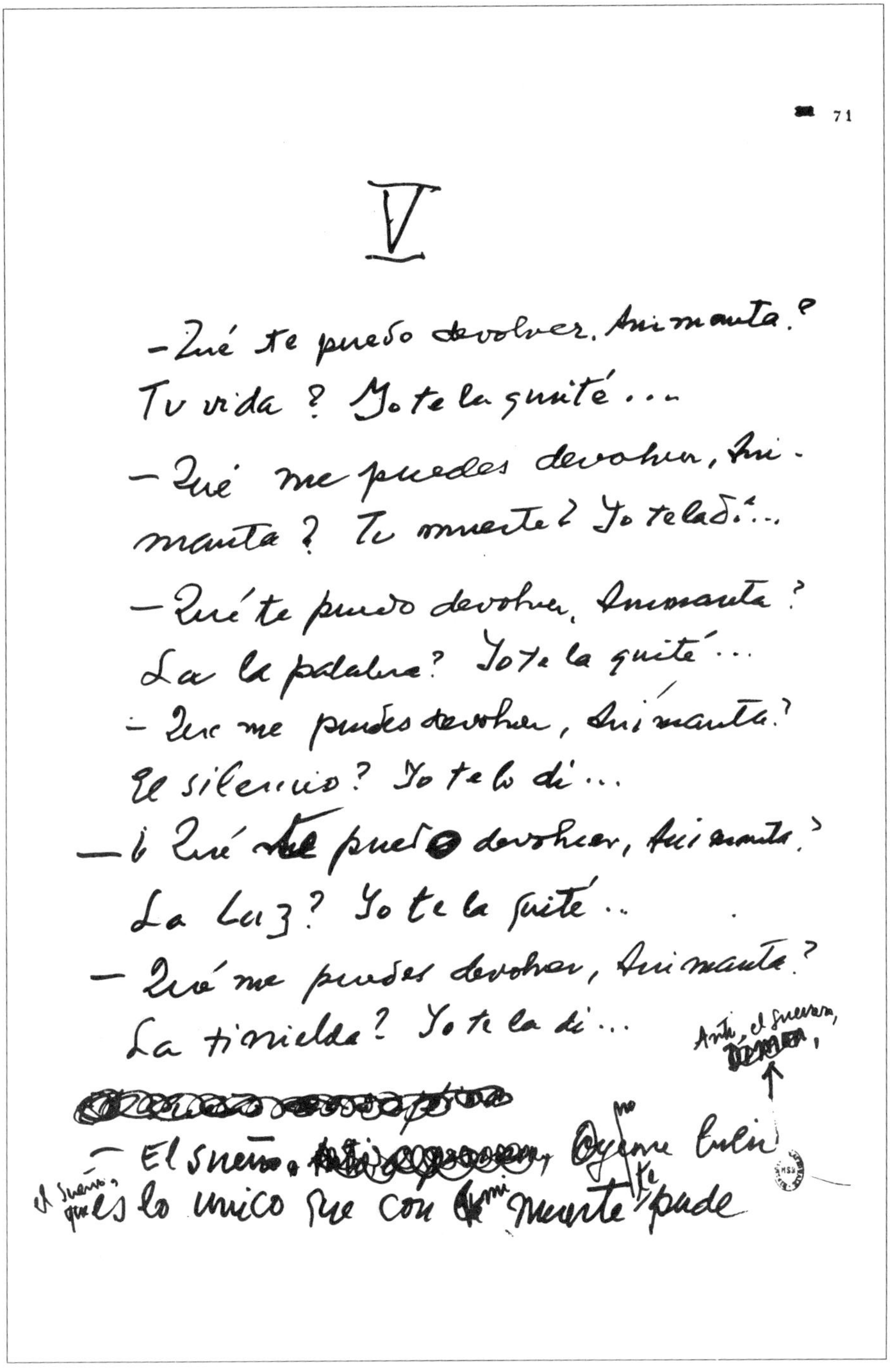
71
V
—Qué te puedo devolver, Animanta?
Tu vida? Yo te la quité...
—Qué me puedes devolver, Animanta? Tu muerte? Yo te la di...
—Qué te puedo devolver, Animanta?
La palabra? Yo te la quité...
—Qué me puedes devolver, Animanta?
El silencio? Yo te lo di...
—¿Qué te puedo devolver, Animanta?
La luz? Yo te la quité...
—Qué me puedes devolver, Animanta?
La tiniebla? Yo te la di...
Ante, el sueño,
—El sueño, Óyeme bien
el sueño, que es lo único que con mi muerte te puede

[*devolverte* restituir, el sueño de mis noches contigo. En la contabilidad inmortal *con la muerte pagamos el sueño que quedamos a deber a la vida* dormidos para siempre, pagamos el sueño vivo que nos dio la vida.

Y tú, Daimon, qué me puedes devolver? *La vida, para que sin ti* la vida, la palabra, la luz... *y para qué, para que sin ti...*

Y yo, Daimon, qué te puedo devolver? *Nada. –Mi muerte, para que sin ti–* ¿El corazón partido por uno de tus sayones? Animanta, *la sin escama, la que* se plegó el guerrero para caber mejor en ella, en ella iba, no tienes escama, ola que el mar lleva y trae, *como la luz de la luna – con el blancor y el brillo de l[a] plata –* curvas y contra-curvas del oleaje, *me asfixio, no la puedo poner fuera – El aleteo de tu [ilg.] –*

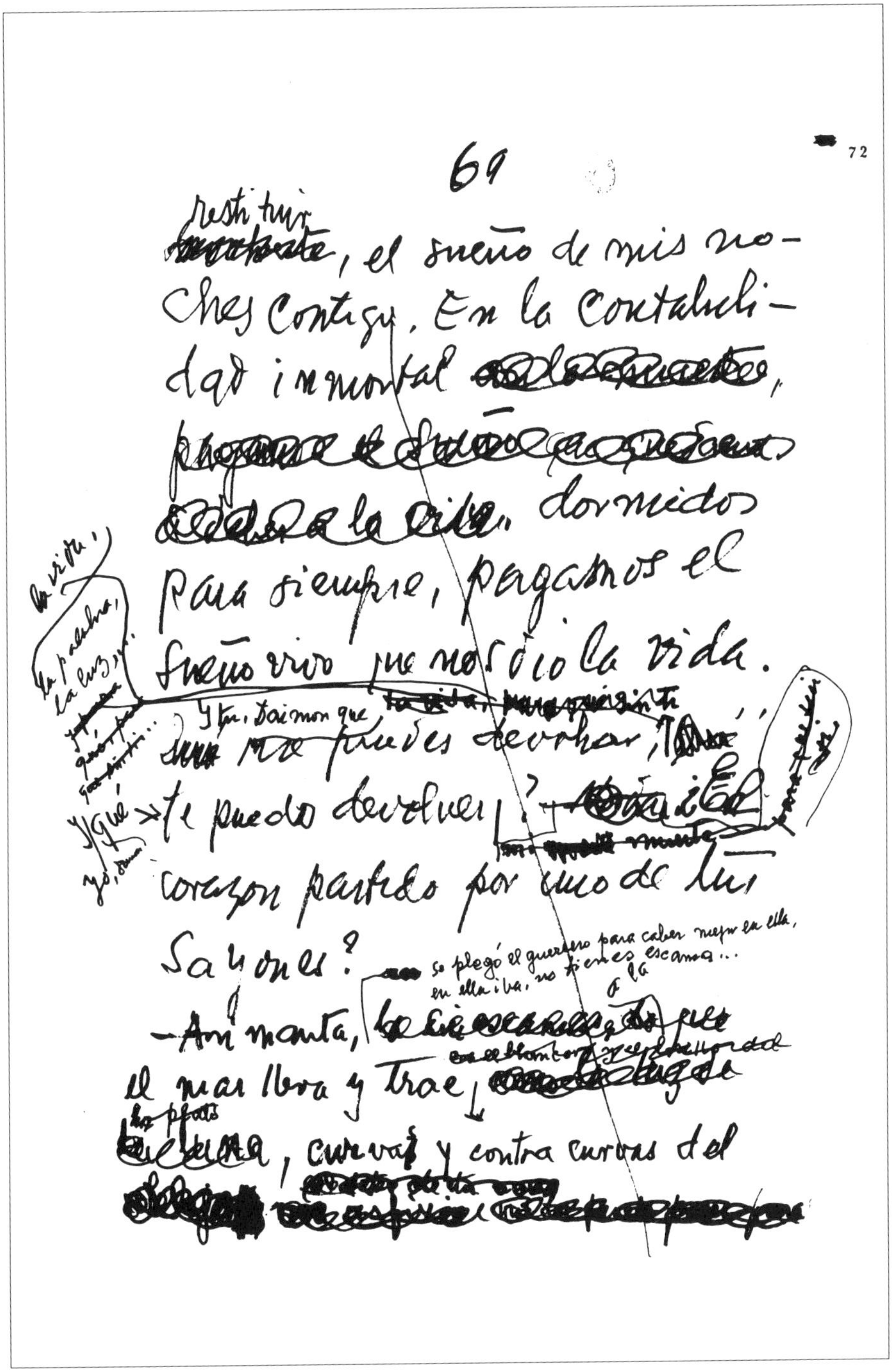
72

69

restituir, el sueño de mis noches contigo. En la contabilidad inmortal, dormidos para siempre, pagamos el sueño vivo que nos dio la vida.

Y tú, Daimon que ¿no puedes devolver, te puedo devolver corazón partido por uno de tus sayones?

se plegó el guerrero para caber mejor en ella, en ella iba, no tienes escamas...

—Así monta, el mar lleva y trae, los pliegues, curvas y contra curvas del

la vida,

la palabra, la luz...

Y qué

yo, Daimon

repetido por el oleaje *musical, flexible* de tu cuerpo... Sudario que se lleva *a* los *muertos* cadáveres que arrojamos al mar, y que ahora *se lleva a un guerrero al compás de una nenia* me lleva a mí... (respiraba pausadamente dormido)

Animanta...

–Daimon... (soñaba la voz de ella) *No preguntes... mi signo, el [ilg.]*

–Pregunto

–No preguntes

–Te dejé vestida de novia, vestida de blanco

–Una novia *[ilg.]* loca, *vestida* con el traje de boda hecho de manta

–Y de quién, sino de ti, nacieron todas las mitologías.

–De la mujer, no sólo de mí, Daimon; –Animanta hablaba recostada en la almohada en que él tenía la cabeza– *que es sirena* y pude ser sirena pero preferí *seguir la suerte de mi traje de manta novia* el traje de loca, de *manta* novia *con vestido de* vestida de manta, abandonada a la orilla del mar y a la orilla de]

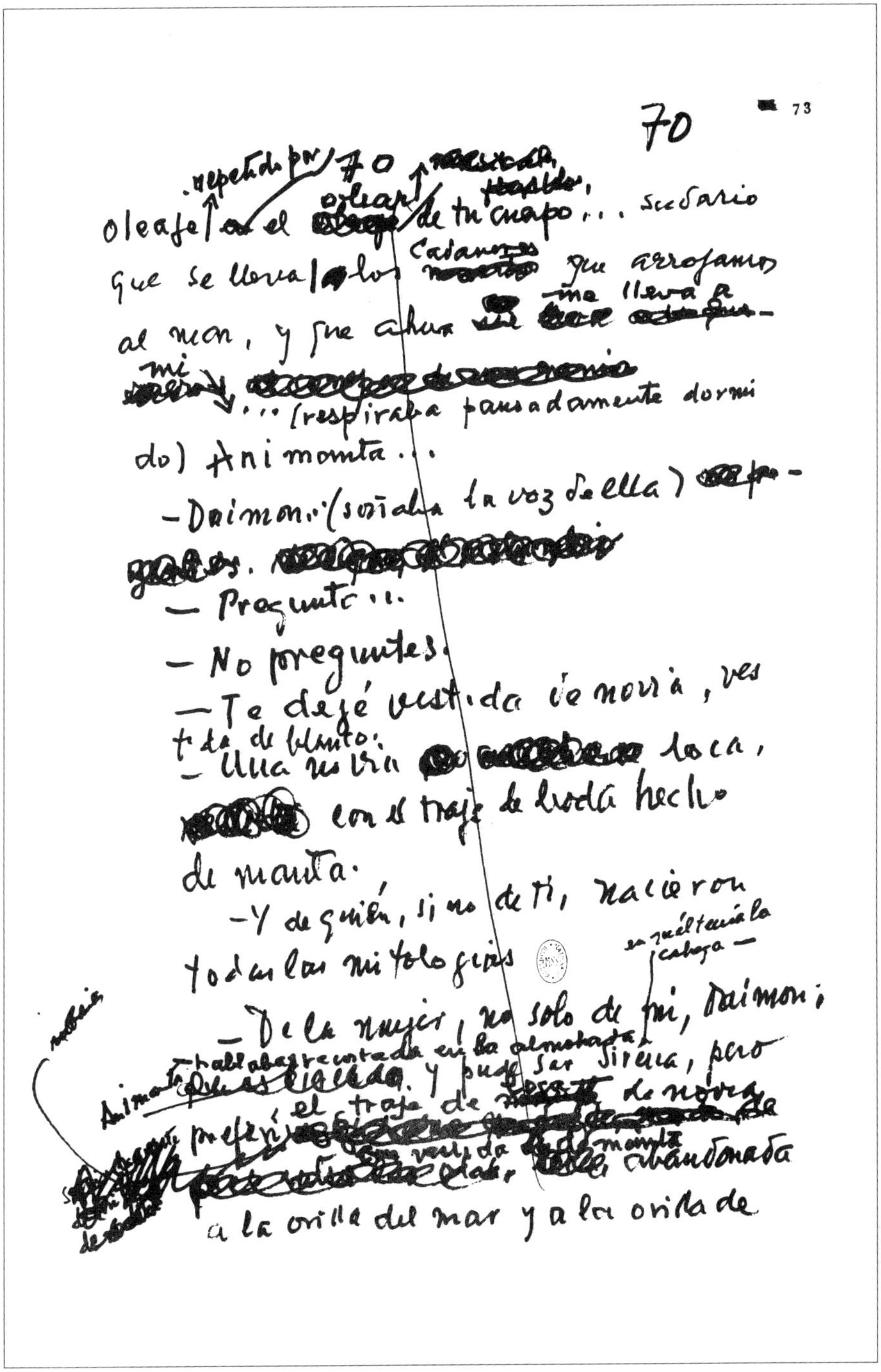
70 73

repetido por 70

Oleaje el olear de tu cuerpo... sudario que se lleva los cadáveres que arrojamos al mar, y que ahora me lleva a mí... (respiraba pausadamente dormido) Animonta...

—Daimon... (soñaba la voz de ella)

—Pregunta...

—No preguntes.

—Te dejé vestida de novia, vestida de blanco.

—Una novia loca, con el traje de boda hecho de manta.

—Y de quién, si no de ti, nacieron todas las mitologías

—De la mujer, no solo de mí, Daimon; hablaba recostada en la almohada, y pude ser sirena, pero preferí el traje de novia, vestida de manta, abandonada a la orilla del mar y a la orilla de

restituir, el sueño de mis noches contigo, oh, Daimon... Daimon... En la contabilidad inmortal, dormidos para siempre pagamos el sueño vivo que nos dio la vida, tan distinto... Oh, sí, Daimon, sí, tan distinto del sueño de la muerte...

La inmensa manta ocupaba todo su sueño, poco a poco Anti, el guerrero, llegaba al filo de su **cama,**[5] entre las sábanas, desasosegado.

–Y tú, Daimon, ¿qué me puedes devolver –siguió **Animanta**[6]– la vida? la palabra? la luz? ¡Ah, pero sin ti no, ni por un momento! Y yo, ¿qué te puedo devolver? ¿El corazón partido por uno de tus sayones?

–Animanta –se plegó entre las sábanas # [7] el guerrero,# [8] sintiendo **que la manta inmensa lo envolvía, para caber mejor [en] ella**[9]– Animanta...

–No, Daimon... no hables...

Una mancha de luna navegaba **a favor del movimiento**[10] de las olas con un guerrero dormido. **La ondulación**[11] del oleaje repetíase en el olear **del gigantesco pez-sudario**[12]#[13]

---

[5] in[ilg.]

[6] aquella, toda ella recorrida por una *corriente* descarga eléctrica / Supresión de una precisión superflua, que permite al mismo tiempo evitar una confusión: no es la manta enemiga la que habla, sino Animanta, la de antes de la reencarnación.

[7] Anti / La supresión del nombre le quita a Anti su poder absoluto, ya no es más que un guerrero.

[8] en su cama / (Supresión de una redundancia).

[9] que iba en ella, en la inmensa manta, no tienes escamas... / A consecuencia de esta modificación, la manta se vuelve sujeto y Anti objeto; está entre sus manos.

[10] *en la superf[icie]* en el [ilg.]

[11] Las curvas / «La ondulación» insiste sobre el movimiento, mientras que «las curvas» podían ser estáticas; se pierde en cambio la connotación de evocación del cuerpo femenino.

[12] *de su cuerpo – [d]el inmenso sudario –* del gigantesco pez / La expresión «pez-sudario» nace precisamente de la duda entre «pez» y «sudario».

74

69

restituir, el sueño de mis noches contigo.
Ah. Dairón... Dairón... En la contabilidad
inmortal, dormidos para siempre pagamos
el sueño vivo que nos dió la vida, tan distinto ... oh. Sí, Dairón. Sí, tan distinto
del sueño de la muerte...

La inmensa manta ocupaba todo su sueño.
Poco a poco Anti, el guerrero, llegaba al filo
de su cama, entre las sábanas, desasosegado.

—Y tú, Dairón, ¿qué me puedes devolver —siguió Animanta—. ¿La vida? ¿la palabra?
¿la luz? ... ¡Ah, pero eso no, ni por un momento!
Y yo, ¿qué te puedo devolver? ¿El corazón partido
por uno de tus sayones?

—Animanta —se plegó entre las sábanas, el guerrero, la manta inmensa lo envolvía,
para cobijar mejor ... Animanta...

—No, Dairón... no hables...

Una mancha de luna navegaba
a favor del movimiento de las
olas con un guerrero dormido.
La ondulación del oleaje repetía en el
olear del (pez-sudario)

[Anti, el guerrero, de lo que le pasaba [ilg.] que *acarrea* recoge de las aguas embravecidas o tranquilas los cadáveres que arrojamos al mar, para que no hagan huesos viejos en la tierra, y ahora me lleva a mí...

–Daimon (sonaba la voz de ella...) *pregunto*

–Pregunto...

–No preguntes...

–Te dejé vestida de novia, vestida de blanco...

–Una novia loca, con el traje de bodas hecho de manta...

–Y de quién sino de ti nacieron todas las mitologías...

–De la mujer, no sólo de mí, *Guerrero* Daimon, y pude ser sirena, pero *pref[erí]* me quedé con el traje de loca, de novia vestida de manta, [ilg.] *con el corazón partido* partido el corazón, a la orilla el mar y a la orilla de Cristo, porque en él, y sólo en él, señor de la vida, la muerte toca fondo.

En los repliegues jabonosos del sueño, confundidos con los *de la manta que lo envolvía – del pez lunar –* [d]el monstruoso selacio que lo envolvía, por los oídos se le salían los ojos, por los ojos, los oídos, *oír lo que se mira – ve, mirar lo que se oye*, querer oír lo que se ve, y por los ojos los oídos, querer mirar lo que se oye.

En los repliegues del *pez que lo envolvía (Daimon, [ilg.] la voz de ella)* sueño *lo retenían en la adhesión más intensa e indigna con aquella (Daimon, oía la voz de ella)* y del pez lunar *extendido, le permitían una más intensa adhesión* que se contraía y extendía, en los repliegues *del sueño* de la manta amante que lo envolvía, qué pequeña nada, Anti, Anti-Dios, Anti-Todo, hombre al fin.]

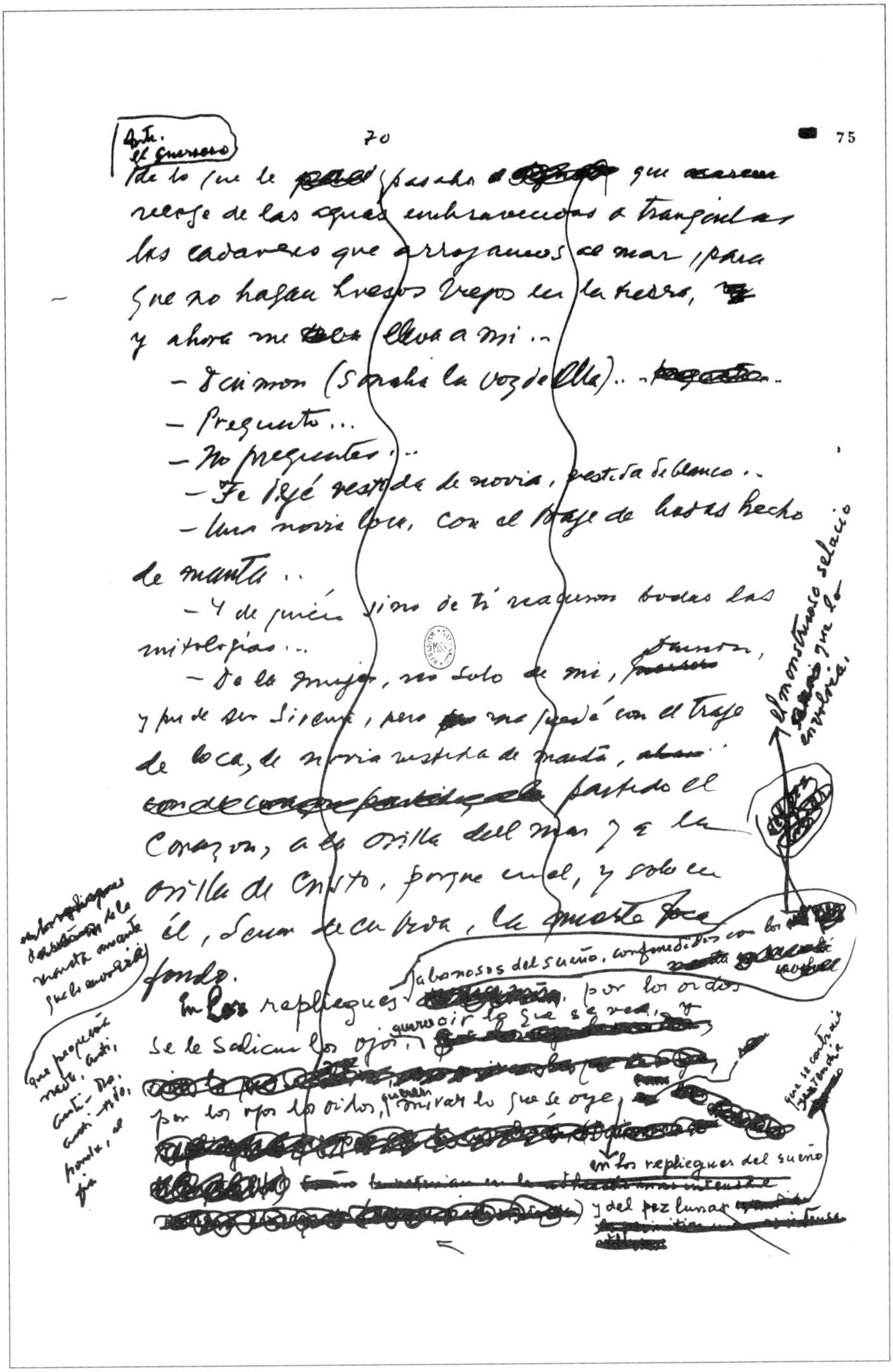
Ante. El guerrero

70 75

de lo que le [illegible] pasaba a [illegible] que [illegible] recoge de las aguas embravecidas a [illegible] los cadáveres que arrojamos al mar, para que no hagan huesos viejos en la tierra, y ahora me [illegible] lleva a mí...

— Sí, mi amor (Se oía la voz de Ella)... [illegible]

— Pregunto...

— No preguntes...

— Te dejé vestida de novia, vestida de blanco...

— Una novia loca, con el traje de hadas hecho de manta...

— Y de quién sino de ti readquirí todas las mitologías...

— De la mujer, no sólo de mí, Damon, y pude ser Sirena, pero me quedé con el traje de loca, de novia vestida de manta, [illegible] partido el corazón, a la orilla del mar y a la orilla de Cristo, porque en él, y sólo en él, [illegible], la muerte [illegible] fondo.

En los repliegues jabonosos del sueño, confundidos con los [illegible] por los oídos queriendo oír lo que se ve, y se le salían los ojos, [illegible] por los ojos los oídos, queriendo mirar lo que se oye, [illegible]

en los repliegues del sueño y del pez lunar [illegible]

el monstruoso selacio que lo envolvía,

en los repliegues de la [illegible] de la muerte amante que le envolvía

que [illegible]

que recogía de las aguas[13] embravecidas o tranquilas los cadáveres de los muertos de cada día **arrojados al mar**[14] y que ahora **lo llevaba**[15] a él... ¿dormido? ¿despierto?

–Daimon (soñaba **la voz de ella**[16])

–Pregunto...

–No, no #[17] preguntes...

–Te dejé vestida de novia, vestida de blanco...

–Una novia loca, con el traje de bodas hecho de manta...

–Y de quién, sino de ti, Animanta, nacen las mitologías.

–No sólo de mí, Daimon, las mitologías nacen de la mujer, **y pude ser Sirena-pájaro, Sirena-pez, Tritona**[18], #[19] pero me quedé con el traje de loca, de novia vestida de manta, partido el corazón, a la orilla del mar y a la orilla de Cristo, porque en él y sólo en él, Señor de la vida, la muerte toca fondo.

En los pliegues y repliegues jabonosos de música y sueño, confundidos con los repliegues y pliegues de la manta que lo envolvía, **cuán pequeñito sentíase Anti, el guerrero, qué no ser nada.**[20]

---

[13] Anti, el Guerrero, de lo que le pasaba

[14] arrojados a las

[15] lo arrastraba / El verbo «arrastrar» significaba que a Anti lo llevaban a pesar suyo; «llevar» en cambio indica su pasividad, se deja manipular por la manta sin oponer resistencia (*cf.*, más adelante en el capítulo V, «Cómplice, cómplice...»).

[16] Anti, el Guerrero, la voz de Animanta / En la primera versión, está claro que es Anti quien sueña; en la expresión elegida es la voz de Animanta la que sueña, está compartiendo la actividad onírica de Anti.

[17] me / Paso de lo particular a lo general; la negación ya no se refiere al destinatario de la pregunta («me»), sino al acto mismo de hacer una pregunta («no preguntes»).

[18] y pude ser Sirena, el ser primordial, y / Supresión de una aposición a «Sirena», de tipo explicativo, en provecho de una enumeración ternaria.

[19] [ilg.]

[20] Qué pequeña cosa el guerrero Anti-Dios, Anti-todo, qué pequeña nada de nada, hombre al fin. / El paso de «qué pequeña cosa» a «cuán pequeñito» refuerza la impresión de pequeñez con el empleo del diminutivo, cuya utilización a propósito de Anti puede sorprender. Este diminutivo lo infantiliza, evocando la imagen del feto en el interior del vientre materno.

70 76

) que recogía de las aguas embravecidas o tranquilas los cadáveres de los muertos de cada día al mar y que ahora lo llevaba a él... ¿dormido? ¿despierto?

— Daimon... (soñaba la voz de ella))

— Pregunto...

— No, no preguntes...

— Te dejó vestida de novia, vestida de blanco...

— Una novia loca, con el traje de bodas hecho de manta...

— Y de quién, si no de ti, Animanta, nacen las mitologías.

— No sólo de mí, Daimon, las mitologías nacen de la mujer, y pude ser Sirena-pájaro, o Sirena-pez, Tritona. pero me quedé con el traje de loca. de novia vestida de manta, partido el corazón, a la orilla del mar y a la orilla de Cristo, porque en él y sólo en él, Señor de la vida, la muerte toca fondo.

En los pliegues y repliegues ~~fabulosos~~ de música y sueño, confundidos con los repliegues y pliegues de la manta que lo envolverá, cuán pequeñito. ~~sentiría~~ ... nacer nada.

[Cristo que en él y sólo en él, *dueño* señor de la vida, la muerte toca fondo.

A Anti, el guerrero, salíanse los ojos por los oídos y los oídos por los ojos. Ver lo que se oye... Oír lo que se mira... Soñar... soñar... seguir soñando... dejarse enlazar... dejarse envolver... *una adherencia más íntima que la de sus [ilg.]* sentirse adherido más íntima, más íntimamente que *jamás estuvo con ella* antes a su cuerpo, *cuerpo de selacio, aplastado,* a su delgadícimo (*sic*) ser de isla flotante...]

71 77

Cristo que [illegible] en él y sólo en el [illegible] señor de la vida,
la muerte toca fondo.

A Anti, el guerrero, se le iban los ojos
por los oídos y los oídos por los ojos.
Ver lo que se oye..., oír lo que se mira...
Soñar... soñar... seguir soñando...
dejarse enlazar ... dejarse envolver...
[illegible]
[illegible] sentirse adherido más
íntima, más íntimamente [illegible] que antes,
[illegible] a su cuerpo [illegible],
a su delgadísimo ser de isla flotante...

[No estaba solo, en el sueño nunca se está solo, y menos como dormía él, abrazado a un efebo *que* esculpido y pulido a lengua por los dioses *paganos*. Le criticaban aquellos lazos, pero él se excusaba diciendo que en esa forma se amaba sin aumentar la población del mundo y proclamaba que los... y las...[21] eran los anticuerpos contra la multiplicación incontrolada de la especie humana.

Pero *de lo semi-real, de un semi-despertar* volvió a su sueño. Conflicto de oscuridades. No estaba solo, en el mar nunca se está solo *En la superficie*

(*[tuvo]* un instante *de semi-conciencia – semi-despierto – respiró despierto –* estuvo semi-despierto).

a un efebo. Los dioses pusieron a las vacantes (*sic*) a lamer una creatura para comunicarle vida, y ese su efebo][22]

---

[21] *Cf.* Cuaderno nº 54, f. 33: «pederasta[s]» – «lesbianas»

[22] Se encontraba en esta curiosísima variante, finalmente descartada, un elogio de la homosexualidad, con fondo de civilización y mitología griegas («efebo», «dioses paganos», «bacantes»), que se vinculaba con el tema principal a través de la palabra «anticuerpos», completando así el carácter «antitodo» del tirano, puesto que se le veía entregándose a unos placeres considerados como anti-naturales. Señalemos los púdicos puntos suspensivos que dejó Asturias en lugar de los términos «pederastas» y «lesbianas», que hemos podido restituir a partir de los fragmentos contenidos en el Cuaderno 54 (f. 33): ¿dificultad de nombrar una realidad que por cualquier motivo le molestaba, o simplemente búsqueda de vocabulario con vistas a encontrar las palabras de origen griego apropiadas al contexto antes que términos más familiares? Y sobre todo, ¿por qué haber suprimido este episodio? Podemos elaborar tres hipótesis: la primera es que este trozo podía haber sido considerado escabroso, la segunda es que no aportaba nada más al argumento, y la tercera es que amenazaba con debilitar la tensión dramática de la relación exclusiva entre Anti y Animanta.

La iglesia de San Tirso, Sahagún, construida en el siglo XIII, de estilo románico puro, está embellecida por las tres filas diferentes de hermosas arcadas de su torre (*arriba, izquierda*).
Al sudoeste de León, en las orillas del río Esla, se elevan los imponentes restos de las murallas de Masilla de los Mulos, coronadas

na morisca, y parece que ese arte, presente en sus vestidos, fue copiado por los escultores de la capital, que lo han dejado grabado en la piedra.
Por otro lado, todos los 15 de agosto se celebra en los atrios de la catedral leonesa, cuyos doscientos treinta vitrales

cada año con los muslimes, hasta que un toro milagroso asustó a los árabes y se levantó el tributo. Actualmente se recuerda aquella ventura con cantos, bailes y curiosos ropajes.
Porque resulta que también es ésta región torera, particularmente por el

No estaba solo, en el sueño nunca se está solo, ~~Tendido~~ como dormía él, alzado ~~a su efebo~~ ~~que~~ esculpido [a lengua] por los dioses, ~~paganos~~. Se critica- ban aquellos lazos, pero él se excusaba diciendo que en esa forma de escultura sin aumentar la población del mundo y produciendo para los y ... eran los anticuerpos contra las ... la multiplicación encontrada de la especie humana.

Pero ~~dolo semifeo, de un semi[illegible]~~, volvió a su sueño.

No estaba solo, en el sueño nunca se está solo. ~~En la superficie~~ [illegible] a un efebo. ([illegible] un instante de ~~semiconciencia~~) ~~[illegible]~~
Los dioses pusieron a los vaticinadores a buscar una estatua para consumir cada vez, y ese su efebo.

(margin notes: conflicto de oscuridades; [illegible]; estatua semidesfalta)

[En los pliegues y repliegues jabonosos del sueño, confundidos con los *del monstruoso selacio* de la manta que lo envolvía, aplastada, blanca, romboidail (sic) – *por los oídos se le salían los ojos, querer oír lo que se ve, y por los (oídos) ojos los oídos, querer oír lo que se mira*, qué pequeña nada, un guerrero Anti-dios, Anti-todo, hombre al fin,

se dio cuenta de cuán pequeño era,
Cogulla Puculla Capirote.][23]

---

[23] Esta variante y las variantes de las páginas 176, 178, 182 y 186 constituyen un «tejido» sumamente complejo cuyos cabos vamos a intentar desenmarañar. El trabajo de reescritura afecta a diferentes temas: el diálogo entre Anti y Animanta, con sus referencias cristianas y mitológicas; el viaje de Anti en el interior de la manta y en el interior del sueño, con una búsqueda de la mejor manera de expresar por una parte la adhesión, por otra parte los «pliegues y repliegues».

1) El diálogo entre Anti y Animanta.

Lo que no varía en las diferentes versiones de este diálogo es el tema del intercambio, o mejor dicho de la restitución recíproca («¿Qué te puedo devolver?» / «¿Qué me puedes devolver?»), el tema de la diferencia entre el sueño de la vida y el sueño de la muerte, el de la metamorfosis del traje de novia en «manto» de la raya gigantesca y el de la mujer generadora de mitologías. Lo que varía, es el lugar y la importancia concedidos a cada uno de estos elementos. Por otra parte, dos aspectos se ven desarrollados en la versión final: el tema cristiano, reforzado por el añadido de la expresión «los muertos de cada día», que parodia el Padre Nuestro al par que anuncia el «credo» de Animanta («Cristo... Señor de la vida»), y el juego semántico complejo entre «sábanas» [nivel de la realidad: Anti está dormido, entre sus sábanas], «manta» [en el doble sentido de «colcha» y «pez»] y «sudario» [lo que sirve de sábana a los muertos y del que la raya manta toma a la vez el aspecto y la función].

2) El viaje de Anti en el interior de la manta.

Este trozo es tanto más interesante cuanto que se trataba para Asturias de dar cuenta al mismo tiempo del carácter «jonasiano» de este viaje (Anti es transportado en las entrañas de un pez monstruoso) y de la reminiscencia de una vida prenatal (Anti es llevado en las entrañas de una mujer, Animanta).

Esto explica el trabajo minucioso que ha sido realizado sobre la descripción de estas entrañas como «continente» de Anti:

a) El tema –descartado– de la adhesión. Los primeros esbozos indicaban como rasgo pertinente de la manta la ausencia de escamas: «la sin escama», «no tienes escama(s)», como condición de una mayor adhesión entre el «contenido» Anti y el «continente» Animanta. Notamos también, en las versiones sucesivas, las expresiones siguientes: «...una adherencia más íntima...», «... sentirse adherido más íntima, más íntimamente *que jamás estuvo con ella* que antes a su cuerpo», «... en la adhesión más intensa e indigna con aquella...», «... una más intensa adhesión...». La expresión de esta adherencia o adhesión tropieza con un obstáculo: ¿es este contacto íntimo agradable o repugnante? Los ejemplos citados subrayan la vacilación entre esas dos interpretaciones. Tal vez la imposibilidad de zanjar le haya llevado a Asturias a suprimir pura y simplemente este tema de la versión definitiva.

b) Los pliegues y repliegues. Es sumamente interesante seguir paso a paso la evolución de este tema al filo de las cinco versiones que poseemos. Primera versión: «se plegó el guerrero para caber mejor en ella». Aquí, Anti es sujeto, es él quien se pliega, en posición fetal, para estar más a gusto en el interior de la manta, la imagen es clara, la expresión

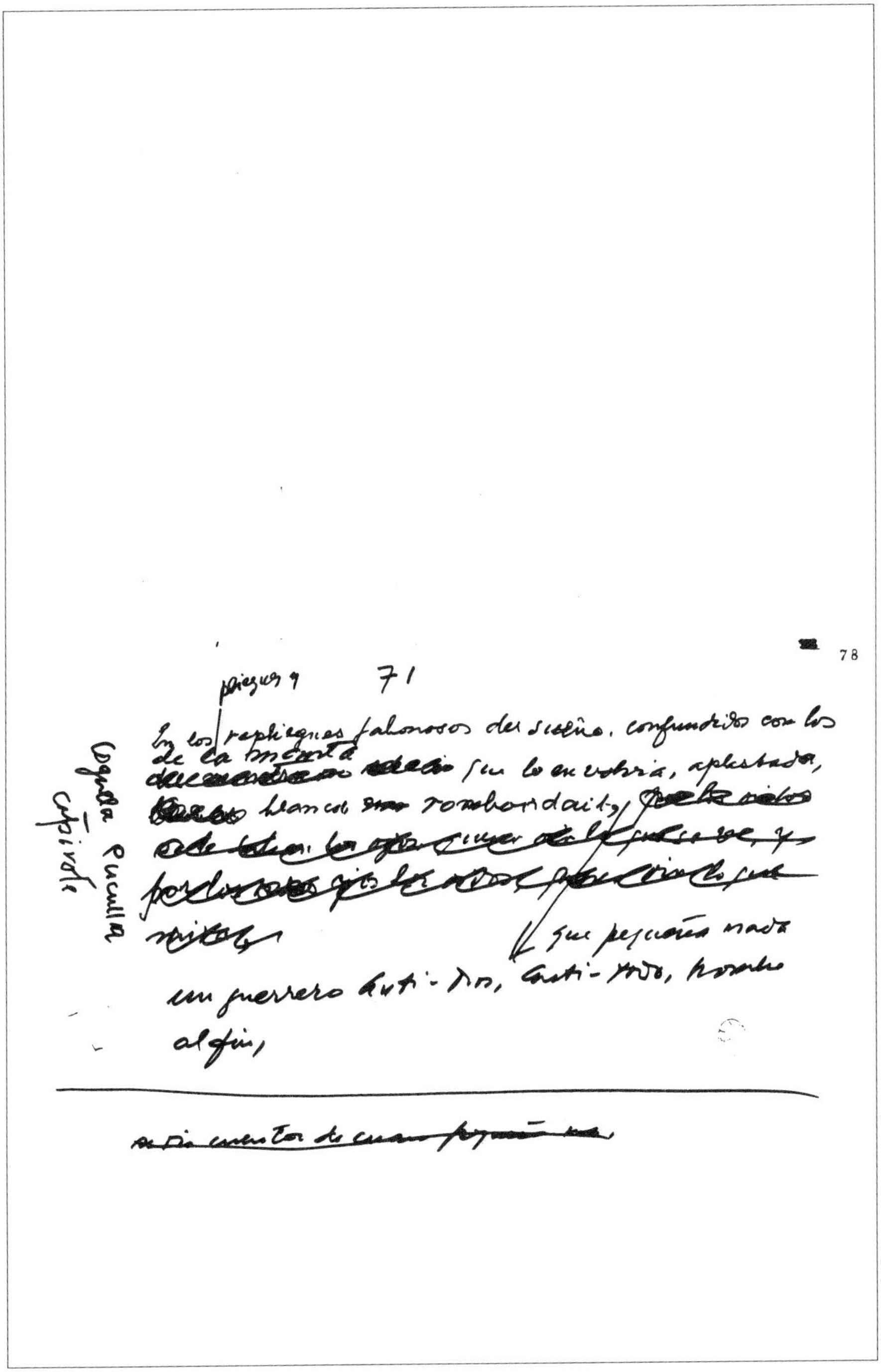
78

pliegues 71

En los repliegues fabulosos del sueño, confundidos con los de la manta se lo encontraría, aplastada,

blancas

que pescarían nada

un guerrero Anti-Dios, Anti-Todo, hombre al fin,

–¿Anti qué? ¿Anti qué? –oía en sueños la voz de Animanta que lo llevaba, muerto no, dormido– y en verdad que no era nada en las entrañas abismales de aquel monstruo dulce, nada... apenas una letra perdida en quién sabe qué página de la Enciclopedia Titánica.

La Enciclopedia de los Titanes: tiburones o vampiros del mar, insaciables bebedores de sangre; los peces con espuelas como arcángeles de fuego congelado; las leviatánicas ballenas; los n[a]rvales; las rayas sembradas de aguijones; y las mantas monstruosas, primordiales.

---

simple. Segunda versión: «En los repliegues jabonosos del sueño, confundidos con los *de la manta / del pez lunar /* del monstruoso selacio que lo envolvía...». Del verbo «plegarse» hemos pasado al substantivo «repliegues», complemento circunstancial de lugar; Anti ya no es el sujeto de la acción, es transportado, pasivamente. Los pliegues son los del sueño, y se confunden con los del pez («manta» = elemento femenino, «pez lunar» = privilegia el color blanco y el aspecto irreal, «monstruoso selacio» = recuerda el monstruo marino de la Biblia), adquiriendo dicho pez el estatuto de sujeto. El adjetivo «jabonosos» por fin es todo lo que queda del tema de la adherencia, antes descartado. Tercera versión: «En los repliegues *del pez que lo envolvía / del sueño y del pez lunar que se contraía y extendía / del sueño /* de la manta amante que le envolvía...». La vacilación entre «pez» y «sueño» domina esta variante: ¿cómo combinar los dos? Se nota también que aquí es la expresión «manta amante» la que prevalece para designar el pez, cuyo carácter femenino está así puesto de relieve. La cuarta versión se parece mucho a la segunda: «En los pliegues y repliegues jabonosos del sueño, confundidos con los *del monstruoso selacio* de la manta que lo envolvía, aplastada, blanca, romboidal...». Los «repliegues» han sido desarrollados en «pliegues y repliegues» –parece pues aún más difícil desprenderse de ellos– y la «manta» femenina se impone definitivamente en detrimento del «monstruoso selacio»; está provista también de una serie de tres adjetivos calificativos, ejemplo del famoso ritmo ternario característico del estilo asturiano. En fin la versión definitiva propone: «En los pliegues y repliegues jabonosos de música y sueño, confundidos con los repliegues y pliegues de la manta que lo envolvía...». El tema de los pliegues inextricables está reforzado por el quiasmo, que da la sensación de una equivalencia perfecta entre el sueño (¿o el ensueño?) y la manta –ocupando ésta de paso todo el espacio onírico de Anti. Vemos aparecer la palabra «música», que no existía en las versiones anteriores, pero que recupera por una parte la expresión «el oleaje musical de tu cuerpo» y por otra el intento, igualmente abandonado, de expresar una especie de sinestesia entre la vista y el oído. Por fin, la segunda parte de la expresión queda lo más depurada posible: no se ha conservado ningún calificativo, la palabra «manta» se queda sola con la fuerza expresiva de su polisemia.

71 79

—¿Anti qué? ¿Anti qué? —oía en sueños la voz de Animanta que lo llevaba, muerto no, dormido y en verdad que no era nada en las entrañas abismales de aquel monstruo dulce, nada... apenas una letra perdida en que sale que parecía de la ~~Enciclopedia~~ Titánica.

La Enciclopedia de los Titanes: tiburones y vampiros del mar, insaciables bebedores de sangre; los peces con espadas como arcángeles de fuego congelado; las leviatánicas ballenas; los narvales; las rayas sembradas de aguijones; y las mantas monstruosas, primordiales.

–Daimon... –la voz de Animanta.

Tanteó con las manos dormidas, hormigueantes, de dónde venía aquella habla que lo inoculaba **de un anterior y posterior estar en la vida.**[24]

¿De dónde? ¿De dónde le hablaba Animanta?

De todo **el interior de su envolvente atmósfera surgía aquella voz**[25] que después **resonaba como en una cripta.**[26]

–Daimon, despierta...

–No, no quiero despertar. Estoy tan a gusto dentro de ti #[27]. ¿Adónde me llevas? –se le encogió la lengua

---

[24] misterios anteriores y posteriores a la vida. / La supresión de «misterios» en provecho del infinitivo sustantivado «estar» nos hace cambiar de registro; pasamos de los misterios de la religión a los problemas de la filosofía.

[25] su interior surgía la voz / Desarrollo enfático de la expresión, para acentuar el carácter dramático de este trozo.

[26] resonaba en la inmensa cavidad en que *iba entre los – él iba –* él viajaba entre los muertos. / («cripta» posee una connotación religiosa que no tenía «cavidad».)

[27] contigo / (Supresión de una redundancia, que permite subrayar una vez más la posición «fetal» de Anti en las entrañas de Animanta)

72 80

—Daimon... —la voz de Animanta.

Tanteó con las manos dormidas, hormigueantes, de dónde venía aquella habla que lo inoculaba de un anterior y posterior estar en la vida.

¿De dónde? ¿De dónde le hablaba Animanta?

De todo el interior de su envolvente atmósfera surgía aquella voz que después resonaba como en una cripta [illegible] muertos.

—Daimon, despierta...

—No, no puedo despertar. Estoy aún a gusto dentro de ti. ¿A dónde me llevas? —Se le encogió la [illegible]

como si lo hubiera picado un alacrán. #[28] ¿Para qué saber adónde lo llevaba?

A que presenciara, a que viera, a que se arrodilla[r]a ante el pulpo crucificado en una cruz con muchos brazos, a cada brazo un tentáculo del pulpo clavado, **cruz a la que se llamaba la Cruz de Ravenala,**[29] por su parecido con esas palmeras de Africa.

Un viaje bíblico, jonasiano, que ya duraba más de tres días, días que duraban

[28] Los hombres somos –se dijo– / Supresión del esbozo de un discurso de Anti sobre los hombres en general, que habría quebrado la tensión dramática.

[29] [ilg.] el pulpo de Ravenala / La alusión a la palmera de Ravenala se asocia, en buena lógica, a la cruz antes que al pulpo. (*Cf.* el f. 70v del ms.: «ravenala –hoja de palmera africana igual a la cruz en que está clavado el pulpo»). Se trata de la palmera que los botanistas denominan *Ravenala madagascariensis*, «árbol de la familia de las musáceas, originario de Madagascar, de bello follaje y vistosas flores».

81

73

como si lo hubiera picado un ala-crán. ¿Para qué saber a dónde lo llevaba?

A que presenciara, a que viera, a que se arrodillara ante el pulpo crucificado en una cruz con muchos brazos, a cada brazo un tentáculo del pulpo clavado, cruz a la que se llamaría la cruz de Ravenda, por su parecido con esas palmeras de África.

Un viaje bíblico, jonasiano, que ya duraba más de tres días, días que duraban

un siglo.#[30]

Pero al mismo tiempo de ir dentro de ella #[31], iba fuera, y la miraba como una **isla**[32].

–Animanta –atrevía Anti, el guerrero, con la voz estrangulada de emoción– **¿eres isla, eres manta, qué eres, quién eres, Animanta, Isla-manta?**[33]

Los líquidos **inmóviles**[34] en su cuerpo de nadador foráneo –iba fuera de ella– **no cesaban de circular, no cesaban de circular en [lo] que de él iba**[35] encerrado, **envuelto en la blanquísima**[36]#[37]

---

30 sólo que en manta, no en cetáceo.

31 en su sagrado vientre / Supresión del carácter sagrado de las entrañas de Animanta; ¿se hacía demasiado obvio el paralelismo con María?

32 manta-isla

Var. 32 bis: véase nuestro artículo ya citado.

33 manta-isla, [adónde] viajamos juntos, isla-manta? / La expresión «manta-isla» se abandona en provecho de «Isla-manta» por razones de eufonía, y para rimar con Animanta; por otra parte, una pregunta trivial sobre la meta del viaje se sustituye con una interrogación de tipo filosófico sobre la verdadera naturaleza de Animanta.

34 inmóviles [tachado]

35 circulaban a todo correr *en su papel de* el interior del – se ponían en movimiento al sentir en su persona envuelta en colchas de zargazos (*sic)* – no cesaban de circular *en su cuerpo tendido*, no cesaban de circular en él, Anti, guerrero / Varias dudas sucesivas a propósito de esta frase; la primera versión insistía sobre la velocidad («circulaban a todo correr»), la segunda sobre el inicio del movimiento («se ponían en movimiento»), y por fin la tercera sobre el movimiento perpetuo de esos líquidos vitales.

36 en la blanca blanquísima

37 dentro de [ill] vientre de la manta. / (*Cf.* var. 31 de este mismo capítulo).

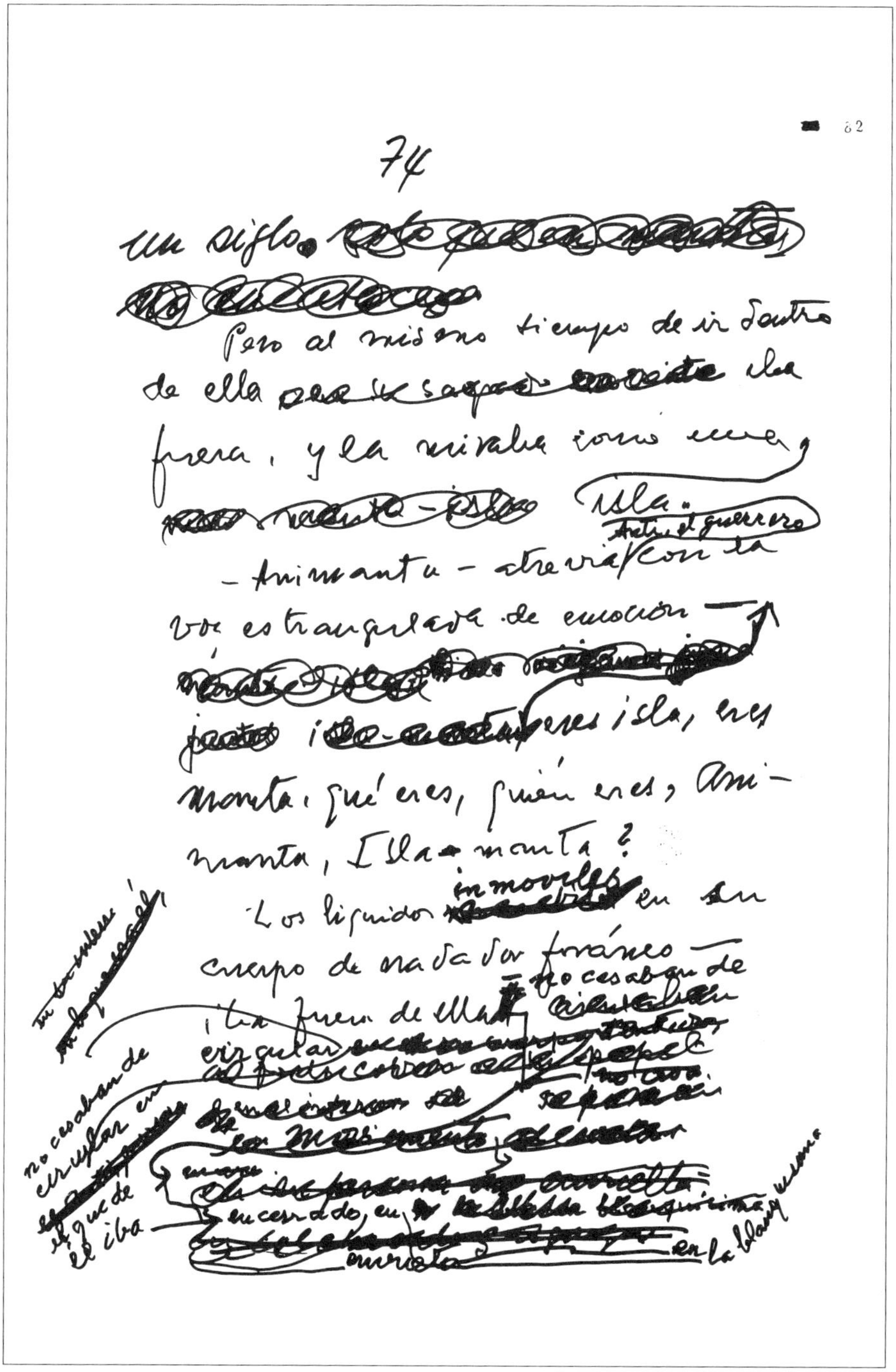
82

74

un siglo.

Pero al mismo tiempo de ir dentro de ella [...] fuera, y la miraba como a una isla.

—Animanta —atrevía (Antes, el guerrero) con la voz estrangulada de emoción— [...] eres isla, eres monta. qué eres, quién eres, Animanta, Isla-monta?

Los líquidos inmóviles en su cuerpo de nadador foráneo —no cesaban de circular [...] fuera de ella [...]

no cesaban de circular en [...] el que se iba [...] encerrado, en [...] en la blanca [...]

luz #[38] interior de la manta. Instintos desconocidos, zodiacales, le **exigían moverse como serpiente**,[39] agitar los brazos **en calistenias de á[n]gulos y ducharse con arena, al sólo empezar a sentir que despertaba la realidad.**[40]

–Cómplice... cómplice... –se decía a sí mismo– no quieres despertar... para no encontrarte frente a ti, #[41] caverna y dientes, y retomar tu destino de perseguidor

---

[38] zodiacal del / Desplazamiento del adjetivo «zodiacal», que ya no califica la luz interior de la manta, sino los instintos primitivos del nadador, lo que parece lógico: Anti en «gestación» en el interior de la manta recobra como por instinto los movimientos del feto en el líquido amniótico, lo que le retrotrae a la era en que toda forma de vida era acuática.

[39] inducían a señalar movimientos extraños / La imagen se precisa y se vuelve más coherente (la serpiente puede formar parte del mundo marino).

[40] en calistenias de águila, *y sólo* y al sólo empezar a sentirse real, al *solo* más breve conato de despertarse. / Ya no es Anti quien despierta o trata de hacerlo, es la realidad la que despierta; Anti conserva su estatuto pasivo. Por otra parte el águila, que no tenía gran cosa que hacer en el mundo submarino, deja lugar, por simple asociación de sonoridades, a «ángulos».

[41] vistiendo en función de existir

75

83

luz interior de la manta. Instintos desconocidos, zodiacales, le exigían moverse como serpiente, agitar los brazos en calistenias de águila, y ducharse con arena, al solo empezar a sentir la realidad que despertaba.

—Cómplice... cómplice... —se decía a sí mismo—, no quieres despertar... para no encontrarte frente a ti, caverna y dientes, y retomar tu destino de perseguidor

endiablado de muertos y cristos. Mejor dormido, fuera y dentro de Animanta, isla y manta, mejor deshecho en un sueño #[42] que te **permite**[43] existir #[44], si existir es ese tu chocar con lo inalcanzable, **disgregar tu ser**[45] en un transmundo coloidal, sin disolverte. Doble #[46], doble estar, adentro y afuera de Animanta.

---

[42] coloidal / Desplazamiento del adjetivo «coloidal» de «sueño» a «transmundo», es decir a un lugar que existe en el sueño, pero que no es el propio sueño. / «Coloidal: dícese del cuerpo que disgregado en un líquido aparece como disuelto por la extremada pequeñez de sus partículas.» El empleo de este adjetivo prepara pues la aparición, más adelante, del falso pulpo, de la imagen hecha de partículas de tinta y de polvo con la que Anti tendrá que enfrentarse.

[43] permitía / Corrección de una incoherencia gramatical (prosigue el sueño, luego el imperfecto no se justifica).

[44] en aquella anti-situación elemental, mejor disgregado sin disolverte, sin decir el «desde lo profundo clamaba hacia ti», mejor en suspenso. ¿Qué voz interrumpió sus pensamientos? Tus cinco sentidos para sentir por [ilg.] lo que / A la intervención del narrador («¿Qué voz interrumpió sus pensamientos?») se sustituye, de manera mucho más viva, la intervención de dicha voz en estilo directo.

[45] disgregarte

[46] ser / Supresión de un juego semántico sobre «ser» y «estar», cuyas implicaciones filosóficas amenazaban con diluir el relato en una larga digresión.

76 84

entablado de muertos y cristos.
Mejor dormido, fuera y dentro
de Animanta, isla y manta,
mejor deshecho en un sueño
que te permita existir,

si existir es ese tu chocar con lo
inalcanzable, disgregar tu ser
en un transmundo coloidal,
sin disolverte. Doble,
doble estar, adentro y afuera
de Animanta.

–¡Desde lo profundo clamo hacia ti!* –oyó la voz, las voces #[47] que le anunciaba[n] que él solo, por su propio peso, **el que duerme pesa más**,[48]#[49] se sumergía **en un mar de almendradas claridades**[50] hacia el adoratorio #[51] del pulpo crucificado.

Catervarios**, inmó[v]iles como estatuas de bronce, cubiertos de redes de **naufragios**,[52]#[53] guardaban la entrada de aquel templo circular.

---

* Se reconoce el Salmo 129: «Desde lo profundo clamo hacia ti, Señor, escucha mi llamado, que tu oído se vuelva atento al grito de mi oración.» Claro está, se trata del *De profundis* de la liturgia de los muertos, tomado aquí al pie de la letra, ya que la voz procede de las profundidades submarinas.

[47] en redor del pulpo crucificado se acercaban, sin duda al adoratorio del Cristo sumergido / Supresión de la hipótesis, «sin duda», por razones de lógica psicológica; en un sueño, uno no duda, uno tiene certidumbres, es al despertar cuando se emiten hipótesis.

[48] en el sueño pesa

[49] iba / «Iba» designaba cualquier movimiento, «se sumergía» se aplica precisamente al movimiento hacia abajo en el elemento líquido; el deseo de la precisión en la elección del vocabulario es una constante.

[50] en *el amortiguado mar, el mar [dorado], de transparencias* un mar tranquilo / Elección de una expresión poética (en lugar del muy prosaico «en un mar tranquilo»).

[51] sub-íslico

** «Catervarios: gladiadores romanos que luchaban en grupo.» La imagen de los gladiadores, entre los cuales unos estaban armados con tridentes y otros con redes, está llamada por la presencia de «redes».

[52] pescadores / La sustitución de «pescadores» por «naufragios» dramatiza el trozo.

[53] de [ilg.] entre moluscos

77 85

—¡Desde lo profundo clamo hacia ti! —oyó la voz, las voces, ~~ruido del pulpo crucificado~~ ~~todo de Cristo sumergido~~ que le anunciaba que él solo, por su propio peso, ~~cadáver muerto~~ el que duerme pesa más, se sumergía en el un mar de transparencias de almendradas claridades hacia el adoratorio del pulpo crucificado.

Catervarios, inmóviles como estatuas de bronce, cubiertos de redes de naufragios, guardaban la entrada de aquel templo circular.

El clamor santo en medio de las olas:
¡Guarda mis huesos sin mi carne!
¡Guarda los cuencos de mis ojos sin mis ojos!
¡Guarda mis dientes sin labios ni palabras, en la risa del que **muerde con hambre**![54]
¡Guarda mis dedos sin argollas ni sortijas!
¡Guarda el cónclave de los huesos de mi cadera sin mi sexo!
¡Guarda los huesos de mi cráneo sacrosantosagrado por haber estado junto a mi pensamiento y la jaula de mi tórax sin mi corazón!

---

54 no sabe si ríe o muerde. / La imagen escogida sugiere a la vez apetito y crueldad, es mucho más fuerte que la alternativa «no sabe si ríe o muerde».

Var. 54 bis: los demás huesos de la enumeración estaban asociados a unas funciones puramente físicas; Asturias añade el cráneo y la caja torácica en cuanto sedes del pensamiento y del amor. Se nota la estructura muy particular de esta oración («Guarda mi X sin mi Y»), en la que se oponen cada vez los elementos del esqueleto (continentes o soportes) a los elementos de la carne (contenidos o «fundas»), como símbolos de la oposición entre lo permanente y lo fugaz.

86

-78-

El clamor santo en medio de
las olas:
¡Guarda mis huesos sin mi
carne!
¡Guarda las cuencas de mis
ojos sin mis ojos!
¡Guarda mis dientes sin labios
ni palabras, en la risa del
corazón! [illegible]
que guardes [illegible]
¡Guarda mis dedos sin ar-
gollas ni sortijas!
¡Guarda el cordaje de los huesos
de mi cabeza sin mi sexo!
¡Guarda los huesos de mi cráneo
[illegible]
sacrosanto sagrado por haber
[illegible]
estado junto a mi pensamiento
[illegible]
y la jaula de mi tórax sin mi
corazón!

Peces luminosos alumbraba[n] la profundidad marina. Llamas de cirios.[55] Luces votivas. Templo de rocas **tapizado**[56] de plantas acuáticas temblorosas #[57]. Entraban y salían feligreses monstruosos, **narvales**[58] de boca abierta para tragárselo todo sin mascarlo. Un solo colmillo, **casi un cuerno de marfil.**[59]#[60] Orcos patinados de sangre azul, la sangre de las ballenas azules **que devoraron en los**[61] banquetes de los mares helados. Neptunistas, sacerdotes de misteriosa forma de peces que predicaban: todo fue formado por el agua, en el agua y con el agua.*

El pulpo-Cristo con los ojos de fuera sostenía la mirada de las gorgonas de pupilas perforantes, removiendo

---

55 Peces luminosos alumbraban *como llamas de cirios los [ilg.] y el Cristo clavado* el profundo [recinto] / Transformación de una comparación en frase nominal yuxtapuesta, por razones de ritmo.

56 alum[brado]

57 sin puertas

58 [con] la

59 algunos de colmillos-cuernos. / (La modificación evita la repetición de «colmillos» y pone de relieve al mismo tiempo el aspecto belicoso («cuerno») y el carácter precioso («marfil») de este atributo del narval.)

60 Nereidas que bailaban, / Supresión de las Nereidas, que presentaban sin embargo la doble ventaja de ser por una parte animales marinos de la rama de los anélidos, y por otra parte divinidades marinas que, en la mitología griega, simbolizaban la ondulación de las olas. Pero son personajes femeninos; Asturias debe pues eliminarlas si quiere garantizarle a Animanta la exclusiva del papel femenino, tanto en su reencarnación acuática como en su vida terrestre.

61 con que alimentaban de sus / «Devorar» aporta una noción de crueldad y apetito que no poseía «alimentar».

* Se reconoce una parodia de la liturgia cristiana: «Por Él, con Él y en Él, a ti, Dios Padre todopoderoso, todo honor y toda gloria por los siglos de los siglos, amén». En este universo submarino es el agua, fuente de vida y condición misma de la posibilidad de la vida, la que sustituye a Cristo en esta oración.

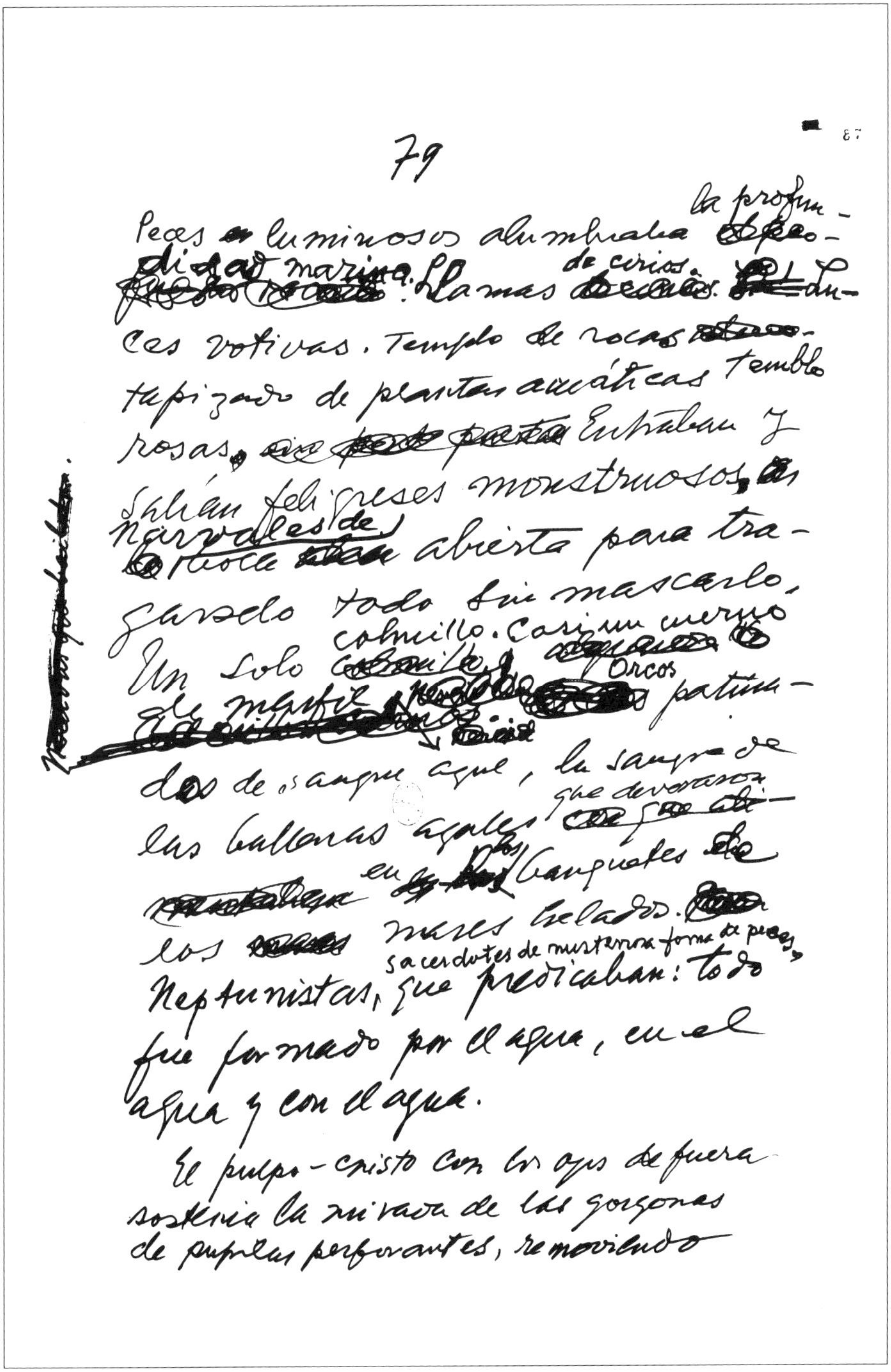

87

79

Peces luminosos alumbraban la profundidad marina. Llamas de cirios. Luces votivas. Templo de rocas tapizado de plantas acuáticas temblorosas. Entraban y salían feligreses monstruosos, narvales de boca abierta para tragarselo todo sin mascarlo. Un solo colmillo. Casi un cuerno de marfil. Orcos patinados de sangre aquí, la sangre de las ballenas azules que devoraron en banquetes los mares helados. Neptunistas, sacerdotes de misteriosa forma de peces, que predicaban: todo fue formado por el agua, en el agua y con el agua.

El pulpo-cristo con los ojos de fuera sostenía la mirada de las gorgonas de pupilas perforantes, removiendo

sin poder desclavarlos del abanico de brazos de su cruz, sus #[62] tentáculos **regados de ventosas**[63] que vivían de chuparse el ánima **a los enamorados y enamoradas**[64] que se entregaban a él. Abrazados **al pulpo ensangrentado**[65] en raptos de entrega total, susurrando sin parar: «¡En tus llagas escóndeme! ¡En tus llagas escóndeme!» **aquél**[66] les aplicaba sus benditas **llagas-ventosas para sorberles el pensamiento y el alma.**[67]

Anti, el guerrero, con aletas de sombra en **las**[68] manos y los pies, escafandra y oxígeno, regueros de bur-

62 múltiples

63 por momentos carbonosos / Supresión de una indicación de color que no era pertinente en este lugar, puesto que lo que se desarrolla aquí es el papel de las ventosas y no su descripción.

64 a los místicos

65 al pulpo *que se desangraba, sangre color ladrillo – que bañaba* – bañado en sangre color ladrillo – al desangrado pulpo. / Pasamos de la pérdida de sangre («se desangraba», «desangrado») a la visión de la sangre («ensangrentado»), más dramática.

66 el [Cristo] este

67 *llagas que [ilg.]* – llagas-ventosas que les sorbían el seso, el sentir / Búsqueda sobre el nivel de lengua («el seso, el sentir»: popular / «el pensamiento y el alma»: más apropiado al contexto).

68 los

88

80

sin poder desclavarlos del abanico
de su cruz, sus tenta-
culos regados de ventosas que
vivían de chuparle el alma
a los enamora-
dos y enamoradas que se entrega
han a él. Abrazados al cuerpo ensangrentado
en raptos de entrega total murmurando
sin parar: "¡En tus llagas escóndeme! ¡En tus llagas escóndeme!
aquel les aplicaba sus
ventositas
llagas-ventosas
para
sorberles el pensamiento y el
alma.

Ante, el guerrero, con aletas
de sombra en las manos
y los pies, escafandra y
oxígeno, pequeños de bur-

[[bur]bujas señalaban su camino entre los peñascos desnudos, *fuliginosos,* y los que cubrían algas y corales y plantas submarinas *vibrátiles, trémulas – que vibraban* – trémulas, vibrátiles, entrecerró los ojos en el líquido profundo para no ver lo que miraba: *presa de indignación* en lugar de una cruz, mil brazos de cruces, en lugar de un cristo, cien cristos, y eso que era sólo un pulpo, de tentáculos como brazos y [ilg.] brazos y más brazos y más brazos, como [ilg.] tentáculos [ilg.] clavados, y otros pulpos feligreses que santiguábanse, *se bañaban* bañábanse de cruces con sus incontables tentáculos – se persignaban, se bañaban, *se santiguaban* de santas cruces con sus incontables tentáculos en actitud de rezar ante el pulpo crucificado – *se santiguaban, bañándose* se bañaban en cruces, santiguándose con sus incontables tentáculos ante el *divino* pulpo deificado.][69]

---

69 Esta variante evidencia un doble trabajo, por una parte, sobre el ritmo, por la otra, sobre la lógica interna de la novela.

El ritmo: el añadido final del adjetivo «sonámbulas» para calificar las plantas acuáticas desemboca en la formación de un «trío» de adjetivos esdrújulos («trémulas, sonámbulas, vibrátiles») que no deja de recordar los ejercicios de virtuosidad de *Amores sin cabeza.* Asimismo, la expresión «entrecerró los párpados» escogida en vez de «entrecerró los ojos» muestra una vez más una preferencia por la palabra esdrújula con respecto a la palabra llana cada vez que lo permite la lógica.

La lógica: la supresión de la visión de una cantidad de otros pulpos, adoradores del Cristo-Pulpo, persignándose con sus incontables tentáculos, obedece a la lógica interna de la novela. En efecto, si el Cristo-Pulpo pierde su carácter único, excepcional, ya no puede ser el anti de Anti; debe pues permanecer el único representante de su especie.

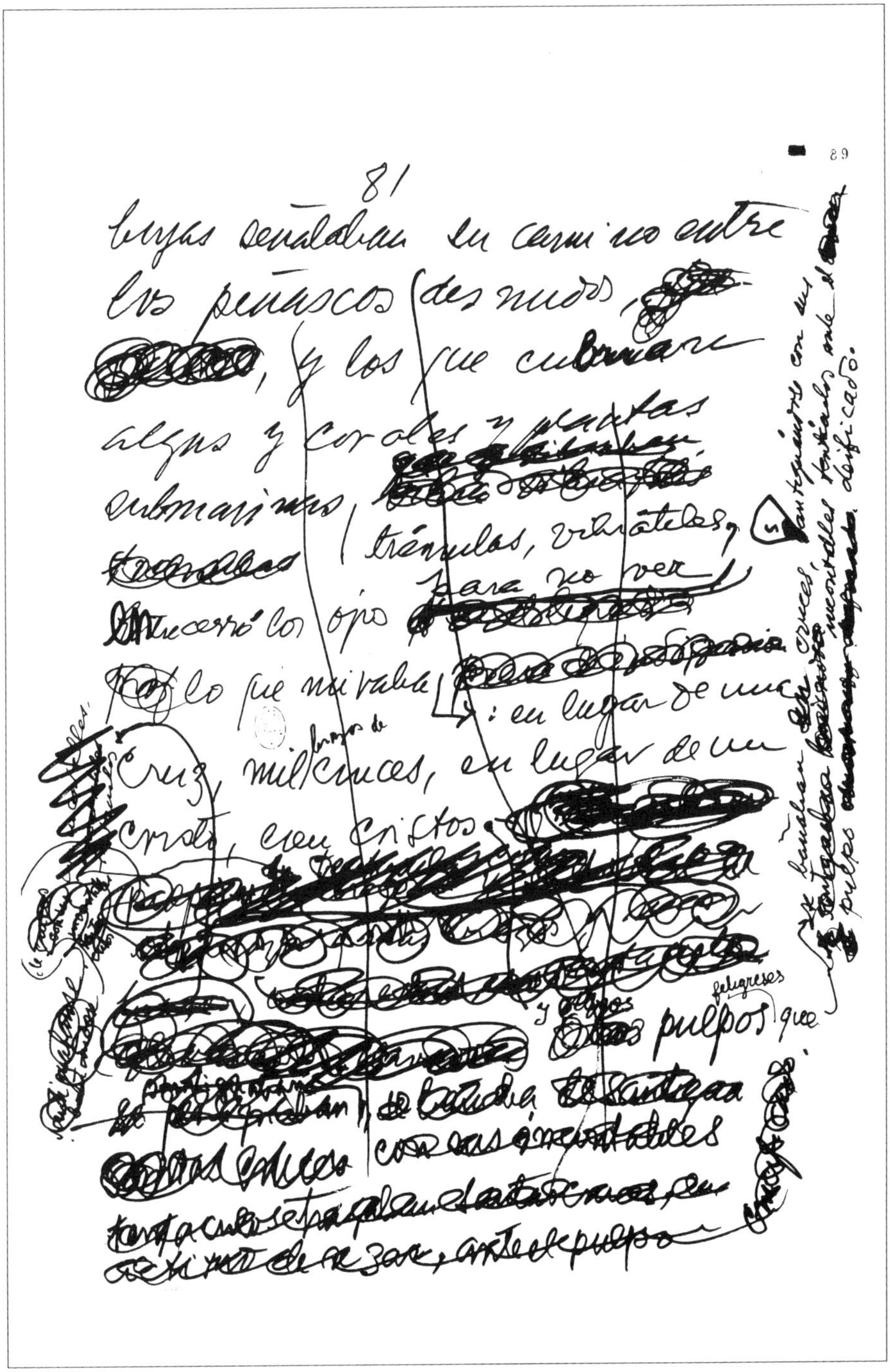
89

81

bujas señalaban su camino entre
los peñascos desnudos,
, y los que culminan
algas y corales y plantas
submarinas, trémulas, vibrátiles,
para no ver
cerró los ojos
lo que miraba : en lugar de una
cruz, mil brazos de cruces, en lugar de un
cristo, cien cristos.
y otros feligreses pulpos que

burbujas seña[la]ban su camino entre los peñascos desnudos y los que cubrían algas, corales y plantas acuáticas trémulas, sonámbulas, vibrátiles, entrecerró los párpados detrás de su escafandra para no mirar lo que veía: en lugar de una cruz mil brazos de cruces, en lugar de un cristo, cien cristos #[70] viscosos, #[71] cubiertos de pústulas, en el más atroz de los suplicios. **Sus**[72] ojos, **ojos de Cristo vidriados ya por la muerte, paralizaron al guerrero perseguidor de los cristos, las cruces y los muertos**,[73] ejerciendo sobre él una atracción sin **efugio**[74] posible, directa, fa[s]cinante, hipnótica, <u>los ojos de Jesús en el cuerpo de un molusco,</u> mientras sus brazos elásticos

[70] [ilg.]

[71] opalescentes / Supresión de un adjetivo de connotación positiva (materia traslúcida, luz lechosa), que no estaba en su lugar en medio de esta visión de horror.

[72] Los

[73] *redondos, humanos, los ojos de Jesús en la cabeza de* – agatas color verde manzana, paralizaron al guerrero, *lo atrancaron, lo buscaban, lo reclamaban* que le había perseguido siempre, / Por una parte, se nota la supresión de un color demasiado vivo («verde manzana») en provecho de «vidriados» (los ojos del pulpo están descoloridos, vidriados por el sufrimiento); por otra parte el tema de las persecuciones organizadas por Anti se aplica ya no al solo Cristo-pulpo («que le había perseguido siempre») sino a «los cristos, las cruces y los muertos» –naturalmente, la enumeración es ternaria.

[74] efugios / *Cf.* La nota manuscrita de Asturias citada p. 5: «efugio –salida para sortear dificultad»

90

-81-

burbujas señalaban su camino entre los peñascos desnudos y los que cubrían algas, corales y plantas acuáticas trémulas, sonámbulas, vibrátiles, entrecerró los párpados detrás de los cristales de su escafandra para no mirar lo que veía: en lugar de una cruz mil brazos de cruces, en lugar de un cristo, cien cristos viscosos, cubiertos de pústulas, en el más atroz de los suplicios. Sus ojos de Cristo vidriados ya por la muerte, paralizaron al guerrero perseguidor de los cristos, las cruces y los muertos ejerciendo sobre él una atracción sin efugio posible, directa, fascinante, hipnótica, los ojos de Jesús en el cuerpo de un molusco mientras sus brazos elásticos

[pugnaban por desclavarse *para abrazarlo, para formar alrededor de él una jaula* – para encerrarlo *en una jaula de brazos* en un abrazo, no sería una jaula de brazos *que por s...*, de muchos brazos; más bien una jaula de tentáculos en movimiento – *para abraza[rlo]* para encerrarlo en una jaula de *brazos* tentáculos en movimiento que de hacer presa de él no *lo asfixiaría* lo estrangularían, no lo asfixiarían, sino le aplicarían el vacío absorvente *(sic)* de sus voraces bocas chupadoras, succión de *que le* cientos de ventosas hasta *hacer un* fundirse con él *por los siglos* – cientos, miles de ventosas que succionándo[lo], absorviéndolo *(sic)* harían desaparecer *por* lo por todas partes hasta fundirse en uno solo por los siglos de los siglos

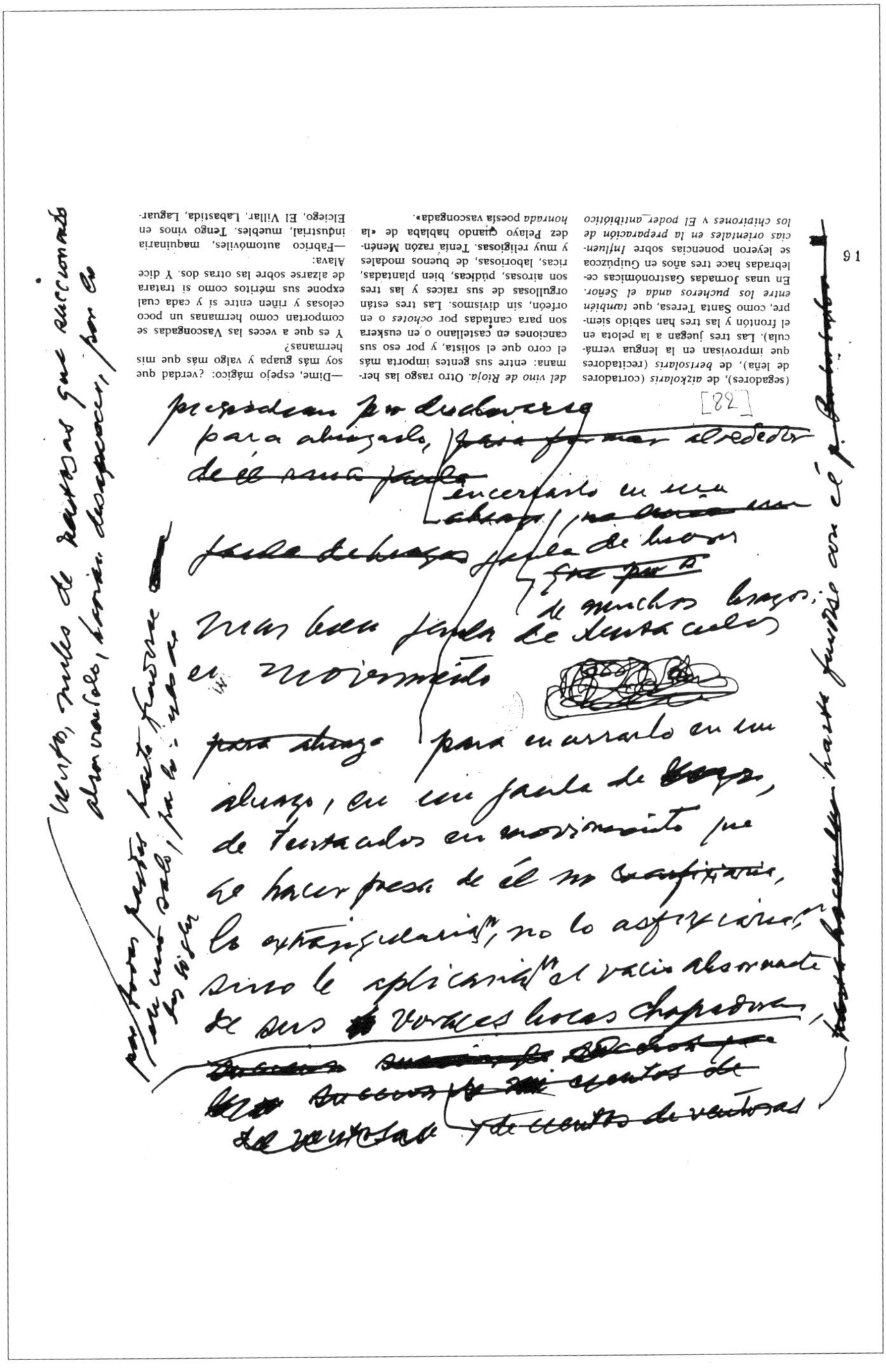

91

(segadores), de *aizkolaris* (cortadores de leña), de *bertsolaris* (recitadores que improvisan en la lengua vernácula). Las tres juegan a la pelota en el frontón y las tres han sabido siempre, como Santa Teresa, que también *entre los pucheros anda el Señor*. En unas Jornadas Gastronómicas celebradas hace tres años en Guipúzcoa se leyeron ponencias sobre *Influencias orientales en la preparación de los chipirones* y *El poder antibiótico del vino de Rioja*. Otro rasgo las hermana: entre sus gentes importa más el coro que el solista, y por eso sus canciones en castellano o en euskera son para cantadas por *ochotes* o en orfeón, sin divismos. Las tres están orgullosas de sus raíces y las tres son airosas, púdicas, bien plantadas, ricas, laboriosas, de buenos modales y muy religiosas. Tenía razón Menéndez Pelayo cuando hablaba de «la *honrada* poesía vascongada».

—Dime, espejo mágico: ¿verdad que soy más guapa y valgo más que mis hermanas?

Y es que a veces las Vascongadas se comportan como hermanas un poco celosas y riñen entre sí y cada cual expone sus méritos como si tratara de alzarse sobre las otras dos. Y dice Alava:

—Fabrico automóviles, maquinaria industrial, muebles. Tengo vinos en Elciego, El Villar, Labastida, Laguar-

[82]

que al hacer presa de él [ilg.]] siempre a distancia pero se daba cuenta que el pulpo crucificado lo atraía, no lo estrangularía, no lo estrangularía, no lo asfixiaría, sino le aplicaría el vacío absorvente *(sic)* de sus terribles bocas *absorventes (sic) para* chupadoras, *hasta fundirse con él y que así coincidieran, por los siglos de los siglos -- hasta que desapareciera, fundido en él, en un solo torrente de sangre, víctima [ilg.] – y que por los siglos de los siglos desapareciera el [ilg.], el [ilg.], la víctima y el victimario, el [ilg.] y el perseguidor, el que era la luz y el Anti-todo, guerrero [ilg.] que lo negaba todo* – para que así desapare[ciera] succionándolo por todas partes al mismo tiempo *hasta llevar a su* hasta que desaparecieran el perseguidor y el perseguido, el victimario y la víctima, el santo y el verdugo. Una ola de brazos espumosos lo estrelló contra el pulpo. Este sacó todas sus ventosas *para* y...

¡Llaga del costado de Cristo! Su escafandra convertida en cagula, su traje de hombre-rana transformado en hábito frayluno.

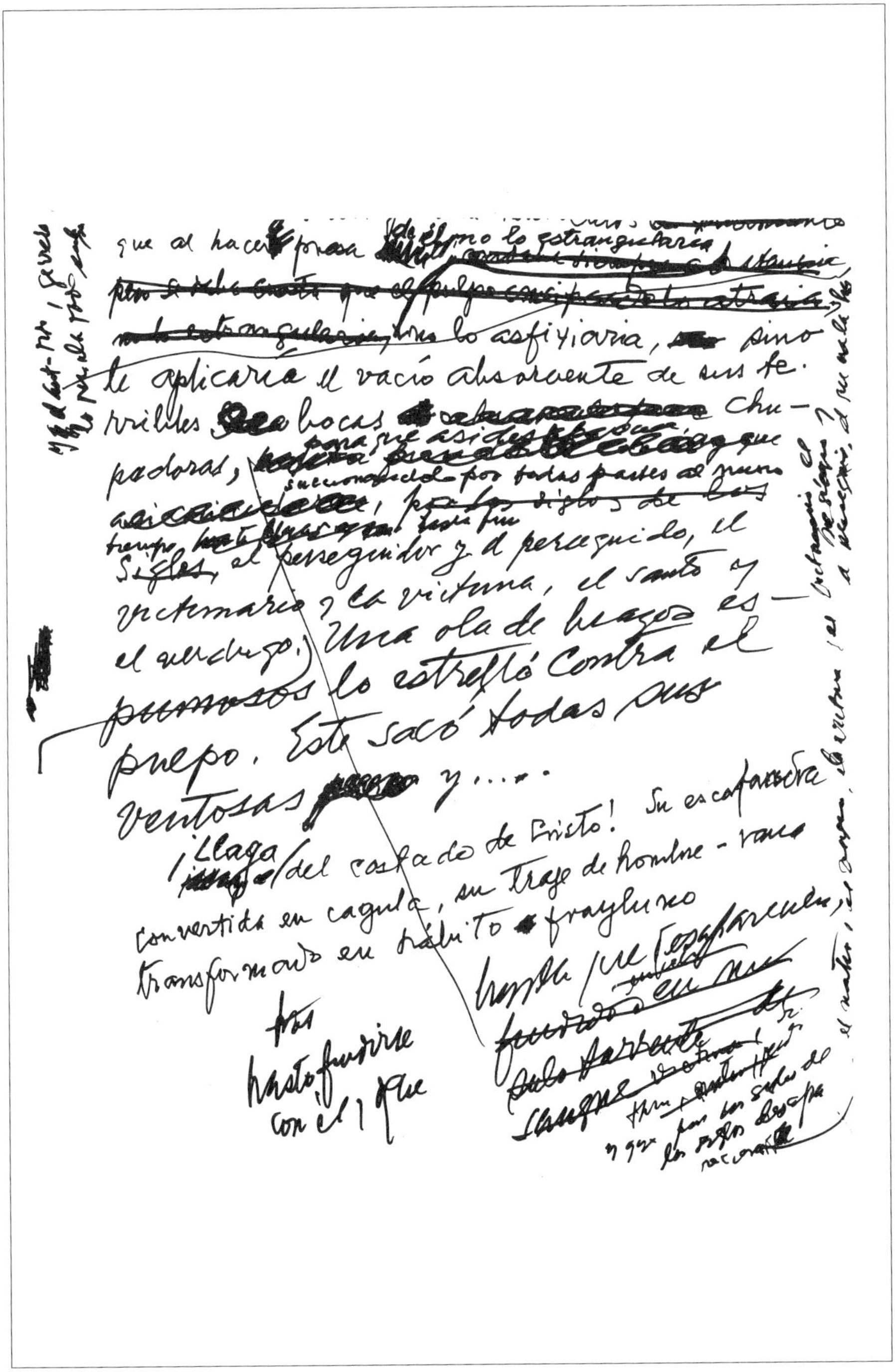
que al hacer presa como lo estrangularía
no lo asfixiaría, sino
le aplicaría el vacío absorbente de sus terribles bocas chupadoras,
para que así desapareciera
succionado por todas partes al mismo
por los siglos de los
tiempos, hasta fin
Siglos, el perseguidor y el perseguido, el
victimario y la víctima, el santo y
el verdugo. Una ola de llagas espumosos lo estrelló contra el
pulpo. Éste sacó todas sus
ventosas y....
¡Llaga del costado de Cristo! Su escafandra
convertida en cogulla, su traje de hombre-rana
transformado en hábito frayluno
hasta que desapareciera en su
fondo
sangre
hasta fundirse
con él y que

pugnaban por arrancarse de los clavos para *abrazarle, abrazo que sería una jaula de* encerrarle en un abrazo de mil brazos, en una jaula de tentáculos en movimiento que al *hacerlo presa de él – hacerlo presa suya* hacer presa de él, no lo estrangularía, no lo asfixiaría, sino le aplicaría el vacío absorvedor *(sic)* de sus terribles ventosas, *para fundirse con él – para que se fundieran perseguidor y perseguido, santo y endemoniado, víctima y victimario, cordero y verdugo – para fundirse con él y que [ilg.] por el arte del vacío las ventosas absorvedoras (sic) de substancias [ilg.] – para – hasta fundirse con él, hasta formar un solo – para fundirse con él y coexistir* – para fundirse con él y que coexistieran por los siglos de los siglos en un solo torrente de *sangre* vida, *la* víctima y *el* victimario, *el* mártir y *el* verdugo, el que era la vida, la vida siempre en agonía, y el que lo miraba todo sub specie mortis.

–sino le aplicarían el vacío absorvedor *(sic)* de sus terribles bocas succionantes para fundirse con él y que por los siglos de los siglos, en un solo torrente de vida, coexistieran *verdugo* víctima y victimario, mártir y verdugo, *Anti, el guerrero, el* aquel que era la vida y Anti, el guerrero.

–zodiacales – teológicos – *metolo* – mitológicos – *zool...* – Una ola de brazos espumosos...

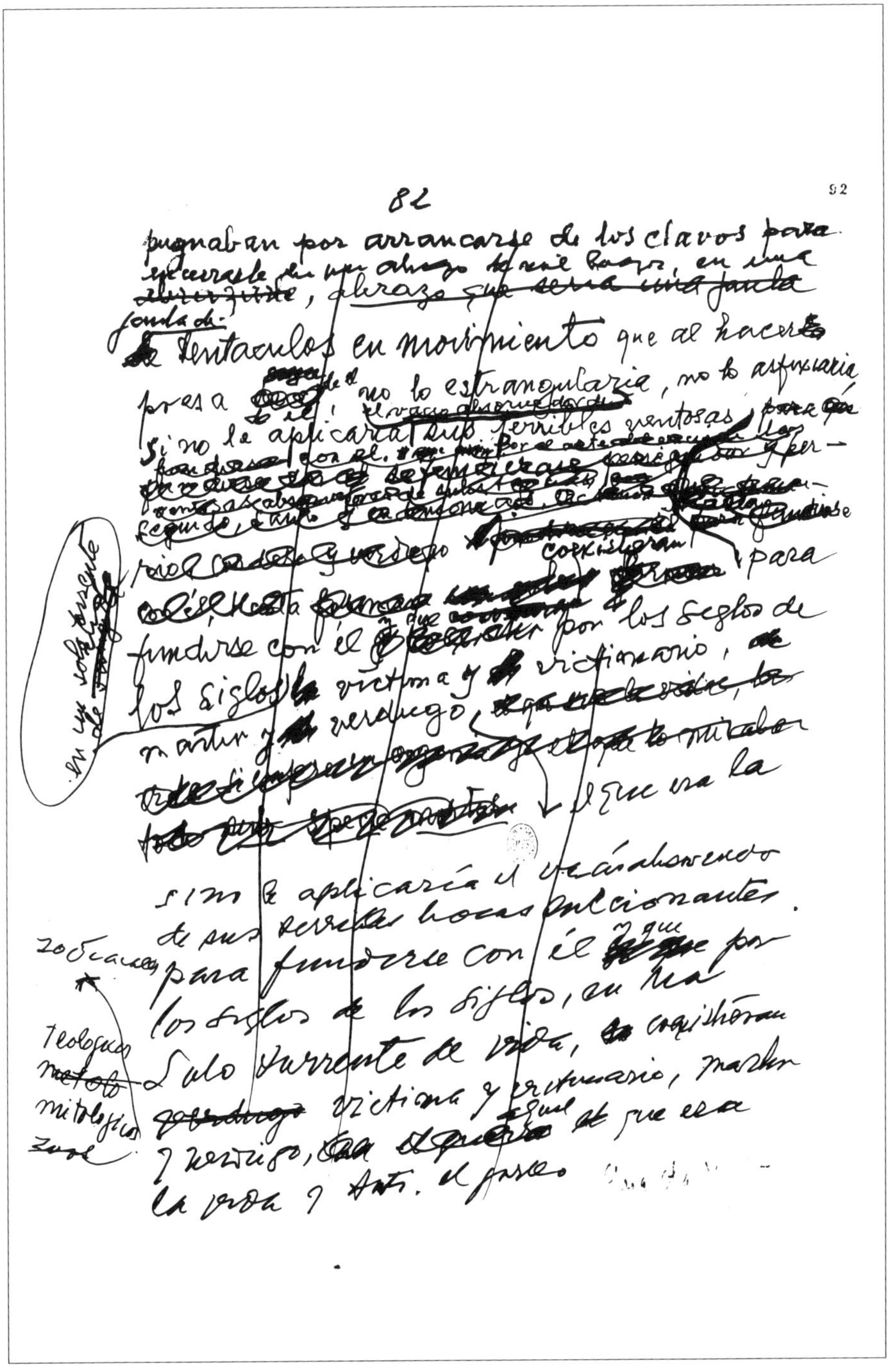
82
92
pugnaban por arrancarse de los clavos para
tentaculos en movimiento que al hacerle
presa a él no lo estrangularía, no lo asfixiaría
sino le aplicaría sus terribles ventosas
para
por los siglos de
fundirse con él
los siglos la víctima y el victimario,
mártir y verdugo,
y que era la
para fundirse con él y que por
los siglos de los siglos, en una
sola corriente de vida,
víctima y victimario, mártir
y verdugo,
la vida y
Teológica
mitológica

pugnaban por arrancarse de los clavos, para abrazarlo *en*, para encerrarlo en una jaula de brazos espectrales, viscosos, siniestros, *de* tentáculos en movimiento que al *hacer presa de él – apresarlo – hacerlo presa* – hacer presa de él no lo extrangularían *(sic)* , no lo asfixiarían, *sino* le aplicarían el vacío absorvente *(sic)* de sus terribles bocas chupadoras *succión de cientos de miles de ventosas que (por lo) fundirían en un solo – cientos de miles de ventosas en succión continua hasta absorverlo (sic) y acabar por los siglos de los siglos con el mártir y el* – cientos y cientos de ventosas en succión continua *hasta* para absorverlo *(sic)* hasta *con*fundirse y que por los siglos de los siglos se fundieran *el* perseguidor y *el* perseguido, *el* mártir y *el* verdugo, víctima y victimario, *al que era la vida, y Anti* al pulpo crucificado, invencible y Anti, el guerrero, *Anti-todo que todo* que lo miraba todo sub specie mortis.

–cien continuos – pústulas vivas, ventosas en succión continua *que al hacerlo – y el pul[po]* – y aquel que era la vida invencible crucificada y el guerrero *Anti* que lo [negaba] todo – hasta absorverlo *(sic)* y que fundidos se confundieran. – para absorverlo *(sic)* hasta que se confundieran por los siglos de los siglos.

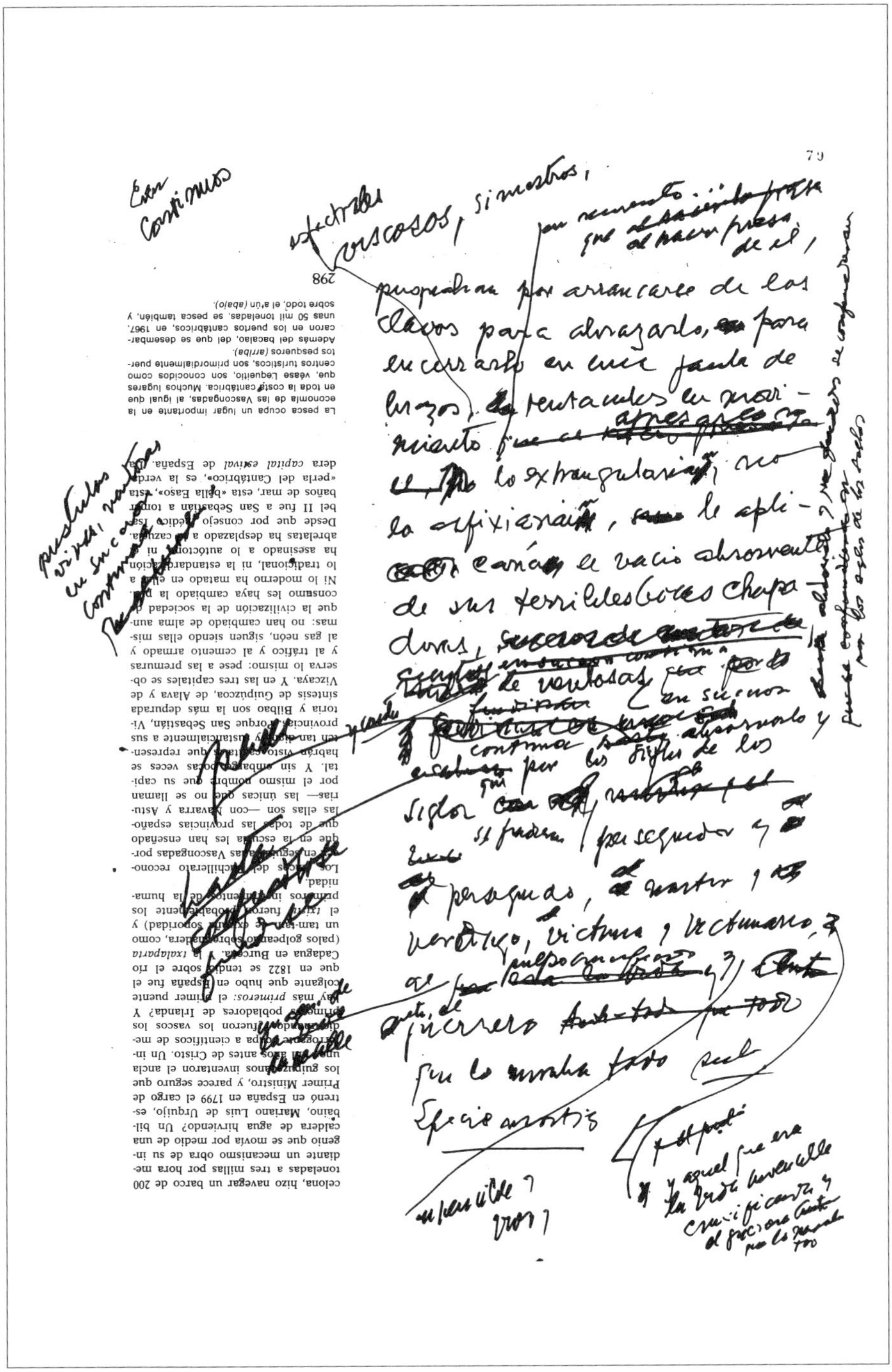

79
viscosos, siniestros,
propenden por arrancarse de los
clavos para abrazarlo, para
encerrarlo en una jaula de
brazos, tentáculos en movimiento
lo extrangularían, no
lo asfixiarían, le apli-
carían el vacío absorvente
de sus terribles bocas chupadoras,
de ventosas
siglos
persigan, de mártir y
verdugo, víctima y victimario,
guerrero
Especie arcoíris
Con continuos
298
celona, hizo navegar un barco de 200
toneladas a tres millas por hora mediante un mecanismo obra de su in-
genio que se movía por medio de una
caldera de agua hirviendo? Un bil-
baino, Mariano Luis de Urquijo, es-
trenó en España en 1799 el cargo de
Primer Ministro, y parece seguro que
los guipuz[illegible]anos inventaron el ancla
un[illegible] años antes de Cristo. Un in-
[illegible]rrogante [illegible]pa a científicos de me-
di[illegible]fueron los vascos los
primeros pobladores de Irlanda? Y
hay más primeros: el primer puente
colgante que hubo en España fue el
que en 1822 se tendió sobre el río
Cadagua en Burceña. Y la txalaparta
(palos golpeando sobre madera, como
un tam-tam de extraña soporidad) y
el txistu fueron probablemente los
primeros instrumentos de la humanidad.
Los [illegible] del Bachillerato recono-
[illegible] en seguida las Vascongadas porque en la escuela les han enseñado
que de todas las provincias españo-
las ellas son —con Navarra y Asturias— las únicas que no se llaman
por el mismo nombre que su capital. Y sin embargo pocas veces se
habrán visto capitales que represen-
ten tan digna y sustancialmente a sus
provincias. Porque San Sebastián, Vi-
toria y Bilbao son la más depurada
síntesis de Guipúzcoa, de Alava y de
Vizcaya. Y en las tres capitales se observa lo mismo: pese a las premuras
y al tráfico y al cemento armado y
al gas neón, siguen siendo ellas mismas: no han cambiado de alma aunque la civilización de la sociedad de
consumo les haya cambiado la piel.
Ni lo moderno ha matado en ellas a
lo tradicional, ni la estandardización
ha asesinado a lo autóctono, ni el
abrelatas ha desplazado a la cazuela.
Desde que por consejo médico Isa-
bel II fue a San Sebastián a tomar
baños de mar, esta «bella Easo», esta
«perla del Cantábrico», es la verdadera capital estival de España. [illegible]
La pesca ocupa un lugar importante en la
economía de las Vascongadas, al igual que
en toda la costa cantábrica. Muchos lugares
que, véase Lequeitio, son conocidos como
centros turísticos, son primordialmente puertos pesqueros (arriba).
Además del bacalao, del que se desembar-
caron en los puertos cantábricos, en 1967,
unas 50 mil toneladas, se pesca también, y
sobre todo, el atún (abajo).

pugnaban por arrancarse de los clavos para *abrazarlo, para encerrarlo en un abrazo* atraparlo en un abrazo, jaula de brazos *espectrales, viscosos, siniestros,* tentáculos en movimiento que al hacerlo presa *de él, no lo estrangularían, no lo asfixiarían* – lejos de estrangular[lo] o asfixiar[lo] le aplicarían el vacío *absorvente (sic)* de sus terribles bocas chupadoras, *de sus cientos y cientos de ventosas – de sus pústulas, llagas, ventosas* – de sus ventosas que en succión continua *para absorberlo* lo absorberían hasta *con*fundirse con él y que por los siglos de los siglos se fundieran perseguidor y perseguido, mártir y verdugo, víctima y victimario, *el pulpo aquel* el crucificado, invencible, vivo, y el guerrero que lo miraba todo sub specie mortis.

«Ojo al Cristo», nadaba *Anti* el guerrero, «ojo al cristo, que es un pulpo».

No estaba solo, en el mar nunca se está solo, si se asomaba al ventanal de la superficie

–«mou[e]ttes», «petreles» y «cormoranes», «lions de mer»

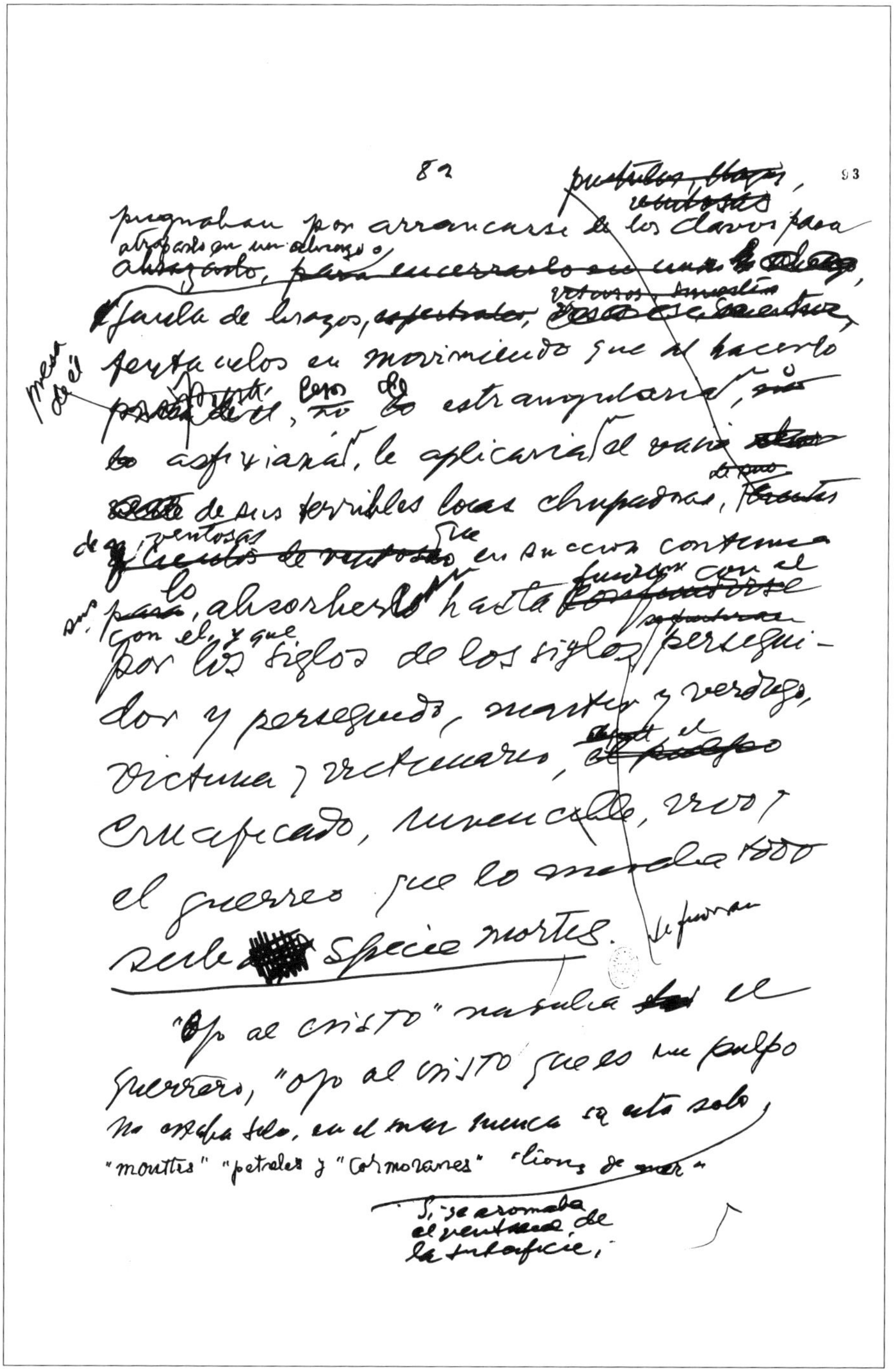
82 93

pugnaban por arrancarse los clavos para atraparlo en un abrazo o abrazarlo, para encerrarlo en una jaula de brazos, tentáculos en movimiento que al hacerlo presa de él, no lo estrangularían, o lo asfixiarían, le aplicarían el vacío de sus terribles bocas chupadoras, de sus ventosas en succión contenida, que lo absorberían hasta fundirse con él, y que por los siglos de los siglos perseguidor y perseguido, mártir y verdugo, víctima y victimario, crucificado, ... el guerrero que lo mordía todo sub specie mortis.

"Ojo al Cristo" ... "ojo al Cristo que es un pulpo guerrero," ... en el mar nunca ... solo, "mouettes" "petreles" y "cormoranes" "lions de mer"

Si se asomaba el ventanal de la superficie,

pugnaban por arrancarse *de los clavos* del suplicio atroz de los clavos, *si el de Cristo [ilg.], el del pulpo [ilg.] con todos sus tentáculos* para atraparlo en un abrazo espectral, jaula de tentáculos, que *al hacerlo presa (de él) [ilg.]* si lograba hacer presa de aquel nadador extraño, no [ilg.] estrangularlo o asfixiarlo, le aplicaría el vacío de sus terribles bocas chupadoras, sus *ventosas que en succión continua lo absorverían (sic) hasta confundirse* cien y cien ventosas que en succión continua lo absorverían *(sic)* hasta fundirse por los siglos de los siglos el perseguidor y el perseguido, el mártir y el verdugo, el victimario y la víctima, el *pulpo* Crucificado invencible y vivo y el guerrero que todo

–hasta desaparecerlo

–no lo ahogarían, no lo extrangularían (sic), lo lejos de ahogarlo o extrangularlo *(sic)*

–lo abrazaría, no lo extrangularía *(sic)* , tampoco le aplicaría

–y que así se fundieran por los siglos de

–hasta que se confundieran por los siglos de los siglos

–para que se [ilg.]

–hasta fundir por los

–hasta que fundidos desaparecieran por los siglos de los siglos la víctima y el victim[ario]

–hasta que fundidos pulpo y él desaparecieran

–confundido

–para que así se fundieran [ilg.]][75]

---

[75] Esta variante evidencia un doble trabajo, sobre el ritmo por una parte, sobre la lógica interna de la novela por otra parte.

Tenemos aquí un hermoso ejemplo de la técnica asturiana de reescritura; cuando no está satisfecho con un trozo bastante largo, Asturias vuelve a escribir el principio de la página, aunque no corresponda con el principio de una frase. Esta es una constante que se encuentra en todos los manuscritos autógrafos o dactilografiados conservados en la Biblioteca Nacional de París. Existen muy pocos ejemplos en *El Árbol*, puesto que la mayoría de las variantes son puntuales, como hemos tenido la ocasión de verlo. Aquí, la oración comenzaba al pie de la página precedente («mientras sus brazos elásticos»), y es el verbo («pugnaban») el que inicia la nueva página, de tal modo que todas las versiones sucesivas de esta página comienzan con un verbo cuyo sujeto no está expresado.

Nos centraremos en unos cuantos motivos: los brazos del pulpo asimilados a una jaula, la acción de apoderarse, la noción de ósmosis entre el pulpo y su víctima en relación con la imagen de la muerte por succión.

1) Los brazos del pulpo como jaula.

El pulpo trata de asir su presa y de encerrarla en sus brazos como en una jaula de la cual no podrá escapar; también hay que dar cuenta del hecho de que esta jaula no es inmóvil, pues los tentáculos no dejan de agitarse. Las etapas son las siguientes: a) «para abrazarlo, para formar alrededor de él una jaula». Está la noción de abrazo, pero falta la expresión del movimiento. b) «para encerrarlo en una jaula de brazos». El abrazo se disocia en dos conceptos, traducidos por el verbo «encerrar» y el sustantivo «brazos», pero sigue faltando el movimiento. c) «para encerrarlo en un abrazo, no sería una jaula de brazos, más bien una jaula de tentáculos en movimiento». El movimiento está presente, una distinción se establece entre «brazos», que procede naturalmente de la palabra «abrazo»,

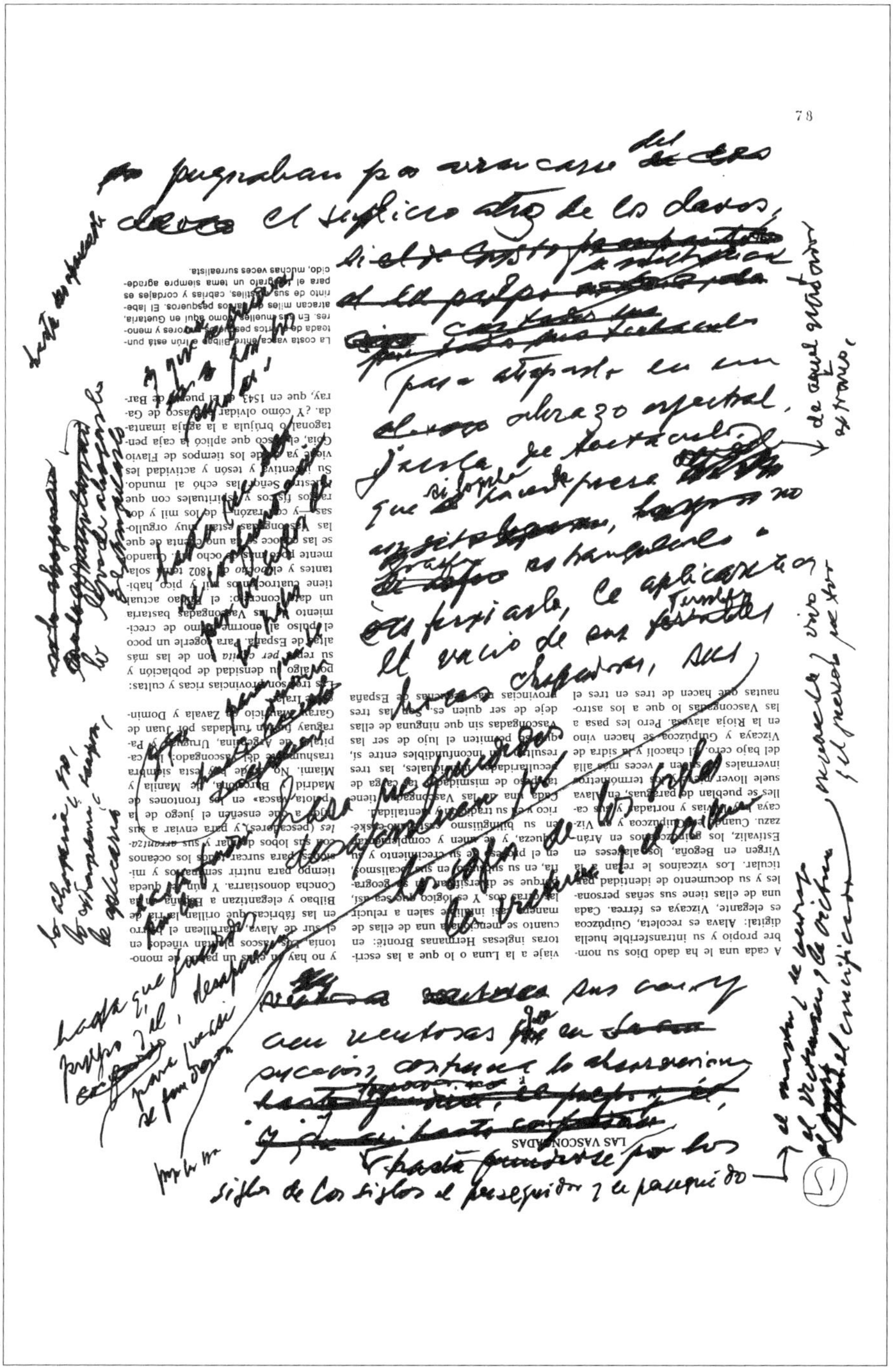

78

A cada una le ha dado Dios su nombre propio y su intransferible huella digital: Alava es recoleta, Guipúzcoa es elegante, Vizcaya es férrea. Cada una de ellas tiene sus señas personales y su documento de identidad particular. Los vizcaínos le rezan a la Virgen en Begoña, los alaveses en Estívaliz, los guipuzcoanos en Aránzazu. Cuando en Guipúzcoa y en Vizcaya hay lluvias y nortadas y sus calles se pueblan de paraguas, en Alava suele llover [illegible] termómetros invernales [illegible] a veces más allá del bajo cero. El chacolí y la sidra de Vizcaya y Guipúzcoa se hacen vino en la Rioja alavesa. Pero les pasa a las Vascongadas lo que a los astronautas que hacen de tres en tres el viaje a la Luna o lo que a las escritoras inglesas Hermanas Brontë: en cuanto se menciona a una de ellas de manera casi infalible salen a relucir las otras dos. Y es lógico que sea así, porque se diversifican en su geografía, en su subsuelo, en sus localismos, en el proceso de su crecimiento y su riqueza, y se unen y complementan en su bilingüismo castellano-euskérico y en su tradición y mentalidad. Cada una de las Vascongadas tiene tal peso de mismidad y tal carga de peculiaridades individuales, las tres resultan inconfundibles entre sí, que se permiten el lujo de ser las Vascongadas sin que ninguna de ellas deje de ser quien es. Son las tres provincias más pequeñas de España y no hay en ellas un palmo de monotonía. Los vascos plantan viñedos en el sur de Alava, martillean el hierro en las fábricas que orillan la ría de Bilbao y elegantizan a España en la Concha donostiarra. Y aún les queda tiempo para nutrir seminarios y misiones, para surcar todos los océanos con sus lobos de mar y sus *arrantzales* (pescadores), y para enviar a sus hijos a que enseñen el juego de la «pelota vasca» en los frontones de Madrid, Barcelona, de Manila y Miami. No [illegible] hay esta siembra trashumante del vascongado: las capitales de Argentina, Uruguay y Paraguay fueron fundadas por Juan de Garay, Mauricio de Zavala y Domingo de Irala.

Las tres son provincias ricas y cultas: por algo su densidad de población y su renta *per cápita* son de las más altas de España. Para cogerle un poco el pulso al enorme ritmo de crecimiento de las Vascongadas bastaría un dato concreto: el Bilbao actual tiene cuatrocientos mil y pico habitantes y el *bocho* de 1802 tenía solamente poco más de ocho mil. Cuando se las conoce se da uno cuenta de que las Vascongadas están muy orgullosas —y con razón— de los mil y dos rasgos físicos y espirituales con que Nuestro Señor las echó al mundo. Su inventiva y tesón y actividad les viene ya desde los tiempos de Flavio Gioia, el vasco que aplicó la caja pentagonal o brújula a la aguja imantada. ¿Y cómo olvidar a Blasco de Garay, que en 1543 en el puerto de Bar-

La costa vasca entre Bilbao e Irún está puntoada de puertos pesqueros mayores y menores. En sus muelles, como aquí en Guetaria, atracan miles de barcos pesqueros. El laberinto de sus mástiles, cabrias y cordajes es para el fotógrafo un tema siempre agradecido, muchas veces surrealista.

LAS VASCONGADAS

---

y «tentáculos» que corresponde mejor con la realidad anatómica del pulpo. Pero la expresión no es bastante concentrada, necesita la repetición de «jaula». d) «para abrazarle, encerrarle en un abrazo de mil brazos, en una jaula de tentáculos en movimiento». El verbo «abrazar» está glosado por «un abrazo de mil brazos», quizás sean muchos «brazos» para una sola frase... e) «para encerrarlo en una jaula de brazos espectrales, viscosos, siniestros, tentáculos en movimiento». Volvemos a encontrar el famoso grupo de tres adjetivos predilecto de Asturias, subrayando el punto de vista de la víctima (repulsión). Ahora bien, el discurso del narrador expone la actividad del pulpo, el punto de vista de la víctima se expresará en otro lugar. f) «para atraparlo en un abrazo, jaula de brazos, tentáculos en movimiento». La duda entre «abrazar» y «encerrar» parece resuelta con la elección de «atrapar», que designa el proceso mediante el cual el abrazo va a desembocar en el aprisionamiento. Queda sin embargo el efecto pleonástico de la yuxtaposición de «abrazo» y «brazos». g) «para atraparlo en un abrazo espectral, jaula de tentáculos». El pleonasmo ha sido eliminado; pero el adjetivo «espectral» destruye la objetividad del narrador, y falta la noción de movimiento. h) «para atraparlo en un abrazo, jaula de tentáculos en movimiento». Esta es la versión final, todos los elementos están presentes, en una expresión depurada, limpia.

2) La acción de apoderarse.

¿Qué hará el pulpo si consigue encerrar a su víctima en su famosa jaula de tentáculos en movimiento? Examinemos a Asturias batallando con la expresión de la condición y la construcción de la locución verbal «hacer presa». Los propios diccionarios españoles no parecen estar de acuerdo entre sí sobre el particular. ¿Hay que decir «hacer presa + c.o.d.», «hacer presa de» o «hacer presa en»? Asturias vacila entre «de hacer presa de él», donde el primer «de» expresa la condición pero produce un efecto poco armonioso por la proximidad del segundo «de», «al hacer presa de él», que resuelve este problema pero indica una simultaneidad y no una condición, «al hacerlo presa» o «al hacerlo presa suya» si «hacer presa» puede construirse de manera transitiva, «al apresarlo» que no permite el juego semántico entre «hacer presa = asir» y «la presa = la víctima». La solución la proporcionará un desarrollo de la expresión, que tiene el mérito de dar cuenta claramente de la condición: «si lograba hacer presa de aquel nadador extraño», siendo sujeto «jaula». En la versión definitiva, el verbo «lograr» está en plural, siendo sujeto «tentáculos»; los tentáculos, gracias al contenido semántico de «lograr», parecen así adquirir una vida propia, lo que les hace más terribles, sin que sea necesario recurrir a la adjetivación sensacionalista («viscosos, siniestros...») que había sido descartada anteriormente.

3) La muerte por succión. La ósmosis de los contrarios.

Lo que queda claro ya desde las primeras versiones de esta página es que la muerte que le espera a Anti no es una muerte por estrangulación o asfixia (encontramos en cada caso los verbos «estrangular» –a veces ortografiado «extrangular», tal vez por analogia con las X enmarañadas de la cruz del Pulpo– y «asfixiar», en forma negativa), sino por succión de las ventosas del pulpo, lo que demuestra el triunfo del mito sobre la verdad científica, ya que Caillois, en distintos lugares de *La pieuvre...*, precisa que el pulpo ne se alimenta por las ventosas, y *a fortiori* sería totalmente incapaz de matar a un hombre de esta manera. Lo que sí sufre modificaciones es la manera de describir este suplicio atroz. Al filo de las reescrituras sucesivas, el pulpo le aplica a su víctima «el vacío absorbente de sus *voraces*

terribles bocas chupadoras», «el vacío absorbedor de sus terribles ventosas», «por el arte del vacío las ventosas absorbedoras de substancias», «el vacío absorbedor de sus terribles bocas succionantes», «pústulas vivas, ventosas en succión continua», «el vacío de sus terribles bocas chupadoras».

La otra constante de esta serie es el tema de la ósmosis que se produce entre el pulpo y su víctima; como el cristiano al absorber la hostia consagrada se vuelve miembro del cuerpo de Cristo, así el Pulpo-Cristo, al absorber a su víctima, hace de ella su propia sustancia. La referencia religiosa está presente bajo la forma de la frase ritual «por los siglos de los siglos», que se repite en casi todas las versiones sucesivas, hasta la versión final. En otra variante, esta referencia se hacía aun más explícita con la metamorfosis de Anti: «Su escafandra convertida en cagula, su traje de hombre-rana transformado en hábito frayluno». (*Cf.* Caillois, *op. cit.*, p. 216: «Sa tête encapuchonnée, ses yeux démesurés évoquent [...] la cagoule des tortionnaires réputés sadiques d'une mystérieuse Inquisition.») Para marcar la fusión entre el Cristo-Pulpo y su enemigo, Asturias duda entre diversos «pares» de contrarios: «santo y endemoniado», «cordero y verdugo», «víctima y victimario», «mártir y verdugo», a veces precedidos por el artículo definido, otras veces sin artículo, a veces en el orden «1) víctima, 2) verdugo», otras veces en el orden inverso. La elección final es –¡naturalmente!– la de un grupo de tres «pares»: «el perseguidor y el perseguido, el mártir y el verdugo, la víctima y el victimario», en el cual el orden de aparición en el escenario de los elementos es variable (los dos primeros pares forman un quiasmo, los dos siguientes son paralelos), para subrayar el hecho de que, de ahora en adelante, va a resultar imposible distinguirlos uno del otro.

pugnaban por arrancarse del suplicio atroz de los clavos para atraparlo en un abrazo, jaula de tentáculos en movimiento que si lograban hacer presa de aquel nadador extraño, lo asfixiaría, no, lo estrangularía, tampoco, le aplicaría el vacío de sus terribles bocas chupadoras, sus cien y cien ventosas que en succión continua lo absor[b]erían hasta confundirse por los siglos de los siglos el perseguidor y el perseguido, el mártir y el verdugo, la víctima y el victimario, el pulpo crucificado, inven[c]ible y vivo y el guerrero que lo miraba todo *sub specie mortis.*

«Ojo al Cristo», nadaba el guerrero, «ojo al Cristo que es un pulpo».

No estaba solo. En el mar nunca se está solo. Si asomaba al ventanal de la superficie lo acompañaban el grito de los cormoranes, el vuelo lento de los pájaros diablos* y gaviotas y golondrinas que rápidamente iban y venían **de la blanquísima manta que flotaba, niquelada de sol, inquilina de la luz de la luna.**[76]#[77]

---

* «pájaros diablos»: según la definición del Diccionario Ideológico de J.Casares, «ave marina de las palmípedas, que suele hallarse en alta mar rasando la superficie de las aguas, para coger los peces con que se alimenta». Parece evidente que fue el nombre de este pájaro lo que sedujo a Asturias, en la medida en que este nombre permite una comparación con otro pájaro llamado «demonio de las nubes», especie de gavilán que acompañaba tradicionalmente las representaciones del dios maya de la muerte, Ah Puch.

[76] *de la isla flotante, de la blanquísima manta – que formaba una isla flotante, palpitante, como si llevara el corazón de fuera* – como una isla de arena flotante. / La versión elegida es un verdadero poema en prosa, con la aliteración en n-k-l, que evoca el elemento líquido y el centelleo; los primeros esbozos estaban lejos de esta perfección formal. *Cf.* también el Cuaderno 54, f.11: «Los grandes dioses niquelados de sol o inquilinos de la luz de la luna». Se piensa también en el nombre del personaje femenino en *El hombre que tenía todo, todo, todo*: Nickelita.

[77] Y si por el contrario se sumergía, allá mismo encontraba *al pulpo* una zona de grandes tiburones, en perpetuo movimiento *más* otra zona de delfines festivos, saltones

–espaldas de arenales de luna *secados a fuego de sol manso* – ondulaciones de luz mansa

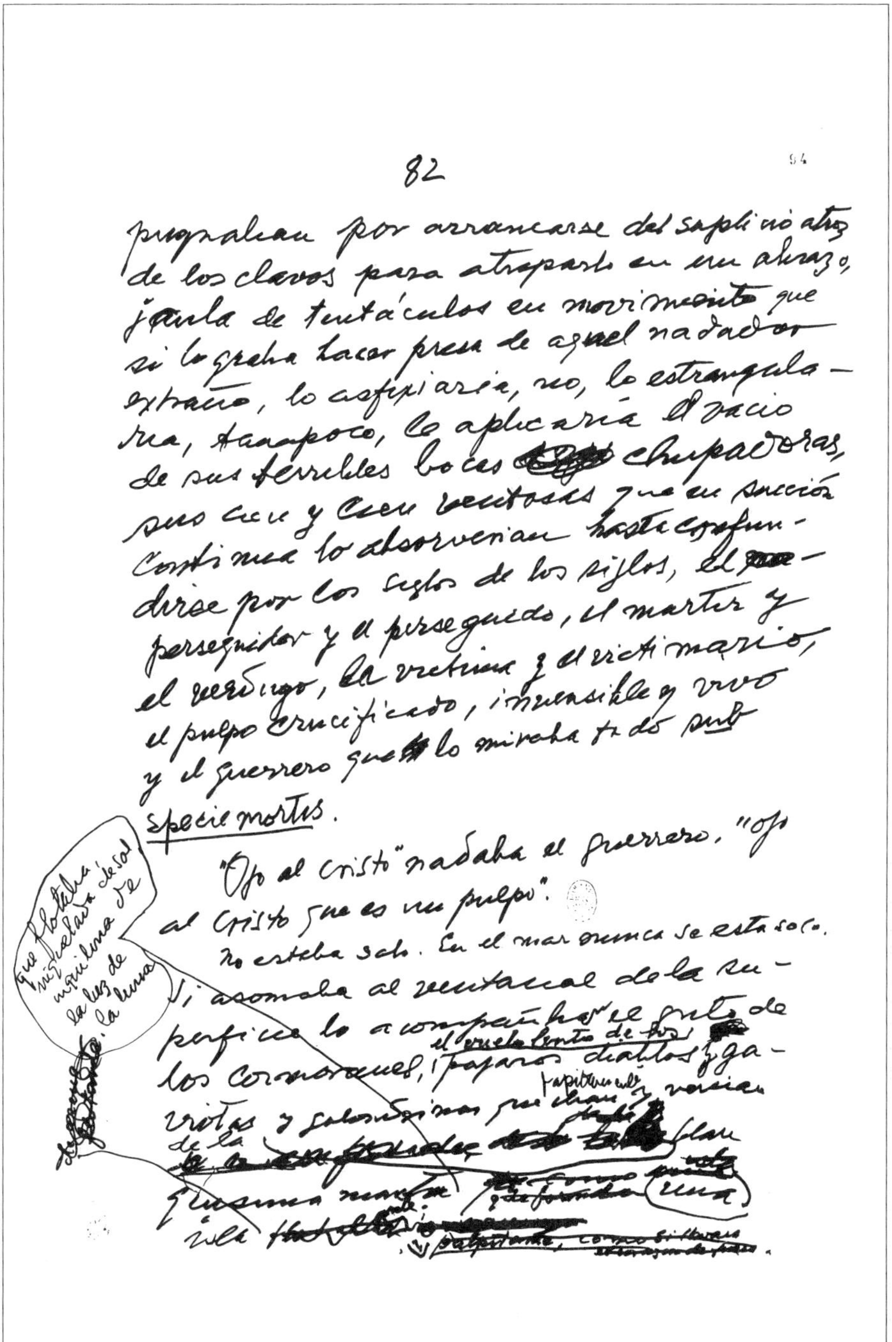
82

94

pugnaban por arrancarse del suplicio atraz
de los clavos para atraparlo en un abrazo,
jaula de tentáculos en movimiento que
si lograba hacer presa de aquel nadador
extraño, lo asfixiaría, no, lo estrangularía, tampoco, lo aplicaría al vacío
de sus terribles bocas chupadoras,
sus cien y cien ventosas que en succión
continua lo absorverían hasta confundirse por los siglos de los siglos, el
perseguidor y el perseguido, el mártir y
el verdugo, la víctima y el victimario,
el pulpo crucificado, insensible y vivo
y el guerrero que lo miraba todo sub
specie mortis.

"Ojo al Cristo" nadaba el guerrero. "Ojo
al Cristo que es un pulpo".

No estaba solo. En el mar nunca se está solo.
Si asomaba al ventanal de la superficie lo acompañaba el vuelo lento de
los cormoranes, pájaros diablos y gaviotas y golondrinas que chapoteando y rasaban
de la [illegible]
planeamos [illegible] como una
isla [illegible] como si llevara

que flotaba iluminada de sol
o iluminada de la luz de la luna

Y si por el contrario **se sumergía, millares de peces le acompañaban con**[78] sus ojos redondos, **espejeantes,**[79] sus bocas hendidas, sus dientecitos, sus bigotes rosados, la plata luminosa de sus escamas, **y en zona más profunda, lo enloquecía el agitarse de las aguas entre salvas de tiburones atirabuzonándose y desatirabuzonándose, en un girar, girar y girar sobre ellos mismos.**[80] La isla o[s]cilaba como un navío **blanco,**[81] seguida de una procesión de delfines que **desalojaban a los tiburones feroces adarvados por sus griticos silabeantes,**[82] entre los estornudos de los esturiones, el pase y maneje de los espadones (Anti recordaba al encuentro de los peces espadas **su condición de guerrero). El palabreo**[83] **de los delfines histéricos al acercarse a la isla (¿sabrían por el olor**[84] que era Animanta?)

[78] apenas se sumergía – *le resbalaban por encima, por debajo, a los costados, peces de todas formas, colores y tamaños, el el [olvido] líquido* le recibían millares de peces. / Esta variante y la precedente presentan una serie de ejercicios de estilo para describir la vida animada de los fondos submarinos; después de los pájaros que dan vida a la superficie del mar, ¿qué encontraremos en los abismos? La primera versión propone una solución muy sencilla: «el pulpo», inmediatamente descartada en provecho de una nomenclatura más compleja, «una zona de grandes tiburones, en perpetuo movimiento *más* otra zona de delfines festivos, saltones». Sin embargo, la dicotomía «tiburones = peligro» / «delfines = alegría de vivir» parece traducir un maniqueismo del mundo submarino que no le satisface plenamente a Asturias. Los tiburones y delfines serán recuperados, pero de forma mucho más elaborada. Las líneas que siguen (var. 77) forman una especie de poema en prosa: «espaldas de arenales de luna *secados a fuego de sol manso* – ondulaciones de luz mansa», que podría ser una posible alternativa a «la blanquísima manta que flotaba, niquelada de sol, inquilina de la luz de la luna». La var. 78 recoge otra vez la descripción de la vida en el fondo de los mares: «le resbalaban por encima, por debajo, a los costados, peces de todas formas, colores y tamaños...», «le recibían millares de peces». La versión definitiva delimita tres espacios: entre dos aguas, el dominio de los peces de todo tipo («millares de peces le acompañaban con sus ojos redondos, espejeantes, sus bocas hendidas, sus dientecitos, sus bigotes rosados, la plata luminosa de sus escamas»), mucho más detallado que en las versiones precedentes; más hondo, el corro amenazador de los tiburones («y en zona más profunda lo enloquecía el agitarse de las aguas entre salvas de tiburones atirabuzonándose y desatirabuzonán-dose, en un girar, girar y girar sobre ellos mismos.»); y por fin, en la superficie, el espacio de los delfines formando esta vez un cortejo alrededor de la isla-manta. Este es otro ejemplo de la predilección de Asturias por los ritmos ternarios, que se trate de un grupo restringido de palabras o de un conjunto más amplio.

[79] dorados / «Dorados» sólo daba cuenta del color; «espejeantes» sustituye el color por el centelleo y la posibilidad de reflejar una imagen.

[80] *teológicos, mitológicos, zodiacales – del zodíaco a la teología, de la teología a la mitología* y en zona más profunda, el maremoto de los tiburones y su perpetuo atirabuzonar girando sobre ellos mismos / Amén de la desaparición del carácter teológico y mitológico de los peces, que ya se había explotado en otras ocasiones, se nota una búsqueda sobre el inquietante «ballet» de los tiburones; la imagen del «maremoto» (catástrofe natural) se abandona en provecho de las «salvas», más belicosas, y «su perpetuo atirabuzonar girando» se desarrolla, en un «trabalenguas» que les confiere un aspecto lúdico y por la triple repetición de «girar» que evoca en efecto un ballet.

[81] en [ilg.], con forma de hoja del [ilg.]

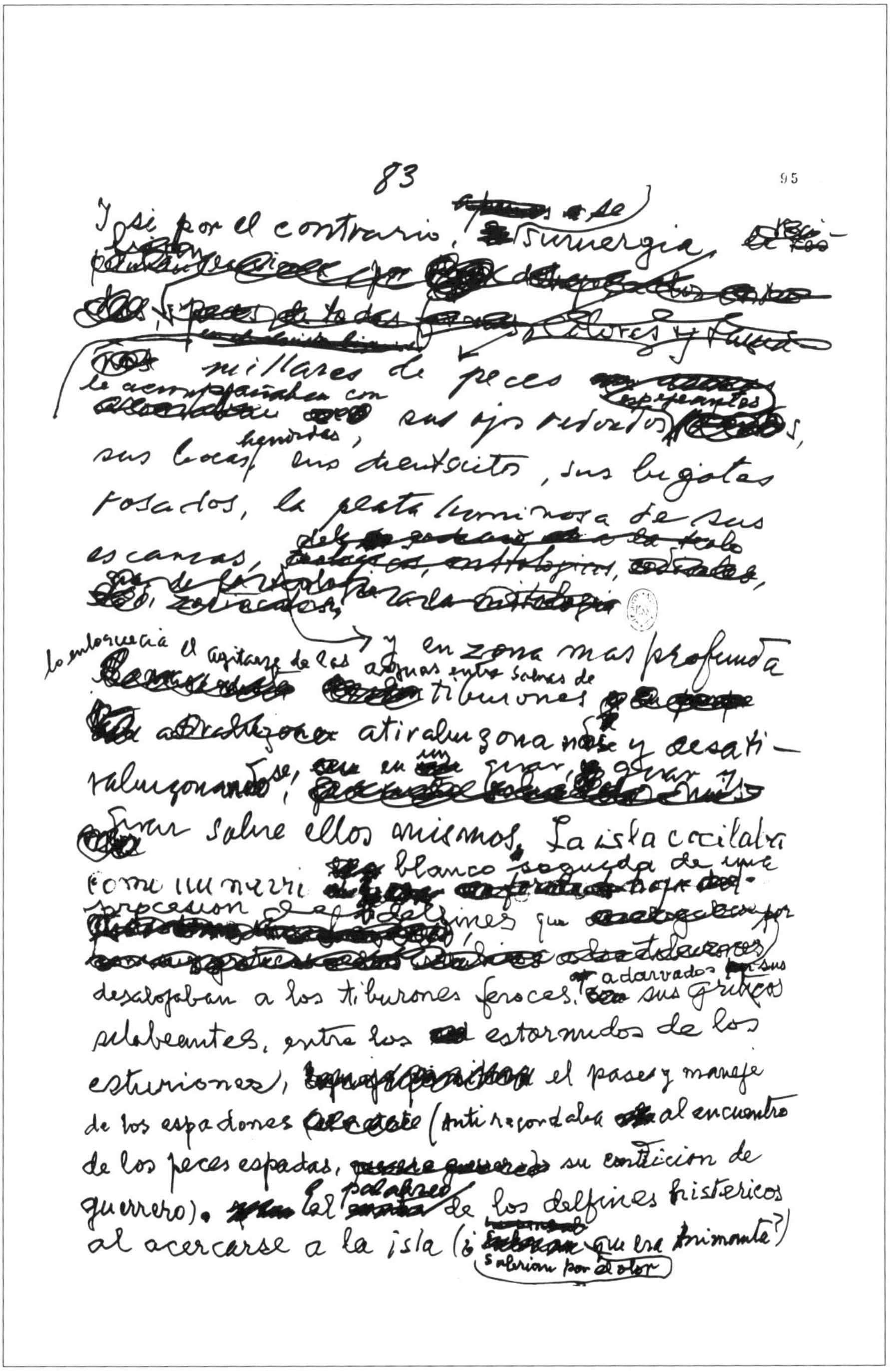
83
95
Y si por el contrario, se sumergía,
millares de peces espejeantes
le acompañaban con sus ojos redondos,
sus bocas hendidas, sus dientecitos, sus bigotes
rosados, la plata luminosa de sus
escamas,
y en zona más profunda
lo enloquecía el agitarse de las aletas entre saltos de
tiburones
atirabuzonándose y desatirabuzonándose, en un girar y girar y
girar sobre ellos mismos. La isla oscilaba
como un mármol blanco seguida de una
procesión de delfines que
desalojaban a los tiburones feroces con sus adarvados sus grifos
silabeantes, entre los estornudos de los
esturiones, el pase y manejo
de los espadones (Anti recordaba al encuentro
de los peces espadas su condición de
guerrero). El palafreo de los delfines histéricos
al acercarse a la isla (¿sabrían por el olor que era Antimonte?)

(él se acercaba también, todo su olfato convertido en adoración), **el silbido**[85] de los delfines lúbricos alrededor de la indefensa manta, le obliga a **intervenir**[86] con la única arma de que disponía: la palabra. Y habló:

–¡Oraculares! ¡Homéricos! ¡Apolíneos!...* –los Delfines al oir voz humana se detuvieron– esta que manta véis, miradla esposa del que por mano de un subalterno le dio muerte, su verdadero nombre, Animanta. Pero, Delfines, os pertenece –el mar apagaba su voz– es más vuestra que mía, arcángeles **del más allá**[87], que lloráis con lágrimas con ojos, para veros llorar, es más vuestra que mía, **entregada**[88] a los muertos, en catedrales de hielo, a los cristos agónicos, esculpidos en maderas amargas, toda la vida del hombre helándose en un Dios sin voluntad #[89]. No es una isla, es una manta que acarrea **cadáveres**[90], los que mi buen gobierno arroja al mar, **cristos y polvos de la Cruz del Sur.**[91]

Su voz, hablaba con la cabeza fuera del agua, defendiendo la boca de las olas, perseguida a saltos #[92]

---

82 *desalojaban con sus griticos silábicos a los tiburones* desalojaban a los tiburones feroces con sus griticos silabeantes / Se nota la creación del adjetivo «silabeantes», a partir de «silábicos», y por asociación con «sibilantes».

Var. 82 bis: añadido de una imagen guerrera.

83 que era guerrero, y era el canto / (La supresión de la relativa aligera la frase).

84 *sabían* husmeab[an] / La transformación de la afirmación en interrogación subraya la admiración por las asombradoras capacidades intuitivas de los delfines.

85 el palabreo

86 un [ilg.]

* Esta triple invocación a los delfines les sitúa en el contexto muy preciso de la Grecia antigua: «oraculares» puesto que los delfines «hablan» y sirven de mensajeros o intermediarios entre los dioses y los hombres (más tarde, los primeros cristianos harán de ellos el símbolo de la migración de las almas hacia el Más Allá); «homéricos» porque están presentes en el himno homérico a Dionisos, en el que precisamente Dionisos les encarga la misión de traer a la orilla el cadáver de Melicertes, ahogado con su madre, Ino, a quien Dionisos transforma en diosa marina bajo el nombre de Leucothea («la diosa blanca», del mismo modo que Animanta se reencarna en «blanca manta»); «apolíneos» por fin ya que «Delphinios» es uno de los nombres de Apolo, que puede a veces tomar la apariencia de un delfín. Sobre la imagen mitológica del delfín así como sobre sus costumbres reales o imaginarias, véase Stenuit, Robert: *Dauphin, mon cousin*, París, Dargaud (Le Livre de Poche), 1972.

87 de la muerte / Se sustituye por la connotación negativa de «muerte» la connotación positiva de «más allá», más en armonía con el sustantivo «arcángeles».

88 porque se [ilg.]

89 para luchar contra la muerte. / La supresión confiere un valor absoluto a la expresión «sin voluntad», con el fin de desprestigiar más a ese Dios rival de Anti.

90 polvo de eclipses

91 polvo de eclipses; cruces pontificales, cruces de malta, cruces del santo Sepulcro, cruces de Santiago y polvo de la cruz del sur. / Añadido de un elemento realista («cadáveres») y supresión de la enumeración de cruces terrestres para conservar sólo la cruz cósmica («Cruz del Sur»).

92 [fuera]

84 96

(él se rascaba también, todo su olfato convertido en adoración), el subido de los Delfines lúbricos, alrededor de la indefensa manta, le obliga a intervenir con la única arma de que disponía: la palabra. Y habló:

—¡Oraculares! ¡Homéricos! ¡Apolíneos!... —los Delfines al oír voz humana se detuvieron—, esta que manta veis, mirad la esposa del que por mano de un subalterno le dio muerte; su verdadero nombre, Aviramanta. Pero, Delfines, os pertenece —el mar apagaba su voz— es más vuestra que mía, arcángeles del más allá, que lloráis con lágrimas con ojos, para veros llorar, es más vuestra que mía, entregada a los muertos, en catedrales de hielo, a los Cristos agónicos, esculpidos en maderas amargas, toda la vida del hombre helanictosa en un Dios sin voluntad. No es una isla, es una manta que acarrea cadáveres, los que mi buen gobierno arroja al mar, cristos y polvo de la Cruz del Sur.

Su voz, hablaba con la cabeza fuera del agua, defendiendo la boca de las olas, perseguida a saltos

por los delfines que volaban tras ella #[93], no subía ni bajaba el diapasón, #[94] cortada por silencios que hacían esperar #[95] lo inesperado, la revelación, que no hizo, del pulpo crucificado bajo **la isla**.

–¡**Daimon! –se oyó la voz de Animanta**[96] que lo llamaba **desde la fiesta voluptuosa**[97] de los delfines que saltaban fuera del agua, **húmedos, candentes, celestes**[98] –¡Daimon! ¡Daimon!

Ya no la oyó. #[99]

–¡Daimon! –la voz, su voz, ya no lo alcanzó.

–¡Daimon! –gritaba Animanta– ¡Daimon!

---

93 fuera del agua

94 era una voz

95 todo

96 *la isla... «Ah, ingrata!...» su voz sonaba, saltaban los delfines... ¡Animanta! – la isla. Daimon oyó la voz de ella que le llamaba* – Animanta, que es la isla. / Supresión del reproche que profería Anti al encuentro de Animanta («Ah, ingrata!») –puesto que Anti no tiene nada que reprocharle a Animanta, antes tendría que pedirle perdón; se nota también la supresión de «Daimon» utilizado como sujeto, en boca del narrador– en efecto, el empleo de este nombre está reservado a Animanta.

97 [ilg.] desde los círculos cristalinos / Introducción de la noción de voluptuosidad, asociada a los delfines, en otro sitio calificados de «lúbricos», en razón probablemente de su aspecto lustroso, empleándose el adjetivo pues en su sentido etimológico primero. Sobre la «lubricidad» de los delfines, véase también Stenuit, Robert, *op. cit.*, en el cap. VIII, titulado «L'intellectuel de la mer», donde se encuentra un desarrollo sobre los juegos del amor entre los delfines y sus refinamientos.

98 *juguetones, silbosos* juguetones, silbantes, con cuerpos celestes. / (La modificación obedece esencialmente a razones rítmicas: tres adjetivos trisilábicos, ¡no se puede soñar con un ejemplo más perfecto de ritmo ternario!).

99 El placer de oírla cuando se iba, el gozo de [ilg.] lo nombrara / Supresión de las nociones de «placer» y «gozo»; Anti está en una situación peligrosa, que no le deja tiempo ni espacio para el placer.

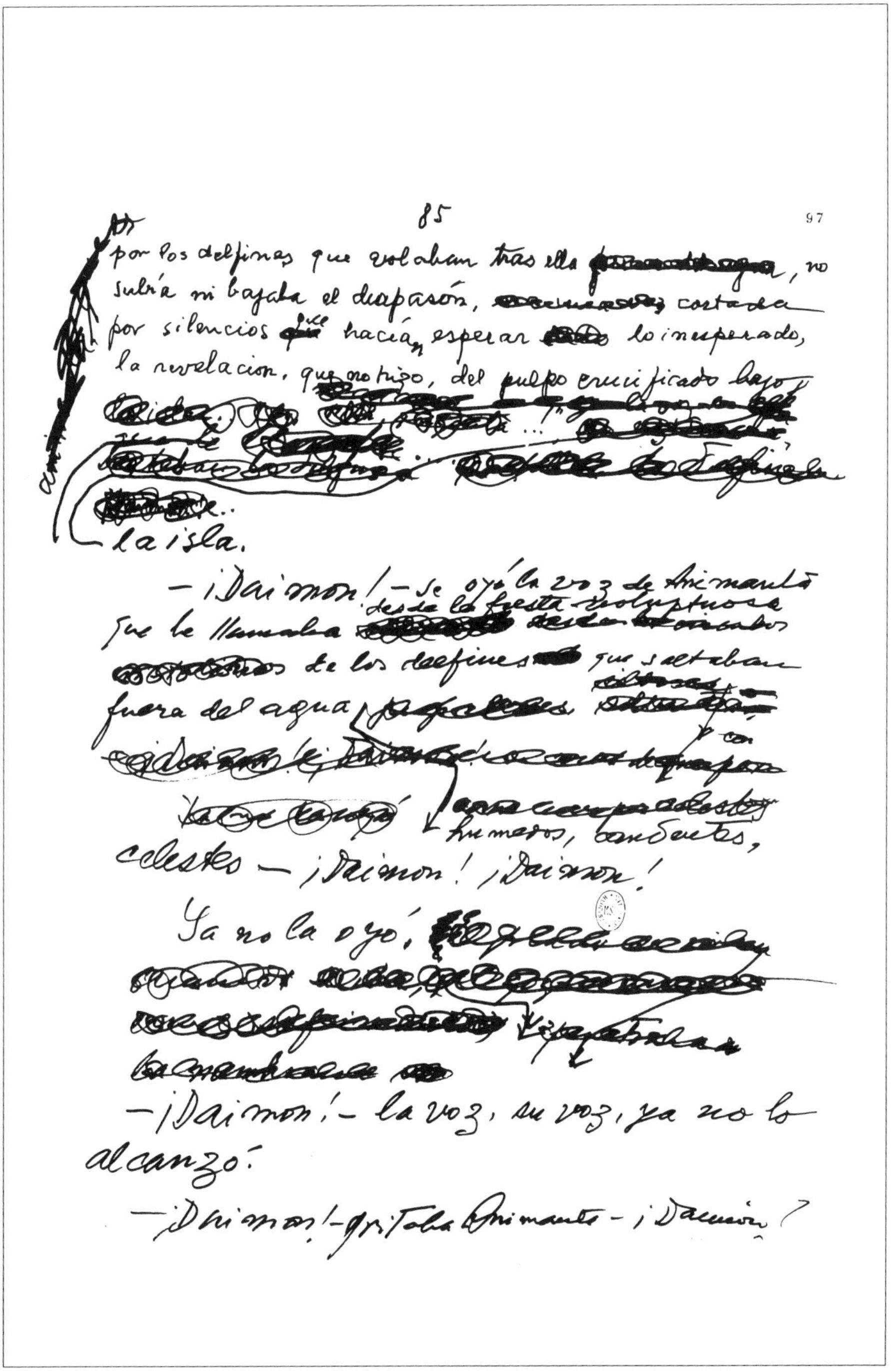

85

97

por los delfines que volaban tras ella, no subía ni bajaba el diapasón, cortada por silencios que hacían esperar lo inesperado, la revelación, que no trajo, del pulpo crucificado bajo

la isla.

—¡Daimon! —se oyó la voz de Arimanto desde la fiesta voluptuosa que le llamaba de los delfines que saltaban fuera del agua y con

humos, cantantes,

celestes —¡Daimon! ¡Daimon!

Ya no la oyó,

—¡Daimon! —la voz, su voz, ya no lo alcanzó.

—¡Daimon! —gritaba Arimanto— ¡Daimon!

[Una *ola* masa de brazos líquidos, espumosos, de olas en lugar de manos *lo arrastró, el pulpo crucificado tenía tentáculos [ilg.] que se apoderaron de él – lo arrastró hacia el pulpo crucificado* se apoderó de él y lo arrastró, a pesar de la velocidad de sus movimientos *y el uso de un bastón que (descargaba) lanzaba sobre el atacante descargas mortíferas. El pulpo con tentáculos [ilg.] pestíferas. El pulpo-Cristo de las siete pestes.* para escapar y de su lucha contra tantos brazos, tantas manos, tantos dedos como había en cada ola, lo arrastró hacia el pulpo crucificado.

Cada ola lo golpeaba más fuerte y más fuerte, pero no lo anonadaba porque el pavor del monstruo lo mantenía *des* trágicamente lúcido en aquellos que eran sus últimos momentos. El pulpo se debatía a su vez agónico por soltar sus tentáculos de los clavos.

–pegado, adherido a las olas que lo traían *y golpeado por* en vilo, sin dejar de golpearlo.

–*Golp...* adherido a las olas que lo traían en vilo, sin dejar de golpearlo.

-86- 98

líquidos / de olas en lugar de manos

masa de

Una ola de brazos/espumosos

se apoderó de él y

crucificado

a pesar de la velocidad de sus movimientos para escapar y de su lucha contra tanto brazo

tantas manos, tantos dedos

como hubo en cada ola, lo arrastró

hacia el pulpo crucificado

pegado adherido a las olas que lo traían en vilo, sin dejar de golpearlo

cada ola lo golpeaba más fuerte y más fuerte, pero no lo anonadaba, porque el pavor del monstruo lo mantenía trágicamente lúcido en aquellos que eran sus últimos momentos.

adherido a las olas que lo traían en vilo, sin dejar de golpearlo

El pulpo se debatía en su agonía

–No tenía faz. Un Cristo sin faz. Sólo ojos. Ojos esféricos *que [ilg.]* Tal vez la frente. Un pedazo de nariz. Y el horrible pico de pájaro. *La luz [ilg.] hacía – El pico le buscaba los ojos para (así lo advertía Anti, el Guerrero)* El pico con golpear telegráfico *le picaba* le buscaba los ojos (así lo sintió Anti, el Guerrero) para dejarlo ciego a merced de sus ventosas.

Una masa de brazos líquidos, *espumosas manos – espumosos –* olas con movimientos de manos *espumosas* se apoderó de él, no obstante la velocidad de sus movimientos.

Una masa de espumosas manos, brazos líquidos

Una masa *líquida* de brazos espumosos y olas con movimientos de manos, se apoderó de él, no obstante la velocidad de sus movimientos *para escapar* y lo arrastró hacia el pulpo crucificado a todo lo que *cada ola* las olas daban como manos que lo golpeaban, más y más fuerte, sin anonadarlo, *naufrago que s...* porque el pavor del monstruo hacia donde lo llevaban lo mantenía trágicamente lúcido detrás de la escafandra *de buzo que.* Pero comprendió que eran sus últimos momentos.][100]

---

[100] Se trata de expresar que la masa de las olas es semejante a una masa de brazos (como los brazos del pulpo), y que su movimiento es comparable al de innumerables manos. Esto es el desarrollo de una imagen que había sido descartada (*cf.* fin de la var. 76 a: «Una ola de brazos espumosos lo estrelló contra el pulpo»). Veamos cómo se opera este desarrollo: a) «Una *ola* masa de brazos líquidos, espumosos, de olas en lugar de manos»; b) «Una masa de brazos líquidos, *espumosas manos,* olas con movimiento de manos *espumosas*»; c) «Una masa líquida de brazos espumosos y olas con movimientos de manos»; d) «Una masa de brazos espumosos y olas con movimientos de manos». Ya desde la primera versión, el singular «ola» es reemplazado por «masa» mientras que «olas», en plural, está puesto en aposición, ya que son las olas las que entran en la composición de la masa líquida del mar en movimiento. La posición de los adjetivos «líquido» y «espumoso» cambia de une versión para otra, así como el sustantivo que califican: ora la masa, ora los brazoss, ora las manos. En la versión final, el adjetivo «líquida» está evacuado (sabemos que estamos en el elemento líquido, es inútil recordarlo), mientras que «espumosos» concuerda con «brazos», como en un eco a la viscosidad muchas veces evocada de los brazos del pulpo. La equivalencia «olas = manos» se explicita mediante la introducción de «con movimientos de»: es por su movimiento por lo que las olas son comparables a unas manos. Por fin la transformación de la aposición («brazos..., olas...») en proposición coordenada («brazos... y olas...») se justifica por razones de lógica elemental: los brazos y las manos no tienen la misma función.

Señalemos para terminar algunas supresiones interesantes. En la var. 100 a desaparece la proposición «y el uso de un bastón que lanzaba sobre el atacante descargas mortíferas»: parece evidente que Anti tiene que estar desarmado para que el combate cobre su dimensión patética. Desaparece también la expresión «El pulpo-Cristo de las siete pestes», que habría remitido al Antiguo Testamento, por aludir a las siete llagas de Egipto, mientras que estamos a todas luces en una especie de Nuevo Testamento apócrifo, un nuevo Evangelio según Miguel-Angel, en el cual la Pasión de Cristo se desarrolla a veinte mil leguas bajo los mares...

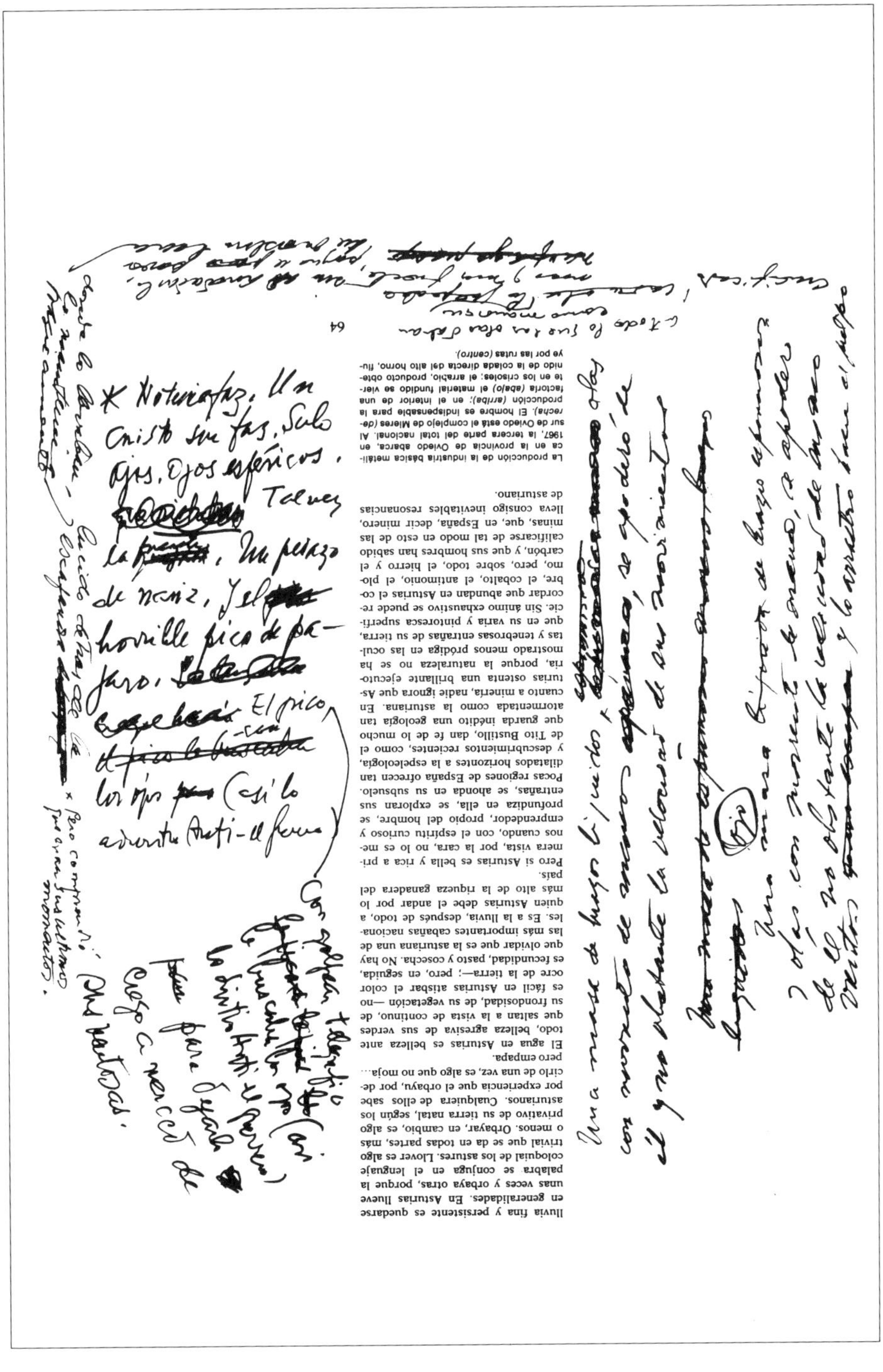

lluvia fina y persistente es quedarse en generalidades. En Asturias llueve unas veces y orbaya otras, porque la palabra se conjuga en el lenguaje coloquial de los astures. Llover es algo trivial que se da en todas partes, más o menos. Orbayar, en cambio, es algo privativo de su tierra natal, según los asturianos. Cualquiera de ellos sabe por experiencia que el orbayu, por decirlo de una vez, es algo que no moja... pero empapa.

El agua en Asturias es belleza ante todo, belleza agresiva de sus verdes que saltan a la vista de continuo, de su frondosidad, de su vegetación —no es fácil en Asturias atisbar el color ocre de la tierra—; pero, en seguida, es fecundidad, pasto y cosecha. No hay que olvidar que es la asturiana una de las más importantes cabañas nacionales. Es a la lluvia, después de todo, a quien Asturias debe el andar por lo más alto de la riqueza ganadera del país.

Pero si Asturias es bella y rica a primera vista, por la cara, no lo es menos cuando, con el espíritu curioso y emprendedor, propio del hombre, se profundiza en ella, se exploran sus entrañas, se ahonda en su subsuelo. Pocas regiones de España ofrecen tan dilatados horizontes a la espeleología, y descubrimientos recientes, como el de Tito Bustillo, dan fe de lo mucho que guarda inédito una geología tan atormentada como la asturiana. En cuanto a minería, nadie ignora que Asturias ostenta una brillante ejecutoria, porque la naturaleza no se ha mostrado menos pródiga en las ocultas y tenebrosas entrañas de su tierra, que en su varia y pintoresca superficie. Sin ánimo exhaustivo se puede recordar que abundan en Asturias el cobre, el cobalto, el antimonio, el plomo, pero, sobre todo, el hierro y el carbón, y que sus hombres han sabido calificarse de tal modo en esto de las minas, que, en España, decir minero, lleva consigo inevitables resonancias de asturiano.

La producción de la industria básica metálica en la provincia de Oviedo abarca, en 1967, la tercera parte del total nacional. Al sur de Oviedo está el complejo de Mieres *(derecha)*. El hombre es indispensable para la producción *(arriba)*; en el interior de una factoría *(abajo)* el material fundido se vierte en los crisoles; el arrabio, producto obtenido de la colada directa del alto horno, fluye por las rutas *(centro)*.

64

Una masa de brazos espumosos y olas con movimientos de manos se apoderó de él no obstante la velocidad a que se deslizaba y lo arrastró hacia el pulpo crucificado a todo lo que **daban las olas,**[101] manos que le golpeaban más y más fuerte, sin anonadarlo, porque el pavor del monstruo lo mantenía trágicamente lúcido #[102] en aquellos que eran sus últimos momentos, detrás del cristal irrompible de la escafandra. El pulpo se debatía, a su vez agónico, descarnado, espectral, lívido, balanceándose de un lado a otro, **para tirar con la fuerza de su peso y su voluntad de los clavos que mantenían sus tentáculos asidos a las cruces en que estaba tantas veces crucificado como brazos tenía. Un Cristo sin faz.**[103] Sólo ojos. Ojos esféricos. Un pedazo de nariz. **Y el horrible pico de pájaro con movimientos de cabeza de tortuga, que se lanzaba contra el cristal de la escafandra,**[104] para dejarlo ciego **y ya ciego aplicarle sus dobles, sus triples filas de ventosas y**[105] **poderle beber toda la sombra que encierra el cuerpo de un hombre sin ojos,**[106] sombra que el pulpo crucificado **convertiría**[107] en tinta **de tiniebla.**[108]

---

101 las olas daban como

102 detrás del cristal de la escafandra

Var. 102 y 102 bis: los añadidos aumentan la tensión dramática.

103 para soltar sus tentáculos clavados en la cruz. No tenía faz.

104 El pico con golpetear telegráfico *el pico de* le buscaba los ojos (así lo advirtió Anti, el guerrero)

105 mientras le aplicaba las ventosas para

106 *que su cuerpo de hombre encerraba* que el cuerpo de un ciego esconde como

107 convierte / La elección del condicional (futuro en el pasado) se justifica, pues no se trata de describir un comportamiento habitual del pulpo («convierte»), sino de predecir el fin atroz que le espera al nadador.

108 de calamar.

Var. 104, 105, 106, 106 bis y 108: se trata de un desarrollo de tipo «tremendista; así el paso de «el pico» a «el horrible pico de pájaro», de «un ciego» a «un hombre sin ojos» o de «tinta de calamar» a «tinta de tiniebla». Todos los medios se usan para dramatizar la situación.

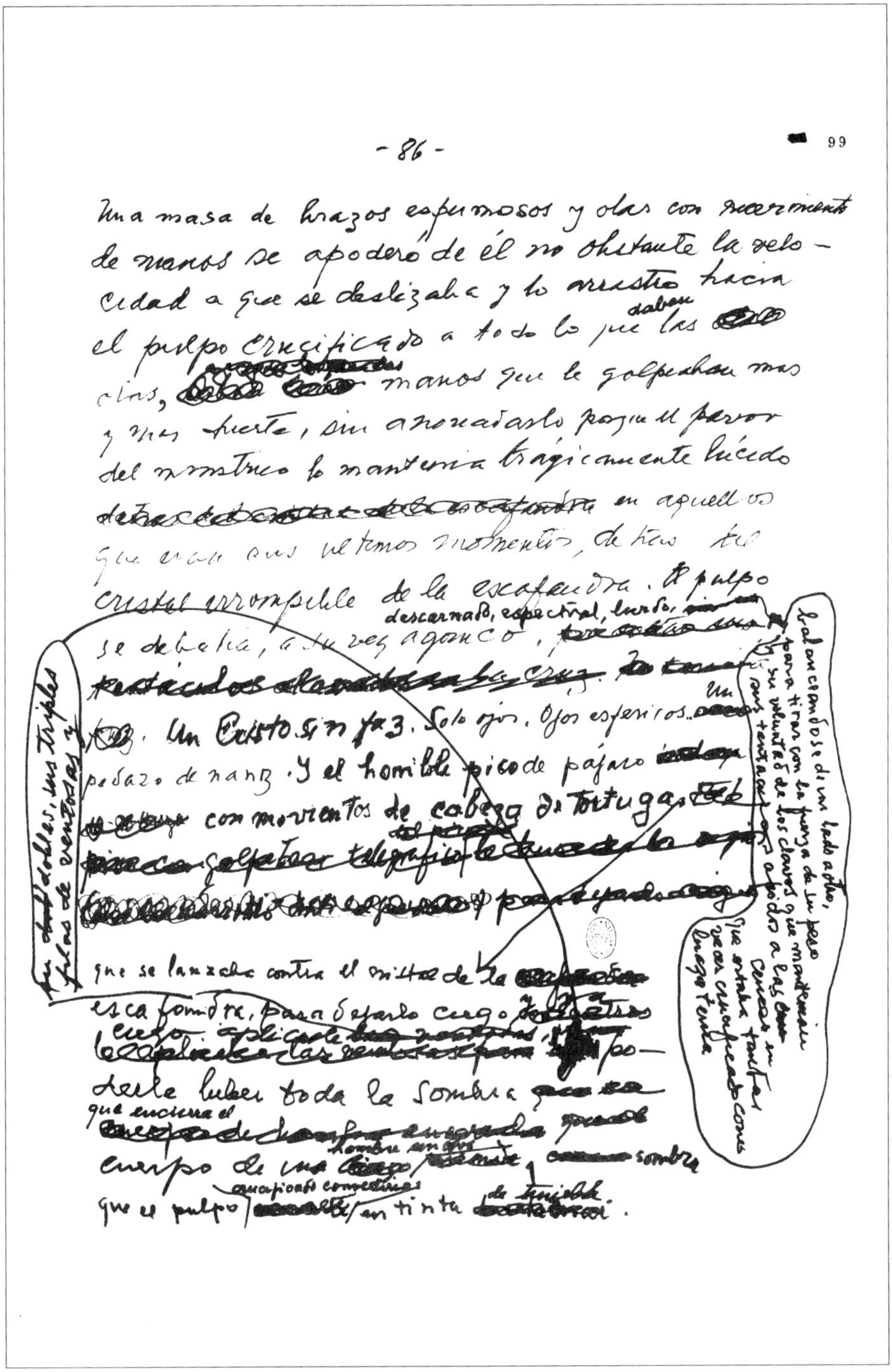

- 86 -

99

Una masa de brazos espumosos y olas con movimiento
de manos se apoderó de él no obstante la velocidad a que se deslizaba y lo arrastró hacia
el pulpo crucificado a todo lo que las daban
olas, [illegible] manos que le golpeaban mas
y mas fuerte, sin anonadarlo porque el pavor
del monstruo lo mantenía trágicamente lúcido
[illegible] en aquellos
que eran sus ultimos momentos, detrás del
cristal irrompible de la escafandra. El pulpo
descarnado, espectral, lívido,
se debatía, a su vez agonico, [illegible]
[illegible] cruz.
Un
[illegible]. Un Cristo sin faz. Solo ojos. Ojos esfericos.
pedazo de nariz. Y el horrible pico de pájaro
con movimientos de cabeza de tortuga,
[illegible]
que se lanzaba contra el cristal de la
escafandra, para dejarlo ciego
ciego. aplicarle
[illegible] po-
derle beber toda la sombra
que encierra el
cuerpo de un hombre ciego,
sombra
que el pulpo encapsulado convertirá en tinta de [illegible].

Por [illegible] dobles, sus triples filas de ventosas y

balanceándose de un lado a otro, para tirar con la fuerza de su peso de las voluntades de los clavos que mantenían sus tentáculos fijados a las cuerdas Cercos en que estaba fuertemente crucificado como Un enfermo

En el mar no hay instantes, todo es eterno o al revés, no hay nada eterno, todo es instante, desgranarse de instantes, de párpados de agua, millones y millones de ojos que parpadean.

Las llagas **del gigantesco Cristo que semejaba una araña crucificada,**[109] se movían como respiraderos **de los que manaba sangre de colores.**[110] Cristo de llagas **de sangre azul-verdosa,**[111] llagas verdes, llagas bermejas, cárdenas, **o bien anaranjadas**[112], violetas. Cristo **bañado en**[113] sangre de arco-iris #[114]

Cada uno de sus **brazos**[115] hubiera querido soltarse, **arrebatarle de las olas y traerlo, rígido**[116] como estaba, #[117] paralizado por el espanto, hasta **su boca de pico de ave, o para darle el beso del veneno inmortal.**[118] Se quedaría convertido en un pescado-hombre en el mar.

Pero qué necesidad tenía de sus clavados tentáculos color rojo ladrillo, por momentos, escarlata, bermejos y **color fuego**[119] por instantes, si el mar, con sus millones de brazos **implacables**[120], lo llevaba, convertido en un muñeco de algas, a **entregarlo**[121] al hambre, a la sed, a la

---

109 *del cristo – del pulpo –* de la gigantesca araña que [ilg.] tenía a distancia de sus brazos que / La solución elegida combina los tres elementos entre los cuales dudaba Asturias: «cristo», «pulpo» y «araña».

110 *encendidos y apagados los colores como si [ilg.] alguién que al desangrarse* encendían y apagaban los colores con que se bañaba. / (La expresión final, condensada, cobra más fuerza).

111 azules,

112 de llagas de / (Estas dos modificaciones completan y precisan la descripción del arcoiris). *Cf.* la muerte del camaleón en *Clarivigilia primaveral*: «¡Ay! su sangre de arcoiris, / el azogue de su sangre de espejo tornasol...».

113 de

114 Si hubiera podido desprender de la cruz uno solo de sus brazos, *si así clavado como estaba* contemplándolo clavado, Anti el guerrero se sentía definitivamente perdido / (Supresión de una hipótesis que habría quebrado la tensión dramática.)

115 tentáculos / *Cf.* cap. III, var. 42.

116 *y traerlo, paralizado* arrebatarlo de las olas del mar y traerlo

117 ya

Var. 116, 117 y 117 bis: se trata de obtener un ritmo más entrecortado, en armonía con los esfuerzos desesperados del pulpo.

118 *el pico* la boca en forma de pico de ave del inmenso Cristo para que le inyectara su veneno *paralizante* mortal / Añadido del «beso» (¿beso de amor o beso de Judas?) e introducción de una paradoja, «el veneno inmortal», inmediatamente explicitada por la var. 119 bis: la forma de inmortalidad que propone el Cristo-pulpo es, de hecho, una reencarnación marina (*cf.* el destino de Animanta).

119 [ilg.]

120 de cristal / (La modificación acrecienta la tensión dramática).

121 entregárselo

87 100

En el mar no hay instantes, todo es eterno o al revés, no hay nada eterno, todo es instante, desgranarse de instantes, de parpadeos de agua, millones y millones de ojos que parpadean. Cristo que semejaba una

Las llagas del [illegible] gigantesca araña crucifi-

Cada, se movían como respiraderos,

de los que manaba

de sangre azul-verdoso,

sangre de colores. Cristo de llagas

llagas verdes, llagas bermejas, cárdenas,

o bien anaranjadas, violetas.

Cristo bañado en sangre de arco-

iris.

Si hubiera podido desprender de la cruz uno solo de

contemplándolo clavado

esos brazos, si [illegible] Ante el

brazos

Cada uno de sus [illegible] hubiera querido sol-

tarse

paralizado

como estaba, por el espanto, hasta

la boca [illegible]

con dientecillos de espinas,

para darle el beso

arrebatarlo de las olas y traerlo, rígido

del veneno [illegible] inmortal. Se quedaría convertido en un pescado hombre en el mar.

Pero qué necesidad tenía de sus clavados

escarlata, tentáculos color rojo ladrillo, por momentos, bermejos y color fuego, por instantes, si el mar, con sus millones de brazos implacables, lo lleva, convertido en un muñeco de algas, a entregarlo al hambre, a la sed, a la

voracidad de sus llagas.

–«¡En tus llagas escóndeme!...» –**oyó**[122] Anti, el guerrero, una de sus oraciones de niño– escóndeme, Jesús mío, en **la llaga**[123] de tu costado, #[124] en las llagas de tus pies, #[125] en las llagas de tus manos #[126]...

La agitación de sus tentáculos #[127] traqueteaba la cruz alta con sus múltiples brazos, como el mástil de un barco en la tempestad, todo por arrancarse de los clavos, **mientras fijaba redondos ojos humanos**[128] en la presa que le entregaba el mar, entre estrellas marinas y pescados redondos, como lunas **acuáticas**[129], corales, gorgonas, [s]argazos.

Una diadema luminosa le daba más apariencia de Cristo, una verdadera diadema de piedras preciosas que repartían un halo lumin[e]scente en el agua que ya en lo profundo se agitaba. **¡Ah, piel azul! ¡Mar de piel de cielo!**[130]

–¡Escóndeme! ¡En tus llagas escóndeme!

No, no se dejaría envolver, la calma era profunda, el **pulpo cristo**[131] se inflaba y desinflaba, grotescamente,

---

122 [ilg.]

123 las llagas

124 y

125 escóndeme

126 escóndeme... / (La puesta en factor común del verbo al principio de la enumeración aligera el conjunto de la frase, pero se pierde el carácter iterativo de la letanía).

127 , sus ventosas abiertas, / La mención de las ventosas se descarta, ya que lo que cuenta aquí es el movimiento frenético de los tentáculos.

128 sus redondos ojos fijos clavados / Corrección de una construcción «coja». Además el añadido de «humanos» para calificar los ojos del Pulpo es tanto una alusión a su doble naturaleza como a las descripciones de Caillois.

Var. 128 bis: la comparación se explicita, para que no confundamos «lunas acuáticas» con uno de los elementos de la enumeración.

129 [aquosas]

130 Anti, el guerrero, renunci[ó] / Esta exclamación poética sustituye a la renuncia de Anti; aún no le ha llegado el momento de renunciar.

131 crucifi[cado] / *Cf.* cap. III, var. 39.

101

88

voracidad de sus llagas.

—¡En tus llagas escóndeme…" — oyó Ante, el gruesecito, una de sus oraciones de niño — escóndeme, Jesús mío, en [redacted] la llaga de tu costado, y en las llagas de tus pies, [redacted], en las llagas de tus manos… [redacted]

La agitación de sus ~~tentáculos~~ tentáculos, zarandeaba la cruz alta con sus multiplicados brazos, como el mástil de un barco en la tempestad, todo por arrancarse de los clavos, mientras fijaba [redacted] sus [redacted] redondos ojos humanos [redacted] en la presa que le entregaba el mar, entre estrellas marinas y pescados redondos, como lunas acuáticas, [redacted] corales, gorgonas, zargazos.

Una diadema luminosa le daba más apariencia de Cristo, una verdadera diadema de [redacted] piedras preciosas que repartían un [redacted] halo luminiscente en el agua que ya en lo [redacted] profundo no se agitaba. ¡Ah, [redacted] piel azul! ¡Más de [redacted] piel de cielo!

—¡Escóndeme! ¡En tus llagas escóndeme!

No, no se dejaría envolver, la [redacted] calma era profunda, el [redacted] pulpo Cristo se inflaba y desinflaba, grotescamente, [redacted]

no se dejaría atrapar por las cabelleras[132] ondulantes de las #[133] algas que lo rodeaban con movimientos de humo que respiraba. **Pero era una lucha sin esperanza**[134] y en su total derrota, aceptó **que debía entregarse, él, Anti el guerrero, a su enemigo, a Cristo en la odiosa imagen de un Cristo pulpo,**[135] todos los brazos de todos los cristos clavados y otros **tentáculos**[136] haciendo de piernas y pies, clavados abajo. Araña monstruosa. Arbol **crucificado**[137] por las raíces. **Gelatinoso, llagado de corales.**[138] No cerró los ojos. **Sentíase lanzado, impelido hacia los brazos**[139] del pulpo que se retorcían en un supremo y último esfuerzo por liberarse de las clavaduras. Pero no, no chocó **con cuerpo alguno.**[140]

---

132 no se dejaría envolver por las algas que [ilg.] / Var. 132 y 132 bis: añadido de una metáfora que recuerda los «cabellos con ojos» de Animanta.

133 siniestras

134 respirara, [ilg.] lucha sin esperanza / Se trata de cortar una frase demasiado larga para recobrar el aliento –como nos invita a hacerlo el verbo «respirar».

135 al Cristo, no a Cristo, sino al Cristo-Pulpo, él, Anti, el guerrero. / El orden de las palabras se modifica para dar la preeminencia a Anti, lo cual se acompaña de un desarrollo explicativo.

136 brazos / *Cf.* cap. III, var. 42.

137 clavado [ilg.] / La elección de «crucificado» acentúa el paralelismo entre el pulpo y Cristo. Este trozo se puede comparar igualmente con el Cuaderno 54, f. 36v: «Era una inmensa araña clavada, era un árbol con las raíces de fuera fijadas con clavos en el abanico de los brazos de la cruz.» La imagen del árbol crucificado por las raíces así como la comparación entre la araña y el pulpo –figuras gemelas en psicoanálisis– proceden de Caillois.

138 Crucificado gelatinoso. Crucificado gelatinoso llagado de corales.

139 Estaba en [ilg.], los *brazos del* tentáculos / (La visión estática («estaba») se sustituye por la noción de movimiento y de fuerza de atracción).

140 en nada

[redacted] 102

89

No se dejaría atrapar por las
cabelleras ondulantes de las algas
que lo rodeaban con movimientos
de humo que respiraban la Presencia
una lucha sin esperanza y en su total derrota
aceptó
que debía enfrentarse, él, ante el guerrero a su enemigo, a Cristo
en la odiosa imagen de un
Cristo Pulpo,
todos los brazos de todos
los Cristos clavados y otros tentáculos lanzados
de piernas y pies, clavados abajo. Araña
monstruosa. Árbol crucificado por
las raíces.
Gelatinoso, llagado de cora-
les. No cerró los ojos. sentíase lanzado, impulsado
hacia los brazos
del Pulpo que se retorcían en
un supremo y último esfuerzo por liberarse
de sus clavaduras. Pero no. No chocó cuerpo alguno.

El pulpo había desaparecido **y en lugar de golpearse contra él, penetró a**[141] una sombra de polvo de tiniebla diluída en el agua, tan exacta al Cristo-pulpo que parecía el pulpo mismo. **Navegaba,**[142] navegaban él y el pulpo **en una sola tiniebla,**[143] negándose **entre ellos mutuamente el tacto, el tic-tac del tacto, único contacto que les quedaba en la negrísima tinta de eternidad que se extendía sin playas ni horizontes. Polvo, tinta, sombra, qué era, quién era... un rostro, un cuerpo... el agua de qué sangre movida, con qué impulso de carbón ya líquido, llorado por los ojos redondos, ojos de búho**[144] del Cristo **tumefacto**[145], pulpo negro **de los brazos en cruces.**[146] Pulpo, pulpo de sed,

---

141 como cuerpo sólido, y Anti, el guerrero, [ilg.] dio con

Var. 140 y 141: rectificación de una inexactitud; Anti no choca «con nada», puesto que da con una sombra. La repetición de «cuerpo» que no es necesaria a pesar de todo, se elimina. / *Cf.* igualmente el Cuaderno 54, f. 37: «El pulpo lanza su tinta defensiva, casi la crea, a su imagen, crea casi su imagen, para que el enemigo ataque el fantasma, su doble.» El carácter aproximado («casi») se suprime en provecho de una noción de similitud perfecta: «tan exacta».

142 [ilg.]

143 [ilg.] fantasmal

144 *uno y otro el placer del tacto que es el tic-tac de la piel y el alma* negándose mutuamente el tacto, único sentido vivo que les quedaba. Agotadores de eternidad, hacerse eternos en la lucha, bien que su eternidad pasajera como toda eternidad no alcanzaría a agotar la gran eternidad o los milenios que les quedaban en la tiniebla sin fondo, tinta de calamar negrísima, negrísima que se extendía sin playas ni horizontes. / En el momento en que Anti se encuentra por fin con su enemigo, se da cuenta de que éste no ha dejado de sí mismo nada más que una imagen de tinta. La ausencia de contacto físico entre los dos combatientes da lugar a estos tres estados sucesivos de escritura: a) «negándose uno y otro el placer del tacto, que es el tic-tac de la piel y el alma»; b) «negándose mutuamente el tacto, único sentido vivo que les quedaba»; c) «negándose entre ellos mutuamente el tacto, el tic-tac del tacto, único contacto que les quedaba». La primera formulación recordaba el proceso de elaboración de las «greguerías» o «solerismos» predilectos de Asturias; las sonoridades de la palabra «tacto» inducían las de «tic-tac», y la relativa transformaba esta similitud sonora accidental en definición poética. Se nota que la segunda versión descartaba esta tentación del juego de palabras. En cambio la tercera la recupera y la amplifica; «el tacto» se glosa mediante la aposición «el tic-tac del tacto», pura armonía imitativa, y «sentido» se vuelve «contacto» para obtener un efecto de eco. La idea de la reciprocidad de este movimiento de reloj que constituye la negación del tacto es tan fuerte que Asturias no vacila en emplear un giro redundante: «entre ellos mutuamente». La segunda parte de esta variante, suprimida en la redacción final, era una paradoja sobre la eternidad: «Agotadores de eternidad», «su eternidad pasajera como toda eternidad no alcanzaría a agotar la gran eternidad...», paradoja que sin duda hubiera merecido mayores desarrollos, o incluso una digresión de tipo metafísico. En un momento del relato en el cual la acción se acelera, en el que el ritmo se hace jadeante, a imagen y semejanza del combate sin cuartel que opone Anti al Pulpo, semejante digresión habría quebrado la tensión dramática.

145 negro del

146 *en cruz* con todos *los brazos* sus tentáculos en cruz / Se trata de una precisión morfológica; el plural «en cruces» da cuenta de la multiplicidad de los brazos.

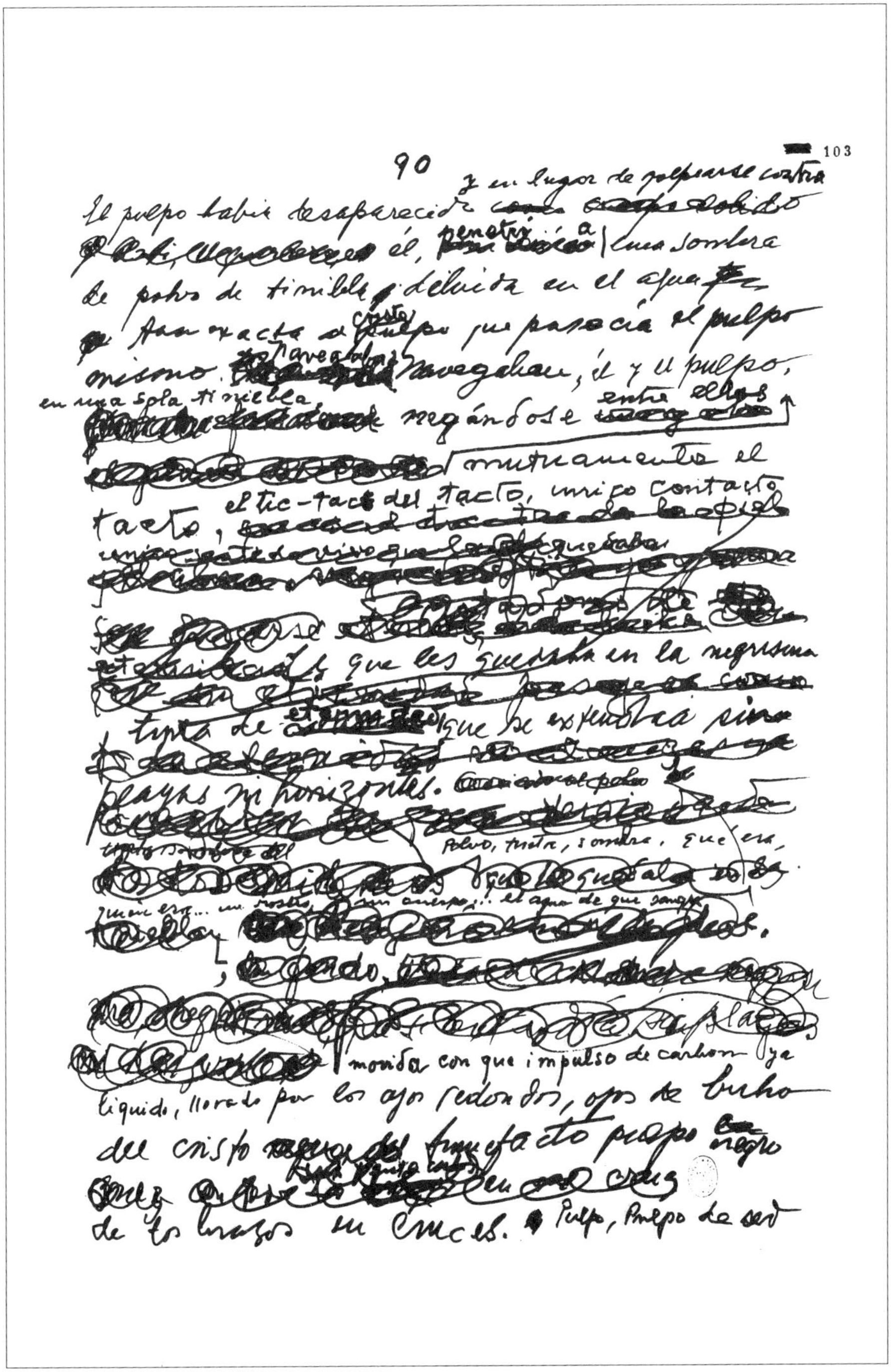
90

103

y en lugar de golpearse contra

El pulpo había desaparecido ... él, penetró a una sombra de polvo de tinieblas diluida en el agua ... tan exacta al Cristo pulpo que parecía el pulpo mismo. Navegaban, él y el pulpo, en una sola tiniebla negándose entre ellos mutuamente el tacto, el tic-tac del tacto, único contacto ... que les quedaba en la negrísima tinta de eternidad que se extendía sin playas ni horizontes. ... Polvo, tinta, sombra, que era, quién era... un rostro, un cuerpo... el agua de que sangre ... , siendo ... movida con que impulso de carbón ya líquido, llorado por los ojos redondos, ojos de búho del cristo ... pulpo negro ... en cruz de los brazos en cruces. Pulpo, Pulpo de sed

sed en los clavos y en las raíces clavadas! Cristo de pizarra y sombra, manchado de metales **y trementina. Navegaba. Navegaban.**[147] Una isla con el pelo suelto les seguía. Ahogarse en collares de espuma, en collares de arco-iris. Péndulos auditivos. En sus oídos. En sus orejas*. Salía de nuevo al tiempo, a la luna sin hermana, sacudido por el continuo, el más próximo a su lecho de los do[s]cientos continuos que formaban su guardia personal, también llamados «tácitos» tanto no existían o esforzábanse por no existir junto a su jefe. Bañado **por el**[148] sueño **que no se le despegaba, que sentía le arrancaba su piel, dejándole** el cuerpo **como llaga viva,**[149] no encontraba sus engranajes oculares. Oh corales... Oh serpientes de cuernos de oro entre corales de sangre submarina. El veneno es más dulce que la vida. Volver desde tan hondo. Volver desde tan lejos. Clavado entre ceja y ceja el Cristo-pulpo. No, no podía apartarlo de sus ojos calientes. Le quemaban como brasas. Y todo su sueño, su pesadilla hecha galleta, una galleta salobre que le ponían en la boca al despertar, para que **la**[150] mordiera. Despertó, la voz corrió por el palacio, despertó, despertó. Sus lebreles. **Mandó que los echaran fuera.**[151] Todo lo que se

---

[147] *entre delfines y polvo de arco-iris, ([ilg.]) de aceite, (resbalo[sos]) aceitosos. Nave. Navegaba.* – y trementina, y polvo de arco-iris aceitosos...

* *Cf. Tres de Cuatro Soles*, «Primer Sol», cap. III: «Mis orejas, más que mis oídos, las orejas son las orejas, los oídos son los oídos, mi amor por mis orejas no tiene límite.»

[148] [ilg.]

[149] como [ilg.] de augurios y [ilg.] engranajes oculares

Var. 148 – 149: Desgraciadamente, esas variantes comportan demasiados elementos ilegibles para permitir una interpretación satisfactoria.

[150] no / En la primera versión, se trataba de oponerse a los instintos feroces del tirano, de contrarrestar su naturaleza; en la segunda, ya no se trata sino de encontrar un objeto sobre el cual pueda ejercer su ferocidad sin causar demasiados estragos.

[151] Poco caso les hizo. / Se sustituye la indiferencia por la orden imperiosa; no bien se despierta, Anti vuelve a ser tirano.

104

91

y trementina.

...en los clavos y en las raíces doradas. Cristo de pizarra y sombra, manchado de metales ... aceitosos. Navegaban. Una isla con el pelo suelto les seguía. Ahogarse en collares de espuma, en collares de arco-iris. Péndulos auditivos. En sus oídos. En sus orejas.- Salía de nuevo al tiempo, a la luna sin hermana, sacudido por el continuo, el más próximo a su lecho de los doscientos continuos que formaban su guardia personal, también llamados "tácitos" tanto no existían a esforzarse por no existir junto a su jefe. Bañado por el sueño que no se le despegaba ... no encontraba sus engranajes con-... lazos. Oh, corales... Oh serpientes de cuernos de oro entre corales de sangre submarina. El veneno es más dulce que la vida. Volver desde tan hondo. Volver desde tan lejos. Clavado entre caja y caja el Cristo-cuerpo. No, no podía apartarlo de sus ojos calientes. Le quemaban como brasas. Y todo su sueño, su pesadilla hecha galleta, una galleta salobre que le ponían en la boca al despertar, para que la mordiera. Despertó, la voz corrió por el palacio. despertó, despertó. Sus lebreles. Mandó que los echaran fuera. Todo lo que se

[margin:] ... le arrancaba con todo y la piel, desfondándole como llaga viva el cuerpo

movía, así fuera una mosca, deshacía el hechizo. La prolongación de sus visiones. Rígido, los ojos pestañudos de pupilas heladas, rechazaba la realidad que lo rodeaba, tratando de deshacerse de ella, entre los do[s]cientos únicos que ni parpadeaba[n] y el secretario, Antiparras, inmóvil como estatua. Juntó los párpados, apretadamente, **clavó la cabeza entre**[152] los almohado[ne]s en busca del sueño, #[153] seguir soñando, pero inútil, el sueño es como la fortuna*, se niega al que lo ansia, y va al que no le llama. Se echó los

[152] metió la cabeza baj[o] / El verbo «clavar», tantas veces utilizado en el sueño, permite a Anti tratar de sumergirse cuanto antes en este sueño que se niega a abandonar.

[153] de / La simple supresión de la preposición «de» hace de «seguir soñando» la expresión directa del monólogo interior de Anti.

* *Cf.* Cuaderno 54, f. 18: «El sueño no termina, es como el mar.»

Var. 153 bis: el añadido equilibra la frase, al crear un balanceo entre lo negativo y lo positivo.

105

92

movía, así fuera una mosca,
deshacía el hechizo. La prolongación de sus visiones. Rígido,
los ojos pestañudos de pupilas
heladas, rechazaba la realidad
que le rodeaba, tratan
do de deshacerse de ella, entre
los docentos únicos que ni
parpadeaba y el Secretario,
Antiparras, inmóvil como
estatua. Juntó los párpados,
apretadamente,
clavó la cabeza entre los
almohadas en busca del
sueño, seguir soñando, pero
inútil, el sueño es como la
fortuna se niega al que la ansía y va al que no le llama. Se echó los

almohadones encima,*

* Sobre la coma final y la perplejidad que produce, véase nuestro artículo ya citado, p. 1.

[redacted] 106

93

almohadones encima,

LECTURAS DEL TEXTO

UN INÉDITO DE MIGUEL ÁNGEL ASTURIAS

Aline Janquart

Muchas son las pistas interpretativas abiertas frente a un texto inédito y grande el deseo de quien ha vivido varios años de investigación cara a cara con el manuscrito de *El Árbol* de hacer públicas todas sus conclusiones, pero escaso es el espacio de estas páginas. Elegir un tema o una aproximación entre los muchos que se podían desarrollar significa descartar los demás; así que procuraremos hacer de este texto una presentación breve pero sintética, tras lo cual nos detendremos un poco más en una de las preocupaciones constantes de Asturias, la onomástica, que aparece como una de las claves para la lectura de *El Árbol*.

Este inédito –¿novela corta o cuento largo?– es sumamente conmovedor, por ser el último escrito del gran autor guatemalteco; tenemos la impresión de estar frente a un testamento, a la vez literario y humano. El manuscrito se acaba con una coma, lo que provoca la perplejidad del lector cartesiano medio y puede aparecer como una señal de inconclusión, como la marca de un trabajo brutalmente interrumpido por la enfermedad y la muerte. Ahora bien, descontando esta desconcertante coma final, el texto se presenta como un conjunto perfectamente coherente y cerrado. ¿Cómo se organiza este conjunto, cuáles son los hilos conductores que nos orientan en su lectura?

El título, *El Árbol de la Cruz*, es un sintagma recurrente en la prosa asturiana, desde el cuento de juventud *Sacrilegio del Miércoles Santo* («Oros... espadas... copas... bastos.:. Es miércoles santo. Los oros recuerdan el alma de Judas. Las espadas el corazón de María Madre. Las copas el cáliz de la amargura. Los bastos *El Árbol de la Cruz*.»)[1] hasta

[1] *In*: Miguel Ángel Asturias, *Novelas y cuentos de juventud*, Claude Couffon (ed.), París, 1970.

Viento fuerte: («Los movimientos de la cuadrilla de corte al pie del bananal que semejaba *un árbol de la cruz* verde, eran como judíos con escaleras y lanzas tratando de apear a un Cristo verde convertido en racimo».[2] Si bien la expresión «árbol de la cruz» suele asociarse con la Pasión de Cristo, es también un símbolo maya, el Árbol de Vida cruciforme que aparece con cierta frecuencia en la iconografía de los códices, como por ejemplo en el Códice de Viena. Este sincretismo del símbolo no podía dejar de gustarle a Asturias, sumo sacerdote del mestizaje cultural.

Porque si está ausente de *El Árbol* el encuentro de los dos mundos, europeo y americano, que era el núcleo mismo de *Maladrón*, en cambio el tema del mestizaje está presente, en forma casi obsesiva, en las páginas de este texto: mestizaje de los géneros primero (la novela empieza como una de las numerosas «novelas de la dictadura» hispanoamericanas y termina como un cuento filosófico o incluso metafísico); mestizaje de los seres que pueblan la novela, desde Animanta «mezcla de animal y manta», mujer y pez, hasta el zámbigo Corvino, pasando por Tostielo, arcángel y mascota, que conjuga en su nombre el fuego y el hielo; y por fin *–last but not least–* supremo mestizaje de Cristo: «Dios y Hombre, antítesis inadmisible, mimetismo de mestizo, de divino mestizo en el que hay el anti-Dios si se dice hombre, y el anti-Hombre si se dice Dios» (cap. I).

Este «divino mestizo» es el enemigo de Anti, y más que su enemigo, su contrario, una especie de «alter ego» insoportable, puesto que el «ego» desmesurado de Anti excluye todo «alter». Es interesante notar que la lucha sin cuartel de Anti contra ese Enemigo se centra en la destrucción de las cruces, representaciones del «árbol de muerte», pero que la derrota de Anti en ese desigual combate también está materializada por la visión «tremendista» de la cruz del Cristo-Pulpo: «una cruz alta como catedral, de seis y seis brazos en abanico a cada lado» (cap. III). La cruz del Cristo-Pulpo aparece primero con *ocho* brazos, que corresponden con los ocho tentáculos o brazos del pulpo «real» (*Octopus*), y casi en seguida se evacúa esta cruz «realista» en provecho de una cruz «mágica» de *doce* brazos, una cruz que multiplica el 4 sagrado de los Mayas por el 3 de la Trinidad, una cruz para crucificar ya no al solo Cristo, sino de una vez a la Trinidad entera... No es tan fácil deshacerse de Dios: el Asturias materialista, compañero de lucha de Alberti y Neruda, Premio Lenin de la Paz, no consigue ahogar al otro Asturias, cuya piedad se citaba como ejemplo en la Guatemala de su juventud, y quien regalara un manto bordado de oro a la estatua de Jesús de la Candelaria en Guatemala Ciudad... en señal de agradecimiento, precisamente, por el Premio Lenin de la Paz...

[2] M. A. Asturias, *Obras completas*, t. II, Madrid, Aguilar, 1968, pp. 24-25.

En cuanto a la otra lucha de Anti, el combate contra la muerte, si bien empieza de manera casi cómica por la imposición del eufemismo, táctica frecuente en los regímenes dictatoriales, con la transformación de las tiendas de pompas fúnebres en «agencias de viajes al más allá», se hace luego patética, con la lucha desesperada del pulpo crucificado por mantenerse vivo a pesar del suplicio, y el enfrentamiento de Anti, de repente pequeño y humilde, con ese mismo pulpo crucificado. No podemos dejar de ver allí una representación de la propia lucha de Anti contra la enfermedad, el terrible cáncer que había de matarlo en 1974, poco tiempo después de ponerle la coma final a *El Árbol...*

Otra pista para entender el significado de *El Árbol* es el estudio del uso particular que hace Asturias de la onomástica. El deseo de Asturias de dar a sus personajes nombres cargados de significado es tal, que cuando ocurre lo contrario se cree obligado a señalarlo. Así por ejemplo en el apéndice «Modismos y frases alegóricas» que aparece al final de la edición Aguilar de las *Obras completas*, se puede leer a propósito de Chinchibirín: «ningún significado especial. Un nombre que es una simple reunión de sílabas». Centraremos pues estas líneas sobre la extraordinaria riqueza semántica de los nombres de los personajes de *El Árbol*.

Paradójicamente, comprobamos en seguida que Anti, el héroe –o anti-héroe– de la novela, no tiene nombre: si nos remitimos a la etimología, *anti* en griego es un preverbo o una preposición que expresa la oposición o la situación en el espacio (enfrente de); en español, «anti-» es un prefijo, sólo existe por la palabra en la composición de la cual entra. Hay que ser anti-algo o no ser. En la novela –¿el cuento?– Anti exige de sus súbditos que sean todos, como él, «Antis»: «anti-esto, anti-aquello». Examinemos otra reflexión de Asturias, apresuradamente escrita en el f. 46$^{r.v.}$ del *Cuaderno* nº 49: «Todo ser en el fondo es Anti, no creo en pueblos o gentes sometidas por un[a] dictadura, ciento por ciento, porque sé que en el fondo hay en todos ellos la antidictadura, la antiesclavitud.» El dictador es Anti por excelencia, pero no es más que la emanación de toda la humanidad. Anti es –o puede ser– cada uno de nosotros, lo que explica la ausencia del nombre *propio*; por eso sólo tiene un nombre genérico.

Si cada ser es Anti, también se puede afirmar que cada Anti tiene su Anti. En la novela, el Anti de Anti es Cristo, quien, por un juego de espejos que se reflejan uno a otro hasta lo infinito, está presentado a su vez como Anti-Dios y anti-humano par su naturaleza de «divino mestizo»: «Anti se dolía de ese personaje anti-todo lo que era y representaba él (...) y a quien llamaba Dios por anti-hombre, por ser divino, y hombre por anti-dios, por ser humano de carne y hueso» (cap. I). O también, en esta frase que ya hemos citado: «... del único Anti-Anti que existe, Dios y Hombre, antítesis

inadmisible, mimetismo de mestizo, de divino mestizo en el que hay el anti-Dios, si se dice hombre, y el anti-Hombre si se dice Dios».

Así pues, Anti es el contrario de Cristo. ¿Habrá que deducir de ello que es el diablo? Y si es así, ¿qué diablo? Se notará que su compañera lo llama *Daimon*. No es ni Satanás ni cualquier otro diablo de la imaginería judeo-cristiana; tampoco es el diablo sanguinario y lúbrico de *Torotumbo* ni cualquier otro de los numerosos diablos mayas: es el *daimon* griego. En el *Dictionnaire étymologique de la langue grecque* de Pierre Chantraine[3] encontramos la definición siguiente:

> *daimon, -onos*: m., parfois féminin, «puissance divine», d'où «dieu, destin» (...) le terme s'emploie chez Homère pour désigner une puissance divine que l'on ne peut ou ne veut nommer, d'où les sens de divinité et d'autre part de destin; le *daimon* n'est pas l'objet d'un culte; (...) le mot se prête après Hésiode à désigner un demi-dieu, un démon; il s'emploie finalement en mauvaise part et fournit au vocabulaire chrétien le terme désignant l'esprit malin.

Anti, alias Daimon, es pues el igual de Dios; en su calidad de tirano es él quien es el destino, no sólo de sus prójimos (decide de la muerte de Animanta), sino también de todo su pueblo (decide abolir la noción de muerte y la religión cristiana). La connotación cristiana de la palabra «demonio» lo confirma en su postura de oponente a Dios; en fin, «Daimon» no es su nombre propiamente dicho, puesto que esta palabra designa «una potencia divina que no se puede o no se quiere nombrar».

Para paliar tal vez esta ausencia de nombre verdadero, Asturias asocia a «Anti» un nombre común, «el guerrero», que tiene función de epíteto homérico, al par que recuerda a otras denominaciones calcadas de la mitología maya y que aparecen frecuentemente en la obra de Asturias. Pensemos –entre otros– en «Utuquel, el poeta» en la *Leyenda de las Tablillas que cantan* o en «Caibilbalán, Mam de los Mam» en *Maladrón*. Anti se define por su naturaleza guerrera: esto es casi un pleonasmo, puesto que «anti» contiene ya la noción de oposición, o incluso de combate. El sintagma «Anti, el guerrero» aparece tal cual 21 veces a lo largo de la novela, y 9 veces bajo formas vecinas: «antitodo y guerrero», «Antiguerrero», «el guerrero», «un guerrero», «el guerrero perseguidor de los cristos»... Veinticinco veces la expresión ha sido el objeto de un trabajo particular: añadido, corrección, supresión, lo que demuestra claramente que su empleo ne es ninguna casualidad sino la expresión de una voluntad sistemática. Encontramos también en el cap. I la expresión «Anti, el

---

[3] París, Klincksieck, 1968-1980.

Supremo» que hace pensar naturalmente en *Yo, el Supremo* de Roa Bastos: es difícil suponer una relación entre la novela del paraguayo, publicada en 1974, y la redacción de *El Árbol*, pero en todo caso Asturias corrige casi sistemáticamente «Supremo» en «Guerrero». En el capítulo II, el personaje aparece como «Anti, el tirano-Dios» y en el capítulo III, «Anti, el tirano»; estas expresiones, menos redundantes quizás que «Anti, el guerrero», son sin embargo prácticamente intercambiables. Anti es un combatiente, que no puede afirmarse sino oponiéndose: esta oposición sistemática a todo lo que no es él se llama «tiranía».

En tres ocasiones no obstante, en los ff. 41, 47 y 51 del ms., un curioso *lapsus calami* de Asturias parece tender a vincular este personaje desencarnado –o mejor dicho este concepto personificado– con la mitología maya, al llamarlo «Atit». Este nombre evoca, claro está, diversos topónimos guatemaltecos, entre los cuales el más famoso es Atitlán. Este nombre, Atitlán, viene así explicado en el «Indice alfabético de modismos y frases alegóricas» que se encuentra al final de las *Leyendas de Guatemala*[4]: «*Atitlán*: Fortaleza de los zutuhiles (Bernal Díaz del Castillo). Actualmente una de las poblaciones más importantes que rodean el lago del mismo nombre. Algunos dan como etimología de Atitlán: Atit, abuela, y Lan, agua (Abuela del Agua).» Esta nota remite a la *Leyenda del tesoro del lugar florido*, donde se encuentra un «Templo de Atit», que esta vez no es la Abuela del Agua, sino el Abuelo-Volcán. ¿Será pertinente conceder mucha importancia a lo que puede no ser más que un desliz de la pluma de Asturias, quien por cierto solía cometer este tipo de errores? En todo caso podemos comprobar que el mundo maya está constantemente presente en la mente de Asturias, hasta tal punto que aflora en forma de lapsus en un texto que se pretende por lo demás destacado de toda referencia espacio-temporal precisa. Además, no deja de ser curioso que el personaje por otra parte «negativo» de Anti se vea asimilado de esta forma, involuntariamente, a una potencia tutelar, a un «Abuelo» mítico.

Ocurre a veces que Asturias, humilde y paciente pedagogo, se tome el tiempo y la pena de explicar a sus lectores sus juegos de palabras y referencias culturales, partiendo del principio que la cultura y el manejo del lenguaje son productos de lujo que conviene poner al alcance de todos. Así, en un artículo titulado «*El Señor Presidente* como mito» (1967), dice: «Las novelas son los ríos que van a dar al lector, diríamos parodiando a Jorge Manrique, por aquello de «nuestras vidas son los ríos que van a dar a la mar, que es el morir», sólo que los ríos de las novelas van a dar al lector, que es el vivir (...)». Para cualquier lector más o menos «al tanto» de la literatura española, la explicación parece superflua, la expresión «las

[4] Buenos Aires, Pleamar, 1984, p. 181.

novelas son los ríos que van a dar al lector» basta y sobra como referencia implícita a Manrique. En el caso de los juegos de palabras, el proceso explicativo es el mismo; en *Tres de Cuatro Soles* (Segundo Sol, cap.VII), encontramos: «la jeridesgonzadera, mezcla de jerigonza y desgonzamiento de los monos». De la misma manera, la entrada en el escenario de Animanta en *El Árbol* viene acompañada con una explicación de su nombre: «Animanta, mezcla de animal y manta». Se le puede reprochar por lo menos a esta última explicación el ser incompleta: puesto que, según lo confiesa el propio Asturias, el nombre de Animanta es una palabra polisémica, tratemos de abrir las múltiples cajas de doble fondo que contiene.

«Mezcla de animal y manta»: de entrada, Animanta está presentada no ya como una simple mujer sino como un ser fabuloso, compuesto, comparable con el unicornio o la sirena. ¿Qué sentido atribuirle precisamente al primero de sus componentes, «animal»? ¿Un sentido peyorativo, como en *El Señor Presidente*, en que un pobre secretario viejo, torpe y temblando de miedo no se ve provisto de ningún nombre, pero sí acude en cuanto el dictador pronuncia la expresión injuriosa «ese animal»? O al contrario, ¿designa aquí «animal» el ser vivo sin malicia, libre de toda corrupción, en oposición con el humano calculador y sinuoso? O también, ¿es Animanta «animal» en su relación carnal con Anti? Está asociada al fuego (sus cabellos negros se comparan con «carbón de cristos quemados»); ¿tendrá por función calentar –«animar»– al tirano («su ira helada como su esperma»)?

De los múltiples sentidos de «manta» (colcha, capa, manteo, paliza, raya manta, bolsa para transportar minerales, danza popular, tela de algodón...), sólo recordaremos como pertinentes los siguientes: 1) la colcha, 2) la raya manta. El primer sentido nos remite a lo que se ha dicho anteriormente: Animanta es la «manta» que se encuentra en la cama de Anti y lo calienta. Por otra parte, este término permite efectuar un juego semántico, con el paso de *manta* a *sábana* y luego a *sudario*. Así en el capítulo II: «Hay, sin embargo, una manta (...). Se la contempla ir y venir sobre las aguas como una sábana blanca, y recoger los cadáveres que nosotros arrojamos, envolverlos como un sudario y desaparecer con ellos.» Sola la coexistencia de los dos sentidos (colcha – pez) permite semejante ejercicio.

Porque «manta» designa también el pez gigantesco de la orden de los selacios, *Manta birostris*, que puede alcanzar una envergadura de 8 m. y un peso de 300 kg., nada en aguas profundas y da saltos fuera del agua (de ahí la imagen de la isla que aparece y desaparece sucesivamente), y a la que se llama también, a causa de su doble rostro, «raya cornuda», «diablo de mar» o «raya vampiro» (de ahí la idea de que se alimenta de

cadáveres: «ese sustento trágico de seres humanos inánimes, cubiertos de moscas verdes.»).

Cronológicamente, en la novela, Animanta es *primero* mujer y *luego* raya manta; pero si nos fijamos únicamente en su nombre, nos damos cuenta de que es al mismo tiempo mujer y pez, lo que por una parte hace de ella una hermana de las sirenas (cap. V: «las mitologías nacen de la mujer, y pude ser sirena-pájaro, sirena-pez, Tritona...») y por otra parte justifica, haciéndola previsible, su metamorfosis.

La ambigüedad manta-colcha/manta-pez sirve también para mantener en el cap. V la duda permanente entre el sueño y la vigilia, la muerte y el sueño: «En los pliegues y repliegues jabonosos de música y sueño, confundidos con los repliegues y pliegues de la manta que lo envolvía, cuán pequeñito sentíase Anti, el guerrero...». Anti duerme, envuelto en una colcha (manta), y sueña que es transportado al fondo de las aguas, tal un cadáver, por la raya (manta).

Abramos otro cajón secreto, el que nos hará pasar de *manta* a *mantis(religiosa)*. La raya gigantesca, avatar de Animanta, utiliza todas sus energías para destruir al que fue su amante, igual que el mítico insecto devora a su compañero. Pero mucho más interesante aún es la etimología de "mantis": «*mantis, -is* (m. et f.), devin, prophète, personne qui prédit l'avenir».[5] Animanta, en efecto, está presentada como una visionaria. Desde la terraza del anti-palacio, ella es la única en ver las escenas de horror que se desarrollan: «Esta temblaba, las escenas en el hospital que sólo ella miraba desde aquella terraza, eran cada vez más violentas» (cap. I). Después de su muerte, Anti se acuerda de ella en estos términos: «... la mujer de los cabellos con ojos. En cada cabello, un rosario de pupilas. Se bañaba en visiones.» (cap. III). Esta última evocación reúne hábilmente dos aspectos de Animanta: la adivina que era en vida y la criatura marina en la que se ha convertido después de su muerte. El verbo "bañarse" opera el vínculo entre esos dos mundos, así como la referencia (implícita esta vez) a la cabellera de Medusa. Esta última referencia emparenta igualmente a Animanta con el pulpo, según el esquema siguiente: 1: cabellera constelada de ojos → 2: [cabellera de] serpientes consteladas de ocelos → 3: tentáculos constelados de ventosas. Este parentesco se encontraba ya en Julio Verne, en *Vingt mille lieues sous les mers*: «Ses huit bras, ou plutôt ses huit pieds, implantés sur sa tête (...) se tordaient comme la chevelure des furies».

Se puede proseguir el juego sobre los significados posibles de Animanta; es la que atrae como el imán ("imanta"): «Estoy tan a gusto dentro de ti»,

---

[5] Pierre Chantraine, *op. cit.*

dice Anti casi a pesar suyo en el cap. V, después de haber hecho todo lo posible para deshacerse de ella, en vano. Si vuelve a hostigar a los vivos después de muerta, quizás sea porque es un alma del Purgatorio, un alma en pena ("ánima"). Es el alma también (anima), el alma pura, sencilla, en oposición –claudeliana– con "animus", el espíritu. También es "amante": «desembarcar en Animanta, como su amante y caudillo (...) y llamarla así, Animanta, olvidado lo de Antimanta...», sueña Anti en el cap. IV.

Pues la metamorfosis de la mujer en pez viene acompañada de una interesante metamorfosis de su nombre. Cuando le anuncian a Anti que una raya manta infringe sus leyes llevándose los cadáveres arrojados al mar, el tirano exclama: «Estúpido de mí, si una letra le faltaba para ser lo que era, una Anti, Anti-Anti, su verdadero nombre era Antimanta.» (cap. II). A nuevo destino, nombre nuevo –*nomen, omen*; por este nuevo «bautismo» revela su verdadera naturaleza («ser lo que era»), es al mismo tiempo el doble de Anti en femenino («una Anti», lo que ya sugería la desinencia de su nombre, "-anta", forma femenizada de "-anti") y su contrario perfecto (Anti-Anti).

Una segunda metamorfosis interviene, es aquella –episódica– de la raya manta en isla. Cuando en el cap. V Anti, perdida ya toda su soberbia, interroga a Animanta sobre su verdadera identidad, la interrogación se refiere esencialmente al nombre que conviene darle: «Animanta, (...) ¿eres isla, eres manta, qué eres, quién eres, Animanta, Isla-manta?». Es la multiplicidad de sus nombres la que la hace misteriosa, huidiza, la que confiere una consistencia a su personaje.

Si la primera intención de Asturias era la de llamar a su heroina María-Animanta, como se puede ver en las variantes del cap. I, es fácil comprender que haya renunciado a ello: Animanta es a la vez Eva y María, la compañera del «Daimon», su cómplice, asociada con imágenes de serpientes (¿la serpiente instigadora del pecado original?) y la redentora, la que se dice esposa de Cristo y procura vencer a ese mismo «Daimon», antes de llevarlo al fondo del mar en sus entrañas, en una parodia de la Natividad. Hubiera sido incongruente entonces darle sólo el nombre de María. Es más, todos los juegos semánticos que acabamos de mencionar hubieran sido, si no imposibles, por lo menos considerablemente dificultados por la presencia de un nombre compuesto. En cambio, notamos que Asturias asocia casi sistemáticamente al personaje el adjetivo "blanco, -a": «como una sábana blanca» (cap. II), «La manta iba y venía por el piélago, solemne, blanca» (cap. III), «la blanca manta que fluctuaba semi-sumergida» (cap. IV), «Animanta revolvería en el tintero los siete colores para encontrar su tinta blanca y firmar» (cap. IV), «–Animanta (...) te dejé vestida de novia, vestida de blanco» (cap. V), «La isla oscilaba

como un navío blanco» (cap. V). Este calificativo repetido forma un eco al epíteto homérico «el guerrero» relacionado con Anti, pero además se puede ver en ello por una parte la simbólica tradicional del blanco (pureza, luz, etc.), y por otra parte una alusión a la diosa marina Leucothea (literalmente: «Diosa blanca»), situando así a Animanta en el mismo registro mitológico que Anti/Daimon. ¿Por qué no considerar este adjetivo también como un homenaje discreto a Blanca Mora y Araujo, la fiel compañera, única en la vida de Asturias como Animanta es el único personaje femenino de la novela?[6]

Una última consideración: hemos hablado de *El Árbol* como de un «testamento» de Asturias. Desde el punto de vista estrictamente literario, parece ser que la clave de este «testamento» se sitúe en el capítulo V, en el momento del «desencuentro» entre Anti y el Cristo-Pulpo, al término del viaje «jonasiano», a la hora del «nuevo nacimiento» de Anti. En efecto, éste «no chocó con cuerpo alguno. El pulpo había desaparecido y en lugar de golpearse contra él, penetró a *una sombra de polvo de tiniebla* diluída en el agua (...) *Polvo, tinta, sombra*, qué era, quién era...»[7] El mensaje podría ser el siguiente: la literatura sólo puede proporcionarnos de la realidad, sea ésta la realidad «tangible» o la realidad de lo invisible, una imagen de «polvo, tinta y sombra». Y la mejor manera de hacerlo es el «realismo mágico».

---

[6] Para más informaciones sobre el uso de la onomástica en *El Árbol*, el título, una interpretación cristiana de la novela a la luz de San Juan Crisóstomo, etc., véase nuestra tesis doctoral, «Miguel Ángel Asturias: *El Árbol de la Cruz, Edición crítica*», Universidad de Borgoña, 1990-1991, T. I.

[7] P. 250 de la presente edición.

MIGUEL ÁNGEL ASTURIAS: *EL ÁRBOL DE LA CRUZ*. LÓGICA Y NARRACIÓN

Christian Boix

La factura misma del relato de Miguel Ángel Asturias parece invitar a considerar la escritura bajo el enfoque particular de la lógica. Narración introducida según las reglas estilísticas de la preceptiva del «efecto único» de E. A. Poe, *El Árbol de la Cruz* empieza por una presentación del eje fundamental del relato, esencialmente a través de la calificación semiótica del protagonista Anti. La definición del personaje desempeña un papel que va mucho más allá de una mera entrada en materia: en realidad, diseña el proceso de construcción del conjunto de la trama narrativa al mismo tiempo que anuncia los términos de una lógica de la narración, o de una narración lógica si se prefiere.

El plano figurativo que vendrá a dar cuerpo a la dialéctica implicada por una estricta determinación contradictoria («Anti-Dios, Contra-Cristo, Anti-humano») aparecerá siempre constreñido por las exigencias de la lógica instaurada desde el principio. Por supuesto, este fenómeno no quita nada a la riqueza poética de la obra: los escritores del movimiento francés del OULIPO[1] supieron demostrar a toda luz que el hecho de someterse voluntariamente a unas previas reglas formales o estructurales permitía suscitar un enriquecimiento de los horizontes potenciales de la creación literaria.

Así pues, Miguel Ángel Asturias en calidad de escritor, y Anti el guerrero, personaje del relato, tendrán que seguir hasta el final una pauta

[1] *OU*vroir de *LI*ttérature *PO*tentielle. Uno de los miembros más famosos de dicho movimiento es Georges Perec.

narrativa y existencial determinada por un axioma punto de partida: oposición, lucha, contradicción. Definirse oponiéndose constituye aquí la característica propia de la acción y del conocimiento. ¿Será por lo tanto una ontología productiva? ¿Permite dicha actitud filosófica y racional alcanzar meta alguna, o bien esa tragedia no permite sino concebir una búsqueda infinita? Ésta parece acabarse sólo en la muerte, tal como se termina el relato *El Árbol de la Cruz* en 1974 –fecha del fallecimiento del autor– por una coma siniestra. El título viene a ser imagen proliferante de un vía crucis al final del cual sólo una lanza mortal puede poner término al padecimiento humano. Durante todo el recorrido asoma sin embargo la aspiración a una vuelta hacia la Totalidad, sueño de la vida o quizás única realidad de la muerte.

Situación dialéctica inicial

Como acabamos de decir en nuestro prólogo, los papeles lógicos se distribuyen fundamentalmente desde las primeras palabras del relato:

> Anti, el guerrero, Anti-Dios, Contra-Cristo, Anti-humano [...]

La denominación otorgada al personaje no obedece las leyes de una onomástica clásica y corriente, sino que más bien traduce una *función lógica* que llamaremos de momento «de oposición». El prefijo *Anti*, que vale etimológicamente por «situado frente a», refleja una actitud de pensamiento, un modo de ser y de actuar que plantea una relación lógica entre el ser y el mundo. Sin embargo, tenemos que detenernos en una variante muy peculiar que aparece en el fragmento arriba citado: podemos observar un juego aparentemente estilístico entre *anti* y *contra*, y notar que precisamente la forma *contra* viene colocada en posición central dentro del sintagma «Anti-Dios, Contra-Cristo, Anti-humano». Según la tradición evangélica, Cristo representa a la vez lo divino y lo humano, y por lo tanto la forma oracional ubica al «mestizo» como elemento de mediación entre los límites de una oposición conceptual (Dios/hombre), término medio en el cual se resuelve una contradicción inicial. Además, dentro de la larga serie de los *Anti-...* (Anti-Dios, Anti-humano, Anti-pueblo, anti-nación...), no parece indiferente la especificidad semántica del término de oposición que acompaña a Cristo. La elección del prefijo *contra* lo señala aparte y remite en primer lugar al papel destacado que desempeñará en el relato, pero también la oposición léxica *Anti/Contra* reanuda la diferencia lógica señalada por Aristóteles y desarrollada últimamente por la escuela

semiótica de Greimas. Ambos coinciden en distinguir contrarios y contradictorios:

> *La contrariedad* es la relación de presuposición recíproca que existe entre los dos términos de un eje semántico, cuando la presencia de uno de los dos presupone la del otro, y, al revés, cuando la ausencia de uno presupone la del otro.
> Los dos términos de un eje semántico no pueden ser llamados contrarios sino cuando el término contradictorio de cada uno implica el contrario del otro.[2]
> [CONTRARIEDAD = COEXISTENCIA DENTRO DE LA OPOSICIÓN]

> *La contradicción* es la relación que se establece, *a raíz del acto cognitivo de negación*, entre dos términos de los cuales el primero, anteriormente enunciado, resulta ausente por dicha operación mientras que el segundo adquiere su presencia. Se trata pues, a nivel de los contenidos enunciados, de una relación de presuposición, presuponiendo la presencia de un término la ausencia del otro, y viceversa.[3]
> [CONTRADICCIÓN = EXCLUSIÓN MUTUA]

Desde la primera página del manuscrito de Asturias, las categorías que ocuparán los polos semánticos de la sintaxis fundamental nos vienen dadas por las meditaciones de Anti, quien reflexiona acerca de la esencia del personaje de Cristo que tanto lo fascina:

> Anti se dolía de ese personaje anti todo lo que era y representaba él [...], y a quien llamaba Dios por anti-hombre, por ser divino, y hombre por anti-Dios, por ser humano de carne y hueso.[4]

Así podemos ver cómo el discurso instaura una relación de exclusión mutua –de contradicción– entre Anti y Cristo:

> Inconcebible, *él o yo* [...]. Anti-él como soy, *lo haré desaparecer.*[5]

Desde un punto de vista lógico, podríamos representar los polos semánticos de la configuración establecida mediante el siguiente cuadro semiótico:

---

[2] A. J. Greimas y J. Courtes: *Sémiotique. Dictionnaire raisonné de la théorie du langage*, París, Hachette, 1979, p. 69. (La traducción y los subrayados son nuestros.)
[3] *Ibid., Id.*
[4] M. Á. Asturias: *op. cit.*, p. 34 de la presente edición.
[5] *Ibid.*, p. 36 (los subrayados son nuestros).

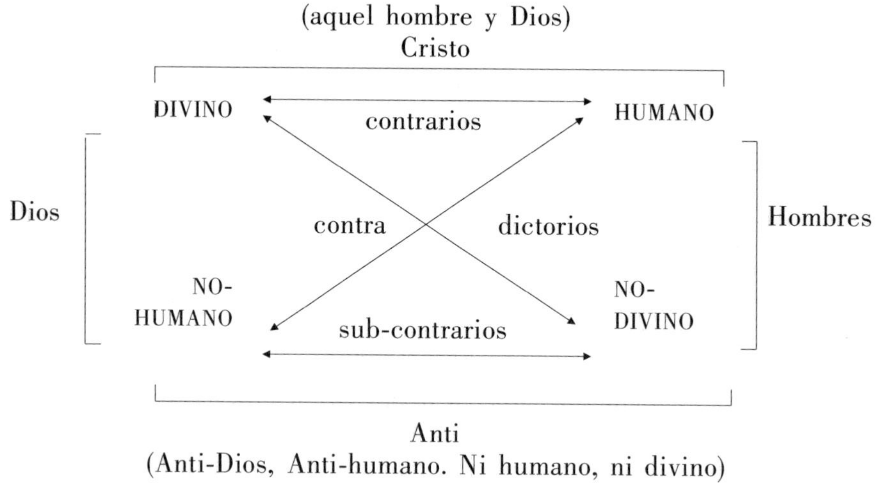

Como se ve en el esquema, el empeño pasional de Anti, variable según la naturaleza de los oponentes, sigue una regulación debida a los varios tipos de oposición. El protagonista Anti se aleja de Dios o de los hombres por el único eje de la *contrariedad*, acercándose a los hombres a medida que se aleja de Dios, y viceversa: a pesar de su afán de ser «ni humano, ni divino», si se define como NO-DIVINO, es que entra en correlación con lo HUMANO; si se define como NO-HUMANO, es que entra en correlación con lo DIVINO, como él mismo lo observa con mucha pertinencia («...que no me harto de ser divino»[6]). En realidad, su ser profundo resulta determinado por la negación de los atributos de Cristo, con el cual mantiene una relación de alejamiento mucho más radical, ya que viene separado de él por una doble *contradicción* que los opone diametralmente. La elección del prefijo *contra*, aplicado sólo a Cristo, se justifica pues por esta peculiaridad de la organización semántica fundamental, basada en las nociones de /humano/ vs /divino/.

Pero además, Anti, el guerrero, no tiene más existencia que la que le proporciona la doble negación de una entidad primera, la pareja divino/humano: los términos que lo caracterizan (no-humano, no-divino) tienen muy acertadamente el nombre de sub-contrarios, es decir valores segundos, derivados. Al definirse a través de una negación de términos previos, Anti los presupone y coloca su propio ser dentro de una dependencia sintáctica respecto a ellos. Tal configuración no puede sino

[6] *Ibid.*, p. 42.

socavar el poder absoluto al que aspira, arruinar de antemano su proyecto de dominación total, y así es como su trayectoria anecdótica futura viene ya prefigurada por la situación lógica inicial.

La contradicción interna del sistema contradictorio

La locura maniática de Anti frente a las representaciones de Cristo produce unos resultados limitados dentro del relato ya que sus intentos reiterados de destruirlas fracasan finalmente e incluso tiene que considerar la perspectiva de una solución negociada:

> A cambio de permitir el culto en la isla de cruces y cristos sobre las tumbas y del gran pulpo, ese Jesucristo de las aguas profundas [...] en los dominios de tierra firme de Anti, el guerrero, seguiría la prohibición del culto al crucificado y la prohibición de enterrar a los muertos.[7]

Esta trayectoria diegética parece pues determinada por el marco de la estructura lógica del principio: la dependencia sintáctica que aparecía en nuestro cuadro semiótico (Anti caracterizado por los sub-contrarios) tiene un efecto inesperado y perverso sobre el porvenir del sistema. Anti es una especie de Cristo al revés, pero precisamente esta definición que él mismo da tiene como consecuencia paradójica el afirmar todavía más la figura de Cristo en vez de debilitarla. Efectivamente, lo contrario de una entidad no es algo completamente distinto, sino una forma distinta de lo mismo, como apuntaba Hegel. En cierto modo, invertir es repetir, porque el contrario directo de un elemento X añade una determinación suplementaria a este elemento en vez de anularlo. Por eso Anti, atrapado en su dimensión lógica y ontológica, se convierte en una entidad que depende de categorías que lo dominan. Al querer ser la negación simétrica de éstas, las sobredetermina en lugar de aniquilarlas; por ser dependiente de ellas, no puede destruirlas so pena de desaparecer con ellas. Al definirse como «ni hombre, ni Dios», figura contrapuesta al «hombre y Dios» que es Cristo, Anti descubre muy pronto que no tiene otra alternativa que la de representar la Nada contra el Todo:

> ¡Qué desafío a su poder tiránico, a su Anti, frente a él, *Anti, ninguno*, ni humano, ni divino.[8]

---

[7] *Ibid.*, p. 160.
[8] *Ibid.*, p. 100 (el subrayado es nuestro).

Frente a la totalidad semántica, Anti experimenta un sentimiento de inferioridad que se origina en lo vacío de la definición de su ser fundamentado en una contradicción: sin un horizonte superior hacia el cual poder orientar la energía vital, más allá de la mera negación, el sentido y la eficacia de los hechos se pierden, como lo demuestran las dudas que acosan a Anti después de la muerte de Animanta (única persona que, al principio, no era anti-..., en un mundo exclusivamente tejido de oposiciones). Precisamente cuando él mismo acaba de destruir el único eslabón de una relación fundada en otra cosa que el conflicto, la sospecha punzante de un vacío de sentido empieza a atormentarle, para evolucionar de modo continuo hasta el final de la narración:

> [...] a medida que fijaba [Anti] su pensamiento en lo que se debía hacer, hacer... hacer... hacer y deshacer... por la razón de un pecho con luceros, por el *presentimiento palpitante* como un doble corazón [...].[9]

A pesar de que vislumbre el callejón sin salida de la lógica que él mismo instauró, queda encerrado en ella, como se ve a continuación:

> *Pero* tenía al capitán de húsares y a los remeros en su presencia.[10]
>
> . . . .
>
> Hacer, hacer y deshacer –seguía pensando– es decir sustituir por actos el pensamiento [...] *pero* en rigor...[11]

Anti percibe una división que le afecta introduciendo una fractura ontológica en lo más hondo de su ser. El conector de inversión semántica, *pero*, muestra tres veces seguidas que su espíritu siente la división: descubre la incertidumbre que precede a la conclusión de vanidad de su lucha condenada a la frustración (pero él no se enterará más que al final):

> *Pero* era una lucha sin esperanza y en su total derrota aceptó que debía entregarse, él, Anti el guerrero, a su enemigo, a Cristo.[12]

Anti intuye de modo confuso un error inicial de razonamiento (onto)lógico, el cual se hace patente en el final onírico del relato pero había dejado ver signos precursores desde el segundo capítulo. Si se define todo por oposición a otra cosa, el juego de las presuposiciones recíprocas condena al ser a volver sin cesar al punto de partida a medida que pretende

---

[9] *Ibid.*, p. 92 (el subrayado es nuestro).
[10] *Ibid.*, p. 96 (el subrayado es nuestro).
[11] *Ibid.*, p. 96 (el subrayado es nuestro).
[12] *Ibid.*, p. 248 (el subrayado es nuestro).

avanzar. Por ejemplo, el hecho mismo de que las tierras de Anti sean el lugar de la oposición al crucificado y de la destrucción de los crucifijos suscitará inmediatamente la aparición de una isla que vendrá a ser lo contrario de lo contrario inicial y acogerá cruces y crucificados. Así es como el descubrimiento de la isla de Animanta representa el lugar simétricamente opuesto –lo mismo al revés: árbol de la cruz inverso dentro del mar– donde renace lo que fue aniquilado en otra parte. El discurso de Anti reconoce varias veces lo inútil de este combate de nunca acabar entre hacer y deshacer, la vanidad de una lógica en forma de círculo:

> Se puso fin a esa religión del sufrimiento, el suplicio y la muerte. Sobre todo de la conformidad. Conformidad en el país de Anti, donde todos deben ser como yo «Antis», anti-esto, anti-aquello, siempre anti... No se puede vivir sin estar contra algo, sin *ser anti-anti*.[13]

El trayecto figurativo traduce poéticamente la paradoja de Anti en otras ocasiones. Así, la definición que de Animanta se da al principio del capítulo segundo prefigura el devenir de la representación narrativa:

> Estúpido de mí, si una letra le faltaba para ser lo que era, una Anti, *Anti-anti*, su verdadero nombre era Antimanta.[14]

Si se define Anti, el guerrero, por oposición a Cristo, una posición «Anti-Anti» no puede sino devolvernos la figura misma de Cristo, con todos sus atributos. Y es lo que va a suceder a continuación, ya que no sólo la (Ani)manta marina constituirá algo semejante a una isla[15] auténtica guarida de crucifijos, sino que también este zócalo puesto al revés dará hospitalidad a un cristo-pulpo fantástico, imagen inversa de la negación de Anti:

> Y bajo la manta flotante, el templo inverso en que se movía, siempre agonizante, el pulpo crucificado.[16]

El juego de oposiciones se multiplica y cuaja en esta imagen poética, puesto que a los cuatro brazos de la cruz original corresponde la multiplicación de los mismos («ocho, doce, miles de brazos»). Si bien por las tierras de Anti se prohíben y destruyen los crucifijos, en el elemento

---

[13] *Ibid.*, p. 88 (el subrayado es nuestro).
[14] *Ibid.*, p. 68 (el subrayado es nuestro).
[15] Insistimos en la índole muy específica de la isla: mitad tierra-mitad mar; mitad mujer-mitad pez. Reproduce los atributos semánticamente duales de Cristo, mitad hombre-mitad Dios, hombre y Dios.
[16] *Ibid.*, p. 146.

acuático asistimos a una nueva aparición de Cristo, hecho pulpo y multiplicado; a lo único se opone lo múltiple, a la tierra se opone el mar, a la destrucción se opone una nueva presencia todavía más potente:

> En un solo pulpo, en un solo cristo cien cristos, mil cristos, con sus ramificaciones, sus tentáculos, sus chorros de brazos clavados en el abanico de la cruz de las manoplas.[17]

Los contrarios aparecen aquí bajo numerosas expresiones tal y como se ejemplifica en el siguiente esquema:

	OPOSICIONES	
FIGURAS LÉXICAS	«Mis tierras» [Plural] [Continente] [Sólido] [Carne y hueso] [Un cristo]	«La isla» [Singular] [Mar] [Líquido] [Molusco] [Mil cristos]
FUNCIONES LÓGICAS	ANTI Contra-cristo Expulsión	ANTI-ANTI Anti-contra-cristo Vuelta

Todo se organiza como si el conjunto textual siguiera escrupulosamente el «patrón lógico» inicial: la circularidad brota de la oposición liminar y llegan sus ramificaciones hasta los últimos recovecos de la narración.[18] Pero semejante circularidad ¿no pondrá en tela de juicio el marco mismo del pensamiento lógico?

[17] *Ibid.*, p. 148.

[18] La dinámica de las inversiones sistemáticas puede explicar ciertos lapsus. Aline Janquart nota que Asturias emplea una vez *cristolatras* por *cristoclastas*. Presuponiendo cada entidad su contrario en la lógica del relato, se entiende que las fronteras hayan podido mezclarse en la mente del autor. Hasta se puede imaginar que la «lógica del anti» acabe borrando las marcas de la coherencia ordinaria y venga a significar la realidad aporética padecida por el bando de Anti, el guerrero. Lo mismo se puede decir del epitafio compuesto por Corvino: «El feticidio/adelantándose al epitafio/evitado habría el contagio/del anticristicidio...». ¿Será Anti, el guerrero, «cristicidio» o bien la inversión se inmiscuye dentro del lenguaje hasta decir lo contrario de lo que pretende? En este último caso, el contagio entre los «anticristicidios» vendría a definirlos como «cristolatras», y el fenómeno perverso tendría como origen la vindicta de su jefe Anti. El discurso poético traduce solapadamente una realidad más profunda, más allá de la superficie ilusoria de las actitudes humanas.

La paradoja del mentiroso

Nuestra hipótesis es que existe una relación de equivalencia entre la desesperanza que nace de la contradicción ontológica que pone en escena *El Árbol de la Cruz* y una de las más famosas paradojas utilizada a menudo como ejemplo problemático dentro de las teorías lógicas: una serie de coincidencias notables permite desarrollar esta idea analizando el texto de Asturias.

Para situar con pocas palabras nuestra temática, recordemos primero que la lógica aristotélica trató de estudiar muy detenidamente las varias modalidades de oposición entre las proposiciones, con todas las implicaciones que podía tener tal estudio respecto a la demostración, la definición, o la inducción. Ya Aristóteles tuvo que enfrentarse con las críticas de los dialécticos de Megara (epígonos de Zenón de Elea); éstos afirmaban el carácter imprescindible de una alternativa entre el ser y el no-ser –cuando precisamente Aristóteles reprochaba a Heráclito, uno de sus ilustres predecesores, haber ignorado esta contradicción. A raíz de esta discrepancia Eubúlides imaginó la paradoja del mentiroso, que podemos enunciar del siguiente modo:

> EL MENTIROSO ES QUIEN DICE LO CONTRARIO DE LA VERDAD.
> POR LO TANTO:
> –Si dice la verdad es que miente.
> –Si miente es que dice la verdad.

Como se puede ver, a partir de una definición axiomática basada en la contradicción, no se pueden enunciar sino proposiciones contradictorias y desprovistas de sentido. Sólo un término tercero (fuera de la contradicción) sería capaz de regular la verdad de las proposiciones y restablecer el sentido.[19]

Esta paradoja es exactamente la que va a vivir Anti durante su historia. Si seguimos su trayectoria, nos damos cuenta de que su vindicta contra los hombres, tal como se expresa en su tiranía, lo aproxima a una posición divina. Si lo que no es Dios es hombre (y viceversa), en virtud de un axioma de contrariedad, entonces oponerse a los hombres resulta convertirse en Dios (igualmente, oponerse a Dios equivale a caer en la categoría humana):

---

[19] Se planteará de nuevo el problema en la época moderna respecto a la teoría matemática de los conjuntos. Imaginemos un registro en el que tengan que constar todos los libros de una biblioteca; ¿formará parte el registro de la biblioteca, y por lo tanto tendrá que mencionarse a sí mismo, o no? El planteamiento de la exterioridad necesaria a cualquier sistema para que éste pueda funcionar (cuando precisamente y por definición un sistema es un conjunto de relaciones internas) permanecerá mucho tiempo en las entrañas de la lógica...

> Anti, el guerrero, sentíase cada vez más Anti-todo y Anti-todos. *Había dejado de ser humano para convertirse en Dios.*[20]

Ahora se entiende mejor el alcance contradictorio de la definición del protagonista Anti dada en el primer capítulo; él, Anti-Dios, no hizo más que sustituir al dios que pretendía expulsar. De una sencilla contrariedad natural (Dios/hombre) cayó en una contradicción: ser Dios cuando se pretendía anti-Dios. Esta paradoja narrativa acarrea otra: enemigo de la conformidad religiosa,[21] Anti suscitó en sus propias tierras otra forma de religión, la de la adoración servil de sus esbirros que lo tratan como a un dios:

> ¡Qué idea genial, digna del *Supremo Anti, nuestro señor*!
> Desde hoy, *divino Anti*, Anticipo de todo lo más grande, lo más bueno, lo más sabio, anunciaré en los periódicos [...].[22]

En resumen, encontramos desarrollada en *El Árbol de la Cruz* la siguiente paradoja que afecta al personaje principal:

> LO HUMANO ES LO CONTRARIO DE LO DIVINO.
> DE AHÍ QUE:
> –Ser anti-hombre es ser Dios.
> –Ser anti-Dios es ser hombre.
>
> DE ESTOS AXIOMAS PRIMEROS SE DERIVAN LAS IMPLICACIONES:
> –Ser Cristo es escapar de la presuposición recíproca, es representar la totalidad, la conjunción entre el ser y el no-ser del sistema, el término tercero que por su exterioridad es el garante del sentido del conjunto (el papel tan relevante que desempeña explica la fascinación que ejerce sobre Anti...).
> –Ser anti-Dios y anti-hombre condena a no ser nada ni nadie, es representar la nada, el naufragio en la contradicción (situación inicial de Anti, el guerrero, de la que trata de huir sin conseguirlo).

La lógica de la paradoja viene poéticamente traducida en el relato: cuando Anti descubre la figura acuática de Cristo, trata de ocupar simbólicamente («por el pensamiento») el lugar de la divinidad suprema. Sigue buscando desesperadamente una representación capaz de satisfacer sus axiomas liminares, para evitar desaparecer en la nada de la doble negación; por eso cambia en este momento muy peculiar de registro religioso, pasando del Nuevo Testamento a la mitología griega:

---

[20] M. Á. Asturias: *op. cit.*, p. 74 (el subrayado es nuestro).
[21] *Vid.* p. 88: «Se puso fin a esa religión del sufrimiento, el suplicio y la muerte. Sobre todo de la conformidad...».
[22] *Ibid.*, pp. 82-86 (los subrayados son nuestros).

> ¿Seré un nuevo Zeus –se preguntó con el pensamiento Anti– y ese pulpo será un Prometeo disfrazado?[23]

Seguir siendo Dios presupone una representación del otro como humano, por lo menos como un dios caído: Prometeo roba el fuego del Olimpo para entregarlo a los hombres, lo que le vale el castigo de Zeus, quien lo expulsa del Monte Sacro de los Dioses. La comparación seduce a Anti porque le permite mantener una forma de oposición Dios/hombre: en la mitología griega, no se puede ser divino y humano a la vez, y Prometeo se pierde por haber pensado que se podía transgredir la frontera fatídica. Un orden riguroso aparece nuevamente con la imagen mitológica, y le conviene más a Anti que el desafío sintético representado por Cristo. Pero si bien Anti trata de otorgarse a sí mismo el estatuto divino supremo de Zeus para dominar la parte humana del «mestizo», cuando durante su sueño se siente amenazado por la fuerza extraordinaria del Cristo-pulpo, vuelve hacia el lado de la humanidad débil y aparecen en su discurso sus actitudes de niño:

> –¡En tus llagas escóndeme! –oyó Anti, el guerrero, una de sus *oraciones de niño*.[24]

La aporía del vaivén entre realidades contrarias genera en Anti un movimiento de regresión hacia la matriz de lo indiferenciado, hacia un estado anterior a la lógica de la división característica de la vida; las palabras que dirige a Animanta no dejan lugar a dudas:

> –No, no quiero despertar. Estoy tan a gusto dentro de ti.[25]

La imagen del descanso anhelado corre parejas con un cese de la tensión entre los contrarios, con la desaparición de las oposiciones y negaciones. Jamás pudo aparecer la plenitud del sentido de la existencia bajo la forma del pensamiento «lógico» –resultado y característica de todo el pensamiento occidental– y entendemos ahora pefectamente el significado muy pertinente respecto a la problemática del *Árbol de la Cruz* de la cita de Rimbaud que encabeza la narración: «Philosophes, vous êtes de votre Occident». En esta ficción narrativa de Asturias, la dimensión filosófica (epistemología y ontología) es obvia, y este texto constituye un testamento espiritual en el cual encontramos la adhesión a otras formas de pensamiento, distintas de las que aprendió el autor de la civilización occidental.

[23] *Ibid.*, p. 114.
[24] *Ibid*, p. 246 (el subrayado es nuestro).
[25] *Ibid*, p. 194.

La aporía del *logos*

El balance espiritual que nos dejó Asturias gracias a este relato a la vez poético y filosófico comparte con la filosofía las características de cualquier reflexión: el pájaro de Minerva se levanta a la caída de la tarde, es decir que sólo puede desarrollarse la meditación y llegar la sensatez cuando acaba el trayecto existencial, después de la pragmática de la acción. El texto del *Árbol de la Cruz* parece simbolizar esta ascesis lenta y difícil.

A lo largo del relato, la conciencia de Anti, el guerrero, sufre el infortunio del pensamiento, la fractura que divide la conciencia en conciencia de las cosas y conciencia de sí mismo, que opone *lógica apodíctica* (lo necesariamente cierto, lo que elimina las alternativas y no admite contradicción, el *Logos*) y *lógica poética* (que trata de lo que podría ser o hubiera podido ser). Por eso quizás, al lado de un afán de exclusión radical, se perciben dentro de la narración los signos de un secreto deseo de vuelta a un estado de sincretismo entre el Yo y el Otro, signos que se convierten al final en una auténtica sed de totalidad:

> –desembarcar en Animanta, como su amante y caudillo, la venática vena le saltaba en la frente, y llamarla así: Animanta, olvidado lo de Antimanta.[26]
>
> ....
>
> – Mejor dormido, fuera y dentro de Animanta, isla y manta [...]. Doble, doble estar, adentro y afuera de Animanta.[27]

El desenlace de la búsqueda de Anti encontrará su meta en un sueño de fusión total con este Otro inverso de su persona, el Cristo-pulpo; en esta simbiosis poética desaparecen las falacias de la división introducida por el *Logos* hasta lo más hondo del alma, perdiendo ésta la posibilidad de conocer la totalidad:

> Sus ojos, ojos de Cristo vidriados ya por la muerte, paralizaron al guerrero perseguidor de los cristos, las cruces y los muertos, ejerciendo sobre él *una atracción sin efugio posible*, directa, fascinante, *hipnótica*, los ojos de Jesús en el cuerpo de un molusco.[28]

Con esta extraña fascinación, Anti experimenta nuevas sensaciones y descubre otra dimensión posible de su Ser: al igual que un proceso de

---

[26] *Ibid.*, p. 150.

[27] *Ibid.*, p. 202.

[28] *Ibid.*, p. 216. Es muy notable aquí la desaparición del nombre «Anti» para designar al protagonista; en esta comunión que se prepara, el guerrero pierde su principal atributo. (Los subrayados son nuestros).

hipnosis, el Sujeto se percibe a sí mismo como exclusiva presencia, como unidad desprovista de cualquier división entre lo que es y la conciencia que tiene de su modo de ser. De la misma manera, cuando un venado se abandona a la fascinación de la serpiente que lo va a matar, no la percibe como *otro* amenazador, ni tampoco se siente en peligro. El mero hecho de «sentirse» mantendría la diferenciación, y por tanto la fascinación, la hipnosis, fracasarían; parece que sólo puede realizarse el proceso hipnótico mientras coincide el animal con una moción interna, de tal manera que no tiene más existencia que la que le otorga dicha fuerza: vive llevado por ella. Anti, durante este momento particular de la hipnosis, experimenta una ausencia de diferenciación respecto a sí mismo y al otro, e intuye la realidad de nuevos horizontes ontológicos.

Esta etapa esencial de la vuelta hacia la Totalidad viene corroborada por otros rasgos discursivos que invierten la lógica aporética inicial del «ni... ni...» en «y... y...»: en el capítulo V se dan numerosos ejemplos de este fenómeno de evolución que va de la exclusión a la fusión:

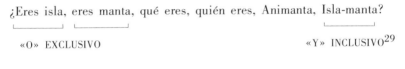

> ¿Eres isla, eres manta, qué eres, quién eres, Animanta, Isla-manta?
>
> «O» EXCLUSIVO «Y» INCLUSIVO[29]
>
> ....
>
> Sus cien y cien ventosas que en succión continua lo absorberían hasta *confundirse* por los siglos de los siglos el perseguidor *y* el perseguido, el mártir *y* el verdugo, la víctima *y* el victimario [...].[30]

A veces encontramos en *El Árbol de la Cruz* expresiones que remiten a otras obras literarias que también buscan una vía poética para reunir lo que el *Logos* de la razón perdió al diseminarlo. Por ejemplo, Asturias sigue aquí de modo evidente las perspectivas de Octavio Paz y parece reproducir en su prosa unos versos de *Libertad bajo palabra:*

> En el mar no hay instantes, todo es eterno o al revés, no hay nada eterno, todo es instante [...].[31]

Entre el principio y el final, el texto de Asturias realiza pues la siguiente conversión semántica:

[29] *Ibid.*, p. 198.
[30] *Ibid.*, p. 232. (los subrayados son nuestros).
[31] *Ibid.*, p. 244.

ESTADO INICIAL «ANTI-» Lógica de la exclusión FRACTURA LOGOS «Sueño de la vida»	ESTADO FINAL «CONFUNDIR» Lógica de la reunión TOTALIDAD POESÍA «Sueño de la muerte»

> En la contabilidad inmortal, dormidos para siempre pagamos el sueño vivo que nos dio la vida, tan distinto... oh, sí, Daimón, sí, tan distinto del sueño de la muerte.[32]

Así como podría hacerlo mediante una experiencia mística, Anti durante su sueño pisa la orilla de la beatitud del espíritu; pero este descubrimiento se produce en el negro túnel que materializa el límite irrepetible que separa la vida de la muerte (tinta del pulpo), en el instante de la conjunción de los contrarios absolutos, en espera de una revelación del gran misterio que devuelve al hombre a la matriz universal:

> Navegaba, navegaban él y el pulpo en una sola tiniebla [...].[33]

La muerte, que Anti quería extirpar de sus tierras, es finalmente el único «instante/eternidad» que encierra la totalidad de la verdad. La anti-verdad de la existencia no podía sino excluir la verdad que sólo revela la muerte, y la actitud de Anti cuando despierta –vivo pero preso de su vida ordinaria– demuestra que tiene el presentimiento de haber alcanzado algo diferente:

> Despertó, la voz corrió por el palacio, despertó, despertó. Sus lebreles. Mandó que los echaran fuera. Todo lo que se movía, así fuera una mosca, deshacía el hechizo. La prolongación de sus visiones.[34]

Prefiere seguir soñando, permanecer al otro lado del espejo, como si la razón poética ofreciera horizontes más amplios y próximos a la verdad absoluta, superiores a los de la razón lógica:

> Se echó los almohadones encima,[35]

[32] *Ibid.*, p. 180.
[33] *Ibid.*, p. 250.
[34] *Ibid.*, pp. 252-254.
[35] *Ibid.*, p. 254-256.

A modo de conclusión

¿Se acabará todo pues en una última oposición entre razón poética y razón lógica, entre *muthos* y *logos*, encerrando el relato y el empeño humano dentro de una circularidad trágica? Bien podría ser, sobre todo si nos atenemos a la forma material del manuscrito que nos dejó Asturias: la coma final, imagen gráfica de lo que no acaba, hace pensar en una búsqueda infinita y un tormento existencial en el cual el hombre –Prometeo y Sísifo– se consume sin horizonte alternativo.

A no ser que la muerte y/o la imaginación hagan desaparecer el maleficio: el Sujeto es aquí a la vez Zeus y Prometeo, es decir el verdugo y la víctima. Dueño de sus pensamientos, el hombre puede recobrar el sentido de una sabiduría perturbada por un modo de intelección que opone –a partir de Platón fundamentalmente– dos vías de conocimiento, escindiendo éste en Razón y Ficción: *El Árbol de la Cruz*, al tratar de la lógica y de la ontología en forma poética, abre paso a un reencuentro con la simbiosis de los orígenes. En el umbral de la muerte desaparecen las tensiones y asistimos al advenimiento de una paz libre de la dictadura del devenir –siendo éste producto de una dinámica de la tensión contradictoria que por esencia nunca constituye un final y consiguientemente no produce ningún resultado. Así, la ficción de Asturias cobra su valor fundamental de meditación filosófica de un personaje/autor, exterior a la diégesis pero acosado por la perspectiva de la muerte: la forma del cuento le permite soñar y reflexionar sobre el enigma del retorno definitivo al gran Todo del universo.

TINTA DE TINIEBLAS

Alain Sicard

> «¿Traes tu ganzúa, tu llave que abre todas las puertas?
> –Sí, mi llave: Edipo»[1]

Como de todo texto literario, de *El Árbol de la Cruz* pueden hacerse sin duda múltiples lecturas. Hay una, sin embargo, que no puede evitarse ya que condiciona todas las demás: es aquella que confiere su verdadero lugar al inconsciente del texto. La inestimable indicación que figura en uno de los «carnets» (es decir, al margen de la obra que nos ocupa) y que hemos decidido citar como epígrafe de estas reflexiones, sería suficiente para justificarla, si tal lectura no estuviera ya implícita en la economía misma del texto. En efecto, los cuatro primeros capítulos que describen a Anti en su cruzada «anti-todo» van seguidos de un quinto capítulo que se presenta como el negativo de los precedentes: el protagonista parece renunciar a toda empresa guerrera contra Animanta. Más aún, será gracias a una zambullida onírica en el mundo acuático de Animanta, al hecho de abandonarse a sus sortilegios y a la fascinación del misterioso pulpo crucificado, por lo que se resolverá el conflicto entre los dos personajes. O al menos parecerá, provisoriamente, resolverse ya que el relato, como sabemos, no irá más allá de la coma que lo interrumpe y que marca el despertar de Anti, quedando sin embargo abierto a la posibilidad de un nuevo sueño, a la felicidad de un retorno a Animanta.

---

[1] Miguel Ángel Asturias: carnet Nº 54 del Fondo Asturias de la Biblioteca Nacional (París), en Aline Janquart: Miguel Ángel Asturias: *El Árbol de la Cruz*, edición crítica, tesis de Doctorado en Letras, tomo I, Universidad de Borgoña, Dijon, 1991.

Cabe preguntarse si *El Árbol de la Cruz* es un relato inconcluso. Es ésta una cuestión esencial que será menester examinar. Por el momento, consideremos que se trata de un relato que la naturaleza misma de ese quinto capítulo condenaba a la inconclusión o, si se prefiere, de un relato cuya falta de conclusión representa el único final posible. En todo caso, en el texto tal como se presenta, el sueño de Anti durante este último capítulo, obliga al lector a someter las lecturas que hubiera podido hacer de los capítulos precedentes –lectura ideológica inducida por la presencia de un tirano, lectura teológica inducida por la referencia a Cristo– a otro tipo de lectura que tenga en cuenta esa inmersión final en las aguas del inconsciente. En otras palabras, y para seguir el consejo del propio autor consignado en sus «carnets» de trabajo, creemos que es necesario buscar en el quinto capítulo la llave edípica que abre, de un modo enigmático sin duda, la puerta de los cuatro primeros.

¿Cómo caracterizar el comportamiento del personaje de Anti en esta primera parte del relato? Se trata de un dictador, pero de un dictador cuya dictadura es menos política que metafísica, ya que su obsesión no es otra que la de abolir todo lo que, de cerca o de lejos, recuerda a Cristo: es decir, la Cruz, y en forma general y, según nuestra opinión, más significativa: la Muerte.

> Ni cruces, ni crucificados, ni muertos. Anti el guerrero era Anti-Todo, pero, ante todo, Anti-Muerte.[2]

El interés capital del quinto capítulo, en el que asistimos a la disolución ficticia de Anti en esa especie de placenta prenatal en que se ha convertido para él Animanta, es que permite captar el sentido de ese ejercicio sistematizado de la denegación que sirve de estructura al personaje, que lo constituye como sujeto, en el más mínimo de sus actos, e incluso en su mismo nombre. Sólo al término de ese descenso a los abismos del inconsciente de Anti nos será revelado el secreto que se esconde detrás de esa negación, es decir, la muerte.

El sueño de Anti nos transporta a un medio que, a diferencia de aquel en el que el dictador ejercía su imperio, no está regido por la exclusión o la separación, sino por la ósmosis, por el retorno a lo indiferenciado. La nostalgia placentaria ha transformado al Padre, instaurador de la Ley frente a la Esposa, en ese niño que vuelve a vivir en Animanta:

> En los pliegues y repliegues jabonosos de música y sueño, confundidos con los repliegues y pliegues de la manta que lo envolvía, cuán pequeñito sentíase Anti, el guerrero, qué no ser nada.[3]

---

[2] *El Árbol de la Cruz*, cap. IV.
[3] *Ibid.*, cap. V.

Vientre sexual y vientre materno se confunden, en este viaje edípico, para transformar el deseo incestuoso en vector de un retorno a «una existencia anterior y posterior a la vida»,[4] a un ante-ser negador de la muerte.

El fantasma del incesto aparece de esta forma como estrechamente ligado al rechazo de la muerte que constituye el fondo del comportamiento de Anti. La negación de la muerte evocada en los cuatro primeros capítulos y el refugio en la madre descrito en el quinto representan las dos caras de una misma angustia. Porque nacer es morir, porque la Madre es portadora de muerte, Animanta es doble y doble el comportamiento de Anti. La polisemia de la palabra «manta» resulta al respecto significativa: «manta» es esa cobija bajo la cual se oculta el soñador en las últimas líneas del relato, para tratar de reanudar su sueño. Es lo que protege, lo que recubre: el velo que hay que levantar para acceder a la otra verdad. Pero, ante todo, es el significante en el que se confunden el sudario («manta = pez sudario») y los pañales del recién nacido («mantillas»). Para admitir que hay vida en la muerte, para desposar su propia muerte, Anti deberá desposarse con la Madre, convertirla en Eva y María a la vez: ser él mismo Padre e hijo, y hacer que el afuera y el adentro se confundan. La estadía en Animanta hará realidad una ambivalencia que estaba ya inscrita en las letras de su nombre.

El nombre de Animanta sólo revela su secreto, y esto es sintomático, si se lo pone en relación con el nombre de Anti.

En primer lugar, la palabra Anti, que significa exclusión, es una palabra incompleta: sólo tiene sentido por lo que excluye.[5] No existe sino por lo que censura. Sólo encuentra su completud gracias al sueño, cuando la relación de oposición es sustituida por el consentimiento osmótico, por el hecho de pertenecer a Animanta. Este consentimiento es un retorno a lo animal –inscrito en el nombre de Animanta-, a lo instintivo y lo arcaico que implica, y es éste un punto esencial, la pérdida de la letra T:

> ¿Adónde llevará los muertos Animanta? se preguntó a sí mismo Anti el guerrero, y luego lo gritó –¿Adónde se llevará los muertos Animanta?– y congojoso –Estúpido de mí, si una letra le faltaba para ser lo que era, una Anti, Anti-Anti, su verdadero nombre era Antimanta.[6]

---

[4] *Ibid.*

[5] Al respecto, cabe recordar que en el texto Anti tiene también otro nombre. En el quinto capítulo, Animanta lo llama «Daimon», «nombre que designa una fuerza que no se puede o no se quiere nombrar» (*cf.* Aline Janquart. Edición crítica. *Op. cit.*), es decir, el nombre de lo que, a través de su propio nombre, Anti se niega a nombrar.

[6] *El Árbol de la Cruz*, cap. II.

Para vivir en Animanta, Anti deberá a la vez perder una letra de su nombre (AntiAni), y aceptar su feminización (AntiAnta).

Es como si el destino de Anti estuviera signado por la letra T. Como si, en el nombre mismo de «Animanta», en ausencia de la T (y de la feminización marcada por el cambio de desinencia), Anti pudiera descifrar –¿reconocer?– aquello que todas las fuerzas de su conciencia y su voluntad se obstinan en excluir: esa letra que su nombre contiene, y sobre la cual conviene detenerse ya que, como acabamos de verlo, el texto mismo nos invita.

Una primera comprobación se impone: la letra T está relacionada con la diferencia de sexo. Representa el significante en el que esta diferencia se inscribe como algo de más o de menos. Un segundo nivel de reflexión permite descubrir en la letra T la imagen de la cruz. En una nota de sus «carnets», el propio Miguel Ángel Asturias se refiere a tal relación:

> Cruxifición –porque si es en una cruz que se cruxifica, por qué le va a faltar la equis x[7]

No resulta entonces excesivo decir que el personaje de Anti lleva, en su nombre, esa cruz[8] que se niega a ver y que sólo la regresión onírica al seno de Animanta, a través de la figura del pulpo crucificado, le permitirá contemplar y reconocer.[9]

Dentro del proceso jonasiano de ingestión que sirve de estructura al quinto capítulo, Animanta y el pulpo son indisociables. En la cripta que forma bajo el mar el cuerpo de Animanta, Anti intentará descifrar el secreto de su propio enigma.[10]

Este enigma se presenta bajo la apariencia de lo Imposible.[11] Ya en el segundo capítulo habíamos asistido a las meditaciones de Anti sobre el

---

[7] Carnet nº 49 (Aline Janquart. Ed. crítica. *Op. cit.*).

[8] Notemos asimismo que el nombre de Anti contiene cuatro letras que son como las cuatro ramas del Árbol de la Cruz.

[9] De esta manera es como creemos que deben interpretarse las llagas del pulpo crucificado, como una metaforización del sexo femenino.

[10] Entre las notas de trabajo recopiladas por Aline Janquart (*ibid.*) encontramos la siguiente: «Críptico-criptografía: escribir clave secreta, enigmático - criptograma: documento cifrado».

[11] Es el título del poema de *Una temporada en el infierno* de Arthur Rimbaud del que se ha extraído el epígrafe de *El Árbol de la Cruz*: «Filósofos, sois de vuestro Occidente». Lo Imposible, en el texto rimbaudiano, es la búsqueda utópica de un Oriente evocado en términos de pasado («eso es pasado, ahora sé cantar a la Belleza»). Para Anti, ¿qué representa lo «Imposible», ese «Oriente» al que, según el epígrafe, hay que renunciar? De acuerdo con los primeros cuatro capítulos, representa la imposibilidad de una censura, y según las últimas líneas del relato que describen el despertar de Anti, la imposibilidad de abolir toda censura, la imposibilidad de vivir en Animanta. Lo imposible es también combatir a Animanta y confundirse con ella, negar el inconsciente y abandonarse a él, ya que esa imposible negación es la que me constituye como sujeto. El hecho de pertenecer a «Occidente» se basaría en esa contradicción, en esa cruz que nos vemos obligados a llevar y de la que, al mismo tiempo, debemos deshacernos.

«hacer» y el «deshacer», lo «Posible» y lo «Imposible»,[12] y a la siguiente conclusión:

> Hacer, hacer y deshacer... es decir sustituir por actos el pensamiento... pero en rigor...

He aquí lo imposible y posible a la vez: la imposibilidad puesta en escena en los cuatro primeros capítulos bajo la forma de la exclusión y la censura, y la posibilidad, abierta por el sueño de Anti, de hundirse incestuosamente en esa llaga que es el sexo de la Madre y cuyos bordes dibujan la frontera entre la vida y la muerte.

Para Anti, el pulpo hace oficio de espejo por la contradicción misma que encarna. En ese extraño crucificado que es a la vez «víctima» y «victimario»,[13] perseguidor –que atrae a sus víctimas hacia la profundidad de sus llagas– y perseguido, clavado, impedido de usar sus tentáculos, se encuentran simbólicamente resumidos el deseo y lo prohibido, el incesto y la castración. Notemos, al efecto, que la boca del monstruo es doble según que se presente como instrumento del deseo o de la mutilación: ventosa, vulva que atrae y envuelve, y pico de pájaro cuya función, en el momento del encuentro[14] de Anti con el pulpo, es la de arrancar los ojos del nadador, dejarlo ciego para poder saciarse con esa parte de sombra que su cuerpo encierra:

> Un Cristo sin faz. Sólo ojos. Ojos esféricos. Un pedazo de nariz. Y el horrible pico de pájaro con movimientos de cabeza de tortuga, que se lanzaba contra el cristal de la escafandra, para dejarlo ciego y ya ciego aplicarle sus dobles, sus triples filas de ventosas y poderle beber toda la sombra que encierra el cuerpo de un hombre sin ojos, sombra que el pulpo crucificado convertiría en tinta de tiniebla.

Nos encontramos aquí en el corazón mismo del texto. La referencia al edipo se ha hecho casi explícita. Dos espejos se enfrentan –el de los ojos esféricos del pulpo y el del cristal de la escafandra, espejos en los que

---

[12] «Anti dio un salto con todo y el sillón que depositaba sus abultadas nalgas, y de pie, los ojos en ninguna parte, las manos crispadas, tras escupir, echóse a medir la sala en que estaba, la sala de audiencias, a pasos largos que fue acortando a medida que fijaba su pensamiento en lo que se debía *hacer, hacer... hacer y deshacer...* por la razón de un pecho con luceros... *por el presentimiento palpitante como un doble corazón... lo posible en él, lo imposible fuera... o al revés... lo imposible en él, lo posible fuera...*

[13] «... sus cien y cien ventosas que en succión continua lo absorberían hasta confundirse por los siglos de los siglos el perseguidor y el perseguido, el mártir y el verdugo, la víctima y el victimario...» (*El Árbol de la Cruz*, cap. V).

[14] Encuentro frustrado: «Navegaba, navegaban él y el pulpo en una sola tiniebla, negándose entre ellos mutuamente el tacto, el tic-tac del tacto, único contacto que les quedaba en la negrísima tinta de eternidad...» Nótese, en este pasaje, la insólita proliferación de la letra T.

el nadador y el crucificado intercambian y confunden sus imágenes. La ceguera que amenaza a Anti encuentra su reflejo invertido en ese Cristo sin rostro, reducido al cristal de sus ojos. La ceguera, castigo de la castración, es también negación, por parte del sujeto, a contemplar la imagen de su deseo. El doble espejo esférico de los ojos del pulpo devuelve a Anti la imagen de su propia ceguera, de la ceguera con respecto a sí mismo. De la misma manera, el inconsciente no hace sino poner a la escritura ante la imposibilidad de su propia representación.

Se supone que el sueño de Anti debería resolver una contradicción que se encuentra en el centro mismo del acto de escritura: ¿cómo estar a la vez dentro y fuera?[15] ¿Cómo puede el sujeto hablar del objeto respetando al mismo tiempo la alteridad (sin imponer su «dictadura»)? ¿Cómo ser él mismo a través del Otro, o cómo dejar hablar al Otro a través de sí? El problema de la escritura se plantea en términos de exterioridad y de interioridad, de posibilidad de dominar el lenguaje o de abandonarse al océano de las palabras.

Frente a este problema, *El Árbol de la Cruz* vacila entre dos estrategias. La primera, que ocuparía el polo de la exterioridad, se desarrolla en los cuatro primeros capítulos bajo la forma del cuento filosófico o de la alegoría. La segunda, en el quinto capítulo, pone en escena una narración que evoca a la vez el relato de un sueño y un poema en prosa.

En el primer caso, domina una lógica o una sistemática en la que el inconsciente no encuentra su lugar (aunque permanezca enigmáticamente inscrito, como hemos podido comprobarlo, en el nombre de Anti y de Animanta). En el segundo, la narración acepta convertirse en la escena del inconsciente. ¿Lo logra realmente? La gran cantidad de tachaduras que presenta en el manuscrito este último capítulo refleja las enormes dificultades con que ha tropezado el escritor.

En efecto, el descenso a Animanta tendrá lugar bajo el signo de un desposeimiento del lenguaje –de ese lenguaje que según el propio texto es la única arma de Anti frente a esa Esfinge de las profundidades representada por el pulpo.

El nadador –el durmiente– antes de desaparecer bajo las olas, tomará por última vez la palabra, pero será para decir que Animanta no le pertenece, que se encuentra en un más allá al que su voz ya no tiene acceso:

> Su voz, hablaba con la cabeza fuera del agua, defendiendo la boca de las olas, perseguida a saltos por los delfines que volaban tras ella, no

---

[15] «Mejor dormido, fuera y dentro de Animanta, isla y manta, mejor deshecho en un sueño que te permite existir, si existir es ese tu chocar con lo inalcanzable, disgregar tu ser en un transmundo coloidal, sin disolverte. Doble, doble estar, adentro y afuera de Animanta». *El Árbol de la Cruz*, cap. V.

> subía ni bajaba el diapasón, cortada por silencios que hacían esperar lo inesperado, la revelación, que no hizo, del pulpo crucificado bajo la isla.[16]

El silencio invade poco a poco esa palabra mientras se aproxima a la revelación que nunca hará.

De allí en más, la escritura debe renunciar a expresar todo lo que no sea su propio silencio. El cuerpo a cuerpo con el pulpo se resuelve en una «sombra de polvo de tinieblas»:

> Sentíase lanzado, impelido hacia los brazos del pulpo que se retorcían en un supremo y último esfuerzo por liberarse de las clavaduras. Pero no, no chocó con cuerpo alguno. El pulpo había desaparecido y en lugar de golpearse contra él, penetró a una sombra de polvo de tiniebla diluida en el agua, tan exacta al Cristo-pulpo que parecía el pulpo mismo.[17]

Engañosa fidelidad la de esa tinta de tinieblas: la imagen es sustitución, y la escritura restituye una navegación que no es otra que la de dos cuerpos irremediablemente paralelos:

> Navegaba, navegaban él y el pulpo en una sola tiniebla, negándose entre ellos mutuamente el tacto, el tic-tac del tacto, único contacto que les quedaba en la negrísima tinta de eternidad que se extendía sin playas ni horizontes. Polvo, tinta, sombra, qué era, quién era... un rostro, un cuerpo... el agua de qué sangre movida, con qué impulso de carbón ya líquido, llorado por los ojos redondos, ojos de búho del Cristo tumefacto, pulpo negro de los brazos en cruces.[18]

El fracaso se ha consumado, poniendo término no sólo al sueño sino también al acto de escritura al que le asigna un final que no es más que otra cara de la muerte. Esa muerte, la última coma –¿la coma última?– la rechaza. Al sustituir al punto final, representa el signo de un fin que no se acepta como tal.

El texto, como mi vida, llega a su fin. Como Anti, el Guerrero que se bate contra su propia muerte, lo he escrito por completo batiéndome contra ese final que me excluye. Cierto que es necesario aceptar la muerte del texto para que el texto sea. Pero, más allá de mí, más allá de mis palabras, en ese lenguaje que el sueño ha hecho suyo, el infatigable murmullo del que hablaba André Breton continúa. Tras la página blanca de la «manta», la palabra que soy y en la que no estoy prosigue su discurso interminable.

---

[16] *El Árbol de la Cruz*, cap. V.
[17] *Ibid.*
[18] *Ibid.*

LA OTRA NOCHE

Daniel Sicard

> Pour ressaisir au plus proche l'opération de l'imagination créatrice, il faut donc se tourner vers l'invisible dedans de la liberté poétique, il faut se séparer pour rejoindre en sa nuit l'origine aveugle de l'œuvre.
>
> Jacques DERRIDA

Philosophes, vous êtes de votre Occident.[1] Por medio de este epígrafe Asturias nos introduce en lo que parece ser la referencia mayor de su relato *El Árbol de la Cruz*: el destino y su figura.

Más adelante veremos cómo puede leerse aquí esta figura; como una letra.

Si bien esta obra (póstuma) comienza como un cuento filosófico, rápidamente se deja invadir por una realidad fantástica. Puede entonces apreciarse la fineza en la descripción de la crisis del tirano Anti: momento de crisis en el que la vivencia del niño al final de su primer año de vida (época en la cual los espejos comienzan a reflejar antes de devolver sus imágenes) permite captar la dimensión trágica del relato.

Anti el guerrero

En excelente clínico, Asturias nos describe a Anti como un ser que razona, que raciocina, que desarrolla un discurso cuya lógica misma desenmascara la locura. Se trata de una «locura razonante» cuya expresión no deja de

[1] A. Rimbaud, «L'impossible», *in Une saison en enfer*, París, Gallimard, 1984.

producir en el escritor como en el lector, algunos efectos cómicos que sirven de alivio frente a la angustia que comienza a rezumar cuando se acerca ese inquietante extranjero, tan parecido a nosotros mismos, el psicótico paranoico.

Ninguna alusión a su familia: es como si el guerrero fuera huérfano de padre y madre. Ninguna referencia, en sus palabras, al lazo generacional.

Anti está solo –libra su combate vital, mortal, con las únicas armas que le proporcionaban los espejos de su infancia y que, a causa de la ausencia de un tercero (el otro) capaz de estructurarlo por ser distinto, no ha sabido aprender a manejar. Única solución: librarse de la inquietante confusión con Cristo enhebrando «una palabra en su lengua».

Pero se trata de una costura de delirio que no basta para contener la aparición de la locura asesina, de la agresividad fundamentalmente humana que late bajo el amor al prójimo.[2]

Hilos de delirio se entretejen alrededor de un tema central: ser único a imagen y semejanza de Dios, lo que implica la destrucción, la eliminación de la imagen del otro, ese Cristo parecido a él y que es dueño del lugar.

El conflicto se introduce en el seno de una nueva trinidad inimaginable, insoportable, tanto más cuanto ese Cristo encarna también la imagen de aquella de quien el destino es el esclavo amante: la señora muerte.

¡Cómo no quejarse en efecto de ese Jano, de ese dios *bifronte* cuya figura humana encarna la muerte como destino del hijo! En el momento mismo en que se impone la exclusión recíproca: «él o yo», se anuncia tanto para Cristo como para Anti: la muerte como destino. De la misma manera que para Layo y Yocasta precipitados al cumplimiento del oráculo por el hecho mismo de haber querido evitarlo.

«Por el espíritu se llega a Dios, desgarrante infortunio»[3] decía Rimbaud, y el infortunio de Anti se presenta bajo la apariencia de ese ser semejante, ese extranjero, ese intruso que desde afuera amenaza su propia existencia: inconcebible intrusión mortífera que precipita a la eliminación, a la destrucción de esa imagen multiplicada en cada semejante.

El yo de Anti está repleto de ese odio que se proyecta en el otro. Esto significa que no ha podido superar aún un estadio precoz de su organización: el sentimiento de identidad vacila frente a la imagen de sí

---

[2] En 1936, al finalizar los Juegos Olímpicos de Berlín, Lacan presenta en el Congreso de Marienbad su primera comunicación sobre el estadio del espejo donde describe ese momento decisivo en la estructuración de la persona, y lo propone como inaugural del imaginario humano. Al final del primer año de vida, el niño comienza a descubrir la jubilación cuando reconoce su imagen reflejada, movimiento que lo aparta (o no) de la vivencia de un cuerpo dividido, dando lugar a la imagen intrusiva y alienante de un yo unificado. Esta imagen intrusiva de sí repetida al infinito en la de los semejantes, daría cuenta de la agresividad humana.

[3] A. Rimbaud, «L'impossible», *op. cit.*

que se vive como una confusión ya «que agrega la intrusión temporaria de una tendencia extranjera».[4] Anti debe eliminar esa imagen como único medio de distinguirse de ella, de sobrevivir.

Pero la destrucción de esa imagen se realiza ignorando que se trata a través de Cristo, de la percepción delirante de su propia imagen: así, creyendo elegir, ya hemos sido elegidos y creyendo matar, ponemos en marcha contra nosotros mismos un proceso inconsciente de autodestrucción, por intermedio del fenómeno proyectivo.[5]

El yo de Anti, yo rencoroso que niega su odio situándolo en el otro, funciona de modo proyectivo. Es un yo vacilante que no ha superado aún un estadio arcaico de desarrollo. A lo largo del relato notaremos en Anti numerosos momentos de vacilación, de oscilación.

Anti, Cristo, Asturias: tres nombres que parecen compartir una misma amarra: la letra T; y en segundo lugar, la vocal i (una T invertida) que ejecuta, como la A (Animant*a*), una partitura semántica e identitaria con la T. Postulamos entonces que en relación con estas dos letras, la T y la i, se ha operado en Anti una fijación originaria, perpetuada inconscientemente, en la encrucijada de lo Real y lo Simbólico.

La T de «Guatemala», de Asturias, de Anti, es como una cruz hecha con la madera del árbol y en la que parecen clavados los nombres propios.

La T, que remite a la Tau griega,[6] constituye una especie de represión originaria que atrae al conjunto metafórico constitutivo del Relato.

La T, letra en todo caso, en la que se apoyan precariamente los sentimientos de identidad de Anti y que, como símbolo de la diferencia misma –incluso al final del relato cuando el personaje se encuentra reducido a esa nada, a esa letra, a esa T-, representa la encrucijada de los caminos del Destino.

---

[4] J. Lacan, *Les complexes familiaux*, París, Navarin, 1984.

[5] «Digamos que, de ese origen, el Yo conservará la estructura ambigua del espectáculo que se manifiesta en las situaciones más arriba descritas del despotismo de la seducción, de la exhibición, dando forma a pulsiones sadomasoquistas escoptofílicas (deseo de ver y ser visto) destructoras del Otro en su esencia. Notemos que esa intrusión primordial (intrusión del narcisista) explica toda proyección del yo constituido, ya sea que se manifieste como mitomaníaca en el niño cuya identificación personal vacila aún, o como transitivista en el paranoico cuyo yo vuelve a un estadio arcaico». J. Lacan, *op. cit.*

[6] TAU: 19º letra del alfabeto griego. Ponerle la Tau a algo, dar su aprobación (locución que evoca el Apocalipsis cuando un ángel marca con la letra Tau la frente de los predestinados). *Cf.* F. Ponge, *La table*, París, Gallimard, 1991.

Animanta

Evidentemente el Destino habla y se anuncia una vez más bajo el signo de la cruz, por intermedio de esa «misionera» que es Animanta, «mezcla de animal y de manta», que aparece en la terraza oeste del palacio.

Animanta: animal más manta, pero también A.N.I.M.+ A.N.T.A. donde la letra final, la A, indica el femenino (por oposición a la i que marca el masculino); o, para ser quizá más coherente con el desarrollo de nuestro análisis: en tanto significante de una filiación, la A engendrada como la i... en una copulación con la T...[7]

En Animanta, como en la esfinge de Tebas, hay animal; como en Tiresias, hay también divinación. Dos figuras por intermedio de las cuales habla el destino.

> Daïmon nada se pierde
> Las golondrinas son las esposas enlutadas de Jesús crucificado

Esas dos palabras donde se profetiza la ley inmutable, la ley no escrita del Deseo del ser-para-la muerte, esas palabras cuyo amor, en la imagen del corazón atravesado por una flecha (¡oh! Cupido), son como una transfiguración que libera a Anti condenándolo a su destino de cruzado. De boca de su amante, Anti ha escuchado el oráculo: «sílaba a sílaba, se le podrirá la lengua». A partir de ese momento, Animanta se identifica con Cristo y Anti intenta abolir por medio del crimen toda referencia a su finitud. Es que todos esos cristos, como tantos relojes surrealistas, reflejan en los espejos el rostro de la muerte.

En Anti, la no-superación del estadio del espejo está signada aquí por el acto iconoclasta como ensayo resolutivo de una tensión insoportable.

La raya manta Antígona

En esa primera tentativa de exiliar a la muerte exiliando al amor por medio del mortal exilio de su amante, se engendra el retorno de lo negado (la muerte), transfigurada en una raya manta: metamorfosis de la mujer amada, imagen sustituta de la madre, figura de la mujer-madre, esa raya manta no es sino una antígona marina que podría muy bien unirse al murmullo del Rimbaud de *Una temporada en el infierno.*

---

[7] M. Blanchot (*L'espace littéraire*, París, Gallimard, 1955) escribe: «La literatura comienza en el momento en que se transforma en una problemática», en este caso, la problemática de la letra, del sujeto del inconsciente y de la generación del sentido en la relación de los significantes.

«¿Conozco aún la naturaleza? ¿me conozco a mí mismo? –silencio– entierro a los muertos en mi vientre.» La Raya Manta representa la figura de la mujer-madre, isla-navío que boga entre los puertos del tiempo, del nacimiento al fin, crisol donde se conjugan Eros y Tanatos.

Ésta nos recuerda sin cesar su mensaje: el fin de la vida es la muerte. La vida se aferra a ello como una madre-natura que no olvida la deuda: te he dado la vida, me la debes, tendrás que devolvérmela (*cf.* Goethe).

«Estúpido de mí, si una letra le faltaba para ser lo que era, una Anti, Anti-Anti, su verdadero nombre era Antimanta.» Esta reflexión nos muestra a la genitora bajo la apariencia de la Manta: Anti se anticipa ya porque sabe que ella está hecha a su imagen, o mejor dicho, porque sabe que el origen de su imagen estaba ya en lo más profundo de ella, cuando él no era «nada ... apenas una letra perdida en quién sabe qué página de la Enciclopedia Titánica», esa T –esa pequeña cruz, con la cual firmaba entonces, como firma el analfabeto.

Antimanta no es Eva Braun. Es memoria, superficie abierta a la escritura en cruz del tiempo, que boga en el abrazo amoroso, y mortífero, del cielo y el agua. «Puede que el azul del cielo sea el anverso de la noche», dice Jabès.[8] En todo caso, el hecho de haber reconocido a Antimanta (exiliando en primer lugar a la muerte) permite a Anti –al fin único dueño a bordo, al fin Dios– gozar, gracias a la protección del espejo del tiempo, de un pequeño descanso en forma de epitafio: en él puede leerse sin embargo la omnipotencia materna eventualmente «feticida» –que Edipo en Colona invocaba en vano «¡oh! no haber nacido nunca»–, deseo puro de muerte en acción: permanecer oculto, sumergirse una vez más en el nirvana del vientre materno, en ese narcisismo absoluto del primer sueño, de la primera noche, del primer amor absoluto de sí, a bordo de «la segunda noche» en la que invita a Tanatos a la gran fiesta incestuosa del olvido.

Anti, identificado con Anti-manta, cuando ésta se adueña de la idea anti-muerte anti-traza, de un turismo al otro mundo, turismo perpetuo, viajes al «inframundo –la infraestructura» que es el inconsciente donde la figura de la muerte adopta la imagen de la madre o del silencio.[9]

Anti experimenta entonces ese primer momento de vacilación que definiríamos como neurótico y obsesivo. «Hacer, hacer, y deshacer...». «Hacer, hacer y deshacer... es decir sustituir por actos el pensamiento... pero en rigor...». «Lo posible en él, lo imposible fuera ... o al revés ... lo imposible en él, lo posible fuera...» y todo por un presentimiento, por un sentimiento de división («doble corazón»), de exacerbación de la vivencia

---

[8] E. Jabès, *Le livre du dialogue (Carnet 1)*, París, Gallimard, 1984.

[9] «Para cada uno de nosotros, el destino tiene la forma de una mujer (o de muchas)». Carta de Freud a Ferenczi.

temporal («anti antes») en el que puede leerse precisamente la otra raíz del árbol[10] de la palabra Anti

–la primera del lado opuesto: «Contra-Cristo»

–la segunda temporal: antes

La Antígona –raya manta resplandece en la noche (*l'Art est de mort!*), revelándose como una isla suspendida entre el cielo estrellado y los abismos marinos, topología en la que se sumerge el hombre en su metafísica. Y vuelve a surgir la pregunta en forma de mensaje de muerte, pregunta con la que tropiezan, como Freud, Anti, Asturias (y tantos otros):

Che vuoi?

Navío-Pregunta con mil remos que en esa «segunda noche» transporta al Anti-Héroe hacia su destino más allá del placer, al encuentro de lo Real. ¿No es acaso esa segunda noche que en lo más profundo de nosotros mismos comunica con la noche del afuera, lo que Freud llama «La Cosa». Nihil donde se convierte en realidad «el deseo puro de muerte»: ¿Tanatos?

Y en la ribera de la cosa, nos enseña Lacan, del *ex nihilo* surgen las balisas significantes en las que se engendra el sujeto del inconsciente.

Segunda noche a cuyo encuentro nos aventura Maurice Blanchot:

> La obra atrae a quien se consagra a ella hasta el límite en que la imposibilidad la pone a prueba: experiencia fundamentalmente nocturna, que no es otra que la de la misma noche.
>
> En la noche todo ha desaparecido: es la primera noche. En ella, la ausencia, el reposo, la noche se asemejan. En ella, la muerte borra el cuadro de Alejandro. En ella, aquel que duerme no lo sabe, aquel que muere va al encuentro de un verdadero morir. En ella, culmina y se cumple la palabra, en la profundidad silenciosa que le da sentido.
>
> Pero cuando en la noche todo ha desaparecido, el todo-ha-desaparecido aparece, es la otra noche. La noche es la aparición del todo-ha-desaparecido. Es aquello que se presiente cuando los sueños remplazan al dormir, cuando los muertos llegan al fondo de la noche, cuando el fondo de la noche aparece en aquellos que han desaparecido.
>
> Las apariciones, los fantasmas, los sueños no son sino una alusión a esa noche vacía. Es la noche de Jung: aquella donde la oscuridad no parece nunca demasiado oscura ni la muerte demasiado muerte.

---

[10] «Mes Moires» – *Césure*. nº 1: *Destins du savoir (Revue de la Convention Psychanalytique)*. Citando el libro de Robert Graves «Les mythes grecs», Pierre Ginesy señala que «ciertos mitos atribuyen a las tres Parcas la invención de las cinco vocales del alfabeto y de las consonantes B y T... Toth, el dios de la escritura, es también el dios de la muerte», y dice más adelante que «antes del alfabeto fenicio, las parcas guardaban en secreto un alfabeto relacionado con el calendario; sus letras eran ramas de árbol».

La primera noche es acogedora. Novalis le canta himnos. Podemos decir de ella «en la noche» como si tuviera una verdadera intimidad. Entramos en la noche y descansamos en ella por el sueño y la muerte.

La otra noche, en cambio, no nos abre sus puertas: nos deja siempre afuera, aunque tampoco se cierra.

No es el gran castillo cercano, sino un castillo al que no se puede entrar porque las puertas están guardadas.

La noche es inaccesible; porque tener acceso a ella representa acceder al afuera, permanecer en el afuera y perder para siempre la posibilidad de abandonarla. Esa noche no es la noche pura. Es esencialmente impura.

No es la verdadera noche: es la noche sin verdad que sin embargo no miente, no es falsa, no representa la confusión en la que el sentido se pierde, no engaña, pero de la que no logramos desengañarnos. En la noche encontramos la muerte, alcanzamos el olvido. Pero esa otra noche representa la muerte que no encontramos y el olvido que se olvida, el olvido que se encuentra en el seno mismo del olvido, el recuerdo sin reposo.[11]

El pulpo Gorgô

Antimanta, animal manta, raya manta, isla manta, se inmoviliza sobre un pulpo gigantesco, pulpo-cristo que pasa del color rojizo a la palidez de la agonía cuando lucha por desclavarse de su destino.

Al mismo tiempo, se afirma en Anti la revelación de un «saber no sabido»:[12] conoce las llagas de Cristo, ventosas aspirantes a las que con voluptuosidad se exponen los místicos. «Yo sé lo que no sé... apagó la voz con estas palabras Anti».

Cucucún el sobreviviente quiso ver al pulpo de cerca, de demasiado cerca. Ahora conoce la potencia paralizante de sus ojos. Ha comprendido que ese pulpo agonizante es un híbrido: hay algo de medusa en él. «La agonía de la materia viscosa, pegajosa de un Cristo de jalea de mar».

En la agonía que lo eterniza, el pulpo recuerda el mito de la cabeza de Medusa: «con brazos que le salían de la cabeza». Puede notarse el deslizamiento a partir de la cabellera de Animanta, «dorada», «constelada», la insistencia en los ojos, en las pupilas, y luego en las ventosas de los tentáculos del pulpo.

En ese suplicio eternizado, fruto de una relación dinámica entre la isla manta (que se extiende, se encoge, se agranda, se achica) y el pulpo que enrojece y sacude la isla por medio de terremotos sucesivos, pueden

---

[11] M. Blanchot, *op. cit.*, 213.

[12] N. del T. Juego de palabras imposible de traducir. «Savoir *insu*» (neologismo por «non su») = saber no sabido, pero también «*à son insu*» = sin saberlo él mismo.

reconocerse fácilmente los movimientos de dos grandes cuerpos invadidos por el placer de la escena primaria freudiana.

Como un meteoro, la referencia al cuerpo materno atraviesa todo el texto: ¿no se trata acaso del mismo cuerpo que figura en el «documento recordado» por Loco de Altar, soporte de una escritura primera, piel –pergamino de la madre arcaica–, y cuya cercanía suscita la palabra enigmática (*cf.* Edipo)?

Al acercarse al asalto final, Anti se activa y su deseo por Animanta se resiente. «Desembarcar en Animanta, como su amante y caudillo».

De hecho, lo que resulta activado aquí también tras la máscara de la evocación de la amante, es la figura de la madre genitora.

Por otra parte, la notable multiplicación de símbolos fálicos (tentáculos-ojos-etc.) a esa altura del relato, puede interpretarse como la exacerbación de la angustia de castración (en el corazón de la ventosa, en los ojos existe ese vacío aspirante de la cosa). Al aproximarse al lugar habitado por el pulpo Gorgô, Cucucún, creyéndose Perseo, termina como Atlas: petrificado. De ahí en más su cuerpo está condenado a ser borde, como una letra, en el agujero vacío de la cosa.[13]

El sueño de Anti

Consta de dos etapas:

–Una parte diurna, sueño de superficie, sueño despierto, preludio al sueño nocturno que suspende el relato.

En ese sueño despierto, esa fantasía, Anti se proyecta como héroe conciliador y vencedor, abordando la isla manta por el lado aéreo.[14]

–El sueño nocturno que sobreviene durante la «primera noche» de M. Blanchot, la noche del dormir donde se transcribe el «texto», soporte satisfactorio del deseo inconsciente.

De la superficie aérea, lugar de la conciencia y sus fantasías, nos vemos sumergidos bajo las olas del lado de la superficie oscura, inmersa del yo, emanación del ello.

El sueño nocturno comienza con el diálogo entre Anti y Animanta, como prolongación de la negociación amistosa de la superficie.

De ese diálogo sobre el porqué del amor, en esa dimensión de una carencia negada por Anti, Animanta repite una vez más: reconoce tu ser

---

[13] *Cf.* Michel Bernanos, *La montagne morte de la vie*, París, J.-J. Pauvert, 1972.

[14] *Cf.* el desarrollo que propone Freud en su artículo «El creador literario y la fantasía» *in L'Inquiétante étrangeté et autres essais*, París, Gallimard, 1985.

para la muerte. Ese es mi mensaje. Por allí pasa mi amor por ti y, fundamentalmente y ante todo, por él, Dios Cristo...

Tiene lugar entonces la segunda metamorfosis de Animanta. En su compañera, Anti redescubre, desenmascara a la madre genitora que suscita el maremoto pulsional del Deseo incestuoso: Anti se acurruca contra ella. Novia loca de la que nacen las mitologías, mujer madre, madre en toda mujer... La madre «novia vestida de manta, partido el corazón, a la orilla del mar y a la orilla de Cristo, porque en él y sólo en él, Señor de la vida, la muerte toca fondo».

Pero Anti ha descubierto desde el principio que el amor de Animanta está en otra parte, que el objeto perdido de su deseo se encuentra del lado de Dios, de Cristo, y comprende que todos sus esfuerzos por substituirlo resultarían vanos. En ese momento se hace escuchar la metáfora paterna cuya voz resuena en el corazón mismo del cuerpo materno desalojando a Anti del regazo mortífero.

Una fuerza invisible lo arrastra en un movimiento regresivo, de retorno al feto. Su descenso al infierno continúa hacia las entrañas abisales donde resuena, cifrada, la voz del Otro.

Una vez más, la vacilación y la pérdida de puntos de referencia espaciotemporales se apoderan de Anti, hundido en el vientre de la manta. Hace esfuerzos por reducirse a no ser más que el objeto de su carencia. Momento de placer inefable en el que el vértigo invade el pensamiento de Anti: el ser de Anti se siente dividido entre la conciencia que inmoviliza los líquidos tratando de endigar la pulsión y la efectuación del deseo incestuoso donde los líquidos móviles reflejan una psicología placentaria. «Doble, doble estar, adentro y afuera de Animanta».

Pero en el inconsciente la pulsión es reina: bajo su impulso Anti se hunde inexorablemente, atrapado entre los brazos marinos de su destino.

Se produce entonces la tercera y última metamorfosis de Animanta en madre primordial, arcaica y todopoderosa. En su comentario sobre el tema de los tres cofres, Freud nos enseña justamente que la Muerte se hace representar en el inconsciente bajo la apariencia de esta última.

Anti es, en efecto, el destinatario de un mensaje.

Y sólo al recibirlo tendrá lugar el encuentro con la madre primordial y fundadora, pulpo Gorgô: superficie primera abierta a la escritura del ser para la muerte.

Es así como el viaje hacia las mil y una noches permite descubrir, a través del cuerpo materno, el simbólico significante organizador de un nuevo mundo. Para ello ha sido necesario afrontar, en presencia de ese pulpo monstruoso, sexo materno horripilante reducido a una inmunda herida imaginaria, la angustia de castración que se identifica con la misma muerte. M. Blanchot, *op. cit.*, dice que «en la literatura, no es la muerte

quien habla sino la pasión... en la que el sujeto, es decir el yo, se disuelve, se transforma en presa de la dispersión».

Siempre que el hombre no logre abordar en las riberas soñadas de lo imaginario, y en lo inhumano, permanecerá condenado. ¿Es Anti consciente de ello al despertar?...

Intenta volver a dormirse.

Así como Asturias nos introducía a *El Árbol de la Cruz* por medio de una cita de Rimbaud, es también con palabras de Rimbaud que suspenderemos nuestro escrito:

> Point de cantiques: tenir le pas gagné. Dure nuit! le sang séché fume sur ma face, et je n'ai rien derrière moi, que cet horrible arbrisseau!... Le combat spirituel est aussi brutal que la bataille d'hommes; mais la vision de la justice est le plaisir de dieu seul.[15]

(*Traducción Clara Paz*)

---

15 «No hay cántico –mantener lo ganado– ¡penosa noche! ¡La sangre seca humea sobre mi rostro y sólo queda a mis espaldas ese horrible arbusto!... El combate espiritual es tan brutal como la batalla de hombres. Pero la visión de la justicia es el placer exclusivo de Dios». («Adiós», en *Una temporada en el infierno*).

EL DECIR TOTALITARIO Y LA ESCRITURA DESATADA. A PROPÓSITO DE MIGUEL ÁNGEL ASTURIAS Y ARTHUR RIMBAUD

Claude Imberty

Miguel Ángel Asturias ha elegido una cita de Rimbaud: *Filósofos, sois de vuestro Occidente*, para encabezar su manuscrito titulado *El Árbol de la Cruz*. Es evidente que haciendo suya la aserción que utiliza como epígrafe, el escritor rechaza una cierta imagen de la filosofía occidental para emprender el camino de un pensamiento diferente. La referencia a Rimbaud indica asimismo que Asturias espera que el lector establezca una cierta relación entre su texto y la escritura rimbaldiana. Lo que quisiéramos definir aquí es la calidad de esa relación, no con el fin de efectuar una lectura comparada de los dos autores sino para comprender mejor a través de Rimbaud, el juego de oposiciones conceptuales y formales que confiere su dinámica al imaginario expresado en *El Árbol de la Cruz*.

La cita proviene de «Lo imposible», poema en prosa que integra *Una temporada en el infierno*, obra que según Yves Bonnefoy, Rimbaud pareciera haber escrito «sólo para sí mismo».[1] Esta observación podría también aplicarse a *El Árbol de la Cruz*. Pero no es ésta la similitud que consideramos más pertinente.

Bien sabemos cuán difícil resulta caracterizar *Una temporada en el infierno*; en primer lugar, porque a pesar de las numerosas interpretaciones y exégesis, el texto continúa siendo oscuro y, en segundo lugar, porque la escritura procede a partir de una «simultaneidad de pensamientos que nada (...) domina ni ordena de manera decisiva».[2] El poema de Rimbaud «es

---

[1] Yves Bonnefoy, *Rimbaud par lui-même*, París, Seuil, 1961, p. 108.
[2] *Ibid.*

menos la expresión de un pensamiento que la puesta a prueba recíproca de la idea y del que la formula (...)».[3] La observación de Yves Bonnefoy podría aplicarse con igual justeza al relato de Asturias, manuscrito que en principio no estaba destinado a la publicación y presenta algunas de las características que suelen atribuirse a los documentos privados, tales como la inconclusión, una cierta negligencia en la redacción o la repetición excesiva de obsesiones personales. No cabe duda de que el texto no está terminado por cuanto revela la interacción entre un imaginario proyectado en el papel y su reflejo grabado en la escritura.

Nadie escribe sólo para sí, nadie plasma en el papel sus reflexiones sin que la urgencia de una emoción motive el acto de escritura. Rimbaud maldice el mundo industrial y la burguesía derrotada en Sedán; deplora el imposible retorno al cristianismo que había marcado la *sucia educación de su infancia*,[4] *se rebela contra la muerte*,[5] predice un ideal para los trabajadores y los pueblos esclavos. Una violencia similar informa el estilo de Asturias en *El Árbol de la Cruz.*

El texto constituye una alegoría de la dictadura. El lenguaje utilizado en la primera parte del manuscrito es el del totalitarismo, el punto de vista del narrador coincide con el del tirano. De ahí que las páginas de Asturias no resulten tanto una representación crítica del absolutismo como una recitación de la omnipotencia del deseo. Encontramos en Rimbaud un modelo útil para el análisis. Se trata de un poema de *Iluminaciones* que lleva por título «Cuento» y cuya forma, a pesar de su brevedad, recuerda la estructura general de *El Árbol de la Cruz.* El sentido del cuento rimbaudiano es poco claro en razón de ciertas elipses y referencias no explicitadas. Sin embargo, aunque el sentido se pierda, el lector no puede ignorar la orientación general del discurso claramente impresa en el esquema narrativo: un Príncipe (sólo llamado así) «deseaba conocer la verdad, la hora del deseo y la satisfacción esenciales».[6] Como «al menos era dueño de un considerable poder humano»,[7] hizo matar a todas las mujeres que había conocido. «Bajo el sable, éstas lo bendijeron. No hizo llamar otras nuevas. – Las mujeres reaparecieron. / Mató a todos los que lo seguían después de la caza o las libaciones. – Todos lo seguían. / Se dedicó a degollar bestias de lujo. Hizo quemar palacios. Se abalanzaba sobre la gente y la descuartizaba. – La multitud, los techos de oro, las hermosas bestias seguían existiendo. / ¡Puede uno extasiarse con la destrucción,

---

[3] *Ibid.*

[4] A. Rimbaud, «L'éclair», en *Poésies complètes*, Prólogo de P. Claudel, París, Le livre de poche, 1960, p.128.

[5] *Ibid.*

[6] A. Rimbaud, «Conte», en *Poésies complètes*, p. 137.

[7] *Ibid.*

rejuvenecer con la crueldad! El pueblo ni siquiera murmuró. Nadie ofreció el concurso de sus conocimientos».[8] Una tarde, el Príncipe encontró un Genio «de una belleza inefable, casi inconfesable».[9] «El Príncipe y el Genio desaparecieron probablemente en la salud esencial. ¿Cómo habrían podido no sucumbir a ella? Juntos entonces murieron».[10] Pero el Príncipe murió finalmente en su palacio «a una edad normal. El Príncipe era el Genio. El Genio era el Príncipe».[11]

«Cuento» pone en relación dos secuencias narrativas; la primera es una ilustración de la crueldad; la segunda, la unión de dos almas gemelas en una destrucción recíproca. Estas dos proposiciones se encuentran también formuladas en el manuscrito de Miguel Ángel Asturias.

Considerando que las dos aserciones se articulan de manera similar en textos escritos en situaciones históricas y culturales muy diferentes, puede suponerse que las mismas están relacionadas con algún elemento fundamental del imaginario. Por su inconclusión y la falta de un sentido claramente legible, ambas remiten sin duda a cierta ideación primitiva más acá de la coherencia, a un pre-discursivo en el que las relaciones sintácticas son imprecisas sin llegar a ser caóticas.

Por este motivo el encadenamiento de las dos partes del discurso es, en los dos casos, similar. La violencia incontrolada que en un primer momento parece proteger al sujeto está seguida por una especie de desmoronamiento, como resultado del cual sujeto y objeto se funden en una unión en la que los contrarios se anulan. Anti y su ánima[12] se sumergen «en la blanquísima luz interior de la manta».[13] El límite de los volúmenes desaparece; el exterior y el interior coinciden, «los líquidos inmóviles en su cuerpo de nadador foráneo –iba fuera de ella– no cesaban de circular en lo que de él iba encerrado».[14]

Mientras que el Anti-discurso pone al sujeto frente a su objeto, erradicándolo y excluyéndolo del campo donde se ejercen los efectos de la palabra, por efecto de un vuelco total que constituye al mismo tiempo el punto de transformación del aparato discursivo, los términos antagonistas se desmoronan para anularse mutuamente en lo informe representado por la doble metáfora del molusco y el *pulpo/pulpa*. La cruz representa la inversión de las palabras y los sentidos no sólo porque articula la muerte y la resurrección sino también porque constituye el punto donde las

---

8 *Ibid.*
9 *Ibid.*
10 *Ibid.*
11 *Ibid.*
12 Aline Janquart, *Miguel Ángel Asturias, El Árbol de la Cruz*, Edición crítica, tomo I, Tesis, Universidad de Borgoña, 1990-1991, p. 51.
13 M. A. Asturias, *El Árbol de la Cruz*, p. 198.
14 *Ibid.*, pp. 198-200.

direcciones opuestas se encuentran. Al efecto, cabe recordar que a menudo, el cuadro semiótico suele simbolizarse con dos segmentos orientados e intersectados en su centro.

El Árbol de la Cruz presenta una estructura dual de contornos claramente definidos: la primera etapa del relato consiste en el desarrollo de una negación (la muerte no puede ser; la cruz no puede existir), mientras que la segunda es la denegación de esa negación, es decir, la afirmación de la verdad de Cristo. Esta organización del discurso es también frecuente en los poemas en prosa de Rimbaud donde la invectiva antirreligiosa alterna con el reconocimiento de lo sagrado. En «Cuento», el Príncipe destruye los objetos de su insatisfacción hasta el momento en que reconoce en él mismo, en su doble, la existencia de ese deseo *esencial* que anteriormente se había negado a aceptar. Lo que vincula a Rimbaud con Asturias es la violencia más que polémica del tono y el caudal de un discurso que se despliega en la desmesura.

La retórica desarrollada en la primera parte de *El Árbol de la Cruz* podría llamarse retórica del contra, ya que lo que caracteriza al guerrero Anti es que es «Anti-Dios, Contra-Cristo, Anti-humano, (y) Anti-pueblo»[15] y que reina en un país al frente de un gobierno «contra todo y contra todos».[16] Al respecto, Aline Janquart recuerda con razón que en realidad el héroe del relato no tiene nombre puesto que el griego anti es «un preverbo o una preposición (y) que en español «anti»es un prefijo que existe sólo gracias a la palabra de la cual forma parte». Y concluye: «Hay que ser anti-algo o no ser».[17] De hecho, esta observación plantea el problema del enunciado del texto y la denuncia que ello implica.

Porque Anti sólo se define, en un primer momento, por la posición que ocupa frente a lo que dice. La única palabra que lo designa es su combate (*es un guerrero*), y la lucha que encabeza es una cruzada *en contra*. El texto en general se caracteriza por el frente a frente del locutor y su decir, así como por la organización bipolar, rigurosamente delimitada, del espacio al que el mito hace referencia: el reino gobernado por Anti es una especie de anti-reino, la justicia que dispensa es una *anti-justicia* y la misma utopía inventada por Asturias es una anti-utopía. Ahora bien, la anti-utopía, a condición de poder descifrar el sentido de la negación denegada, ¿no es acaso *de este mundo*?

Lo que Asturias demuestra por el absurdo utilizando un lenguaje caricaturesco, es la imposibilidad de un retorno al Ante-Christum, entendido aquí como *el antes de Jesucristo*. Lo que denuncia, es la crueldad

[15] *Ibid.*, p. 34.
[16] *Ibid.*, p. 34.
[17] A. Janquart, *Miguel Ángel Asturias, El Árbol de la Cruz*, *op. cit.* p. 42.

de todo poder mientras no sea derribado por la revolución (o transformación total) de la cruz. Estar en contra quiere decir lógicamente estar a favor del término contradictorio. Así, estar en contra de los demás significa estar a favor de sí mismo; en otras palabras, estar en contra del interés de los demás significa afirmar el suyo propio, etc. Del mismo modo, poder es poder contra los otros, es excluirlos del poder. Anti no está únicamente en contra sino frente a los otros, lo que significa que él mismo se excluye del número de aquellos que no considera sus semejantes. Porque Anti, como locutor, no forma parte de lo que enuncia, se ubica por encima de la ley y experimenta la soledad.

Si el poder implica coerción, duración, destrucción de los enemigos y exaltación de la potencia, el cristianismo, como bien lo ha sostenido René Girard, es un discurso en contra del poder o, más exactamente, el discurso del anti-poder, es decir, de una dominación que no es sinónimo de fuerza sino de solidaridad, servicio, don de sí, etc. En ese sentido, Cristo representa el anti-rey. Y por su estructura dual en la que se enlazan dos desarrollos antinómicos, el relato de Asturias refleja en cierta forma esta contradicción.

Pero los dos sistemas no son simétricos. El discurso de Anti presenta la ventaja de la univocidad por cuanto afirma la primacía de la fuerza, excluyendo la lógica opuesta. El discurso cristiano resulta en cambio, paradójico puesto que articula los contrarios de su ideología rival. En efecto, Anti se identifica con el sistema autocrático según el cual el poder deriva explícitamente de la violencia. Pero el cristianismo, al hacer del renunciamiento a la violencia la fuente del único poder legítimo, opone a esta aserción una proposición contradictoria.

Así, el Estado represivo no puede sino enfrentarse con el discurso de la caridad. Y la crucifixión representa el momento mismo en que la nueva verdad paradójica se revela. La dictadura necesita vencer la fuerza de sus adversarios; no puede aceptar tampoco que la abnegación sea un valor. Ante tal revelación, la fuerza se despliega pero al aumentar las víctimas, sólo logra que se multiplique el número de sus enemigos. Para Anti, el hombre-Dios es el único *anti-Anti*, es decir, el único *anti-él*.[18] Y eso es lo *inconcebible*, según la fórmula que Asturias pone en boca de su protagonista: «Inconcebible, él o yo, porque si no yo dejaría de ser único. ¿Y él? ¿por qué él? Jamás. Anti-él, como soy, lo haré desaparecer. (...) pero ahora lo tengo enfrente y es mi Anti, es el Anti de Anti, y eso no puede ser, no hay Anti de Anti que valga».[19]

---

[18] M. A. Asturias, *El Árbol de la Cruz*, p. 36.
[19] *Ibid.*, p. 36.

El odio desfigura el rostro; del mismo modo, el discurso de la violencia adquiere un estilo grotesco. Anti tartamudea y se recobra, ya no es más que una infatigable parodia de sí mismo. No es demostrativo ni descriptivo. Sólo trata de afirmar sus enunciados sin ninguna justificación. El estilo se cierra y no acepta ningún referente ajeno al deseo obsesivo de dominación. Al hacer del orden o la adjuración sus estilemas mayores, Anti tiende al formalismo, el juego de palabras, las metáforas barrocas. Su expresión es excesiva y si se explaya en variantes, es para destacar la obstinación de un monotematismo tenaz y maníaco.

El lenguaje de la dictadura acentúa las oposiciones en que se basa toda lengua. Se trata de un discurso cuyo objetivo no es otro que el de fijar los límites entre lo que es aceptable y lo que debe ser rechazado. La retórica del totalitarismo está plagada de fronteras y tanto el locutor como el destinatario se ven obligados a elegir su campo utilizando las palabras debidas y rechazando las censuradas. Mientras que el lenguaje liberal acepta los contrarios, y aunque les reste eficacia no les niega el derecho a la existencia, el *ars oratoria* de Anti excluye toda posibilidad de producción de antónimos. Como lo señalara Orwell, no sólo se suprimen los adversarios sino también todo aquello que, dentro de una lengua, designe la posibilidad de una oposición. De este modo, la tiranía practica un doble corte ya que mutila tanto la lengua como la realidad. «A suprimir cementerios y acabar con cuanto cristo existía agonizante o muerto. Ni cristos ni cruces» ordena Anti a uno de sus viejos empadronadores.[20] Las sepulturas y los crucifijos pertenecen al reino de lo real pero son también del orden de lo simbólico. Suprimirlos significa, por consiguiente, destruirlos tanto en el plano de la realidad como en el de su representación.

El discurso se cierra a la integración de los contrarios hasta llegar a la imposibilidad de comprender o expresar todo aquello que, en la realidad, no concuerda con la ideología dominante. Lo real se remodela de forma tal que resulte compatible con el sistema discursivo. La idea de un poder basado en la caridad no es solamente negada; está pura y simplemente prohibida, lo que significa que no puede ser pensada ni siquiera en forma negativa. De ahí que los signos que representan dicho poder deban ser destruidos para que el concepto al que remiten pueda ser anulado. Es así como se arrancan a los muertos los crucifijos que aún estrechan en sus brazos y se destruyen las imágenes de la cruz dondequiera que se encuentren. Las palabras cuyo sentido se acerca al de los términos censurados son, por su parte, eliminadas. Cruces, iglesias, cementerios, ritos funerarios desaparecen y Asturias, en magnífico bromista, transforma las casas de pompas fúnebres en *agencias de viaje*.

[20] *Ibid.*, p. 66.

Esta operación de purga que alcanza tanto al vocabulario como a la realidad, produce una ideología cada vez más esquelética, artificialmente estructurada, seca en su estilo y rígida en su manera de recortar de lo real. A partir de allí, la palabra pierde la necesidad de medirse con la complejidad de las cosas planteándose en cada caso el problema de su veracidad y adecuación. Olvida que su esencia es frágil y las verdades que descubre efímeras. El discurso no es más que reflejo de discursos anteriores; se convierte en lo que comúnmente se conoce como «langue de bois».[21]

Del otro lado de la frontera semántica, en las antípodas de la construcción paranoica que va tomando forma a medida que el tirano se cierra a toda diferencia, se organiza el discurso de *Animanta* que, en lugar de armarse de locuciones decisivas como el de Anti, se desarrolla en una red compacta de hilos asociativos. Los nombres de los dos personajes que Asturias pone frente a frente son sintomáticos de los estilos con que se expresan. El nombre de *Anti* es, en cierto sentido, un nombre incompleto, cortado. El nombre de *Antimanta* sugiere, en cambio, asociaciones complejas. Y ésto no sólo porque la palabra *manta* tenga los diferentes significados que Aline Janquart ha señalado.[22] En la forma misma del significante puede leerse que el personaje es la amante de Anti (*antimanta*); que es su anti-animus (y por lo tanto su *anima*) o simplemente la vida, los seres animados (lat. *animans, antis*), en otras palabras, todo aquello que no se inscribe obligatoriamente en la lógica de acero que domina la palabra del tirano.

La sinécdoque que mejor designa a la manta es sin duda alguna su cabellera, «esa isla... esa isla de muertos y cristos... Anti-manta... la mujer de los cabellos con ojos. En cada cabello un rosario de pupilas. Se bañaba en visiones».[23] Flotando en la madeja de sus cabellos, la manta deriva a través del océano. La metáfora da lugar a múltiples analogías entrelazadas, pero que no guardan relación alguna con el imaginario compartimentado impreso en el lenguaje de Anti. Los cabellos y el agua entremezclados, los reflejos del empíreo y las profundidades designan una palabra que encierra la plenitud de todos los sentidos. El discurso de la manta organiza redes fascinantes que no excluyen la contradicción. Lejos de rechazar, la voz de la manta-sirena integra lo que toca y atrae a los que la escuchan. El único deseo del auditor es entrar en el canto de la mujer-pez y convertirse en su voz.

---

[21] *N. del T.* «Lengua de madera». Se utiliza para designar el discurso político estereotipado y repetitivo.

[22] A. Janquart, *Miguel Ángel Asturias, El Árbol de la Cruz*, p. 49.

[23] M. Á. Asturias, *El Árbol de la Cruz*, p. 100-102.

El mito rimbaudiano de Ofelia aflora a la superficie del texto de Asturias. Se presenta como ese *fantasma blanco, en el largo río negro*,[24] metáfora que Rimbaud utilizaba para designar su poética. No se trata de un discurso basado en la rigidez de esa racionalidad que la burguesía invocaba para lanzar sus anatemas, sino de un discurso sin reglas que procura metamorfosear la sordidez de las fábricas con visiones delirantes y coloridas. *El Infinito terrible, las grandes visiones que estrangulan la palabra*[25] anuncian las *Iluminaciones* y la violencia de *Una temporada en el infierno*.

Después de la experiencia de la Comuna, Rimbaud se une a los patriotas y el proletariado en contra de la burguesía y los versalleses. Desea crear una poética que sea a su vez la expresión de una oposición radical a los valores dominantes de la época. Así, a la retórica de la distinción y la división, Rimbaud opone una poesía que procede por asociaciones haciendo de la analogía el nexo mayor entre los extremos de su delirio. Ofelia es «una pobre loca» escribe Rimbaud;[26] Animanta, «sirena-pájaro», «sirena-pez», es una «novia loca».[27] Una y otra representan la voz que, bebiendo en las fuentes de la interioridad, hace posible por una regeneración del lenguaje, una nueva descripción de las cosas de lo real.

No es nuestro propósito emitir un juicio de valor sobre la experiencia poética rimbaldiana ni sobre la visión de Miguel Ángel Asturias en *El Árbol de la Cruz*. Entendemos, por otra parte, que la lectura de este texto a través del filtro de Rimbaud no alcanza a agotar todo su sentido. Mientras Ofelia deriva llevada por la corriente, Animanta se hunde en las profundidades marinas donde su cabellera desatada y sembrada de pupilas se confunde con los tentáculos del pulpo clavado en la cruz. Asturias reemprende el viaje allí donde, en un primer momento, Rimbaud lo había abandonado. Por otro lado, a través de Anti, Asturias pone en acción el discurso totalitario en forma mucho más clara que el autor de *Iluminaciones*. Y éste es, a nuestro entender, uno de los intereses mayores de *El Árbol de la Cruz*. En su manuscrito, Asturias establece un límite riguroso entre un decir basado en la exclusión y una escritura abierta a todas las relaciones, y toma partido por la segunda porque sólo ella es capaz de reconocer en el juego de los contrarios el enfoque no mutilante de ese real que las palabras recortan tanto como designan.

(*Traducción Clara Paz*)

---

[24] A. Rimbaud, «Ophélie», en *Poésies complètes*, p. 26.
[25] *Ibid.*, p. 27.
[26] *Ibid.*
[27] M. Á. Asturias, *El Árbol de la Cruz*, p. 184.

EL ÁRBOL DE LA CRUZ EN LA OBRA DE M. A. ASTURIAS

Amos Segala

> La vida. Sobrevivir. La vida caliente, ardorosa, impuesta. El misterio devuelto. Vivir es devolver el misterio de la vida. El otro lo guardamos, no se devuelve. El de nuestra muerte.
>
> M. A. Asturias, *Tres de cuatro Soles*

Canto final

No hay dudas posibles. *El Árbol de la Cruz* no es solamente el último texto significativo que conocemos de M. A. Asturias, en el sentido cronológico de la palabra, sino el texto que efectivamente concluye y despide al escritor, no tanto del lector (que *no es* el destinatario real de estos 116 folios manuscritos), sino de la vida, de su vida y de sus recurrentes y tergiversadas obsesiones, aceptadas aquí en un canto final de resignación / beatitud prenatal.

Sabemos, gracias a indicios concretos –fechas indicadas, tipo de papel, referencias cronológicas que establecen un *post quem* seguro–, que este texto se sitúa a finales de 1973, es decir algunos meses antes del fallecimiento de Asturias, cuando éste ya sabía que el mal oscuro que le había asaltado una primera vez en 1969 estaba por darle la última definitiva estocada.

Pero este texto, que nace en un evidente clima de final de juego, no es una sorpresa total, ni en sus modalidades estilísticas ni en su mensaje ideológico, para los que tenemos frecuentación habitual con la obra asturiana de sus últimos diez años. En este sentido *El Árbol de la Cruz*

constituye el punto final, quizás el más directo, sincero y dolido, de una reflexión cada vez más orientada, que M. A. Asturias venía desarrollando en ese período sobre el tema. Curiosamente, y a pesar de la gloria oficial de esos años (o a causa de ella), la crítica no ha examinado los textos de este Asturias con la atención prestada a otros períodos de su producción. Conocemos las razones concurrentes de tales «Olvidos» deliberados, dictados por la moda y las modas. Ellas se resumen en las ambigüedades de una biografía vistosa y contradictoriamente triunfante en la esfera literaria (Premio Nobel), ideológica (Premio Lenin), social (diplomacia), la emergencia de una nueva generación de escritores cuya afirmación parecía pasar –y pasó– sobre los escombros de las glorias anteriores, el cambio de registro, de inquietudes, de batallas, de poética que suponían el rechazo de las experiencias y de las lecciones de los *viejos* maestros. No es este el lugar para evocar y discutir el origen y las vicisitudes de este parricidio; agreguemos sólo que éste no concluyó con la muerte del escritor, sino que tuvo una continuación abusiva y grotesca en las campañas intimidatorias que su viuda organizó, paralizando las investigaciones que Asturias creía –ingenuamente– haber favorecido con la donación de sus manuscritos y archivos a la Biblioteca Nacional de París.[1]

La edición crítica asturiana que la Asociacion de Amigos del escritor preparó en coedición con el Fondo de Cultura Económica y la editorial Klincksieck de París se concentró, por razones técnicas, en textos *canónicos* ya conocidos, proponiendo lecturas novedosas de ellos.[2]

De todas estas razones, sólo aparentemente anecdóticas, resulta el hecho irrefutable de que una de las formas más sutiles de la negación de Asturias

---

1 Asturias decidió y organizó a partir de 1969, es decir, al mismo tiempo que los anuncios de su enfermedad, la donación de sus manuscritos a la Biblioteca Nacional de París en el curso de memorables entrevistas que sostuvo con A. Malraux (Ministro de Cultura de Francia), R. Rémond y Ch. Minguet (de la Universidad de París X-Nanterre), B. Pottier (del CNRS) y E. Dennery (de la Biblioteca Nacional). Él ayudó a organizar la edición crítica de sus obras completas señalando nombres de especialistas, opciones metodológicas y soluciones técnicas. Quiso que esta empresa de rescate se desarrollara fuera de una órbita de complicidades e indulgencias familiares y de amistades complacientes. Este programa sumamente estructurado dio lugar a un contrato de cesión de derechos de autor (a la editorial Klincksieck de París) y a un contrato de dirección de la Colección con el autor de estas líneas. La viuda de Asturias no respetó las voluntades de su esposo. No entregó una parte de los manuscritos en su poder y obstaculizó con todos los medios a su alcance la continuación de la edición. No le faltaron, desde luego, consejos de rapaces colegas franceses y de miembros interesados de la cúpula gubernamental guatemalteca. Estas campañas tuvieron el resultado de suspender *pro tempore* la Colección que ahora se está realizando paulatinamente en el marco mucho más prestigioso y libre de todas hipotecas de la Colección Archivos.

2 Véase la lista de los volúmenes publicados en la Bibliografía que se encuentra al final.

por la sociedad literaria latinoamericana fue el silencio que rodeó las obras del último período y la escasez de estudios que se le dedicaron.

Sin embargo, si se quiere entender este texto y apreciar lo que efectivamente nos dice hay que situarlo no solamente al final, sino dentro de una cadena semántica y textual que él concluye definitivamente, comenta y resume. En efecto: una lectura abrupta y directa de *El Árbol de la Cruz*, en su aspecto conmovedor de confesión y desahogo *in articulo mortis*, podría autorizar interpretaciones e ilaciones más o menos fundamentadas. El enfoque de mi contribución es entonces estrictamente complementario de los análisis de A. Sicard, C. Boix, A. Janquart, C. Imberty y D. Sicard, y debe ser leído después de los suyos como una información necesaria que completa las agudas lecturas que ellos han efectuado.

Los verdaderos itinerarios de Asturias

En 1975, a la vista de la estructura de los dossiers genéticos del Fondo Asturias y de las investigaciones que se hicieron al publicar las ediciones críticas que estuvieron a nuestro cuidado, pudimos modificar las periodizaciones tradicionales de la obra asturiana y proponer una génesis y un itinerario por estratos temáticos, estilísticos, ideológicos recurrentes –simultáneos y coexistentes– en lugar de los cambios abruptos de ejes y orientaciones postulados por la vulgata crítica;[3] vulgata crítica autorizada e inspirada las más de las veces por el propio Asturias, por razones vinculadas a sus intereses del momento y a una idea de su rol cultural y político que estas periodizaciones confortaban.[4]

Este enfoque se confirma y es hermenéuticamente muy oportuno en el caso de *El Árbol de la Cruz*. Después de mucho leerlo me atrevería a afirmar que Asturias ha sido el autor incansable de un solo y desmesurado libro cuyos capítulos son sus diferentes novelas y relatos, los cuales, por otra parte, desarrollan temas y recursos experimentados en sus años

[3] El modelo de este tipo de crítica asturiana es el artículo de E. Rodríguez Monegal que abre el número de homenaje de la *Revista Iberoamerica* nº 67, enero-abril de 1969, pp. 13-20: «Los dos Asturias». A esta interpretación del escritor, que desmienten rotundamente sus manuscritos –de allí la importancia inestimable del enfoque genético en la crítica literaria–, di una primera respuesta en los *Cahiers du Seminaire Asturias*.

[4] M. Cheymol dibuja con mucho tacto, pero con decisión y franqueza, la paulatina construcción del *mito Asturias*, ya sea como construcción del autor, ya sea como tesis interesada de críticos amigos y enemigos del escritor. Véase M. Cheymol, «Miguel Ángel Asturias entre latinidad e indigenismo: Los viajes de prensa latina y los seminarios de cultura maya en la Sorbona», en Miguel Ángel Asturias, *París 1924-1933. Periodismo y creación literaria* (edición crítica, coordinador: Amos Segala), París-Madrid, Col. Archivos (1), 1984, pp. 844-882.

parisinos.[5] Sin embargo, a partir de 1965 Asturias parece privilegiar dos de sus preocupaciones, que yo llamaría, más que literarias, existenciales. La primera es una indagación/descripción de la creación poética como epifanía demiúrgica fundadora y triunfante del tiempo y de sus cíclicos desgastes (*Clarivigilia*)[6] y de la naturaleza de su oficio y de su rol específico en la historia (*Tres de cuatro Soles*).[7] La segunda preocupación ha sido la de crear obras que de por sí signifiquen y simbolicen la conciliación *per viam poeticam* de sus raíces culturales (*Las Casas, obispo de Dios, Maladrón*)[8] y el triunfo ideológico, porque poético, de su mestizaje.

Es verdad que ambas obsesiones habían preocupado a M. A. Asturias desde siempre y es fácil rastrear, a lo largo de toda su obra, las modalidades y respuestas que él les dio. En este sentido los 455 artículos periodísticos escritos en París entre 1924 y 1933, constituyen la referencia obligada donde tales temas han sido dialectizados y expuestos con eficacia y extensión.

Sin embargo, a partir de 1965 –es decir, en años sumamente animados de su vida, en los que la multiplicación de los viajes, de los honores y de las obligaciones mundanas hubiera debido distraerle–,[9] por un fenómeno de rechazo o de angustia (no es raro que la gloria, el dinero, la fama en lugar de tranquilizar desencadenen un cuestionamiento proporcional a la aparente facilidad de la nueva situación social), M. A. Asturias empezó a interrogarse con insistencia y a buscar respuestas (catálogos de respuestas) cada vez más íntimas y directas a inquietudes que corresponden, al fin y al cabo, a tratar de saber quiénes somos, qué hacemos en y de nuestra vida, adónde vamos y por qué vivimos, qué sentido tiene nuestro destino, *hic et nunc*

[5] Véase a este propósito: «El itinerario y las metamorfosis de una escritura» (en Miguel Ángel Asturias, *París 1924-1933. Periodismo y creación literaria*. Edición crítica, coordinador: Amos Segala, París-Madrid, Col. Archivos (1), 1984, pp. XL-LXXXI), donde he hecho un primer inventario de los temas que a partir de los años 20 Asturias desarrolló con una constancia de la cual dan fe la cronología y composición de sus manuscritos.

[6] *Clarivigilia primaveral*, Buenos Aires, Losada, 1965. Cito por la edición/traducción con notas que hice en 1969 para la editorial Lerici, de Roma.

[7] La edición crítica de *Tres de cuatro soles* se publicó en el marco de las *Obras completas*, en 1977, pero desde luego el texto apareció en la Colección Skira y en francés en 1971. Su composición se sitúa, sin embargo, y casi exclusivamente en el año anterior (1970).

[8] He subrayado en varias oportunidades el alcance mestizo de esas dos obras. Véase sobre todo: *Asturias entre demonios cristianos y mayas*, Papeles de son Armadans, Madrid-Palma de Mallorca, 1971, pp. 391-400, y «Fonction et dialectique de l'indigénisme et de l'hispanité dans l'oeuvre d'Asturias», *Europe*, nº 553-554, mayo-junio 1975, pp. 101-118.

[9] Los viajes y episodios mundano-político-diplomáticos de esos años esperan todavía un biógrafo informado e imparcial. En efecto, por lo que he conocido, no vacilo en afirmar que esos viajes representan –sobre todo en el caso de Italia, España, Portugal, Israel, Rumania– estaciones de un itinerario intelectual/productivo tan importante como el de los viajes del período parisino.

y en una perspectiva más vasta donde pasado, presente, futuro intervienen como modeladores de nuestra historia personal y no solamente como doctas o inocentes referencias externas.

Para llegar a una comprensión cabal de *El Árbol de la Cruz* y valorar su importancia ideólogica final será entonces necesario que tratemos de ver de cerca cómo sus temas han sido encarados en las obras que le anteceden, preparan y son su comentario *avant la lettre*.

El argumento

Me limitaré a recordar que *El Árbol de la Cruz* es un relato que escenifica, esquemáticamente, el reino de un *dictador* muy especial porque no solamente ejerce su poder en ámbitos seculares sino que extiende su imperio y arbitrio en territorios de orden moral y teológico vinculados a la religión cristiana y a la figura del Cristo en una confrontación que recuerda la furia iconoclasta de las herejías bizantinas.

Anti, el guerrero, en su furor destructivo de las imágenes del crucificado, está acompañado por Animanta –«vestida de ciertos e inciertos»– en situación de concubina, que recuerda algunos rasgos de la *Mulata* en su mezcla de *animal* y *manta*, rasgos que, en la última parte del relato, se confirman y acentúan definitivamente como en aquélla. Animanta protesta cuando asiste a la eliminación de los crucifijos en los hospitales[10] y Anti no vacila en matarla, sospechando su disconformidad. Animanta se transforma imaginariamente en una serpiente y se pierde en el mar.

Después de este capítulo que distribuye los roles y define los actores del drama, los capítulos II, III y IV revelan los efectos de las decisiones de Anti, la transformación de Animanta en una especie de animal fabuloso –entre la ballena Moby Dick, el Caronte de Dante y los acompañantes de los *tlahtoani* al más allá en la tradición azteca referida por Sahagún–, y los preparativos de Anti para conquistar/destruir la isla donde Animanta acumula los muertos. Pero esta isla se descubre como una nueva metamorfosis de Animanta que cubre/cobija a un monstruoso Crucifijo en forma de pulpo. Toda esta parte, amén de las interpretaciones que se le

[10] Es visible en este pasaje un eco biográfico directo, ya que tales detalles no aparecen en ninguna otra obra del autor y corresponden a su situación de enfermo, en 1973: «–¡No puede ser! –gritó Animanta– hay un gentío inalcanzable con los ojos. Caras bañadas en heridas. Pestilencia. Sangre. Tus huestes han entrado a los hospitales a arrebatar los cristos de las paredes, y los enfermos, aun los moribundos, se oponen. Caen, se levantan, arrojan contra tus soldados orines, algodones empapados en el pus de sus pústulas, muletas, sillas, bancos, tazas de lavativas, y han inmovilizado a uno bajo una nube de mosquiteros», p. 238.

han dado, está llena de ecos intertextuales que es necesario recordar para remitir este texto a los demás del autor y no dejarlo sin asociaciones que ayuden a comprenderlo con más exactitud y menos hipótesis hermenéuticas. Animanta en este nuevo avatar es como la *Mulata*, que empieza como ser humano y se transforma en ser animal y principio cosmogónico, por lo que me parece algo forzado compararla con la Virgen María, como lo hace A. Janquart.[11] El color blanco que la acompaña invariablemente y que es casi su signo único de reconocimiento, es el blanco de la muerte; salvo en contadas ocasiones, así lo utiliza Asturias –como símbolo de la muerte–, tal como lo hacían los aztecas y los mayas.

En estos tres capítulos intervienen también recuerdos de *El Señor Presidente* (los atuendos negros de los agentes de viaje; uno de los asistentes de Anti, Tostielo, su *arcángel* y mascota) y de *Clarivigilia*.[12] No se pueden tampoco olvidar –o considerar como gratuitos– algunos momentos de burla vanguardista: la muerte como definitiva forma de turismo.

Sigue, en el capítulo III, la descripción de los preparativos militares de Cucucucún para la invasión de la isla. Si se observa y compara este texto con el que Asturias escribió en *Maladrón*, para describir la lucha de los Mam contra los españoles, se percibirá que los recursos léxicos y estilísticos son muy parecidos: en uno como en otro, se trata de preparativos que *anuncian* una catástrofe definitiva, a pesar de amuletos, cábalas, catálogos de armas y salvavidas. Se notará también que todos los movimientos de Anti siguen un ritual *indigenista*[13] y una lógica de progresión dramática que no puede sino precipitar su derrota y la afirmación de Cristo y de Animanta, a pesar de las apariencias repelentes que Asturias les atribuye (como para defenderse de ellos por anticipado) y de una tentativa de componenda que aparecerá en el capítulo IV.

---

[11] A. Janquart, amén de su cartujo trabajo de transcripción y fijación del manuscrito y de los carnets de trabajo que lo acompañan, ha puesto de relieve (pista que desgraciadamente abandona demasiado pronto) cómo muchas ocurrencias y temas de *El Árbol de la Cruz* están presentes en otras obras del escritor, desde *Leyendas* hasta *Maladrón*. Se sirve muy atinadamente de la onomástica para definir y confirmar las características ontológicas y ficcionales de los dos protagonistas. Este enfoque, sólo aparentemente retórico, nos introduce en la estrategia dialéctica del relato por un camino original que suelen utilizar con provecho los helenistas y que aquí encuentra una aplicación hermenéutica insólita pero útil a la literatura contemporánea.

[12] El *incipit* del capítulo II recuerda sin lugar a dudas el *incipit* de *Clarivigilia*: «La noche, las hogueras, el silencio cristalizado, quebradizo, y los empadronadores de estrellas yendo y viniendo con in-folios y pergaminos». El término *empadronadores de estrellas* es ocurrencia también de *Clarivigilia*.

[13] Anti, el guerrero ostenta características parecidas a las del *Guerreador tempestuoso* de *Clarivigilia*. *Op. cit.*, p. 50.

A este propósito, las pretendidas connotaciones cristiano/occidentales de Animanta me parecen francamente forzadas. Animanta aparenta, en sus sucesivas y misteriosas apariciones, más bien un avatar de los ciclos precolombinos que un representante del Santoral católico.[14] Asturias no olvida tampoco en *El Árbol* los antiguos juegos de las jitanjáforas que en ese mismo año había renovado con *Amores sin cabeza*,[15] y presta a Loco de Altar unas variaciones que confieren al texto una distanciación y un equilibrio muy saludables. El capítulo IV describe la derrota de los recursos militares de Anti y Cucucucún es simbólicamente muerto por un tren; otra vez, como en *Maladrón*, las fuerzas indígenas son vencidas por la tecnología. En este mismo capítulo hay una página de *rêverie* pacifista donde Cucucucún antes de desaparecer y transformarse en túnel avanza la hipótesis de un tratado de amistad entre las dos partes. La respuesta no tarda en llegar y es su misma muerte. Anti en lugar de preocuparse o dolerse se alegra, rematando, indirectamente, la imposibilidad *teológica* de la componenda.

El capítulo V es el más importante y arroja sus luces a toda la obra. Anti, asumiendo otro nombre (Daimon), cambia de naturaleza y el diálogo entre él y Animanta ya no es de hostilidad sino de fusión. El equívoco –aparente– de este capítulo reside en que su acción se desarrolla en un sueño. Es durante un sueño que Anti se rinde y acepta un nuevo destino antitético del que postulaban con soberbia los primeros cuatro capítulos de la obra. Asturias es un especialista en sueños: recordemos los de *Leyendas*, de *El Señor Presidente*, los de *Clarivigilia*, de *Tres de cuatro soles* y los de *Maladrón*. Como en el surrealismo, para Asturias el sueño dice y sirve para decir *la verité cachée* del alma, descubre nuestra verdadera identidad, indica las soluciones posibles o deseadas a los problemas que nos angustian.[16] *Maladrón* es un buen ejemplo de la función

---

[14] «No es la primera vez que tengo que dar batalla en tierras de geografía flotante, tierras que están y no están, que están aquí, mañana allá, o que desaparecen en tiempo para resurgir después». *El Árbol de la Cruz*, p. 114.

[15] Loco de Altar en su manera de hablar no recuerda solamente las prácticas lingüísticas que Asturias inauguró en *Leyendas*, en las *Fantominas* de los años 30/40 y que utilizó también en *Clarivigilia*. En 1973, había preparado un breve entremés teatral, *Amores sin cabeza*, donde utiliza, a lo largo de 20 variaciones sumamente ingeniosas, este tipo de recursos para describir las modificaciones de la misma mujer en un sinnúmero de personajes.

[16] «Los sueños no se van, se borran, pero quedan, permanecen, están sin estar. Tapicerías invisibles. Tapices de sueños poblados de universos de fábula y personajes fantásticos. Sueños-delirios-de-grandeza, hijos de digestiones untuosas y faisanes azules, anacantinos de efeméride, carnes de venado al humo o tepemechines, peces de ríos saltacascadas. Y pesadillas, hijas de indigestiones rugidoras (di qué comes y te diré qué sueñas...), tapices de urdimbres cerradas, nudos de dramas, urdimbres de alambre con uñas, nidos de tramas... asfixia, ahogo, extrangulación... incendios, naufragios, caídas verticales en abismos sin fondo... gigantes, monstruos, antropófagos... personajes históricos, histriones, verdugos... barquitos de papel en ríos de llanto... patíbulos, hogueras, hachas de cortar cabezas, hornos de quemas cautivos ante sus santidades, tenazas de quebrar huesos, chuzos llameantes de quemar ojos, obsidianas de sacar

hermenéutica del sueño, o de las visiones que se le asimilan, ya que Asturias nos dice allí lo que a veces oculta y por eso los eventos, los desenlaces más importantes en sus últimas obras se realizan en sueños o como en sueños. Es este estado de *claridespiertos* el que connota a los creadores de mundos en *Clarivigilia*.[17]

Pero mientras en *Maladrón* la discusión teológica y moral es programática y dialectizada con intervenciones y toques sucesivos, y protagoniza uno de los ejes mayores del relato, esa misma discusión no se desarrolla, sino que *se encarna* en los personajes de *El Árbol*, donde cada uno de ellos personifica un polo ideológico. No deja de sorprender que Anti sea, en los *dramatis personae*, el que representa a Asturias y, si aceptamos esta coincidencia y su trayectoria –aquí esquematizadas al máximo–, no podemos no aceptar en el desenlace soñado (que sin embargo, Anti-Asturias rechaza, poniéndose «los almohadones encima») una suerte de deriva mística, de *pèlerinage aux sources* que simboliza la visión de su final.

El mensaje ideológico de este último Asturias no difiere sustancialmente de su ideario habitual, que fue tan ambiguo y fascinado por soluciones y vivencias que son percibidas conceptualmente como antitéticas, pero que el hombre Asturias quiso mediar –como en los tiempos de su juventud, cuando el *licenciado liberal* convivía sin fracturas con el *parroquiano* del Jesús de la Candelaria.[18]

---

corazones, cuchillos de cortar orejas, narices, labios, lenguas... Choque de espadas. Quiénes los combatientes... invisibles... se batían con el aire... se batían con las sombras... se batían con la tierra que temblaba... espadachines sin cara... sólo sus cuerpos... los guanteletes... las espadas...

(¿Se barren los dormitorios?)

(Se barren...)

(¿Todos los días?)

(Todos los días... y sale la clásica basura de las alcobas: colillas de cigarros, cigarrillos, palitos de fósforos quemados, envoltorios de caramelos, de chocolates, cajas vacías de medicamentos, periódicos, pelusilla de colchas y colchones...)

¿Y los sueños?)

(La basura del alma...)

(Sí, los sueños...)

(La basura del alma, los sueños, se resisten a la escoba, no se dejan barrer y a la hora de las contiendas hogareñas batallan a muerte, convertidos en obsesiones, odios, envidias, rivalidades, antesalas del suicidio, del asesinato, del propósito negro de cobrar ofensas. Cobrarse. Los sueños son los cobradores. Nuestros mejores cobradores. Mientras dormimos nos cobramos, en interminables pesadillas, de todo lo que nos han hecho, y el que nos la debe nos la paga...). *Tres de cuatro soles*. México-París, FCE-Klincksieck, 1977, pp. 51-52.

17 «Los encargados», en *Clarivigilia*, p. 40.

18 Hay gestos y decisiones que no se pueden relegar al rango de manifestaciones folkloricas. Sin exagerar o forzar la nota nos parece sumamente significativo el hecho de que Asturias haya utilizado una parte del dinero del premio Lenin para ofrecerle al Jesús de la Candelaria (su barrio natal) un nuevo manto bordado en oro. Existe a este respecto una correspondencia muy clara con su hermano Marco Antonio, cuya beatería era conocida y respetada y nos atreveríamos a decir, compartida por el escritor.

Esta nostalgia, que es una dicotomía sufrida hasta el final, e insoportable, hace de *El Árbol de la Cruz* el epitafio inquieto de este hombre que concluyó su vida con el «jornal ganado».[19]

Muerte y fe

En realidad, el tema principal, apenas metaforizado de *El Árbol de la Cruz*, es el de la muerte (la suya, la inminente, la irrevocable), estrechamente vinculado al de la fe cristiana (la suya, la heredada, la discutida, la aceptada) en una lucha interna y a veces solapada que duró hasta el final, como lo demuestra este texto. Sin embargo los temas de la muerte y de la fe son tratados aquí con una precisión, una urgencia y una interrelación imputables a la cronología y a la naturaleza *privada* del manuscrito.[20]

Veamos rápidamente a este respecto los textos de la última década, donde estos temas (muerte y fe) aparecen tratados juntos y separados. En *Clarivigilia primaveral* (1964-1965), la idea de la muerte está prácticamente neutralizada por la noción de ciclos y de renacimientos sucesivos aunque profundamente diversificados.[21] El arte y el creador

---

[19] Christian Boix señala, en su texto, cómo desde el mismo *incipit*, Asturias instaura una relación de exclusión entre Anti y Cristo y que, si se define a Anti-el guerrero por oposición a Cristo, una posición anti-Anti (que es la de Asturias) no puede sino devolvernos la figura misma de Cristo con todos sus atributos. La aporía del vaivén entre realidades contrarias genera en Anti (en Asturias) un movimiento de regresión hacia la matriz de lo indiferenciado, cese de la tensión, conquista o meditación que (dice Boix) puede llegar cuando está por acabar el trayecto existencial del sujeto. En ese deseo de vuelta a un estado de sincretismo entre el Yo y el Otro, sueño de fusión total y simbiosis poética, desaparecen las falacias de la división introducida por el Logos. El relato (Asturias) desemboca en una suerte de experiencia mística ya que Anti (en sueños) pisa la orilla de la beatitud del espíritu, donde el gran misterio de la vida y de la muerte nos es sino de devolución del hombre a la matriz universal, *el camino del logos al mythos*, cuando en el umbral de la muerte desaparecen las tensiones y sucede la paz, libre de la dictadura del devenir. Para Boix este final del relato sería la meditación final del autor que contempla la muerte (su muerte) desde afuera y la describe como el enigma del retorno definitivo del autor (del locutor) al gran todo del Universo.

[20] No creemos que Asturias en esta fase de su composición tuviera la intención de dar a este manuscrito el destino público y editorial de los otros, ya que en conversaciones privadas me lo presentó como un texto que él quería dedicarme, pensando en la homología de nuestras pésimas condiciones de salud. Evidentemente no hay que exagerar el caracter privado de *El Árbol*, ya que todos los textos nacen como expresión sumamente íntima, personal y privada de sus autores y después tienen el destino que corresponde a un manuscrito.

[21] «Ardieron bosques y ciudades deshabitadas / a la orilla de ríos que dejaban calcinarse / piedras y ribazos, / encías sangrantes / y dientes de ceniza mantecosa / como la distancia que el azacuán de humo dorado/ trae en las alas, desde las tierras australes. / Mariposas de trementina / volaban de los troncos de los pinos. / Cataratas de sudor de orquídeas / llovían de los brazos de las ceibas. / Polvo de fuego caía de los encinales / secos, / bálsamo hirviente de los liquidámbares/ y al perfume de los tamarindos en llamas, / se unía el de los cacahotales, olor a chocolate, / entre los craquidos de hueso de los chicozapotes, / los palos de hule retorcidos

atraviesan victoriosos las edades, y si bien los hombres y los dioses perecen en sucesiones temporales y espaciales inspiradas en las culturas mesoamericanas, la finitud de la aventura humana y de sus obras no es concebida y sufrida como algo doloroso y personal sino como parte de un irresistible cambiar cósmico: las epifanías efímeras de una dinámica cuyas leyes son invariables y descansan justamente en la doble necesidad y complementariedad de la vida y de la muerte.

En esta cosmogonía –que está al servicio e ilustra una estética– intervienen referencias y dialécticas que Asturias traduce de sus conocimientos y vivencias indígenas. La historia del cosmos, la historia del hombre, la historia de Asturias y de su obra forman parte de una memoria, son la memoria del mundo mesoamericano, cuyas leyes lo sostienen y destruyen. En este poema, la muerte y la vida son necesarios e ineluctables corolarios que no afectan ni estremecen a su descriptor. Por el contrario, Asturias ostenta en *Clarivigilia* una posición personal triunfalista, tanto más notable cuanto que las circunstancias de su composición, de su escritura, no eran nada alentadoras en las soledades de su estación italiana. Diríase que la nueva mitografía asturiana, articulada y ennoblecida por primera vez con tanta determinación, tuvo en Génova un rol compensatorio manifiesto, constituyendo una afirmación de vitalidad por lo menos admirable en ese contexto.[22]

En la misma vena y en similar orden de ideas Asturias vuelve al mismo tema de la muerte con *Tres de cuatro soles* (1969-1970). Las circunstancias han cambiado. Asturias se encuentra ahora en la gloria oficial y oficialista pero es objeto de acusaciones y disgustos de orden biográfico[23] y de un

---

en columnas elásticas, / los palos de chicle lloviéndose de cabellos de leche, / y los conacastes crepitantes,
roja sangre de cabelleras arrancadas, / y los matilisguates dormidos, / casi minarales, / y las caobas de carne, / ya manteca al contacto de una constelación / que perdió un pie en el incendio del cielo / y ahora paseaba su pierna de fuego / en el incendio de la tierra» (*Clarivigilia*, *op. cit.*, p. 66).

22 Es sencillamente increíble que Asturias pudiera concebir tal prosopopeya de su oficio y de la función de las artes en momentos en que, aparte la amistad y el apoyo que le ofreció el *Columbianum* y algunos profesores (Bellini, sobre todo), él estaba prácticamente solo, sin contratos, con escasos medios económicos y con una red únicamente orientada hacia la izquierda internacional como recurso ambiguo, pero necesario. Sin embargo, es a partir de Génova cuando Asturias, con la ayuda del *Columbianum*, dictó una serie de seminarios sobre la novela latinoamericana en nueve universidades italianas; seminarios que luego repetiría en Alemania, Francia y Suecia, y que fueron un elemento decisivo de su aceptación y triunfos internacionales siguientes.

23 No volveré a repetir las circunstancias absolutamente infelices y al fin y al cabo absurdas, de su querella con García Márquez y con otros representantes del *boom*, pero sí recordaré la situación sumamente dolorosa que tuvo que vivir cuando su hijo mayor Rodrigo (ahora comandante Gaspar Ilóm) rompió con él a raíz de las responsabilidades diplomáticas que asumió en París para el presidente Méndez Montenegro y por culpa también de la hostilidad de Luis Cardoza y Aragón y del grupo de guatemaltecos residentes en México.

rechazo generacional que le hiere profundamente a pesar de sus denegaciones públicas y privadas. Pero esta situación de *mise en question* provoca en Asturias una acentuación aún más acusada (y personalizada) del mensaje implícito en *Clarivigilia*.

Roger Caillois, gran inventor de colecciones de libros que hicieron historia, fue encargado por Robert Skira y Gaetán Picón de asegurar la participación latinoamericana en una nueva serie de libros llamada «Les sentiers de la création», en los que algunos grandes creadores (sobre todo escritores, pero también ensayistas, plásticos e historiadores) intentarían rastrear, relatar, transmitir los senderos de su creación personal. Característica mayor de la colección y de las directivas que los responsables hicieron llegar a un número selecto de personalidades era que no debía tratarse, en ningún modo, de una demostración/exposición pedagógica, sino de una obra de creación que metafóricamente explicara u ofreciera una respuesta de orden poético y no discursivo a los enigmas siempre diversos de la producción artística. G. Picón y R. Caillois, en esa mezcla tan interesante de curiosidades polimorfas, de cultura creativa y de rigor que los dintinguió siempre, escogieron, junto a Barthes, Ionesco, Aragon, etc., a M. A. Asturias y a Octavio Paz para representar a América Latina.

Por su especial situación anímica, Asturias aceptó el reto, a pesar de una agenda cargada y de un estado de salud ya bastante precario, y en pocos meses pudo, folio tras folio, entregar a Claude Couffon, su traductor de confianza, un texto que entre borradores, notas y versiones sucesivas representa uno de los legajos más importantes del Fondo Asturias en la Biblioteca Nacional de París (670 folios). Tanta urgencia y tanta determinación no estaban solamente dictadas por los imperativos del editor sino por el deseo del escritor de reaccionar, a su manera y con sus argumentos, contra el proceso de marginación que le estaba organizando el *boom*. Esto explica, junto con la filosofía de la colección, que el tratamiento del tema de *Clarivigilia* estuviera ahora orientado de otra forma y que Asturias (antes eran más bien las artes) se convirtiera en el protagonista visible y declarado del relato. M. A. Asturias habla en primera persona;[24] evoca los *soles* que conoció; el mundo, un mundo no sólo

---

[24] «No trajo mucho de su viaje. El verano atizonado. El olor de los castaños. Un collar de tres hilos, de camándulas blancas, el primero, lágrimas que lloró la tierra al parir al maíz, de pepitillas rojas, el segundo, y de semillas negras, el tercero. Traía, además, la dimensión del astro sumergido, entre aullidos de historia, constelaciones, rosas, estambres, lluvias de miniatura, la anuencia y la renuencia, el zafarrancho, la cáscara del llano y la posibilidad de su regreso, de reembarcarse. Pero ya había dejado su cuerpo tanto tiempo solo. No podría repetir la hazaña. Estuvo ausente toda una navegación de lunas y de astros, más seguro en la ola desconfiada que en el oleaje de su respiración, de sus palpitaciones, de su ser dejando de ser siempre en el mágico juego de pelota. Y ése era yo.» *Tres de cuatro soles*, París-México, FCE-Klincksieck, 1977, p. 10.

indígena sino mestizo, no sólo legendario sino concreto e históricamente reconocible, presente, y habla de su obra como de la voz imperecedera que lo asume, lo descubre y lo crea.[25] En este mundo, la muerte, las muertes no suprimen al poeta, al poeta Asturias, sino que son la razón misma de su parusía, las etapas, las fuentes de su canto, cataclismos necesarios para la existencia misma del mundo, de sus destrucciones como de las resurrecciones que las acompañan.[26] El tema se ha transformado, de cosmológico/estético, en un manifiesto de poética personal, de identidad y de reivindicación existencial cuyo alcance ideológico, cuyo orgullo y *serenidad* intelectual no dejan de asombrar.[27]

[25] «Soy creador de cosas que hacen falta. Sin mí, no existirían. Por eso soy creador. Las hago existir. Creo. Creo de creer y creo de crear. El que cree crea. El que crea, cree. Dedos en el barro. Creo, creo porque creo en el barro, y creo con el barro.» *Ibid.*, p. 11.

[26] «¿Eran o no eran? ¿Por qué se borraban? ¿Por qué desaparecerían? La alternativa de luz y sombra, presencia y ausencia, ser y no ser, los despedazaba. Pedazos de ellos mismos juntaban en la más profunda oscuridad, el tacto, el tacto, tacto de ciegos, fragmentos de sus cuerpos y sus ánimas, y cuando por fin lograban reunirlos y pegarlos con el sueño que lo pega todo, un golpe de luz los desintegraba de nuevo y a recoger entonces del aire mezclado con trinos, lo que de ellos quedaba disperso en la claridad del alba. Desaparecer y seguir existiendo es tan terrible, es tan terrible el simulacro diario de la desaparición, la tortura de la media muerte todas las noches es tan terrible, tan pavorosa, que pasaron milenios antes de acostumbrarse aquellos seres al aperitivo de la nada, al aprobador de la no existencia y siglos y siglos agonizaron noche a noche, al ir oscuriendo, igual que si fueran a desaparecer para siempre. En yéndose la luz ellos se iban del lugar en que estaban parados, sentados, acostados o andando, murientes que dejaban de existir en lo visible, sin saber si era pasajera o definitiva su ausencia en el móvil país de las estrellas.» *Ibid.*, pp. 14-15.

[27] «Nadie te ha vencido, sol de fuego. Realidad y sueño se integran y desintegran al sentir tu presencia de palo mágico. No amontonaste ídolos para inmovilizar creencias o convertir en madera o substancias pétreas las religiones, sino utensilios de trabajo artístico, punzones de obsidiana, cuchillos de pedernal, agujas de jade, filudos tajos de piedra, lanzaderas de telares, cortezas de amatle, ruecas. No amontonaste paraísos, infiernos ni limbos, sino semillas en las que dormían formas de gracia, colores y perfumes, en espera de despertarse flores. De tus caracolas nacen orquídeas y de tus orquídeas caracolas en las que se oye, no el mar, sino la selva. No amontonaste la cuenta artificial del tiempo calendárico, sino el tiempo sin tiempo de los agujeros de esponja, edades para dedos de agua, y de los relojes exactos de los girasoles y las girasolas, las que giran solas en las girarerías del cielo. ¡Aquí! ¡Aquí! ¡Aquí! La vida atraída por la blancura de la ceniza, estuvo a punto de dar oídos a la muerte, y refugiarse en sus mares blancos, pero prefirió la sombra y se escondió en el carbón, substancia propicia para sus combinaciones, en espera del nuevo sol. Otro sol, serpiente de plumas nacidas del humo de tus diademas de fuego, avanza ya en torbellino de oro. Es el sol de agua, el cuarto sol, el Lluvioso. Carne de tormentas, bardas de chubasco, ojos de granizo, sangre de diluvio. Y habrá después más soles, pero ninguno como tú, sol del fuego, por tu amor a la belleza, tu fantasía, tu caprichosidad errabunda de imperfecto perfecto. Ningún otro sol tendrá tus cien cabezas de llamas, recibidor y entregador de cosas bellas, suprema luz, suprema naturaleza de la luz... fuego convertido en humo... humo convertido en nube... nube convertida en pluma... serpiente de plumas en lo más alto del cielo... de plumas que se vuelven nubes... de nubes que se vuelven lluvia... de lluvia que se vuelve humo... de humo que se vuelve nube... de nube que se vuelve pluma... serpiente de plumas en lo más alto del cielo... de plumas que se vuelven nubes... de nubes que se vuelven lluvia... de lluvia que se vuelve humo... de humo que se vuelve nube... de nube que se vuelve pluma... serpiente de plumas en lo más alto del cielo...» *Ibid.*, pp. 60-61.

Una meditación anticipada

El salto es grande entre las representaciones de la muerte en *Clarivigilia* y *Tres de cuatro soles* y la que aparece en *El Árbol de la Cruz*. En este último texto la muerte lo afecta por primera vez como un acontecimiento privado, personal, inminente, íntimo; a duras penas (pero con cuánta maestría), arropado en un relato pretexto/recurso que disfraza y revela al mismo tiempo el carácter de desahogo desesperado, de dolencia sin máscaras posibles de esta última ficción/metáfora. Asturias no era filósofo y no llevaba el diario de sus emociones y aventuras cotidianas. Él las traducía y las sublimaba y exorcizaba en sus obras de ficción o periodísticas, poco importa. En *El Árbol de la Cruz* recurre otra vez a las modalidades mil veces experimentadas de su talento y de su oficio. Pero poco a poco la ficción, después de un introito donde se mezclan todos los ingredientes y las pirotecnias de su retórica habitual, se disuelve y el texto habla casi sin velos ni mediaciones de la obsesión de sus últimos días, la obsesión del final, del perecer ineluctable y doloroso del hombre Asturias, por primera vez desnudo e inerme frente a su destino de muerte y a las dudas (a las esperanzas) del más allá.

En *El Árbol de la Cruz* la muerte se identifica con Anti y no tiene ninguna connotación dialéctico-positiva. Es la cesura, la desaparición del sujeto, la nada sufrida y temida; acompañada de un cortejo de manifestaciones repugnantes que Asturias había y estaba personalmente experimentando y que afloran como detalles y recursos relativamente novedosos en el arsenal habitual de imágenes del escritor.

Sin embargo, en otra oportunidad y en ese mismo decenio, Asturias había evocado este tema y sus escenarios en una vena parecida, donde a las seguridades un tanto abstractas de *Clarivigilia* y de *Tres de cuatro Soles*, sucedía una *Stimmung* que anticipa la del *El Árbol*. En efecto, unos cinco años antes de *El Árbol de la Cruz*, Asturias había presentado una situación comparable en *Maladrón*, donde por primera vez los temas de la muerte y de la fe, de la muerte vivida y discutida dentro de una ideología cristiana encuentran un desarrollo sumamente argumentado y complementario.

Maladrón,[28] novela poco conocida y modestamente apreciada por críticos y lectores, es sin embargo un texto que ofrece pistas sumamente interesantes del ideario asturiano. Su tema principal es el encuentro entre indígenas y españoles en el momento de la conquista y el resultado de ese encuentro memorable *utriusque partis*. Sin embargo, para llegar y antes de llegar a las conclusiones *mestizas* de la novela, Asturias procede a

[28] *Maladrón*, Losada, Buenos Aires, 1969. Citamos por la tercera edición.

examinar con igual sensibilidad e información, la situación ideológica de sus dos antepasados: el indígena y el español.

Ahora bien, el *leit-motiv* estructurante de todas las vicisitudes de los conquistadores españoles, de sus discusiones, odios, amistades y andanzas es una discusión de orden teológico general entre las doctrinas materialistas del *Maladrón* y las de la vulgata cristiana.[29]

Esta discusión, que es el origen mismo de la novela (los borradores más antiguos se remontan a los años 1952-1955),[30] se concentra en un tema específico que es justamente el de la muerte, el más allá, la aceptación o el rechazo de sus consecuencias,[31] y en este sentido *Maladrón* es la *versión cristiana* de la discusión cosmogónica de *Clarivigilia* y de *Tres de cuatro Soles*. ¿Qué indicaciones nos ofrece entonces este texto con respecto a *El Árbol de la Cruz*? Muchas y muy interesantes. El personaje de Anti tiene una posición ideológica homóloga a la de *Maladrón* y actúa en consecuencia. El *Maladrón* no se parece exteriormente a Anti, al contrario,[32] pero sus propuestas filosóficas son las mismas que sostienen el actuar exasperado y clínico de Anti, y el rechazo radical de Cristo por

---

29 «Y de este mal entendido, como explicaba el tuerto, envejecido en sus malicias, nacieron muchos conflictos agravados por la prédica sorda que los tarantulados hacían de las doctrinas de Zaduc, tan a medida de la cerril mentalidad de la soldadesca, porque el jayán que sabe lo que le espera en la otra vida, poco gusto pone en creer en ella, y sí mucho en negarla. ¿Y cómo podrían no adorar al *Maladrón* los escapados de galeras? Y los resentidos hijos de quemados, reconciliados y apóstatas, y los herejes, y los moros, y los judaizantes. Pero, fuera de los carcelarios y los impuros de sangre, también los cristianos de la manga ancha preferían la cruz cimarrona del impío, que la espiritual. ¡Menos ángeles y más tejuelos de oro! ¡Menos indios conversos y más cruces del *Maladrón*, Señor de todo lo creado en el mundo de la codicia, desde que el hombre es hombre». *Op. cit.*, pp. 67-68.

30 Señalaré que el tema del Maladrón, cuya mención se remonta a *Leyendas*, es un tema de tipo teológico que intrigó a Asturias de una manera constante a partir de los años 50. El dossier genético de *Maladrón* está constituido, como el de *La Audiencia de los Confines*, por este arranque exclusivamente *español* y desarrollos posteriores centrados en la vertiente indígena del relato.

31 «La materia es el origen sencillo del hombre y su sencillo fin. La materia es suficiente para explicar al ser humano que toma origen en la naturaleza de los padres, vive a expensas de lo real y se extingue con la muerte. Aparentemente sí, le contestaba Rostro, cuando no se consumía en el pesar de que estuviera loco, para no callarlo de una puñalada. Aparentemente sí, pero el hombre nace del amor, vive de la caridad de Dios y vuelve al cielo. ¿Por qué venir entonces, de ser cierto lo que habéis dicho, Capitán, arrebatando a los moradores de estas tierras descubiertas, sus riquezas? Ángel Rostro se alejaba, pero el tuerto seguía. Acordaos de Dios, aunque sea para blasfemar, parece haber sido la consigna, y sí que nos hemos acordado.» *Maladrón*, *op. cit.*, pp. 79-80.

32 «–Mas, si no era malo ni ladrón, qué era... me queréis decir qué era, diablo de barbas azafrán...

–Un sabio en las ciencias de la ley humana, escriba y político que se alzó contra las abusiones espiritualistas de su tiempo y de todos los tiempos –el tuerto se metió con los dedos uñudos la tripa de carne blanquísima en el ojo vacío, mientras Zaduc agregaba:– Descendiente del Rey de Reyes, Hircano, y de Aristóbulo el Grande...». *Ibid.*, p. 101.

parte de Anti descansa, sin que haya alusiones a ellas, en las argumentaciones desarrolladas en el *Maladrón*.[33]

En *Maladrón*, Asturias ha desarrollado, con amplitud discursiva notable y menor angustia, el mismo tema de *El Árbol* y el de las obsesiones que evidencia. Hay muchos indicios y recursos estilísticos que Asturias utiliza en los dos textos y, en este sentido, el primero se presenta casi como la palestra ideológica donde se debate el problema que el segundo vive con intensidad agónica.

Los dos textos, sin embargo, parecen separarse en el desenlace, ya que mientras Anti *sueña* con una conclusión que es en realidad una fusión en la matriz cristiana (el léxico y las referencias no dejan dudas al respecto), las *dos* muertes simbólicas evocadas en *Maladrón* no pertenecen de ningún modo a este horizonte ideológico. Es en la primera donde el sentido de fusión *panteísta*, la muerte como vuelta al todo, se describe en un sueño: el del tuerto Agudo, seguidor coherente de las doctrinas del *Maladrón*.[34] La segunda muerte, vista y discutida desde un *más allá* inventado con estilo quevediano, es la de Antolinares.[35]

---

[33] «–Locura entonces la de tu Maladrón, creerse Dios, sin tener quién, quién le siguiera...

–¡Jamás, nunca se creyó Dios! –restalló, no se hizo esperar las respuestas de Zaduc–. ¡Nunca! Por el contrario, solo se consideró lo que era hombre. Y ser hombre, es ser anti-Dios. Lo crucificaron por sus ideas materialistas. Como buen saduceo reía cuando se hablaban de la inmortalidad del alma, de la resurrección de los muertos y de otras paparruchas por el estilo... Y así se explica su carcajada. Colgado de la cruz se rió cuando Jesús le ofreció el cielo... Murió en su ley... En la santa ley de Sadoc, el justo, el que tres siglos antes de la muerte del Maladrón fundó la secta de los saduceos, como yo...». *Ibid.*, p. 102.

[34] «¡Ay, Señor de nuestra Muerte, intacta, total, nuestra y solo nuestra!, dejadme llorar ante esta sangre que yo no había visto antes. ¿De dónde sale? ¿Quién derrama por mis lagrimales estos hijos de cinabrio? ¿Es de la coraza del caracol con alas de donde se destila bermellón tan rojo? ¿Es de mi sangre? ¿Es de la luz de mi sangre? ¿Es del fuego de mi sangre? Acabaron las sombras, aquí estamos nosotros en color de sangre, púrpura de pitahaya, rojez de achiote, de rubí, de coral. No, pero no es eso... No son colores que se anuncian con palabras, colores de palabras pronunciadas antes de salir al esplendor del color amarillo...¡Cuánta luz en este trigal yodado, en estas vertientes cabelleras rubias y allá donde el oro del sol está dormido! ¡amarillo! ¡El amarillo! La luz no se queda en el cristal dorado, lo transpasa. Dulce fuego fatuo que codiciamos los que sandamos en estas conquistas, Amarillo sol sin dominio. Sol amarillo cuajado con yemas de metal que vibra al ser descubierto... Amarillo oro radiante, casi otro amarillo, ya no el mismo... Y por eso nadie se va de aquí, el pretexto ¡oro son triunfos!, por no abandonar estas mesetas, estas cumbres, estas costas del mismo paraíso. Llueve. No saldré a ver, porque es en mi ojo donde llueve color verde. Ciego incendio inmortal. ¡Sacadme, sacadme del aguacero verde! Torrentes de agujas de agua sola. Sola y poblada de verdeoscuros, verdeazules, verdeclaros. Esmeraldas navegables, a dónde me llevais, a dónde..., si no quiero irme, quiero morir aquí, ser esqueleto verde y no esqueleto blanco como son los huesos de los que mueren en otras latitudes. Esqueleto verde, costillas de esmeraldas, pelo de algas vibrantes, restos frutales en los que los insectos que forman el color verde se embriagan de oscuridad y de misterio...». *Op. cit.*, p. 169.

[35] «–La muerte no existe... Se habla de la muerte como si existiera...

–¿Y nosotros...?

La distancia que existe entre las dos visiones de la muerte y del destino personal descansa en la diferencia de perspectiva y de posición. En *Maladrón*, M. A. Asturias ficcionaliza y discute un debate que le interesa pero que no le toca todavía resolver; en *El Árbol* Asturias toma partido y revela y se revela las respuestas finales. Pero tampoco aquí ninguna conclusión es definitiva. No olvidemos que el capítulo V de *El Árbol* es un sueño y los sueños y su descripción son uno de los recursos habituales del escritor.[36] Este recurso doblemente ficcional le permite una multiplicación de enfoques y de soluciones, que no autoriza al crítico ni al lector a optar por una u otra lectura. Así, tampoco en este texto Asturias renuncia ni restringe su libertad y parece confirmar la ambigüedad/ambivalencia de su ideario y de sus vivencias.

De *Maladrón* y de sus discusiones recordaremos, sin embargo, los colores y el despliegue variopinto y opulento del viaje en el tiempo y en el espacio, y hacia la muerte que efectúan los protagonistas. Qué diferencia entre los dos escenarios: uno público, el otro privado; uno optimista, impasible,[37] equilibrado; el otro doloroso, sufrido, dominado por el miedo, la ansiedad, la angustia. Uno empieza y termina en los esplendores del paraíso americano mientras el otro configura un itinerario autobiográfico desesperado y sorprendente por lo sincero y directo.

La figura de Cristo

No dejará de interrogarse el lector, por qué uno de los *leit-motivs* obsesivos de *El Árbol* es la presencia y la referencia a la figura del Cristo, que es antítesis de la muerte, puerto donde descansa y se reconcilia, aparentemente, la aventura asturiana. La figura de Cristo no es ninguna

—No existe para nosotros, porque estamos muertos, y no existe para los vivos, porque están vivos...

—¿Pero, entonces, nosotros... —preguntó Antolinares con la voz hueca del que no respira, habla de muerto—, nosotros, usía, estamos muertos...?

—Transitoriamente, porque el alma no muere y porque llegará el día en que sacaremos de los espejos del aire nuestros pedazos y los juntaremos para ser otra vez nosotros...

—No creo en inmortalidades... fui... soy... no se cómo decir...

—Lo mismo da... —se oyó la voz nacida de los huesos de la boca del Canónigo, sin inflexiones, de su boca sin lengua—, aquí ni se es ni se fue... ni se fue ni se es...». *Ibid.*, pp. 212-213.

[36] Recordaremos el Cuco de los sueños en «Guatemala», texto que abre *Leyendas*; los sueños premonitorios de Cara de Ángel en *El Señor Presidente*; los numerosos que atraviesan *Hombres de maíz*, y los de *Tres de cuatro soles* que constituyen uno de los ejes mismos de la narración.

[37] «—¡Maladrón! Hijo legítimo de la materia, Ángel de la Realidad, Señor de las cosas ciertas, se desvelarán los soles hasta extinguirse, se amasarán las sombras sobre sombras hasta cerrarse todos los ojos de la tiniebla en el más profundo sueño, y tú seguirás despierto enseñando que el hombre es sólo una mezcla de sustancias vivas, hecho no a imagen y semejanza de Dios, sino a imagen y semejanza de los metales, los vegetales, los animales, el agua y la tierra que lo componen.» *Maladrón, op. cit.*, p. 170.

novedad en la obra asturiana, por el contrario, es tema recurrente y utilizado desde *Leyendas* y solamente las orientaciones de algunos exegetas[38] y las exigencias de su personaje público pudieron silenciar, expulsar o folclorizar uno de los motivos inspiradores constantes de toda su producción. De ésta citaremos tres momentos que se pueden asociar al texto de *El Árbol de la Cruz*:

– la figura de Cristo tal y como aparece en los artículos periodísticos que preceden (1924) y siguen (1933) a su estancia parisina. Notaremos que el léxico y la relación fiel creyente/divinidad, son parecidos a los de la parte final de *El Árbol de la Cruz.*[39]

– En *Leyendas* (1930), donde la religión coincide con la infancia, las sensaciones, sueños y pulsiones de esa edad, tal y como aparece vehiculizada en la última parte de *El Árbol.*

– En la *Audiencia de los confines* (1954), texto reescrito y reorganizado más tarde con el nuevo título de *Las Casas, el obispo de Dios* (1968), donde Asturias, en pleno período de militancia de izquierda (participación activa en el gobierno Arbenz), reivindica la figura y la doctrina de Cristo como liberadoras –si son correctamente leídas, aplicadas y vividas– y no alienantes como lo pretendía la ideología materialista de la cual fue un adepto más bien ocasional que verdadero.[40]

Este *distinguo* entre una doctrina y un ejemplo (admirables), y una praxis (desvirtuadora) por parte de las instituciones que encarnan en el mundo el mensaje evangélico, es un tema que Asturias retoma y desarrolla también en *Maladrón.* Si recordamos que *La Audiencia* es de 1954 y los primeros borradores de *Maladrón* se sitúan en los mismos años, se percibe que el tema de la reivindicación ideológica del cristianismo (o, más bien, de Cristo) *contra* la Iglesia como cuerpo constituido, le importaba mucho a Asturias porque le permitía al mismo tiempo una adhesión de tipo ético-psicológico al cristianismo y un distanciamiento de tipo histórico-social. Uno de los personajes de *Maladrón* sigue y practica las doctrinas de Cristo y sufre por eso las persecuciones de la iglesia oficial. Otro sigue las enseñanzas de los heterodoxos que han buscado en América la tierra de la libertad espiritual. Asturias es hijo y heredero de estos hombres obsesionados por la problemática de la fe, y el desenlace de la

---

[38] Véase la lectura que hace Dorita Nouhaud de Miguel Ángel Asturias: «Pues de entrada lo queremos aclarar: por muy escandalosa que pareciera nuestra tesis, su propósito es demostrar que la práctica significante de Asturias representa, ideológicamente, un materialismo, sin conceder desde luego a "ideológicamente" y a "materialismo" un sentido político, pero sin quitárselo, por supuesto.» *Tres de cuatro Soles, op. cit.*, p. 2.

[39] Véase apéndice nº 1, pp. 503-512, de *París 1924-1933.*

[40] Véase nuestro comentario en *Europe*, artículo citado, pp. 108-112.

novela –desenlace de fusión, de conciliación, de *coincidentia oppositorum*– prefigura el desenlace del protagonista de *El Árbol de la Cruz*.

Hemos querido arrojar algunas luces contextuales más amplias sobre este último texto de M. A. Asturias que creara sorpresas en tirios y troyanos, sobre todo cuando no se recordó –o no se quiso recordar– que el desenlace de *El Árbol de la Cruz* se inscribe en la trayectoria asturiana desde su mismo *incipit*.

OBRAS COMPLETAS DE MIGUEL ÁNGEL ASTURIAS
(París-México, Klincksieck-Fondo de Cultura Económica)

VOLÚMENES APARECIDOS

Tres de Cuatro Soles (1977)
El Señor Présidente (1978)
Viernes de Dolores (1978)
Hombres de maíz (1981)

COLECCIÓN ARCHIVOS

VOLÚMENES APARECIDOS

París 1924-1933. Periodismo y creación literaria. Coordinador: Amos Segala (1988)
Hombres de maíz. Coordinador: Gerald Martin (1992)

DE PRÓXIMA APARICIÓN

Todas las Leyendas
Mulata de tal
Maladrón
Clarivigilia Primaveral

TITULOS PUBLICADOS

1. **MIGUEL ÁNGEL ASTURIAS**
París, 1924-1933: Periodismo y creación literaria
Equipo:
Amos Segala, coordinador; Manuel José Arce (Liminar), Marie-Francoise Bonnet, Jean Cassou, Marc Cheymol, Aline Janquart, Gerald Martin, Paulette Patout, Georges Pillement, Arturo Taracena, Paul Verdevoye.
Ilustración de la cubierta:
Rudy Cotton.

2. **RICARDO GÜIRALDES**
Don Segundo Sombra
Equipo:
Paul Verdevoye, coordinador; Ernesto Sábato (Liminar), Alberto Blasi, Nilda Díaz, Élida Lois, Hugo Rodríguez Alcalá, Elena M. Rojas, Eduardo Romano.
Ilustración de la cubierta:
Juan Carlos Langlois.

3. **JOSÉ LEZAMA LIMA**
Paradiso
Equipo:
Cintio Vitier, coordinador; María Zambrano (Liminar), Ciro Bianchi Ross, Raquel Carrió Mendía, Roberto Friol, Julio Ortega, José Prats Sariol, Benito Pelegrín, Manuel Pereira, Severo Sarduy.
Ilustración de la cubierta:
Mariano Rodríguez.

4. **CÉSAR VALLEJO**
Obra poética
Equipo:
Américo Ferrari, coordinador; José Ángel Valente (Liminar), Jean Franco, R. Gutiérrez Girardot, Giovanni Meo Zilio, Julio Ortega, José Miguel Oviedo.
Ilustración de la cubierta:
Alberto Guzmán.

5. **MARIANO AZUELA**
Los de abajo
Equipo:
Jorge Ruffinelli, coordinador; Carlos Fuentes (Liminar), Luis Leal, Mónica Mansour, Seymour Menton, Stanley L. Robe.
Ilustración de la cubierta:
Juan Soriano.

6. **MARIO DE ANDRADE**
Macunaíma
Equipo:
Telé Porto Ancona López, coordinadora; Darcy Ribeiro (Liminar), Raúl Antelo, Alfredo Bosi, María Augusta Fonseca, Silviano Santiago, Darcilène de Sena Rezende, Eneida Maria de Souza, Diléa Zanotto Manfio.
Ilustración de la cubierta:
Vera Café.

7. **JOSÉ ASUNCIÓN SILVA**
Obras completas
Equipo:
Héctor H. Orjuela, coordinador; Germán Arciniegas (Liminar), Eduardo Camacho Guizado, Ricardo Cano Gaviria, Juan Gustavo Cobo Borda, Bernardo Gicovate, Rafael Gutiérrez Girardot, G. Mejía, Alfredo Roggiano, Mark Smith-Soto.
Ilustración de la cubierta:
Luis Caballero.

8. **JORGE ICAZA**
El Chulla Romero y Flores
Equipo:
Ricardo Descalzi, coordinador (Liminar); Renaud Richard, coordinador; Gustavo A. Jacome, Antonio Lorente Medina, Théodore Alan Sackett.
Ilustración de la cubierta:
Oswaldo Guayasamín.

9. **TERESA DE LA PARRA**
Memorias de la Mamá Blanca
Equipo:
Velia Bosch, coordinador; Juan Liscano (Liminar), José Balza, José Carlos Boixo, Gladys García Riera, Nélida Norris, Nelson Osorio, Paulette Patout.
Ilustración de la cubierta:
Gabriel Bracho.

10. **ENRIQUE AMORIM**
La carreta
Equipo:
Fernando Ainsa, coordinador (Liminar); K. E. A. Mose, Wilfredo Penco, Huguette Pottier Navarro, Mercedes Ramírez, Walter Rela, A. M. Rodríguez Villamil.
Ilustración de la cubierta:
Eugenio Darnet.

11. ALCIDES ARGUEDAS
Raza de bronce
Equipo:
Antonio Lorente, coordinador; Carlos Castañón (Liminar), Juan Albarracín, Teodosio Fernández, Julio Rodríguez Luis.
Ilustración de la cubierta:
Cil Imana.

12. JOSÉ GOROSTIZA
Poesía y poética
Equipo:
Edelmira Ramírez Leyva, coordinadora; Alí Chumacero (Liminar), Mónica Mansour, Humberto Martínez, Silva Pappe, Guillermo Sheridan.
Ilustración de la cubierta:
Francisco Toledo

13. CLARICE LISPECTOR
A Paixâo Segundo G. H.
Equipo:
Benedito Nunes, coordinador; Joâo Cabral de Melo Neto (Poema), Antonio Cándido (Liminar), Olga Borelli (Liminar), Benjamin Abdala, Junior; Nádia Battella Gotlib, Gloria Maria Cordovani, Affonso Romano de Sant'Anna, Olga de Sa, Norma Tasca, Samira Youssef de Campedelli.
Ilustración de la cubierta:
Emmanuel Nassar.

14. JOSÉ MARIÁ ARGUEDAS
El zorro de arriba y el zorro de abajo
Equipo:
Eve-Marie Fell, coordinador; Rubén Bareiro Saguier (Liminar), Sybila Arredondo de Arguedas, Antonio Cornejo Polar, Roland Forgues, Edmundo Gómez Mango, Martín Lienhard, José Luis Rouillon, William Rowe.
Ilustración de la cubierta:
Gerardo Chávez.

15. JOSÉ REVUELTAS
Los días terrenales
Equipo:
Evodio Escalante, coordinador; Leopoldo Zea (Liminar), Theophile Koui, Edith Negrín, Florence Olivier, Marta Portal.
Ilustración de la cubierta:
Jazzamoart.

16. JULIO CORTÁZAR
Rayuela
Equipo:
Julio Ortega, coordinador; Saúl Yurkievich, coordinador; Haroldo de Campos (Liminar), Jaime Alazraki, Gladys Anchieri, Ana María Barrenechea, Alicia Borinski, Sara Castro Klaren, Graciela Montaldo.
Ilustración de la cubierta:
Antonio Seguí.

17. JUAN RULFO
Toda la obra
Equipo:
Claude Fell, coordinador; José Emilio Pacheco (Liminar), José Carlos González Boixo, José Pascual Buxó, Evodio Escalante, Milagros Ezquerro, Yvette Jiménez de Báez, Norma Klahn, Sergio López Mena, Mónica Mansour, Gerald Martin, Walter D. Mignolo, Aurora Ocampo, Florence Olivier, Hugo Rodríguez-Alcalá, Jorge Ruffinelli.
llustración de la cubierta:
Rufino Tamayo.

18. LUCIO CARDOSO
Crônica da casa assassinada
Equipo:
Mario Carelli, coordinador; Alfredo Bosi (Liminar), Eduardo Portella (Liminar), Consuelo Albergaria, Teresa De Almeida, Guy Besançon, Sonia Brayner, Octávio De Faria, Julio Castañon Guimarães, José G. Nogueira Moutinho.
Ilustración de la cubierta:
Lucio Cardoso.

19. EZEQUIEL MARTÍNEZ ESTRADA
Radiografía de la pampa
Equipo:
Leo Pollmann, coordinador; Gregorio Weinberg (Liminar), Rodolfo A. Borello, Dinko Cvitanovic, Peter G. Earle, Roberto Fuertes Manjón, Miguel Alberto Guerin, Elena M. Rojas, León Sigal, David Viñas, Liliana I. Weinberg De Magis.
Ilustración de la cubierta:
Julio Silva.

20. RÓMULO GALLEGOS
Canaima
Equipo:
Charles Minguet, coordinador; José Balza (Liminar), Pilar Almoina De Carrera, Gustavo Luis Carrera, François Delprat, Pedro Díaz Seijas, Gustavo Guerrero, Françoise Pérus, Janine Potelet, Efraín Subero.
Illustración de la cubierta:
Oswaldo Vigas.

21. MIGUEL ÁNGEL ASTURIAS
Hombres de maíz
Equipo:
Gerald Martin, coordinador; Luis Cardoza y Aragón (Liminar), Arturo Arias. Gordon Brotherston, Ariel Dorfman, Dante Liano, Martin Lienhard, Giovanni Meo Zilio, Dorita Nouhaud, René Prieto.
Ilustración de la cubierta:
Rudy Cotton.

22. AGUSTÍN YÁÑEZ
Al filo del agua
Equipo:
Arturo Azuela, coordinador; Antonio Gómez Robledo (Liminar), Adolfo Caicedo Palacios, Ignacio Díaz Ruiz, Sun Hee Byun, Pura López Colomé, José Luis Martínez, Carlos Monsiváis, Françoise Pérus.
Ilustración de la cubierta:
Águeda Lozano.

23. RICARDO PALMA
Tradiciones peruanas
Equipo:
Julio Ortega, coordinador; Flor María Rodríguez-Arenas, coordinadora; Alfredo Bryce-Echenique (Liminar), Merlin D. Compton, Aníbal González, Roy L. Tanner, Fernando Unzueta.
Ilustración de la cubierta:
Joaquín Roca-Rey.

24. MIGUEL ÁNGEL ASTURIAS
El árbol de la cruz
Equipo:
Aline Janquart, Amos Segala, coordinadores; Eliane Lavaud-Fage, Amos Segala (Liminar), Christian Boix, Roger Caillois, C. Imberty, Aline Janquart, Alain Sicard, Daniel Sicard.
Ilustración de la cubierta:
Rudy Cotton.

25. MACEDONIO FERNÁNDEZ
Museo de la novela de la Eterna
Equipo:
Ana Maria Camblong, coordinadora; Adolfo de Obieta, coordinador; Gerardo Mario Goloboff (Liminar), Óscar del Barco, Alicia Borinsky, Jo Anne Engelbert, Waltraut Flammersfeld, Ricardo Piglia, María Teresa Alcoba, Nélida Salvador.
Ilustración de la cubierta:
Enzo oliva

26. HORACIO QUIROGA
Todos los cuentos
Equipo:
Napoleón Baccino Ponce de León, coordinador; Jorge Lafforgue, coordinador; Abelardo Castillo (Liminar), Martha L. Canfield, Carlos Dámaso Martínez, Milagros Ezquerro, Guillermo García, Dário Puccini, Jorge B. Rivera, Eduardo Romano, Beatriz Sarlo.
Ilustración de la cubierta:
José Gamarra.

PRÓXIMOS TÍTULOS

DOMINGO FAUSTINO SARMIENTO
Viajes
Coordinador: Javier Fernández

...

FERNANDO PESSOA
Mensagem (Poemas esotéricos)
Coordinador: José Augusto Seabra

...

LEOPOLDO MARECHAL
Adán Buenosayres
Coordinador: Jorge Lafforgue

...

CARLOS PELLICER
Poesía
Coordinador: Samuel Gordon

...

PEDRO HENRÍQUEZ UREÑA
Antología
Coordinadores: José Luis Abellán
Ana María Barrenechea

PLAN GENERAL DE LA COLECCIÓN ARCHIVOS AL 31-III-1993

* Volúmenes publicados

ARGENTINA

ROBERTO ARLT
Los siete locos – Los lanzallamas
(Gerardo Mario Goloboff)

* JULIO CORTÁZAR
Rayuela
(Saúl Yurkievich / Julio Ortega)

HAROLDO CONTI
Sudeste
(Eduardo Romano)

* MACEDONIO FERNÁNDEZ
Museo de la novela de la Eterna
(Adolfo de Obieta y Ana Camblong)

BALDOMERO FERNÁNDEZ MORENO
Poesía
(Mario Benedetti)

MANUEL GÁLVEZ
Memorias

OLIVERIO GIRONDO
Obras completas
(Raúl Antelo)

* RICARDO GÜIRALDES
Don Segundo Sombra
(Paul Verdevoye)

JOSÉ HERNÁNDEZ
Martín Fierro
(Élida Lois y Ángel Núnez)

LEOPOLDO LUGONES
Lunario sentimental
(Alberto Blasi)

* LEOPOLDO MARECHAL
Adán Buenosayres
(Jorge Lafforgue)

* EZEQUIEL MARTÍNEZ ESTRADA
Radiografía de la Pampa
(Leo Pollmann)

VICTORIA OCAMPO
Correspondencias literarias
(J. P. Bernès)

MANUEL PUIG
Boquitas pintadas
(Pamela Bacarisse)

* DOMINGO FAUSTINO SARMIENTO
Viajes
(Javier Fernández)

BÓLIVIA

* ALCIDES ARGUEDAS
Raza de Bronce
(Antonio D. Lorente Medina)

AUGUSTO GUZMÁN
Prisionero de guerra
(Renato Prada Oropeza)

RICARDO JAIMES FREIRE
Poesía
(Oscar Rivera Rodas)

BRASIL

CARLOS DRUMMOND DE ANDRADE
Poesía completa
(Silviano Santiago)

* MÁRIO DE ANDRADE
Macunaíma
(Telê Porto Ancona Lopez)

OSWALD DE ANDRADE
Manifestos e poesia
(Jorge Schwartz)

JOAQUIM MACHADO DE ASSIS
Papéis avulsos

MANUEL BANDEIRA
Libertinagem – Estrela da Manhã
(Giulia Lanciani)

LIMA BARRETO
Triste fim de Policarpo Quaresma
(Antonio Houaiss)

* LÚCIO CARDOSO
Crônica de casa assassinada
(Mario Carelli)

EUCLIDES DA CUNHA
Os Sertões
(Walnice Nogueira Galvão)

* CLARICE LISPECTOR
A Paixão segundo G. H.
(Benedito Nunes)

GRACILIANO RAMOS
Vidas secas
(Fernando Alves Cristóvão)

JOSE LINS DO REGO
Fogo Morto
(José Aderaldo Castello)

JOÃO GUIMARÃES ROSA
Grande Sertão: Veredas
(Walnice Nogueira Galvão)

COLOMBIA

AURELIO ARTURO
Toda la poesía
(Jaime García Maffla)

PORFIRIO BARBA JACOB
Obras completas
(Fernando Vallejo)

EDUARDO CARRANZA
Poesía completa
(Ignacio Chaves Cuevas)

TOMÁS CARRASQUILLA
Todos los cuentos
(Uriel Ospina)

LEÓN DE GREIFF
Obra selecta
(Armando Romero y Rafael Gutiérrez Girardot)

LUIS CARLOS LÓPEZ
Poesía
(Ramón de Zubiría)

JOSÉ EUSTASIO RIVERA
La vorágine
(Hernán Lozano y Monserrat Ordóñez)

BALDOMERO SANÍN CANO
Selección de prosas
(Jorge Eliécer Ruiz)

* JOSÉ ASUNCIÓN SILVA
Obra completa
(Héctor Orjuela)

GUILLERMO VALENCIA
Toda la poesía

CUBA

EMILIO BALLAGAS
Poesía
(Emilio de Armas)

REGINO BOTI
Poesía
(Eduardo López Morales)

ALEJO CARPENTIER
El Siglo de las Luces

* JOSÉ LEZAMA LIMA
Paradiso – Oppiano Licario
(Cintio Vitier)

JUAN MARINELLO
Ensayos

JOSÉ MARTÍ
Prosas periodísticas
(Roberto Fernández Retamar)

FERNANDO ORTIZ
Contrapunto cubano del tabaco y del azúcar
(Manuel Moreno Fraginals)

CHILE

VICENTE HUIDOBRO
Poesía
(Saúl Yurkievich)

MARIANO LATORRE
Cuentos

GABRIELA MISTRAL
Poesía
(Teodosio Fernández)

PABLO NERUDA
Residencias en la tierra
(Giuseppe Bellini)

MANUEL ROJAS
Hijo de ladrón
(Nelson Osorio)

DOMINICA

JEAN RHYS
Wide Sargasso Sea

ECUADOR

DEMETRIO AGUILERA MALTA
Siete lunas y siete serpientes
(Miguel Donoso Pareja)

JORGE CARRERA ANDRADE
Edades poéticas

BENJAMÍN CARRIÓN
Ensayos

JOSÉ DE LA CUADRA
Los Sangurimas y otros relatos
(Diego Araújo)

GONZALO ESCUDERO
Poesía completa
(Gustavo Alfredo Jacome)

* JORGE ICAZA
El Chulla Romero y Flores
(Ricardo Descalzi / Renaud Richard)

PABLO PALACIO
Obras completas
(Wilfrido H. Corral)

GONZALO ZALDUMBIDE
Ensayos
(Hernán Rodríguez Castelo)

EL SALVADOR

ROQUE DALTON
Poesía
(Claire Pailler)

SALARRUÉ
Cuentos

GUATEMALA

* RAFAEL ARÉVALO MARTÍNEZ
El hombre que parecía un caballo
(Dante Liano)

* MIGUEL ÁNGEL ASTURIAS
Periodismo y creación literaria (París 1924-1933)
(Amos Segala)

* MIGUEL ÁNGEL ASTURIAS
Hombres de maíz
(Gerald Martin)

GUYANA

EDGAR MITTHELHOLZER
A morning at the office

HAITÍ

JEAN PRICE MARS
Ainsi parla l'oncle

JACQUES ROUMAIN
Les Gouverneurs de la Rosée

JACQUES STEPHEN ALEXIS
Compère Général Soleil

JAMAICA

ROGER MAIS
Brother Man

CLAUDE McKAY
Banana Bottom

MÉXICO

* MARIANO AZUELA
Los de *abajo*
(Jorge Ruffinelli)

ROSARIO CASTELLANOS
Balúm-Canán
(Elena Poniatowska)

* JOSÉ GOROSTIZA
Poesía y Poética
(Edelmira Ramírez Leyva)

MARTIN LUIS GUZMÁN
El águila y la serpiente
(Gerald Martin)

RAMÓN LÓPEZ VELARDE
Poesía
(Eduardo Lizalde)

RAFAEL F. MUÑOZ
Se llevaron el cañón para Bachimba
(Emmanuel Carballo)

* CARLOS PELLICER
Poesía
(Samuel Gordon)

* JOSÉ REVUELTAS
Los días terrenales
(Evodio Escalante)

ALFONSO REYES
Cuentos, ensayos, poesías
(Adolfo Castañón)

* JUAN RULFO
Toda la obra
(Claude Fell)

JOSÉ VASCONCELOS
Ulises Criollo
(Claude Fell)

* AGUSTÍN YÁÑEZ
Al filo del agua
(Arturo Azuela)

NICARAGUA

ALFONSO CORTÉS
Poesía
(Giuliano Soria)

RUBÉN DARÍO
Poesía
(Bernard Sesé)

PANAMÁ

RAMÓN H. JURADO
Desertores

RICARDO MIRÓ
Poesía

PARAGUAY

GABRIEL CASACCIA
La Babosa
(Rubén Bareiro Saguier)

PERÚ

CIRO ALEGRÍA
La serpiente de oro
(Giuseppe Bellini)

* JOSÉ MARÍA ARGUEDAS
El zorro de arriba y el zorro de abajo
(Eve Marie Fell)

JOSÉ MARÍA EGUREN
Poesía
(Ricardo González Vigil)

MANUEL GONZÁLEZ PRADA
Ensayos
(Efraím Kristal)

JOSÉ CARLOS MARIÁTEGUI
Siete ensayos...
(Antonio Melis)

* RICARDO PALMA
Tradiciones peruanas
(Julio Ortega)

* CÉSAR VALLEJO
Obra poética
(Américo Ferrari)

PUERTO RICO

EUGENIO MARÍA DE HOSTOS
La peregrinación de Bayoán
(Manuel Maldonado Denis)

LUIS PALES MATOS
Poesía
(Carmen Vázquez)

ANTONIO S. PEDREIRA
Insularismo
(Juan Flores)

REPÚBLICA DOMINICANA

PEDRO HENRÍQUEZ UREÑA
Ensayos
(José Luis Abellán / Ana María Barrenechea)

URUGUAY

EDUARDO ACEVEDO DÍAZ
El combate de la tapera
(Fernando Ainsa)

DELMIRA AGUSTINI
Poesía
(Silvia Molloy)

* ENRIQUE AMORIM
La carreta
(Fernando Ainsa)

FELISBERTO HERNÁNDEZ
Nadie encendía las lámparas
(José Pedro Díaz)

JULIO HERRERA Y REISSIG
Obra poética
(Ángeles Estévez)

* HORACIO QUIROGA
Todos los cuentos
(Napoleón Baccino Ponce de León / Jorge Lafforgue)

JOSÉ ENRIQUE RODO
Ensayos

FLORENCIO SÁNCHEZ
Teatro completo
(Jorge Ruffinelli)

VENEZUELA

RUFINO BLANCO FOMBONA
Diarios
(François Delprat)

* TERESA DE LA PARRA
Las Memorias de Mamá Blanca
(Velia Bosch)

* RÓMULO GALLEGOS
Canaima
(Charles Minguet)

JULIO GARMENDIA
Cuentos
(Oscar Sambrano Urdaneta)

GUILLERMO MENESES
El falso cuaderno de Narciso Espejo
(José Balza / Gustavo Guerrero)

MARIANO PICÓN SALAS
Ensayos
(Domingo Miliani)

JOSÉ ANTONIO RAMOS SUCRE
Obras completas
(Alba Rosa Hernández Bossio)

Edita: Association ALLCA XXe S.
Université de Paris X, 200 av. de la République, 92001 Nanterre France
Tel.: 40 97 76 61 - Fax: 40 97 76 15 - Télex: UPXNANT 630898 F
ALLCA-ESPAÑA: Hortaleza, 104, 2.º izq. - Tel.: 308 49 34 - 28004 Madrid, España
Coeditor y distribuidor para Europa y U.S.A.: FONDO DE CULTURA ECONOMICA. Sucursal ESPAÑA
Via de los Poblados, s/n, Edif. Indubuildingoico, 4º, 15 - 28033 Madrid - Tels. 763 51 33